Pour te résister

Pour t'aimer encore

KAREN TEMPLETON

Pour te résister

Passions

HARLEQUIN

Collection : PASSIONS

Titre original : SANTA'S PLAYBOOK

Traduction française de FRANCINE SIRVEN

HARLEQUIN

83-85, boulevard Vincent-Auriol, 75646 PARIS CEDEX 13.
Service Lectrices — Tél. : 01 45 82 47 47

www.harlequin.fr

ISBN 978-2-2803-2987-3 — ISSN 1950-2761

- 1 -

Il fêtait ses seize ans, ce jour-là. Sans véritablement prêter attention aux cris et aux rires des enfants, en bas, Ethan Noble regarda par la fenêtre de sa chambre. Sous le ciel maussade de novembre, deux écureuils se pourchassaient entre les branches dénudées du chêne… Il faisait froid et le vent soufflait fort ce jour-là, les nuages crachotant une pluie fine sur les pare-brise des voitures de ceux qui, en ce jour de Toussaint, vaquaient à leurs occupations.

Mais tout le monde se fichait de la météo. Comme du ventre légèrement rebondi de Merri, sous sa robe de mariée. Les choses, en effet, ne s'étaient pas vraiment passées dans les règles.

Son téléphone vibra, indiquant l'arrivée d'un texto. Seule une personne pouvait l'appeler aussi tôt. Et pour une seule raison. Il attrapa l'appareil sur la table de chevet.

Je pense à toi.

Si quelqu'un était en mesure de comprendre ce qu'il ressentait aujourd'hui, c'était bien l'homme qui l'avait adopté quand il n'était encore que bébé. Veuf lui aussi depuis plusieurs années, Preston Noble avait toujours été pour Ethan un modèle de force, de loyauté et de droiture. Des qualités que lui-même s'efforçait de transmettre à son tour. Et puis surtout, son père adorait Merri…

Dieu qu'elle était belle. Et comme ils étaient heureux, même si l'arrivée inopinée de Juliet ne faisait pas partie du scénario. Contrairement à Merri qui, elle, avait toujours fait partie de son scénario à lui depuis qu'il avait quinze ans. L'âge de Juliet aujourd'hui, pensa-t-il à la seconde où sa fille apparut à la porte, ses longs cheveux auburn balayés de mèches d'une couleur… punk. Citron vert. De la craie heureusement, qui partirait au lavage, mais quand même…

— Euh… C'est fait, les autres ont pris leur petit déjeuner. Des céréales… aux céréales. Bref, je suis prête…

— Entendu, répondit Ethan en souriant.

Juliet s'approcha sur la pointe des pieds pour le serrer dans ses bras, puis elle déposa un baiser sur sa joue râpeuse. Le week-end, il s'autorisait une certaine liberté et s'abstenait de se raser. Juliet s'écarta, le regard plein de tendresse, et Ethan sentit sa gorge se nouer. Il restait toujours discret, avec l'anniversaire, aussi les plus jeunes des enfants ne se rendaient-ils compte de rien. Mais Juliet… Elle savait. En fait, elle avait déjà des vues sur la robe de mariée de Merri, soigneusement rangée dans sa boîte, au fond de l'armoire. Et tant pis si elle mesurait déjà dix centimètres de plus que sa mère.

— Tu sais, je peux très bien ne pas…

— C'est un samedi comme un autre, ma chérie. Allez, hop…, dit-il en exagérant son accent du New Jersey. Et que ta maman soit fière de toi, d'accord ?

— D'accord, répondit-elle en s'éloignant, avant d'ajouter au moment de sortir : Je préparerai un vrai petit déjeuner à mon retour…

— Pas de souci, dit Ethan, attendri.

Et pas uniquement parce qu'elle était le portrait craché de Merri, excepté les yeux, plus bleu-vert que bleu pourpre. Mais parce que en la regardant, il pensa : *Quelle chance j'ai…*

Les jumeaux en revanche, c'était une autre paire de manches, pensa-t-il en riant doucement, tandis que les garçons chahutaient au rez-de-chaussée. Puis Isabella était arrivée, une surprise après six ans de répit, un vrai petit diable par rapport à ses frères… Un sentiment de colère le submergea, aussi bref qu'absurde, en pensant à la petite dernière qui ne connaîtrait jamais sa mère.

Mais comme toujours, il s'arrangea pour étouffer les souvenirs, la tristesse et la colère, ainsi que, même après tout ce temps, l'incrédulité quand, descendant l'escalier, sa main effleura la rampe toute cabossée et rongée d'entailles qui était là bien avant qu'il décide avec Merri d'acheter cette maison, à quatre cents mètres du lycée, juste après la naissance des jumeaux. Une fois en bas, il plia le genou en faisant la grimace. Toujours cette douleur. Etre le coach de l'équipe de foot des benjamins était autrement plus physique qu'entraîner celle de la fac.

A peine dans la cuisine, le reste de sa progéniture l'assaillit avec quantité de choses urgentes requérant son attention immédiate. Même le chien se mit à gémir pour sortir. Mais Ethan trouva l'assaut réconfortant, rassurant même, par sa normalité. Après avoir fait sortir le chien et répondu tant bien que mal aux questions des enfants, donné un peu plus de lait à Bella et vérifié par deux fois le programme de la journée sur la porte du frigo, afin de ne pas être en retard pour conduire les jumeaux au sport, il rendit grâce en silence à cette joyeuse folie quotidienne qui lui évitait de perdre la tête. En l'obligeant à se concentrer non sur ce qu'il avait perdu, mais sur ce qu'il avait encore.

Son regard s'égara vers le mur du salon, en face de la cuisine, sur la photo de ces jeunes mariés éperdus d'amour de vingt-deux ans, souriant à l'objectif comme s'ils avaient l'éternité devant eux. *Joyeux anniversaire, trésor*, souhaita-t-il en silence à la seule femme qu'il ait jamais aimée.

Le vieux parquet grinça sous ses pieds dans la maison surchauffée, alors que Claire inspectait de façon méthodique les vestiges de la vie de quelqu'un d'autre. Elle retira son bonnet, passa une main dans ses cheveux bouclés. Un vrai petit caniche, disait sa mère. En souriant, elle prit une coupe de verre taillé pour en examiner l'étiquette. Manquant la laisser tomber en découvrant le prix. Pourtant, on était dans un vide-greniers, pas chez Sotheby !

Comme s'il lisait dans ses pensées, un homme très collet monté vêtu d'une veste en tweed l'observa avec insistance, à trois mètres. L'ignorant ostensiblement, elle reposa la coupe et regarda autour d'elle, le bric-à-brac de meubles, accessoires et autres bibelots, abandonnés là comme des orphelins. Et dire qu'elle s'était levée pour ça, au lieu de dormir tout son soûl pour une fois… ?

Minute. Elle traversa subitement la pièce pour s'emparer d'une lampe Arts déco. Soit, à vingt dollars, certainement pas du Tiffany, mais elle serait géniale sur la console, dans l'entrée…

— Mademoiselle Jacobs ?

Arrachant l'étiquette, Claire se retourna… et sourit.

— Juliet ! Que fais-tu ici ?

Veste en jean, sweat de sport et short sur collants à motifs fluo, l'élève de Claire sourit, arborant sans complexe un appareil dentaire avec plein de petits nœuds roses dessus.

— Nous habitons dans le quartier, répondit-elle.

Aussitôt, Claire eut comme une crampe à l'estomac, car ce « nous » incluait cet entraîneur de foot du lycée, tellement beau, objet sans doute des fantasmes de toutes les femmes postpubères de Maple River. Excepté Claire, bien sûr, qui était au-dessus de ces inepties. En dépit de quelques crampes à l'estomac, de temps en temps.

— Je suis venue jeter un œil, ajouta l'ado.

— Je doute qu'il y ait ici quelque chose qui puisse plaire à quelqu'un de ton âge, répondit Claire, lorsque Juliet se pencha sur un service à café et examina une tasse à la lumière.

— Oh ! je ne cherche pas pour moi, répondit-elle en inspectant une autre tasse. C'est pour mon business.

— Ton… business ?

— En fait, c'était celui de maman, avant. Elle achetait tout un tas de trucs dans les vide-greniers et les marchés aux puces, puis les mettait en vente sur eBay. Elle était super douée, ajouta la gamine en portant son attention sur une pile de vieux bouquins. Elle m'a appris à bien regarder autour de moi, à évaluer la valeur des choses. Alors, il y a quelques mois, je me suis lancée…

— Et ça marche ?

— Oui, répondit Juliet qui sélectionna deux ouvrages. Ce qui est super, puisque je peux ainsi économiser pour l'Université. Je ne sais pas où encore… Il faudrait que je vende des tonnes pour me payer Yale et des cours de théâtre dignes de ce nom.

Claire sentit son cœur se serrer. Elle n'enseignait que depuis quelques mois — un changement de vie radical qu'elle n'aurait jamais imaginé —, mais savait combien il était déconseillé d'avoir des préférés. Et à vrai dire, elle aimait tous « ses » enfants. Pas seulement les élèves de son cours de théâtre, mais aussi ceux de son cours d'anglais, qui gémissaient et râlaient chaque fois qu'elle leur faisait faire une dictée. Manuelle, pas sur leur ordinateur portable.

Mais cette élève-là était particulière, à plus d'un titre, non seulement pour son courage et sa détermination à réussir dans tout ce qu'elle entreprenait, mais aussi dans son refus de s'apitoyer sur elle-même. Ou de laisser les autres la plaindre, pour avoir perdu sa mère si jeune. Un AVC, apparemment. A trente-cinq ans. Aucun symptôme précurseur, pas la moindre alerte… Quelle tragédie. Pour eux tous. Claire était un peu plus jeune que Juliet lorsque son propre père était décédé — aussi soudainement que la mère de Juliet — et la douleur avait été tenace. Mais si Juliet était en proie à de l'amertume ou un quelconque ressentiment, elle n'en laissait rien voir.

— Il existe une foule d'écoles de théâtre, dit-elle, alors que Juliet déposait deux des tasses avec leur soucoupe sur la table. Et un établissement public sera toujours meilleur marché…

La seule option que Claire avait eue, sa mère arrivant à peine à subvenir à leurs besoins, il n'était pas envisageable pour elle de financer ses études.

— Oui, je sais, répondit la jeune fille.

Juliet réunit ses emplettes, livres, vieux jouets et autres babioles auxquelles Claire n'aurait même pas accordé un regard. M. Tweed se renfrogna, mais Juliet impassible s'éloigna pour examiner d'autres objets exposés sur une autre table.

— Mais ce genre d'établissement n'est pas pris au sérieux par les professionnels du théâtre, ajouta la jeune fille.

Sans doute, mais — et Claire était bien placée pour le savoir — lorsque vous passiez une audition parmi une bonne centaine d'autres apprentis comédiens, le metteur en scène, dans l'obscurité de la salle, se fichait bien de l'école où vous aviez obtenu votre diplôme. Ou même si vous en aviez un. Mais bon, elle n'allait pas détruire les illusions d'une jeune fille de quinze ans.

— Je sais aussi qu'il va me falloir travailler dur, sans parler des auditions que je devrai passer. Mais je ne vais quand même pas m'avouer vaincue avant même d'avoir essayé, non ? En tout cas, c'est le conseil que m'aurait donné maman.

Claire régla sa lampe, ce qui parut rassurer M. Tweed.

— Un conseil très judicieux, répondit Claire. Et… Votre père. Il approuve vos projets ?

— Bien sûr, répondit Juliet en glissant une mèche de cheveux derrière son oreille, cloutée façon punk. Oh et puis, j'ai encore deux ans devant moi pour bien y réfléchir…

Elle se tut en regardant la masse des objets qu'elle avait sélectionnés. M. Tweed les accosta.

— Un problème, jeune fille ?

— Oui, j'ai les yeux plus grands que les bras. Hmm… Si je vous règle le tout maintenant, vous voyez un inconvénient à ce que je procède en plusieurs voyages ? Je n'habite pas très loin, mais je suis venue à pied…

— Je peux vous conduire si vous voulez, suggéra alors Claire.

— Oh ! vraiment ? s'exclama l'adolescente, ses grands yeux pétillant de joie.

— Absolument.

— Eh bien, merci alors ! dit Juliet en sortant son portefeuille de son sac style péruvien. C'est ce qu'on appelle un… heureux concours de circonstances, si je me souviens bien du cours. Oh ! j'adore la littérature mais… mon cauchemar, c'est plutôt les maths. Comme maman. Une malédiction génétique.

— Et votre père ? s'enquit Claire en souriant.

Levant les yeux au ciel, l'adolescente tendit quelques billets à M. Tweed, tandis qu'une femme, une écharpe autour du cou, en tweed elle aussi, enveloppait ses achats de papier bulle pour les ranger dans un carton, à l'origine destiné à des boîtes de Friskies.

— Il faisait de son mieux quand j'étais au collège, et je

n'ai pas redoublé d'ailleurs, preuve que son aide m'a été utile. Mais ce n'est pas pour rien s'il est prof d'éducation physique.

Manifestement, la jeune fille avait également hérité du sens de l'humour de sa mère, car, si Claire s'en tenait à ses rares échanges avec le père de Juliet, elle doutait qu'il en eût.

— Vous pourriez envisager de suivre des cours particuliers, suggéra Claire. Avant que ça devienne plus difficile…

— Oh mon Dieu ! parce que ça peut être plus difficile ? s'exclama l'adolescente avec une lueur espiègle dans ses yeux verts.

Tout en riant des mimiques de Juliet, Claire prit un sac et se dirigea vers la sortie, tenant sa lampe fièrement, comme la statue de la Liberté sa torche. Juliet lui emboîta le pas, avec le premier des trois cartons qu'elles chargèrent à l'arrière de sa Ford Taurus de dix ans d'âge, propriété de sa mère à l'origine. Quelques minutes plus tard, elles se garaient devant une maison qui n'était plus de la première jeunesse, mais tout à fait particulière avec ses murs en torchis, ses pignons et ses boiseries typiques du style Tudor… Et ce fut pour Claire un vrai coup de foudre.

Non qu'elle déteste son adorable appartement sous combles, dans la vieille demeure de style Queen Anne, à l'autre bout de la ville. Un endroit atypique, magique et plein d'autres qualificatifs en « ique ». Mais cette maison, avec ses corniches de bois sombre, son toit destructuré et son lierre en façade… Splendide. Bien sûr, à trois semaines de Thanksgiving, le vieux chêne dans le jardin était tout déplumé, mais deux épicéas recouverts de givre scintillaient sous le soleil, et de la fumée s'échappait doucement de la cheminée, sur fond de ciel bleu, image d'une certaine sérénité, à l'intérieur. C'était donc dans cette charmante maison que vivait Ethan Noble. Bien.

Claire déverrouilla le coffre et descendit de voiture, pensant repartir dès qu'elle aurait aidé Juliet à transporter ses affaires à l'intérieur. Mais à peine la porte d'entrée franchie, ornée d'une couronne de fleurs vaguement défraîchies, un adorable petit chien tout frisotté vint leur souhaiter la bienvenue.

— Au fait, vous avez pris votre petit déjeuner ? demanda Juliet. Je suis la reine des omelettes. Et papa a dû faire du café. Il y en a toujours, quand il est à la maison. A moins que vous ne préfériez une tasse de chocolat chaud ?

En effet, Claire reconnut l'arôme du café, mais bon, une fois encore, nouer des liens amicaux avec une élève… Ce n'était peut-être pas très judicieux, d'autant que l'élève en question avait un père qui, chaque fois qu'il la croisait, lui lançait un regard assassin…

— C'est gentil de le proposer, mais…

— Oh ! s'il vous plaît, insista Juliet.

La perspective d'un café se fit plus tentante, et Claire, dont le ventre émettait des grognements intempestifs, fut tentée d'accepter.

— La reine des omelettes ? répéta-t-elle.

Aussitôt, l'adolescente poussa un cri de joie en frappant des mains, et le chien fit une ou deux pirouettes. Puis, une adorable petite fille tout emmitouflée dévala l'escalier pour atterrir dans les jambes de Juliet, en se plaignant de ce stupide Harry et de cet idiot de Finn, tout en répétant qu'elle détestait les garçons. Une vraie tornade, et Claire en resta un moment comme sonnée.

Juliet posa son carton avec calme sur la table à proximité, puis s'agenouilla devant sa petite sœur, repoussa une mèche de cheveux blonds sur son visage tout chagriné.

— Qu'ont-ils fait, cette fois ? demanda-t-elle.

La fillette énuméra une litanie de menus délits, interrompue par une voix clairement masculine, un peu lasse néanmoins.

— Bella ! ça suffit.

Un lourd silence s'installa.

— Hello, papa, dit Juliet en se relevant avant de placer sa petite sœur devant elle, comme un bouclier. Regarde qui j'ai rencontré, à la vente ! Et elle m'a raccompagnée à la maison. Alors je l'ai invitée à prendre le petit déjeuner. J'espère, hmm, que ça ne t'embête pas… ?

Claire eut très nettement l'impression d'entendre de l'ironie dans la voix de l'adolescente. Et elle commençait tout juste à tenter d'analyser cette anomalie, quand des yeux bleu glacier — fort peu aimables — croisèrent les siens. En un éclair, les angoisses resurgirent, montrant le bout de leur nez funeste. *Non*, se dit alors Claire. *Non et non*.

Elle avait survécu à toutes les catégories de colocataires, psychopathes et autres, au fil de ses innombrables déménagements à New York, sans parler de ces auditions éprouvantes face à des metteurs en scène pervers, au harcèlement dans le métro et, pour finir, à l'accompagnement de sa mère mourante, ici même à Maple River, presque une année plus tôt. Une pleurnicheuse, elle ? Certainement pas. Plus aujourd'hui, en tout cas. Aussi, aucun risque que deux grands yeux d'un bleu intense puissent la ramener à cette période cauchemardesque, quand elle détestait son corps, ses cheveux, ses vêtements et que le sourire du premier garçon venu suffisait à la faire défaillir comme une idiote.

Non qu'elle ait jamais vu Ethan sourire. Beau gosse certes, mais toujours d'humeur maussade, genre héros à la Brontë. Et si elle n'avait rien su de sa carrière militaire, ses attitudes, ses cheveux coupés ras l'auraient trahi. Il devait mesurer un poil un peu plus d'un mètre quatre-vingt-cinq, et il y avait en lui quelque chose de… féroce. Un physique de Superman, ou presque, rien d'étonnant à ce qu'il pratique le football. Ceci dit, elle n'avait jamais entendu un de ses joueurs émettre la moindre critique à son sujet.

— Votre maison est…

Elle regarda autour d'elle, les tonnes de jouets et les affaires de sport dispersées un peu partout, sur des meubles qui, en leur temps, avaient dû avoir leur charme, essentiellement dans les tons roux et vert foncé… Une superbe cheminée en briques et, dessus, les photos de famille. Soudain, elle entendit des éclats de voix, un petit garçon qui semblait en colère et, en réponse, des cris stridents…

— … charmante, termina Claire. Merci de me recevoir.

— Je vous en prie, marmonna Ethan avant de se tourner vers l'escalier en hurlant : Les garçons ! Descendez récupérer votre bazar ! Nous avons de la compagnie !

— Tout à l'heure, papa !

— Euh, papa…, intervint Juliet. Moins fort…

Ethan lui jeta un regard noir, avant de se retourner pour de nouveau hurler :

— Tout de suite !

Deux paires de baskets dévalèrent l'escalier, et deux garçonnets aux cheveux en bataille — l'un blond, l'autre roux — s'attelèrent à la tâche, non sans avoir au préalable jeté un regard vaguement curieux à Claire. Claire qui ressentit à ce moment un élan sincère de sympathie à l'égard d'Ethan, pour élever seul quatre enfants. Elle-même fille unique, couvée par ses parents, était une enfant sage, voire craintive. Les garçons ratissèrent la pièce et balancèrent jouets et autres affaires dans ce qu'elle supposa être le débarras, à côté de la cuisine. Impressionnant.

Le maître des lieux lui fit l'honneur d'un autre regard noir, par-dessus la tête de Bella qui, sans savoir comment, avait atterri dans les bras de son père. Des bras forts, musclés sous un pull fin gris, qui mettait en valeur ses épaules tout aussi musclées et larges, sur lesquelles il donnait l'impression de porter tout le poids du monde. Enfin, son monde à lui en tout cas.

Réalisant que Juliet s'était volatilisée — probablement dans la cuisine —, Claire s'éclaircit la gorge.

— Je ne voudrais pas vous déranger…

— C'est bon, grommela-t-il entre ses dents. Juliet adore cuisiner, à perte le plus souvent, avec ses frères et sœur…

Il baissa les yeux sur la petite fille accrochée à lui comme un bébé singe, et son visage s'adoucit.

— Un peu. Cette petite chose refuse de manger des œufs.

— Les œufs, c'est dégueu, renchérit Bella avec la même grimace que son père.

Claire dut faire un effort pour ne pas éclater de rire. Puis « la petite chose » regarda son père dans les yeux.

— Pourrais-tu, s'il te plaît, dire à Harry et Finn d'arrêter de me traiter de bébé, demanda-t-elle. Ça m'énerve…

— Dans ce cas, répliqua Ethan, tu dois promettre de ne pas entrer dans leur chambre. Ils ne le supportent pas, tu le sais.

— Mais j'ai envie de voir Spot !

— Tu peux voir Spot quand sa cage est dans la véranda.

— Mais ils ne sortent plus sa cage !

— Hmm. Je vais leur en toucher un mot et voir si on peut obtenir un droit de visite, d'accord ?

La fillette soupira.

— D'accord.

— Bien…

Ethan la déposa par terre, puis il lui caressa les cheveux, avant de la laisser s'envoler, baskets fluo aux pieds. Il la suivit des yeux un moment, puis reporta son attention sur Claire.

— J'échangerais bien parfois une fillette de six ans contre quatre-vingts ados en pleine croissance.

Ses oreilles lui joueraient-elles un tour ? Ethan Noble ne venait-il pas de plaisanter ?

— Euh, qui est Spot ? demanda-t-elle quand elle eut retrouvé sa voix.

— Un hamster. Baptisé par les garçons. Alors… Comme ça, vous êtes tombée sur Juliet ?

— A ce vide-greniers, en effet. J'y ai acheté une lampe. Elle… un peu plus de choses.

Il esquissa un sourire. Plus une grimace qu'un sourire.

— Je vois…

— Elle se débrouille bien, avec sa petite affaire, sur eBay ?

— Très bien…

Il se tut, l'éclat de ses yeux s'estompa.

— Aussi douée que sa mère, ajouta-t-il. En guise de capital de départ, j'ai donné à Juliet 50 dollars. Depuis, elle a dû multiplier la mise par… je ne sais plus. Cette enfant a la bosse du commerce…

Son visage ne trahissait rien, mais la fierté transparaissait dans ses paroles, et Claire ressentit un furtif… élancement. De quoi, difficile à dire.

— Il va donc falloir qu'elle fasse des choix concernant son avenir, dit-elle. Si elle envisage sérieusement de suivre une carrière de comédienne…

— Certainement pas, l'interrompit-il, mettant fin à la conversation.

La surprise passée, Claire, un peu contrariée, ravala sa

fierté. Après tout, cela ne la regardait pas. D'autant que Juliet, à son âge, était encore susceptible de changer dix fois d'avis.

Aussi prit-elle le parti de sourire et changea-t-elle de sujet.

— Hmm, comme ça sent bon, vous ne…

— Autant vous le dire tout de suite, l'interrompit de nouveau Ethan, les yeux rivés sur elle. Ma fille est en mission.

— En mission ? répéta-t-elle, surprise.

— Elle s'est mis en tête de se trouver une belle-mère.

Idée avec laquelle, à en juger son expression, il était loin d'être en accord. Ce qui convenait parfaitement à Claire, qui n'avait pas la moindre intention de passer une audition pour ce rôle-là.

Ethan haussa les sourcils quand Claire porta une main devant sa bouche, à l'évidence pour réprimer un éclat de rire.

— Et vous croyez sérieusement que c'est pour cette raison, qu'elle m'a invitée à prendre le petit déjeuner ? chuchota-t-elle.

— C'est probable, répondit Ethan, sans se départir de son sérieux. Vous devez être, voyons, la troisième ces six derniers mois qu'elle tente de me mettre dans les pattes.

Cette fois, elle éclata de rire, et son rire fut tel qu'il sentit tout son corps se figer. Ce rire… Il l'avait interpellé, avant même de la voir, lors de la semaine de prérentrée, fin août. Un rire profond, énergique, étonnant pour une silhouette aussi menue, se souvint-il en repensant à leur rencontre cette fois-là, à la façon dont son sourire alors l'avait transpercé, au point de le déstabiliser. De sa poignée de main robuste. Instinctivement, il recula d'un pas, comme pour esquiver ce rire. Ce sourire. Sans rien pouvoir faire cependant contre l'éclat de ses yeux presque noirs. A part regarder ailleurs. Ce qui serait discourtois.

— Pardon, je comprends que ça ne doit pas être drôle pour vous, dit-elle, sans vraiment donner l'impression de le penser.

Puis elle secoua la tête, faisant voleter ses cheveux bouclés. Des boucles fabuleuses. Etincelantes. Soyeuses. Dynamiques.

— Et moi, qui pensais que c'était à cause de notre passion commune pour le théâtre…

Ethan tressaillit. Oui. Encore et toujours, cette idée fixe. Même si, connaissant Juliet, sa période théâtre devrait connaître le même sort que sa période photographie ou piano, ou d'autres encore, dont il ne se rappelait même plus. En revanche, cette lubie de vouloir à tout prix lui coller une compagne, c'était une autre histoire. Il résista à la tentation de se masser le genou, qui lui en faisait voir de toutes les couleurs. Il adorait le New Jersey, il était chez lui ici, mais cette satanée humidité…

— J'ai bien peur que non…

Quelque chose chose comme une lueur de sympathie traversa son regard, et de nouveau il tressaillit. Trois ans après, il aurait cru que la pitié ne lui ferait plus rien.

— Mais, dans ce cas, pourquoi m'avoir invitée à rester pour le petit déjeuner ?

— Je n'y suis pour rien. C'est une initiative de Juliet.

— Mais…

— Je ne veux pas passer pour un ours, voyez ?

Il la vit esquisser un sourire et ne put s'empêcher de fixer ses lèvres. Sans trace de gloss. Sans trace de maquillage du tout, d'ailleurs. Non qu'elle en ait besoin, avec de tels sourcils, de tels cils, d'un noir profond.

Une chose était sûre. Cette attirance physique idiote, qu'il ressentait pour cette femme, l'agaçait au plus haut point. Car il n'avait pas la moindre envie d'être attiré par qui que ce soit en ce moment, et certainement pas par ce joli professeur de théâtre qui, manifestement, fascinait sa fille bien trop impressionnable. Il en avait assez des éloges perpétuels de Juliet à propos de sa prof. Même s'il en était conscient, cela passerait. Comment reprocher cet engouement à sa fille pour une prof aussi jeune, aussi moderne, alors que les trois quarts des enseignants à Hoover avaient le même âge que le lycée… ?

Et pourquoi se reprocher ces picotements et ces frissons qui l'assaillaient, dès que Claire était à proximité ? Il pensait avoir enterré sa libido en même temps que sa femme. Apparemment, il n'en était rien. Et cela, malgré ses tenues, aussi délirantes que celles des enfants. Aujourd'hui, par exemple, elle portait un sweat qui lui descendait presque jusqu'aux genoux, une veste d'une laideur remarquable, des bottes qui la faisaient ressembler à Chewbacca. Trois paires de boucles d'oreilles. Soit, plutôt discrètes, mais…

— Honnêtement, pas un instant je n'ai pensé que votre fille avait une idée derrière la tête, dit Claire. Jamais je n'aurais accepté son invitation si j'avais…

Au-dessus de leur tête, un fracas abominable fit vibrer la maison. Elle regarda en l'air.

— Vous n'aimez pas les enfants ?

Elle reporta son regard sur lui, et il se sentit rougir. Une réaction totalement inappropriée, complètement hors de proportion par rapport à la situation. D'autant que mille fois par jour au moins, lui-même ne supportait plus le chahut de sa progéniture. Elle inclina légèrement la tête, un petit sourire aux lèvres.

— Les enfants sont fantastiques. Le bruit, beaucoup moins. C'est pourquoi j'adore enseigner. Je profite pleinement de ces petits chéris, puis chacun rentre chez soi, dans sa maison…

On entendit Harry hurler contre Finn.

— Et je retrouve la paix, le silence…

Une nouvelle fois, il sentit un certain trouble le gagner. En plus de l'attirance. Elle semblait toujours si pleine d'énergie. Sans doute un état normal, se dit-il, chez un prof de théâtre. Mais à la seule idée de partager le quotidien de quelqu'un comme elle — surtout avec des enfants-ventouses comme les siens —, il éprouva une immense lassitude. Merri… Elle était le calme incarné. Pas éteinte, non, mais posée. Apaisante.

Le chagrin resurgit, juste assez pour réveiller le sentiment de solitude qu'il s'appliquait à étouffer sous une chape d'activités et d'obligations diverses et variées. Pour le chasser, il se dirigea vers la cheminée et entreprit de placer les bûches pour la flambée du soir, alors que des odeurs de bacon et de brioches se répandaient dans l'air. Juliet manifestement sortait le grand jeu.

— Je ne sais même pas à quoi ressemble le silence, remarqua-t-il enfin, histoire de dire quelque chose.

Accroupi devant la cheminée, il prit deux bûches dans le

panier en osier. J'ai grandi au milieu de quantité d'enfants. Nous étions cinq en tout, dont quatre d'entre nous adoptés.

— Cinq ? Eh bien !

— Et mes parents adoptifs en ont sûrement accueilli le double, au fil des années.

— Vraiment ? C'est impressionnant.

Lui tournant le dos, il sourit tout en disposant les bûches dans l'âtre.

— Oui, dit-il en se relevant, tout en s'époussetant les mains. Ils étaient supers, tous les deux.

Elle s'assit sur l'accoudoir du canapé, bras croisés, un peu moins… pile électrique.

— Etait ?

— Mon père est encore parmi nous, très heureux dans son rôle de grand-père. Ma mère nous a quittés, il y a quelques années. Mais bon, le fait d'avoir été élevé parmi tant d'enfants… Il m'a semblé naturel, à mon tour, d'avoir un jour toute une ribambelle de petits monstres. Et sans doute en aurions-nous eu plus encore, mais… Le destin en a décidé autrement.

Et pourquoi racontait-il sa vie à cette femme qu'il connaissait à peine ? Mais s'il pouvait se taire, il restait impuissant face aux caprices de sa mémoire. Il n'était pourtant pas du genre à s'apitoyer sur lui-même, à pleurer sur ce qui aurait pu être. Mais ce matin, les souvenirs lui avaient explosé en pleine figure. Etrange comme, trois ans après, ils pouvaient surgir comme ça de nulle part et le dévaster.

Après un soupir, il croisa le regard de Claire, le même regard encore, déconcertant de tendresse, aussi s'empressa-t-il de parler d'autre chose.

— Vous avez des frères et sœurs ?

— Non, répondit-elle avant de se baisser pour caresser le ventre de Barney. J'ai bien des cousins éloignés, mais je les vois rarement…

Elle sourit quand le chien lui lécha la main.

— J'adore les gens, c'est vivre avec eux qui me pose problème. Mais j'ai un chat. Est-ce que ça compte ?

— Malheureusement non, dit Ethan.

Elle eut un petit rire quand Barney sauta sur ses genoux.

— Qu'est-ce que c'est, comme race ?

— Un cachnauzer, répondit-il, et voyant le regard perplexe de Claire, il ajouta : Un mélange de caniche et de schnauzer. On l'a depuis…

Il toussota.

— Depuis trois ans, termina-t-il.

Tout en continuant de caresser le chien, elle demanda :

— Juliet essaie réellement de vous caser ?

— Oui, soupira-t-il.

— Je présume que vous avez tenté de l'en dissuader ?

— A plusieurs reprises. Mais c'est comme si je parlais chinois…

— Le petit déjeuner est prêt ! appela Juliet au même instant.

Aussitôt, Claire se leva.

— Je peux lui parler, si vous voulez…

— Je suis assez grand pour m'occuper de ma fille, merci, répliqua-t-il, réalisant un peu tard l'absurdité de sa remarque, au vu de ce qu'il venait de dire.

Et, manifestement, à en juger cet éclat rieur dans ses yeux, elle avait dû se faire la même réflexion.

— Bien sûr, mais ayant moi-même été adolescente, par expérience, je peux vous dire que les filles à cet âge sont très douées pour ne pas entendre ce qu'elles n'ont pas envie d'entendre. Surtout venant de leur père. Et étant donné que vous n'êtes pas le seul concerné, je me réserve le droit d'intervenir de mon côté.

Bien. Cette femme était pire que sa fille. Mais Juliet semblait la porter aux nues et être sensible à ses propos, ce qui n'était pas son cas. Pas sur ce sujet du moins.

— Faites comme bon vous semble. Mais dans l'immédiat, allons prendre le petit déjeuner, d'accord ?

— Bien sûr, répondit-elle avec un sourire furtif, avant de le suivre dans la cuisine.

Soulagé, Ethan songea que d'ici une petite demi-heure, avec l'aide de Dieu, tout ça — elle, en un mot — ne serait plus qu'un ridicule petit point sur son vieil écran radar.

Il lui avait fallu trois ans, depuis le décès de Merri, pour mettre au point une tactique capable de maintenir une certaine cohésion au sein de la famille, et en lui par la même occasion… Pas question qu'une jolie fille aux cheveux bouclés vienne mettre la pagaille dans ce bel édifice.

Claire venait de disparaître dans la salle de bains du rez-de-chaussée pour se laver les mains, quand le téléphone sonna. Lorsque Ethan entra dans la cuisine, Juliet avait déjà décroché et tenait le combiné coincé sur l'épaule tout en servant l'omelette et les pommes de terre sautées, ressemblant à ce moment tellement à sa mère qu'il en eut le souffle coupé.

— Hello, Baba…, s'exclama-t-elle quand la spatule glissa dans la poêle. Et zut ! Euh, oui, je lui dirai… Non, ça ira, dit-elle, brandissant la spatule d'un geste dissuasif quand Ethan s'avança pour prendre le téléphone. Evidemment, je suis sûre. On peut faire quelque chose ? D'accord… Alors, à plus…

Elle raccrocha et finit de servir le petit déjeuner.

— Baba a attrapé un virus intestinal, expliqua-t-elle, elle ne peut pas emmener Bella au cours de danse.

Il jura en silence. A tort ou à raison, il comptait sur les parents de Merri pour le seconder de temps en temps, un rôle auquel tous deux semblaient prendre plaisir. Et c'était une idée de Carmela d'inscrire le petit haricot sauteur à un cours de danse classique, histoire que Bella puisse brûler un peu de son énergie en dehors de la maison.

— Les garçons ont sport à 10 heures, je ne peux pas tout faire.

— Raison de plus pour me laisser passer mon permis au plus vite.

— Oublie ça. Je pourrais demander à mon père…

— Grand-père tout seul dans une salle remplie de petites danseuses. J'imagine. Hé… Peut-être que Mlle Jacobs pourrait s'en occuper ?

— Peut-être que Mlle Jacobs pourrait s'occuper de quoi ? demanda Claire en entrant dans la cuisine, s'essuyant les mains sur son pantalon.

— Elle a sûrement d'autres projets pour la matinée, marmonna Ethan en détournant le regard.

— Comme tu le dis souvent, papa, ça ne coûte rien de demander. Bon, bref, asseyez-vous, c'est prêt. Donc, Bella a cours de danse, ce matin, enchaîna-t-elle alors que Claire prenait place. Et d'habitude, c'est grand-mère qui l'accompagne, parce que les garçons ont foot ou je ne sais quoi, ils sont toujours en train de s'agiter. Mais bon, Baba est souffrante et clouée au lit. Alors, je me suis dit que vous pourriez peut-être la remplacer. Ce n'est pas loin, au centre-ville…

— Oh mon Dieu !… Chez Mlle Louise ?

— Vous connaissez ?

— Plutôt, oui. J'ai pris des cours chez elle pendant plus de dix ans ! Elle est toujours vivante ?

— Plus ou moins, oui…

Au même instant, Bella surgit dans la cuisine, toute bondissante, vêtue de son body noir et de ses collants roses.

— Baba est arrivée ? Parce que je suis prête, moi ! Oh ! je peux avoir un bout de bacon ?

— Sers-toi, répondit Juliet en tendant le plat à sa sœur.

— Ton cours ne commence pas avant une bonne heure, dit Ethan. Et de toute façon…

— Ta grand-mère ne se sent pas bien, l'interrompit Claire tout en mordant dans sa tranche de bacon. Aussi, c'est moi qui t'accompagne.

— Pardon ? grommela Ethan en se renfrognant.

— Je n'ai rien de prévu, ce matin. Et puis, j'adore les pèlerinages. Qu'en penses-tu, Isabella ?

Celle-ci eut une moue perplexe.

— Mais je vous connais pas, moi. Et puis, après le cours, papa a l'habitude de m'emmener prendre un hamburger…

— Ça va aller, Bella, intervint Juliet. Mlle Jacobs est l'une de mes profs, elle est cool…

— Et Juliet pourrait peut-être venir avec nous, si cela te rassure, ajouta Claire à l'intention de la fillette. Et ensuite, nous irons manger un hamburger.

— Promis ?

— Promis, répondit-elle avant de sourire en regardant

son assiette. Même si je doute d'avoir faim avant ce soir. Ç'a l'air délicieux, Juliet.

— Merci, répondit celle-ci, avant de décocher un sourire à son père.

Un sourire victorieux.

- 2 -

A la seconde où Isabella poussa la porte de l'atelier de danse, Claire se sentit submergée par une profonde nostalgie, en même temps que lui parvenait une odeur d'encens mêlée des effluves du parfum un peu trop fleuri de Mlle Louise. Elle sourit. Toute son enfance, ces fragrances avaient été associées au samedi matin.

— Euh, on ne peut pas rester, dit Juliet après que Bella s'était précipitée au vestiaire avec d'autres petites filles.

— Oh ! je sais… La présence des parents, en dehors des récitals, risquait en effet de déconcentrer les petites Pavlova en herbe. Je veux juste dire bonjour. En souvenir du bon vieux temps.

— Je vous attends dehors ?

— J'y compte bien…

Lorsqu'une opportunité se présentait à vous, on se devait de la saisir. Evidemment, il se pouvait qu'Ethan interprète mal l'amitié de Juliet en l'attribuant à une volonté de la part de l'ado de le caser. Une idée qui n'avait même pas effleuré Claire, lorsque son élève l'avait invitée à venir prendre le petit déjeuner. En revanche, au cas où les soupçons d'Ethan seraient justifiés, mieux valait mettre les points sur les « i » au plus vite. Pour le bien de tous.

A commencer par celui d'Ethan, songea-t-elle alors que l'ado s'éloignait pour un peu de lèche-vitrines. Elle se rappelait la pression que faisaient peser sur sa mère ses amies bien intentionnées, après le décès du père de Claire, en l'incitant à sortir, à rencontrer des hommes. Et de la réaction de sa mère. Norman était irremplaçable, fin de la discussion.

Pour certaines personnes, en effet, les choses se passaient ainsi. L'amour, le vrai, ne se rencontrait qu'une fois. Et lorsque c'était terminé, c'était terminé, point final. Ceci dit, Ethan était jeune, et elle connaissait des veuves de son âge qui rêvaient de se remarier. Sauf qu'il ne semblait pas partant. Déjà bien assez pénible que ce pauvre homme doive endurer les avances perpétuelles de toutes les profs célibataires en poste à Hoover. Et si, réellement, Juliet de son côté « travaillait » à lui coller une âme sœur, elle le plaignait sincèrem…

— Oh mon Dieu… Claire ? Claire Jacobs ?

Les yeux verts pétillant de vie, les joues toutes poudrées, Mlle Louise voleta sur le plancher, chaussée de ballerines roses et vêtue d'une jupe en mousseline probablement antérieure à la naissance de Claire. Elles s'embrassèrent avec chaleur, puis Louise lui sourit, avec un regard appuyé, ses lèvres rouge vif assorties à la masse exubérante de ses cheveux flamboyants.

— Mais que diable fais-tu ici, ma petite poupée ? Je te croyais partie depuis longtemps.

— En effet, mais je suis revenue. J'enseigne à Hoover. Le théâtre et l'anglais, répondit-elle.

— Vraiment ? s'exclama-t-elle en se retournant vers l'essaim de fillettes en train de tournoyer. Laquelle est la tienne ?

— Isabella. Mais uniquement pour ce matin.

— Ah, Bella. La petite blonde. Un sacré numéro, je l'adore, dit Louise, avant de baisser la voix. C'est tellement triste, pour sa mère, mais elle a l'air d'aller bien et… Mais, une minute…

Elle reporta son attention sur Claire.

— Toi et son père, vous… ?

— Rien du tout, dit Claire dans un éclat de rire, Louise fronça alors ses sourcils, aussi fins que des pattes de mouche. C'est une longue histoire. Je ne fais que rendre service. Bref, je vais vous laisser travailler maintenant, ajouta-t-elle en remontant son sac sur son épaule. Combien dure le cours ?

— Quarante-cinq minutes, répondit Louise, avant d'ajouter,

avec un sourire plein de malice : Tu sais encore faire les doubles pirouettes ?

— Oh ! quelle torture c'était, pour moi…

Mlle Louise lui tapota la main avec tendresse.

— Tu sais, je donne un cours pour adultes, le mercredi soir. Beaucoup de jeunes mères qui venaient ici enfants fréquentent aujourd'hui l'atelier pour perdre du poids, après leur accouchement…

Tout sourire, elle baissa les yeux sur le petit ventre de Claire, puis hocha doucement la tête avant de lâcher un douloureux :

— Ça ne peut pas faire de mal, pas vrai ?

— Oh… ! s'exclama Claire avec un rire forcé. Cette bouée, là ? C'est mon sous-pull et la veste, je le jure !

— Peu importe, répondit Louise qui déjà s'éloignait. 10 dollars, début du cours 19 heures précises…

Soit. Peut-être avait-elle pris un peu de poids, depuis son retour à Maple River, songea Claire en soupirant, tout en sortant de l'atelier de danse. Et peut-être — elle aperçut Juliet devant une boutique, une vingtaine de mètres plus loin — était-ce aussi le dernier de ses soucis.

Elle remonta la rue qui, dans trois semaines, scintillerait des décorations de Noël. Mais dans l'immédiat, en dépit des façades de brique rouge, des auvents colorés et des bancs en fer forgé, la petite ville avait un air vieillot, déprimé, avec son carrefour fleuri de géraniums déplumés et ses érables dépourvus de feuilles.

Et ce froid, songea-t-elle, frissonnante, en remontant le col de sa veste contre les assauts du vent. Elle sortit son bonnet de sa poche, l'enfonça sur sa tête, ce qui ne fut d'aucun effet sur ses fesses, au bord de l'engourdissement. Juliet en revanche, vêtue comme pour un séjour en Laponie, semblait totalement insensible au froid ambiant, ses longs cheveux valsant gaiement sous le vent.

— Qu-Que reg-regardes-tu ? demanda Claire en claquant des dents.

— Ils sont adorables, non ? répondit l'ado, le nez sur la vitrine.

Le « ils » concernait deux chatons, l'un or, l'autre gris,

nichés dans une corbeille — au chaud, eux, les petits veinards — dans le local de l'antenne SPA de la ville.

— Oh ! s'exclama-t-elle, oubliant le froid. Comme ils sont mignons.

— Papa a dit que Belly pourrait peut-être avoir un chaton, pour Noël, si elle promet d'en prendre soin. Ce qui signifie que je finirai sans doute par devoir m'en occuper moi-même. Comme pour tout le reste…

Elle secoua brièvement la tête.

— Pardon, marmonna-t-elle, sans quitter les chatons des yeux. Ce n'est pas beau de s'apitoyer sur soi comme ça…

— Pas du tout, dit Claire avec gentillesse, un peu tendue, en se demandant où allait la mener cette conversation. Ça arrive, parfois, d'avoir le sentiment de ne plus savoir où donner de la tête. C'est tout à fait compréhensible.

— Excepté que ce n'est même pas la vérité, pas vraiment. Oui, bien sûr, parfois j'en ai assez, pourtant papa ne ménage pas sa peine. En parlant de ne plus savoir où donner de la tête, il est servi, entre ses cours, son travail de coach et faire en sorte que les garçons ne cassent pas tout dans la maison. Ou ne se cassent pas le cou, ajouta-t-elle avec un petit sourire, avant de soupirer : Et puis, j'aime faire la cuisine. Vraiment, j'adore ça. Et l'année dernière, on s'est équipé d'un super lave-linge séchant. Un truc génial, il n'y a plus qu'à plier. Et Baba est là, elle aussi, quand elle peut. Sauf qu'elle ne peut plus faire grand-chose. Vous savez, elle a plus de soixante ans…

Juliet se tut et se tourna vers Claire en train de taper des pieds.

— Vous avez froid ?

— Un p-peu, oui…

— Il y a un salon de thé, juste là. On pourrait aller boire un chocolat chaud, en attendant ?

— Excellente idée.

Le bar miteux dont Claire se souvenait vaguement de son enfance s'était métamorphosé en un lieu au charme suranné, très snob, mais elle apprécia à sa juste valeur la tasse de chocolat chaud, surmonté d'un dôme de crème fouettée. Sa joie aurait été totale si elle avait pu goûter à l'une de ces pâtisseries exposées en vitrine, mais elle renonça au souvenir du regard sceptique de Louise sur ses hanches.

— C'est gentil d'avoir proposé d'emmener Bella à son cours de danse, dit Juliet en essuyant la moustache de crème sur ses lèvres. Je suis sûre que papa a apprécié.

— Ce n'est pas grand-chose. Je suis ravie d'avoir pu rendre service.

— Finalement, c'est une bonne chose que nous nous soyons rencontrées à cette vente, non ? Et que vous m'ayez ramenée à la maison ? C'était le, euh, le destin…

— Un heureux concours de circonstances.

— Exactement, dit Juliet en se penchant vers Claire.

Celle-ci retint son souffle en pensant : *Aïe, nous y voilà !*

— On a l'impression parfois que les événements ne se produisent jamais par hasard, vous ne trouvez pas ? poursuivit Juliet. Comme si quelqu'un avait un plan pour chacun d'entre nous…

Claire se redressa sur sa chaise, une jolie chaise toute rose, mais certainement pas conçue selon les règles les plus élémentaires de l'ergonomie.

— La vie est pleine de… d'opportunités, répondit-elle avec prudence. Mais entre être ouvert aux opportunités et vouloir forcer le destin, il y a une différence…

Elle regarda l'adolescente dans les yeux.

— Même si l'on est habité par les meilleures intentions du monde…

Juliet s'enfonça sur sa chaise, tasse entre les mains.

— Ah. Papa vous a parlé, c'est ça ?

— Même s'il n'en avait rien fait, j'aurais fini par le découvrir, répondit-elle. Tu as donc décidé de lui trouver une compagne ?

— Non ! Enfin, oui, d'une certaine façon… En fait…

Elle soupira.

— Qu'y a-t-il de mal à vouloir qu'il s'ouvre à la possibilité de se remarier ? Ou au moins d'avoir une copine ?

— Parce que c'est à lui de décider, ma douce. Pas à toi. Parfois, lorsque quelqu'un que nous aimions est… n'est plus…

— Maman est morte, mademoiselle Jacobs. Vous pouvez

dire le mot, ça va. Elle est morte. Et ça fait mal à tout le monde, et je sais que papa souffre aujourd'hui encore, mais…

Elle secoua la tête.

— Je sais, en fait on pourrait croire que je ne pense qu'à moi, mais c'est faux, je le jure. Tout le travail que j'ai, à la maison, ce n'est pas si terrible, et comme je l'ai dit, j'adore cuisiner. Et j'aime mes frères et ma sœur, même s'ils sont insupportables. Excepté que dans trois ans, je devrai partir pour mes études…

Juliet posa sa tasse.

— Vous ne connaissiez pas papa, avant. Toujours gai. Heureux. Je ne dis pas qu'il faisait le clown en permanence, ce n'est pas son genre, mais il avait toujours le sourire. Un vrai sourire. Jusqu'aux yeux. Et il riait aussi. Oh ! ce rire… A faire trembler les murs.

— J'ai du mal à l'imaginer, dit Claire en avalant une gorgée de chocolat.

— Moi aussi, aujourd'hui. Et ça me rend triste…

De nouveau, elle soupira, puis du bout du doigt, elle prit un peu de crème fouettée qu'elle porta à sa bouche.

— Je me souviens comment il regardait maman quand elle ne s'en doutait pas. Dans ces moments-là, il était… Il rayonnait. Comme s'il avait mis la main sur un filon d'or. Et ça… Eh bien, cette lumière, elle irradiait la maison… Mais aujourd'hui, ce n'est plus comme ça.

Elle releva la tête, les larmes aux yeux.

— Et je ne peux pas croire qu'il en sera ainsi jusqu'à la fin de nos jours. Surtout les jours de p-papa.

— Oh ! ma chérie…

Claire prit la main de Juliet dans les siennes, le cœur serré. Oui, l'idée que l'adolescente puisse avoir eu le projet de la manipuler l'agaçait, mais en fin de compte, cela n'avait pas d'importance. Le plus dur était que cette enfant souffrait, plus pour son père que pour elle-même. Et cela changeait tout. Sans doute, même cet aspect du problème changerait-il le regard d'Ethan lui-même, à condition qu'il en ait conscience.

— Vouloir le bonheur de ses proches prouve que tu as

bon cœur, dit-elle à Juliet. Mais comme je te l'ai dit, on ne peut pas forcer les choses. Si ton père n'est pas prêt…

— Mais comment le saura-t-il, s'il n'essaie pas ? Ça fait plus de trois ans maintenant !

— Cela te paraît peut-être long… Mais pour ton père, ce n'est pas une question de temps… Tu sais, les enfants dans ta situation sont horrifiés à l'idée d'avoir un nouveau père, une nouvelle mère…

— Et vous croyez que c'est facile, pour moi ? J'ai lu des contes de fées, quand j'étais petite, je me souviens de toutes ces belles-mères acariâtres et méchantes… Mais je pense que papa se sentirait mieux s'il se trouvait quelqu'un…

Elle se tut, rougit.

— Et disons que je ne lui fais pas entièrement confiance pour choisir lui-même.

Ce fut plus fort qu'elle, Claire éclata de rire.

— Tu as donc décidé de procéder à un casting !

— C'est un peu ça, oui…

— Et je suis sur la liste !

— Euh… Oui, répondit Juliet.

De nouveau, Claire rit de bon cœur.

— Pourquoi moi ?

— Parce que vous êtes… normale ?

— Qu'en sais-tu, tu ne me connais pas…

— En tout cas, je m'y connais en bêtise, et au moins, vous, vous ne faites pas des simagrées devant les hommes.

— Effectivement, répondit Claire en souriant. Mais chérie, je ne peux pas remplacer ta mère…

— Oh ! ça, je le sais bien…

— Non, ce que je veux dire… Parlons clair. Hormis le fait que je ne suis pas plus intéressée par ton père que lui ne l'est par moi…

— Mais peut-être que si vous appreniez à vous connaître…

— Juliet, stop. A supposer, je dis bien à supposer tant l'hypothèse est improbable, bref, imaginons que ton père et moi, bon… Il faut que la personne soit à la hauteur pour trouver sa place dans une famille telle que la vôtre. Et tu peux me croire, je ne suis pas cette personne.

— Mais…

Elle leva une main pour intimer Juliet au silence.

— Quatre enfants, ce n'est pas rien… Oh ! et puis si j'arrivais à quelque chose avec les filles, imaginons, avec tes frères, oh non… Impossible !

— Mais… Vous aimez les enfants, ça se voit.

— Je les adore. J'adore leur enseigner des choses. Pas les élever. Tu sais, j'étais fille unique, mon trésor. Et je me débrouille bien, avec mon chat et mes trois pots de fleurs… Oh… Ecoute, je crois que tout finira par s'arranger. Quand le moment sera venu et sans ton… aide. Après tout, ton père a bien su choisir ta mère tout seul, non ?

Juliet réfléchit à ces dernières paroles, puis elle haussa les épaules.

— Je n'avais pas pensé à ça… Oh ! c'est tellement… difficile, parfois.

— Je comprends, vraiment, ma chérie…

Claire regarda l'horloge au-dessus du comptoir et sortit son porte-monnaie de son sac.

— Allons chercher ta sœur maintenant.

Elles retournèrent en silence jusqu'à l'école de danse.

— Est-ce qu'on pourrait au moins être amies ? demanda Juliet.

— Bien sûr ! Si tu as besoin de te confier, je suis là. Mais tu dois dire à ton père que tu arrêtes de vouloir le caser à tout prix. Parce qu'il a bien assez de soucis comme ça. Entendu ?

— D'accord, répondit Juliet en soupirant.

Au même instant, sa sœur apparut et se jeta dans ses bras.

Une bonne chose de faite, se dit Claire après avoir emmené les filles manger un hamburger. Même si les cris stridents d'Isabella, au snack, ou les remarques de Juliet, un peu trop matures pour son âge… Mais, somme toute, la matinée n'avait pas été si atroce.

Elle soupira. A voir la petite dernière se précipiter vers son père, qui ratissait les feuilles mortes dans son jardin, à le regarder serrer sa fille dans ses bras, à écouter avec adoration la fillette lui raconter en détail ses deux dernières heures… Oui, sans doute qu'avoir quelqu'un comme lui dans sa vie ne devait pas non plus être si… atroce. Excepté qu'il y avait trop de « si » et de « mais » et de « sauf que » associés à cette idée pour envisager de n'y engager que le début du petit orteil. Car, si elle avait bien retenu une leçon de son mariage terminé avant même d'avoir commencé, c'était qu'une relation digne de ce nom requérait au minimum un certain degré d'abnégation. Une qualité dont elle semblait totalement dénuée.

Et cet homme — il regarda vers elle et sa bouche articula un « merci », à quoi elle répondit par un hochement de tête avant de reculer pour s'en aller — devait attendre beaucoup, après ce qu'il avait traversé. Or, ce genre d'attentes, de besoins, elle était incapable d'y répondre.

Juliet se laissa tomber sur son lit, et aussitôt Barney se fraya un chemin sur la couette Marimekko pour couvrir son visage d'affectueux coups de langue.

— Arrête, arrête ! hurla Juliet en tentant d'échapper aux effusions du chien.

Affalée sur son lit, à l'autre bout de la chambre, Rosie Valencia, sa meilleure amie depuis toujours, se tordait de rire.

— Vas-y, Barney ! cria-t-elle, encourageant le chien à la lécher avec plus de frénésie encore. Enlève-lui ce masque grognon…

— Mais pourquoi faut-il que tout le monde me fasse ce genre de réflexion ? répondit Juliet en repoussant le chien, pour s'asseoir sur le champ de fleurs géantes rouges et roses. Une couette dont elle était tout de suite tombée amoureuse, du haut de ses dix ans, le jour où sa mère avait décidé de changer sa literie d'enfant, à l'effigie de Winnie l'Ourson ! Et elle l'adorait tout autant encore aujourd'hui, c'était juste que… Peut-être le moment était-il venu d'en changer.

Barney se coucha sur le dos, son petit ventre rose en l'air. Comprenant le message, Juliet le caressa et, bien sûr, le chien lui lécha la main.

— Je ne suis pas grognon…, marmonna-t-elle.

— Mais oui, bien sûr, rigola Rosie en faisant voltiger ses cheveux presque ébène, ses yeux verts pétillant de malice.

Elle aussi était l'aînée d'une grande fratrie. Six frères. Oui, que des garçons. Une horreur...

— Alors, tu vas me dire ce qui te tracasse... ?

Même deux jours après, il lui était difficile d'admettre que Mlle Jacobs avait raison. Elle ne pouvait pas forcer les événements. Mais cette idée, malheureusement, allait à l'encontre de tout ce que sa mère lui avait toujours appris sur les gens qui étaient maîtres de leur propre destin. Une idée qui contrariait également son impatience naturelle.

Mais ça, elle doutait que Rosie, sans doute la personne la plus cool qui soit sur cette Terre, puisse le comprendre. D'un autre côté, neuf fois sur dix, Rosie était d'accord avec elle. Leur amitié était solide, fusionnelle. Mais étant d'une famille où chacun apparemment vivait jusqu'à un âge incroyable — l'arrière-grand-mère de Rosie aurait bientôt cent cinq ans — Rosie aurait du mal à imaginer cette blessure qui, jour après jour, semblait se creuser un peu plus en Juliet. Au lieu de cicatriser, comme on aurait pu s'y attendre. Comme elle l'avait espéré.

— Oh ! c'est juste des trucs..., dit-elle en attrapant son classeur et son livre de maths, au pied du lit. Ça passera... Alors, que penses-tu du casting pour la pièce des vacances de Noël ?

LA pièce. Une version du Dr Seuss d'*Un chant de Noël* de Dickens. Un spectacle à rallonge, joué par une troupe de dizaines d'élèves. Avec souvent, juste quelques mots à déclamer pour chacun. Comme pour Rosie et elle. Parce que les rôles principaux étaient réservés soit aux terminales, soit aux plus petits.

— Tout le monde semblait prêt, à la répétition, répondit Rosie. Pff, mais comme j'aimerais faire ravaler son sourire hypocrite à machine...

Juliet sourit, sachant parfaitement à qui son amie faisait allusion. Amber Fortunato. Longs cheveux soyeux, poitrine plantureuse et un père propriétaire de la concession BMW.

— Mais bon... Et tu as vu son petit copain ? Celui qui tient le rôle du neveu de Scrooge ? Comment s'appelle-t-il, déjà ?

— Euh, Scott Jenkins ? dit Juliet en sentant ses joues

s'embraser, tandis qu'elle s'efforçait de comprendre l'énoncé du problème, sur son livre de maths.

Elle faisait pourtant de son mieux en classe, mais elle avait du mal à suivre malgré tout.

— Oui, c'est ça, Scott. Il est super mignon. Je lécherais bien un peu de glace à la framboise, dans le creux de ses fossettes. Et ses yeux bleus… Trop beaux.

Elle était comme ça, Rosie. A dire tout ce qui lui passait par la tête, y compris les choses les plus… intimes. Tout le contraire de Juliet, impatiente mais pas impulsive. Elle réfléchissait toujours deux fois, voire trois, avant de parler, avant de faire quelque chose. Enfin, le plus souvent.

— Il est en terminale, dit-elle sans détacher les yeux de son manuel. Inaccessible. Sans parler d'Ambre…

— Oh ! je leur donne, allez, deux semaines maximum, répliqua Rosie, les yeux brillants. Mais… Pourquoi tu rougis ? On dirait ces fleurs, sur ta couette…

— Oh ! ça va, la ferme…

— Tu n'as qu'à lui donner rendez-vous…

Juliet fusilla son amie du regard.

— Bon, attends deux semaines, si mes prédictions sont exactes…

— N'importe quoi. Même si Scott ne m'éclate pas de rire à la figure, papa me tuerait. Et lui après, à condition qu'il ait accepté. Puis de nouveau moi, pour marquer le coup.

— Mais… Et si c'est lui qui t'invite ? Tu vois, après sa rupture avec Ambre, il chercherait quelqu'un pour panser ses blessures et tout le tralala…

Juliet soupira. Car si elle rechignait à le reconnaître, cette éventualité — une douce, une merveilleuse éventualité — lui avait traversé l'esprit plutôt dix fois qu'une. Mais bon…

— Ça reviendrait au même. On se ferait tuer tous les deux. Tu sais bien que je n'ai pas le droit d'avoir d'amoureux, Rosie. Pas avant mes seize ans. Et de toute façon…

Elle baissa de nouveau les yeux sur son livre de maths, comprenant encore moins que deux minutes plus tôt ce qui y était écrit.

— J'ai d'autres préoccupations dans l'immédiat…

— Comme quoi ?

— Réussir mon contrôle de géométrie, par exemple.

— Tu n'as qu'à suivre des cours particuliers. Autre chose ?

Juliet laissa échapper un soupir. Oui, Mlle Jacobs lui avait promis de l'écouter, si elle éprouvait le besoin de se confier. Mais quand et comment, à l'école ? Et puis, leur dernière conversation n'avait somme toute rien résolu…

— Juliet ? appela son père en frappant à la porte entrouverte, avec encore et toujours cette lassitude dans les yeux. Le dîner sera prêt dans dix minutes. Tu restes avec nous, Rosie ?

— Je ne voudrais pas vous déranger…

— Carmela a apporté un ragoût de thon. Il y en a pour la moitié de la ville.

— Je vais demander à maman, répondit Rosie en gloussant. Mais avec plaisir, merci.

Laissant la porte entrouverte, son père disparut, le parquet grinçant sous ses pas. Rosie regarda alors Juliet et chuchota :

— Ton père va bien ? Il a l'air fatigué.

— Ah ! ce n'est donc pas mon imagination.

— Non… Oh ! tu t'inquiètes pour lui, c'est ça ?

Juliet supposait qu'il était normal, pour une enfant ayant perdu l'un de ses parents, de se faire du souci pour celui qui restait. Aussi acquiesça-t-elle d'un signe de tête, avant de répéter à peu de choses près ce qu'elle avait dit à Mlle Jacobs le samedi — plus quelques aménagements avec la vérité pour avoir la paix. Et Rosie lui exprima toute sa compréhension en l'écoutant avec attention et amitié, un peu comme elle l'avait fait en apprenant le décès de sa mère, toutes les deux se jetant dans les bras l'une de l'autre et pleurant à chaudes larmes dix bonnes minutes. Rosie avait beau être superficielle parfois, toutes deux n'étaient pas amies sans raison.

— Je me demande comment papi ferait, sans mama, soupira son amie. Je veux dire…

Elle sortit son téléphone de son sac et envoya un texto à sa mère.

— Elle est toute sa vie… Ah, maman dit que je peux rester… Et de ne pas oublier d'aider à mettre la table…

Elle leva les yeux au ciel, puis renvoya un texto à sa mère et reporta son attention sur Juliet.

— Tu sais, tu ne peux rien contre ça. C'est la vie de ton père, tu comprends…

— C'est aussi ce qui dit Mlle Jacobs…

— Parce que…

Rosie retint son souffle, avant de chuchoter :

— Oh mon Dieu ! ne me dis pas que tu as essayé de les mettre ensemble ? Enfin, Jules, déjà Mlle Elliot, c'était nul, mais Mlle Jacobs… Sérieux ?

— Je voudrais bien savoir, hormis le fait que nous nous soyons entendues toutes les deux pour que j'arrête de vouloir caser papa…

— C'est donc vrai ?

— … qu'est-ce que tu trouves de nul, chez Mlle Jacobs ?

— Oh ! rien du tout. C'est l'une des profs les plus cools que j'ai jamais eues. Mais tu as bien regardé ton père… Il est super, ne te méprends pas sur mes paroles… Et il est sexy aussi…

— Bon Rosie, épargne-moi les détails.

— Oui, eh bien je n'imagine pas deux personnes plus mal assorties qu'eux, voilà. N'oublie pas, j'ai connu ta mère. Elle et Mlle Jacobs… On dirait qu'elles n'appartiennent pas à la même espèce. Réfléchis un peu… Elle est toute pétillante, excentrique et ce genre de trucs, alors que ton père… Pas du tout. Et ta mère l'était encore moins. Reviens un peu sur Terre, Juliet…

— Oh, ça va, j'ai compris. J'en ai fini de toute façon de vouloir trouver une fiancée à mon père. Terminé.

— Tu le jures ?

— Croix de bois, croix de fer…, marmonna Juliet en se laissant retomber sur le lit, Barney aussitôt venant poser sa tête sur son ventre. Et Noël qui approche à grands pas. Maman… Elle adorait la période des fêtes de fin d'année et ne ménageait pas ses efforts pour que tout soit parfait. Les repas, les décorations, les chants de Noël qu'il fallait répéter jusqu'au grand soir.

— Je me souviens, oui, dit Rose. C'était la maison la

plus gaie du quartier… Ma pauvre maman, tout juste si elle pense à acheter gâteaux et friandises, ces trucs chimiques, tu sais, au supermarché. Non que ça gêne les garçons… Du moment que c'est sucré.

— C'est pareil ici, remarqua Juliet avec un sourire crispé, avant de soupirer. Même après avoir compris que le Père Noël n'existait pas, maman a continué de vouloir en préserver toute la magie. Oh ! bien sûr, je peux m'occuper des menus, de la déco et mettre un CD des chants de Noël, mais ce n'est plus pareil. C'est comme si elle avait emporté cette magie avec elle.

— Je comprends ce que tu veux dire, Juliet, dit Rosie avec tendresse. Vraiment. Mais croire que la magie est morte avec elle ?

Elle secoua la tête.

— Non, c'est stupide.

— Merci pour le compliment.

— Non, c'est vrai. Ta mère savait insuffler de la magie à cette maison, mais cette magie n'était pas à elle, tu vois ? La magie de Noël, elle est partout autour de nous, en nous, et c'est à nous de savoir la saisir pour la magnifier et…

A cet instant, son père les appela pour le dîner. Rosie referma livres et classeurs, puis elle se leva tout en époussetant les miettes de cookies sur sa poitrine.

— Ma grand-mère dit toujours que plus tu cherches à expliquer à l'univers ce que tu attends de lui, moins tu parviens à voir ce que l'univers s'efforce de te donner. Ce n'est pas à nous de forcer les choses. On doit laisser faire, c'est tout.

— Impressionnant !

— Oh ! j'entends ce genre de discours depuis que je suis née. Rien d'étonnant à ce que je le reprenne à mon compte, finalement.

Juliet rit. Si Rosie parfois l'exaspérait, elle lui faisait aussi beaucoup de bien. Et dans le fond, elle n'en doutait pas, Rosie, comme sa grand-mère, avaient raison. Elle devait faire preuve de patience. Garder confiance. Et aussi peut-être, oui, creuser un peu plus pour trouver cette magie en elle. Mais quand toutes deux entrèrent dans la cuisine et qu'elle vit ce sourire forcé sur la bouche de son père, entendit cette tristesse dans sa voix, elle comprit que si elle avait encore été en âge de croire au Père Noël, elle aurait su quoi lui demander.

- 3 -

Assis à la table en métal, une vieillerie qui occupait la moitié de la salle minuscule qui lui servait de bureau, à côté des vestiaires, Ethan s'étira en bâillant copieusement. Le néon au-dessus de sa tête clignota, avant de reprendre ce ronronnement qui avait un effet soporifique sur lui. L'entraînement avait pris fin une demi-heure plus tôt, juste avant le déclin d'un soleil médiocre, laissant la place à un froid humide. Synonyme de neige, prétendaient certains. Ce n'était pas l'avis de son genou…

Le silence, à cette heure de la journée… Il détestait ça. Un moment tout trouvé pour ses ruminations de l'assaillir. Il baissa les yeux sur les résultats des épreuves d'éducation physique de ses gars, puis soupira, rangea les papiers dans sa sacoche en cuir. Un cadeau de Merri, le premier Noël après ses débuts dans l'enseignement. Comme il se l'était promis, à lui-même, mais aussi aux enfants et à Merri, le jour de l'enterrement, il ne laisserait rien empiéter sur sa vie de famille, aussi rechignait-il à ramener du travail à la maison. Mais Juliet, sortie deux heures plus tôt, avait probablement besoin d'un coup de main. Aussi capable fût-elle de gérer les garçons et Bella, ce n'était pas son rôle. Il bâilla de nouveau, sa décision était prise. Il finirait la paperasse à la maison, une fois les petits couchés, lorsque Juliet pourrait enfin se mettre à ses devoirs.

A cet instant, une feuille voleta et vint atterrir sur le sol en vinyle. Il se pencha pour la ramasser, soupirant pour la énième fois. Une note concernant deux de ses joueurs, menacés de perdre leur place au sein de l'équipe si leur travail scolaire ne s'améliorait pas. Il se frotta les yeux, puis fronça les sourcils. Roland White et Zach Baker, tous deux juniors, montraient apparemment peu d'assiduité au cours d'anglais… Avec Claire Jacobs.

Il faillit éclater de rire. Voyez-vous ça ! Bon, heureusement, il était encore temps de changer le cours du destin, en tout cas pour l'année à venir. En revanche, ces deux-là feraient mieux de travailler plus sérieusement, et vite, sinon ils se verraient exclus de l'équipe pour le reste de la saison. Ce qui n'était pas souhaitable. Pour plusieurs raisons.

De toute façon, il ne pouvait rien dans l'immédiat. Il se leva, remonta la fermeture Eclair de sa veste au nom de l'équipe de foot du lycée et claqua la porte derrière lui… Ouvrant ainsi la voie à un flot de souvenirs. En dépit du lifting subi par l'établissement, depuis le temps où lui-même y était élève, chaque fois qu'il mettait les pieds ici, il imaginait Merri dans le couloir, dans son costume de pom-pom girl bleu et blanc, ses couettes blondes voltigeant. Oui, se dit-il en se dirigeant vers son Explorer, à l'autre bout du parking, tous deux formaient un gentil petit couple, elle fan de foot, lui star de l'équipe… Et surtout, entre eux, une véritable passion…

Un bruit de pas dans son dos le fit se retourner, en alerte. Réflexe hérité de son séjour en Afghanistan.

— Désolée, s'excusa Claire, surgissant telle une apparition. Je ne voulais pas vous faire peur. Je vais par-là, ajouta-t-elle en désignant sa voiture, garée dans un coin, le plus sombre du parking.

Il pensa aborder le cas de White et Baker, mais il faisait froid et il était tard. Il devait rentrer s'occuper de sa progéniture. Il avait déjà eu ce genre de conversation par le passé, avec d'autres profs, à propos d'autres joueurs, et cela ne s'était pas toujours bien passé. Mieux valait prendre le temps de la réflexion et élaborer une stratégie. Bref, cette discussion pouvait attendre le lendemain. Aussi la salua-t-il d'un geste, s'attendant à la voir s'éloigner vers sa voiture, une berline blanche pas vraiment de la première jeunesse et qu'elle n'avait probablement pas choisie elle-même.

Mais au lieu de cela, elle s'approcha de lui. Il se renfrogna, toujours sur ses gardes, le cœur battant un peu plus fort que la normale. Soit, ce serait un mensonge de prétendre qu'il n'avait pas pensé à elle une ou deux fois, le week-end dernier, surtout après que Juliet lui eut rapporté leur petite conversation à toutes les deux. Ce serait également mentir d'affirmer qu'il ne lui arrivait pas, parfois, d'espérer croiser son chemin, ne serait-ce que pour avoir la chance d'entrevoir son sourire si particulier. Cet éclat dans ses yeux marron. Comme une étincelle de chaleur dans un désert de glace. Enfin, ce serait aussi mentir, pour la troisième fois, toute prudence mise à part, de prétendre que son apparition n'était pas somme toute une aubaine, l'occasion de se vider la tête.

Même si, puisque Claire justement était dans sa tête, peut-être justement devrait-il se montrer plus prudent…

— Que faites-vous encore ici à cette heure ? demanda-t-il sur un ton qu'il voulait amical mais détaché, presque agacé même. Juliet m'a dit que la répétition se terminait à 16 heures…

— C'est exact. Mais j'avais ensuite des cours à préparer, répondit-elle avec cette voix qui, à cet instant, le fit penser à un martini dry.

Encore une chose qu'il ne s'était pas autorisée depuis un bail.

— Et, si je ne le fais pas ici, c'est fichu. Et je déteste improviser…

Mains enfouies dans les poches de sa doudoune violette, un sac à dos comme ceux des ados à l'épaule, elle rit, ses boucles brunes voletant autour de son visage.

— A la fois sur scène et dans une salle de classe. Mais… Vous prenez la voiture pour parcourir la centaine de mètres qui vous séparent de chez vous ?

— Les matins où il fait 3°C à 6 h 45, oui…

Il n'allait pas lui donner la vraie raison, à savoir que son genou était sensible au froid et ce, malgré la bande de soutien tout autour. Pleurnicher, c'était pour les mauviettes.

— Bien sûr, dit-elle en remontant le col de sa doudoune — elle tenait à la fois du bonhomme Michelin et d'une grappe de raisin noir. Je suppose que vous n'avez pas vu Juliet… Dans l'heure qui vient de s'écouler, je veux dire…

— Non, elle rentre toujours directement, pour libérer sa grand-mère, répondit-il avec un haussement d'épaules. On a mis au point toute une organisation, un peu sophistiquée, mais ça fonctionne…

— Je comprends. Bien, je ne vais pas vous retarder plus, dit-elle en souriant.

Il sentit quelque chose fondre en lui. Presque. Jusqu'à ce qu'elle ajoute :

— Vous risquez de trouver Juliet un peu excitée…

— Ah. A propos de quoi ?

— Je la laisse vous expliquer ça toute seule, répondit-elle.

Elle s'éloigna, emportant toute chaleur avec elle et, subitement, la voir partir lui fut insupportable. Pas déjà.

— Elle m'a parlé de votre conversation ! lança-t-il.

Déjà à sa voiture, elle se retourna.

— Quelle conver… Oh. L'autre matin, quand j'ai accompagné la petite dernière à son cours de danse ?

Il acquiesça d'un bref hochement de tête, ses oreilles presque en feu à cause du froid. Et peut-être une autre partie de son anatomie aussi, sans que le froid là y soit pour quelque chose.

— J'aurais dû venir vous voir plus tôt, pour vous remercier, vous voyez ? Elle a promis… Enfin, apparemment, elle ne cherchera plus à me caser…

Elle revint sur ses pas, manifestement frigorifiée, presque à claquer des dents.

— Bien. Car c'est tout juste si je ne lui ai pas fait signer une déclaration sous serment…

Il tenta de sourire ; difficile avec des joues gelées.

— En tout cas, vous savez y faire.

— J'en doute… Mais je me rappelle de moi-même, adolescente, quand toute ma vie se résumait à un seul mot : l'envie.

— L'envie de quoi ?

Elle laissa échapper un petit rire crispé.

— Oh mon Dieu ! de tout. En tout cas, de tout ce qui m'était inaccessible. Une garde-robe de star. Un petit copain. Des cheveux raides, ajouta-t-elle avec un sourire en coin, et il sentit de nouveau ses joues se contracter. La différence, c'est que je n'avais pas l'audace d'agir pour remédier à mes frustrations. Enfin, sauf pour mes cheveux, mais passons. Juliet… Bon, si parfois elle est excessive, au moins elle agit. Et à vrai dire… Elle n'agit pas de façon égoïste, en pensant à son petit bonheur à elle. Pas à ce sujet en tout cas…

— Hmm… Que voulez-vous dire ?

Elle glissa les mains dans ses poches, sa peau avait une teinte jaunâtre à la lumière des lampadaires. En dépit de sa taille — ou plus précisément, de sa petite taille —, elle n'offrait aucunement l'image d'une femme frêle et vulnérable, réalisa-t-il. Une bonne chose, l'essentiel de ses élèves étant, en effet, bien plus grands qu'elle.

— Attention, je ne connais pas bien Juliet, poursuivit-elle. Et je ne sais pas mieux ce qui se passe dans votre tête. En revanche, je sais ce que c'est, de perdre un parent. Je connais ce sentiment de vide, dans votre cœur. Et comment on peut…

Elle détourna brièvement les yeux, avant de les ramener sur lui.

— Tout ce dont vous rêvez, c'est de combler ce vide. Mais ce qui m'a frappée, chez Juliet, ce n'est pas à son cœur qu'elle pense exclusivement. C'est au vôtre. Ces manœuvres pour vous trouver une fiancée… Elle ne rêve que de vous voir heureux de nouveau.

Ethan se renfrogna.

— Elle ne me trouve pas heureux ?

— Visiblement, non. Et ce souci d'autrui, cette empathie chez l'adolescent, plutôt refermé sur lui-même en général, est complètement atypique. Ce qui me fait dire que son père doit lui aussi être atypique et… Oh ! mince, il est tard, je suis désolée…

Elle tourna les talons et se précipita vers sa voiture, sans laisser à Ethan le temps de répondre, avant de se retourner.

— Oh ! j'allais oublier… J'ai reçu une note du bureau à propos de ces deux joueurs dans ma classe de troisième ? Il va falloir qu'on en discute…

— Euh, entendu. A quelle heure commencez-vous, demain ?

— 9 heures. Je prends une heure pour relire mes cours de la journée…

— Ah, moi aussi. Enfin, je prends une heure pour préparer mes cours…

— Bien, dit-elle en souriant. Chez vous ou chez moi ?

— Chez moi, dit-il, préférant pour cette confrontation être sur ses terres. Salle 110, juste derrière le gymnase.

— Parfait, dit-elle.

Elle monta dans sa voiture et démarra, Ethan réalisant peu à peu que son pauvre genou était le dernier de ses soucis.

Comme d'habitude, à la seconde où il mit le pied dans la maison, ses quatre enfants l'assaillirent pour lui raconter leur journée dans un brouhaha indescriptible. Comme d'habitude aussi, il prit Bella dans ses bras pour un petit câlin et, comme à l'accoutumée, la fillette fit la grimace au contact de ses joues rugueuses. Les jumeaux se lancèrent, en chœur, dans le récit d'un événement survenu à l'école, avant que Juliet les envoie se laver les mains, le dîner étant presque prêt. Il se dit alors, que si ce n'était évidemment pas la vie dont il rêvait à l'origine, il était prêt à tout pour la préserver.

A cet instant, lui revinrent en tête les propos de Claire. Lui, un homme atypique, et l'espace de quelques secondes, l'univers chavira.

— Papa ? l'interpella Juliet, en posant un plat de spaghettis à la bolognaise sur la table, tandis que le reste de la troupe réapparaissait, les mains propres. Est-ce que ça va ?

Il regarda son aînée, radieuse.

— Oui mon bébé, je vais bien. Hmm, ç'a l'air délicieux. C'est toi qui l'as préparé ou ta grand-mère ?

— Baba a apporté les boulettes de viande, j'ai fait la sauce. Il y a de la salade aussi…

— Au fait, je suis tombé sur Mlle Jacobs, sur le parking. Il paraît que tu as une grande nouvelle pour moi ?

Le sourire de sa fille lui alla droit au cœur, comme toujours.

— Celle qui devait jouer le *Fantôme des noëls passés* a déclaré forfait, et Mlle Jacobs a auditionné certaines d'entre nous. Puis le reste de la troupe a voté et… J'ai gagné !

— Bravo ! s'exclama-t-il en faisant le « V » de la victoire…

Même si son enthousiasme n'égalait pas celui de Juliet. Et il s'en voulait, de ne pas éprouver le même engouement pour une chose qui, visiblement, comptait beaucoup pour sa fille, dont les yeux pétillaient comme jamais.

— Oh ! c'est sûr, ce n'est qu'une pièce de théâtre pour le lycée, mais j'espérais tellement… J'avais même fait une prière pour ça…

Il soupira.

— Juliet…

— Oh non, je n'ai pas demandé à Dieu de me donner le rôle ! Mais j'ai pensé que, peut-être, il pourrait m'aider un peu, pendant l'audition, c'est tout. Ce n'est pas méchant, non ? Je veux dire, plein de comédiens font ça, avant d'entrer en scène. Pour jouer le mieux possible…

En effet, ce genre de rituel était monnaie courante. La petite ville de Maple River réunissait des communautés de toutes religions, et un nombre surprenant d'enfants pratiquaient. Et si prier permettait de les aider, les rendait plus fort, il n'y voyait aucun inconvénient. Aussi ferma-t-il les yeux sur le recours très pragmatique à la foi de son ado, même si parfois ces comportements heurtaient la sienne.

— Je ne suis pas expert en la matière, dit-il. Mais apparemment, cela t'a réussi.

— Je suis tellement impatiente, dit-elle avec un soupir de ravissement, tout en attrapant les assiettes, dans le placard. Parce que, tu comprends, c'est une étape importante, non ?

— Une étape vers quoi ?

— Dans ma carrière de comédienne, bien sûr, répondit-elle, les assiettes s'entrechoquant entre ses mains, dans sa fébrilité.

— Mais, comme tu le dis… ça reste une pièce pour le lycée…

— Papa, répliqua-t-elle en le regardant de travers, ça fait trois mois que j'essaie de t'expliquer, mais tu n'écoutes pas. J'adore le théâtre. C'est comme… Comme si je m'étais enfin trouvée. Si je savais enfin ce que j'allais faire de ma vie. Oh oui, je sais, j'ai fait un million de choses avant, et ensuite j'ai laissé tomber, mais… mais aujourd'hui, c'est différent.

Ethan hocha doucement la tête.

— Mais je pensais que ton petit commerce, sur eBay… ?

— Ça fait partie de mon projet. Pour financer mes études. Dans une école d'art dramatique. Et pas n'importe laquelle. Je veux entrer à Yale. Ou Carnegie Mellon. Peut-être même Julliard.

A ces mots, un frisson le parcourut, le même genre de frissons — ou l'un de ses innombrables cousins — qui, avec une régularité lancinante, ne cessait de l'assaillir depuis la disparition de Merri. Ce constat terrible de ne pouvoir empêcher ses enfants de commettre des erreurs, de les préserver du désenchantement.

Bien sûr qu'il voulait le bonheur de Juliet, c'était une évidence. Il aurait vendu son âme — à supposer qu'elle ait eu encore une quelconque valeur sur le marché — pour le bonheur de chacun de ses enfants. Mais l'angoisse ne le lâchait pas pour autant. En cas de désillusion, qu'adviendrait-il de sa fille ? Si elle ne réalisait pas son rêve — il y avait tant d'aspirants au métier d'acteur, de comédien, et si peu d'élus — ou même si elle n'était pas acceptée dans l'une de ces écoles…

Cependant, la raison vint à sa rescousse. Juliet n'avait que quinze ans, ce cours de théâtre au lycée était une expérience nouvelle. Qui s'achèverait à la fin de l'année scolaire. La peur s'estompa, finissant même par régresser totalement. L'occasion d'un peu de répit. Soit, il aurait mille choses à dire sur le sujet et autant d'objections à présenter à sa fille. Mais à quoi bon gaspiller sa salive ? Car il était fort probable que sa forte tête d'adolescente ne tiendrait aucun compte des avertissements de son père.

Aussi se contenta-t-il de remarquer :

— Certaines ambitions parfois sont trop… ambitieuses…

Il n'alla pas plus loin, le reste de la couvée faisant une apparition tonitruante dans la cuisine.

— Vise haut, voilà ce que disait maman. Ce n'est pas vrai ?

En réalité, ses paroles précises étaient :

« Vise haut, tords le cou à la peur et vis comme si aujourd'hui était ton dernier jour. »

*
* *

Le lendemain matin, Claire se fraya avec prudence un chemin parmi des élèves se pressant mollement pour leur premier cours de la journée. Son petit plateau et deux tasses de café dessus, en équilibre précaire entre ses doigts gelés, elle tenta de se raisonner. Pourquoi ces tiraillements à l'estomac à la perspective de retrouver Ethan dans son bureau ? D'autant que cette visite n'avait rien de personnel. Il s'agissait de discuter de l'avenir de deux ados, point barre. Elle devait bien être capable de tenir ce genre de conversation sans passer pour une petite prof sans expérience… Tout au plus, une débutante qui, en dépit de son parcours, se sentait bien plus à l'aise sur une scène ou face à une classe d'élèves chahuteurs qu'avec des personnes de l'acabit d'Ethan Noble.

Mon Dieu, elle ne s'était pas rendue de ce côté-ci de l'établissement depuis une éternité, pour le cours de gym obligatoire de seconde, souvenir qui ne suscita pas la moindre trace de nostalgie, en elle. La sonnerie retentit, vidant comme par magie les couloirs de ses grappes d'élèves. Elle accéléra le pas, fronçant le nez aux odeurs de chlore émanant de la piscine couverte, sur sa gauche. La porte du bureau était ouverte, ce qui ne l'empêcha pas de frapper doucement à la vitre. Il sursauta avant de se lever, avec ce qui devait être pour lui un sourire.

— Hello, dit-il comme quelqu'un que l'on surprend ailleurs, dans un autre monde… Juste à l'heure.

— J'ai apporté le café, dit Claire, en posant le plateau sur le bureau. Je ne sais pas comment vous l'aimez, alors je l'ai pris noir. Avec crème et sucre en option…

— Noir, c'est super. Merci.

Elle prit sa tasse, marmonnant une modeste obscénité quand elle en renversa quelques gouttes sur le bureau. Elle prit l'une des serviettes en papier, en vrac sur le plateau, pour nettoyer, avant de lui tendre son café, sans doute tiède à présent.

— Merci, dit Ethan tandis qu'elle glissait la serviette détrempée dans la poche de son manteau.

L'air vaguement amusé, il se baissa pour attraper la corbeille derrière lui et la lui tendit.

— Oh… Oui, bien sûr, bafouilla-t-elle et elle sortit la serviette de sa poche et la jeta dans le réceptacle métallique.

Il rangea la poubelle à sa place, puis lui fit signe de s'asseoir face à lui, tout en avalant une gorgée de café.

— Au fait, Juliet est folle de joie d'avoir décroché ce rôle, dit-il en guise de préambule.

Super, ça démarrait plutôt bien…

— Et encore, vous ne l'avez pas entendue crier quand le metteur en scène a cité son nom. Comme si Justin Bieber en personne l'avait désignée !

Claire déboutonna son manteau, but une larme de café, encore chaud, alléluia.

— Ou je ne sais quelle star en vogue en ce moment, je ne suis pas vraiment au courant de ce genre de choses.

— Difficile de l'être, bougonna Ethan en secouant la tête. Ça change toutes les semaines. Je suis dépassé…

— Vous n'êtes pas le seul, dit-elle.

Etonnamment, il esquissa les prémices d'un sourire… avant de se rappeler manifestement les raisons de leur présence ici.

— Bien, nous avons il me semble un problème avec mes joueurs…

— Non, répondit Claire avec prudence. Roland et Zach ont un problème, pas nous. Mais je ne demande qu'à les aider. A leur donner confiance en eux…

Ethan se renfrogna.

— Vous ne m'en croyez pas capable ?

— Je ne parle pas que de leurs compétences sur un terrain de foot…

Elle se tut, le cœur serré face à ce regard noir… Terriblement intimidant. Et terriblement sexy, aussi, mais ce n'était ni le lieu ni le moment pour ce genre de divagations.

— Ecoutez, je connais l'importance de l'activité foot, à Hoover. Et je n'y vois pour ma part aucun inconvénient… Le souci, c'est que ces garçons considèrent les autres matières comme secondaires. Seul le sport trouve grâce à leurs yeux, et particulièrement le foot. Leur unique ambition est de remporter le trophée du championnat. Ils sont convaincus que leurs muscles comptent plus que leur cerveau… Je suis très attachée à mes élèves, Ethan. Et oui, cela m'attriste de les voir gâcher leur potentiel. Aussi…

Elle sentit ses joues s'embraser.

— J'aimerais que l'on conjugue nos efforts pour tenter quelque chose, pour eux…

Un silence pesant s'ensuivit, et elle sentit sa gorge se serrer, puis quelque chose scintilla dans ses yeux bleu glacier, même s'il resta aussi immobile qu'une statue de pierre.

— Vous aimez le football ?

— Pas particulièrement, non.

Il hocha la tête, un vague sourire, une grimace plutôt, au coin des lèvres.

— Vous trouvez ça stupide, j'imagine. Absurde, sans intérêt…

— C'est un QCM ? voulut-elle plaisanter pour détendre l'atmosphère, de plus en plus lourde, oppressante.

— Heureusement que vous avez apporté le café, dit Ethan.

Cette fois, elle la vit nettement, cette étincelle dans son regard.

— Sinon, j'aurais pu penser que vous étiez venue chercher la bagarre…

— La franchise n'a rien à voir avec la provocation… Mais n'attendez pas de moi que je ferme les yeux sur les carences de ces deux élèves, uniquement pour préserver leur place dans l'équipe de foot du lycée. Ce que d'autres professeurs n'ont pas hésité à faire, je le sais.

A ces mots, il la dévisagea, perplexe.

— Et vous pensez que c'est moi qui le leur ai demandé ?

— A vous d'éclairer ma lanterne…

— Eh bien, non. Jamais.

— Oh.

— Parfaitement. Bien sûr que je suis contrarié quand je perds l'un de mes joueurs, à cause de ses notes. Et je sais de quoi je parle… J'ai été élève ici même, et il m'a fallu travailler dur pour ne pas risquer d'être expulsé de l'équipe. Je n'étais pas très doué, et les autres matières étaient un cauchemar pour moi. Mais si cela peut vous tranquilliser, je ne vois plus les choses de la même façon, aujourd'hui.

— Non ?

— Non…

L'éclat dans ses yeux s'évanouit.

— Personne mieux que moi ne sait qu'il y a plus que le football, dans la vie, dit-il d'une voix calme et intense qui capta l'attention de Claire. Et à vouloir mettre tous ses œufs dans le même panier, on risque fort de se retrouver avec une omelette. Mais allez donc faire comprendre ça à un gamin de dix-sept ans qui s'est toujours entendu traiter de bon à rien, jusqu'à ce qu'un jour, il découvre qu'il y a un domaine où il a du talent. Certains d'entre eux, alors, ne jurent plus que par le foot, les autres pensent à leur avenir, à se faire remarquer par le sélectionneur d'une Université prestigieuse. Pour ceux-là, le foot est le seul moyen d'accéder à des études supérieures de qualité…

— Oh ! je vous en prie, pas de misérabilisme, ce lycée accueille nombre d'élèves issus de milieux privilégiés.

— C'est exact. Mais pas White, ni Baker. Je connais ces gosses, leur famille, quand ils ont la chance d'en avoir une. Je suis même allé à l'école avec les parents de certains, aussi je me sens personnellement concerné par leur sort. Et laissez-moi vous dire autre chose… Qu'apprennent-ils, sur un terrain ? A faire partie d'une équipe, à joindre leurs efforts pour atteindre un but. Pour beaucoup, le concept est complètement nouveau. Et il leur sera utile pour le restant de leurs jours. Alors, croyez-le ou pas, le football ne se limite pas à taper dans un ballon. Pour ces enfants, le foot n'est pas seulement toute leur vie, c'est aussi une planche de salut. La promesse d'un avenir meilleur…

Il leva une main, la laissa retomber sur le bureau.

— L'espoir de plus…

Bien, songea-t-elle, un peu déstabilisée. Il ne correspondait pas tout à fait au profil — à la caricature — qu'elle avait du sportif. Sa passion évidente — pour ces enfants, plus que pour le sport lui-même, lui semblait-il — éveilla quelque chose, en elle. De la compassion peut-être ? Car manifestement, tout ça lui tenait vraiment à cœur. Et pas seulement à cause de ses liens avec cette communauté, mais parce que le foot représentait une planche de salut pour lui aussi…

— Je comprends…

— Vraiment ?

— Oui, vraiment, dit-elle en souriant. Mais ces garçons doivent néanmoins apprendre à rédiger une dissertation dans les règles. Surtout ceux qui ambitionnent d'aller à l'Université.

— Je suis d'accord. Je n'ai rien contre le principe. Ce que je ne veux pas, c'est qu'ils se voient privés de la seule chose susceptible de leur offrir une embellie, dans leur existence.

— Tout est question d'équilibre, c'est à nous de les aider à trouver cet équilibre…

La sonnerie retentit. Elle se leva, attrapa son sac, son café froid maintenant.

— De mon côté, je vais travailler avec eux sur *Macbeth*, dit-elle, et devant la grimace d'Ethan, elle ajouta : Je suis comédienne, je vous rappelle. Le théâtre aussi peut être un fabuleux levier…

— Vous avez déjà essayé d'apprendre *Macbeth* à des ados qui ne vivent que pour le sport ?

— Eh bien, disons que je suis prête à relever le défi…

Et devant son sourire narquois, elle renchérit :

— Tout se passera bien, j'en suis sûre. Car vous n'êtes pas le seul à avoir envie de les voir réussir quelque chose dont ils ne se croient pas capables…

Il l'étudia avec attention une fois dehors, alors que les enfants se pressaient pour leur deuxième cours de la journée.

— C'est ce qui vous a poussée à choisir l'enseignement ?

— Pour être franche, répondit-elle, après quelques secondes de réflexion, mon objectif, quand j'ai passé mon certificat d'aptitude, n'était pas aussi altruiste. J'avais besoin de travailler, j'aimais les enfants, et l'enseignement me paraissait une bonne solution en attendant… Mais bon, ce n'est pas le moment. Et non, ce n'est pas pour cette raison que je suis devenue professeur. Mais c'est en tout cas la raison pour laquelle je me réjouis de l'être.

— Oui, je vois ce que vous voulez dire, répondit-il sans la quitter des yeux.

Elle resta sous l'emprise de son regard, une sensation presque aussi agréable que lors de cette représentation mémorable, au lycée, dans *Le Songe d'une nuit d'été*, quand, reculant de quelques pas sur la scène, elle avait malencontreusement heurté une fausse souche avant de se retrouver les quatre fers en l'air, devant tout le monde.

— Vos garçons ne seront pas perdants, dit-elle. Pas si je peux les aider.

Et sur ces paroles, elle prit congé avant que quelque chose de tout à fait inapproprié ne prenne racine dans son esprit.

- 4 -

— Roland ? Zack ? Pouvez-vous rester deux minutes ?

Déjà à la porte, les deux garçons s'arrêtèrent brusquement, empêchant leurs camarades de s'échapper.

— Mais on a un autre cours, mademoiselle Jacobs, dit Roland, avec ses dreadlocks exécutées dans les règles de l'art. M. Avilla ne supporte pas qu'on soit en retard.

— J'ai parlé à M. Avilla, il n'y a pas de problème. Et ce ne sera pas long.

— Mais votre prochain cours à vous…

— Les seconde ont une réunion d'orientation, aujourd'hui, rassurez-vous, répondit Claire en désignant les bureaux face à elle. Alors, asseyez-vous.

Les deux garçons échangèrent un regard, avant d'obtempérer, chacun se rasseyant à sa place avec une moue contrariée. Claire décida de rester debout, une manière de conserver un certain ascendant psychologique sur les deux ados.

— Je suppose que vous êtes au courant. Vos notes pour ce cours risquent de vous coûter votre place dans l'équipe de foot.

— Oui, soupira Zach en passant une main dans sa tignasse blonde. Le conseiller d'éducation nous a…

— Ce n'est pas juste, l'interrompit Roland en secouant la tête. Il ne s'agit que d'une matière, ce n'est pas comme si on avait des mauvaises notes partout…

Elle leva la main pour les faire taire.

— Nous ne sommes pas ici pour débattre de la politique du lycée. Politique que vous connaissiez quand vous êtes entrés dans l'équipe. Bien. Une idée sur la façon de résoudre le problème ?

Roland lui adressa ce petit sourire qu'elle lui avait vu employer avec grand succès apparemment sur les filles de sa classe.

— Vous pourriez trafiquer nos notes… ? Hé ! s'exclama-t-il quand Zach lui envoya un coup de coude dans les côtes. Qu'est-ce que…

— Tu débloques ou quoi ! Elle n'a pas l'air de plaisanter. Et puis, si elle avait voulu trafiquer notre bulletin, ça serait déjà fait. Pas vrai, mademoiselle Jacobs ?

— C'est exact. Et étant donné que cela ne m'a pas traversé l'esprit une seule seconde, le débat est clos… Revenons donc à nos moutons…

— Qu'est-ce que les moutons viennent faire ici ? marmonna Roland, avec un petit sourire narquois qui lui valut un deuxième coup de coude de la part de son camarade.

— Bien, reprit Claire. J'ai promis au coach Noble de faire tout ce qui était en mon pouvoir pour vous aider à remonter la pente. Mais vous devez y mettre du vôtre. Et cela commence par la lecture studieuse de votre manuel… Depuis le début.

— C'est difficile, mademoiselle Jacobs, gémit Roland. On parle plus comme ça de nos jours…

— Pff, moi, c'est comme si c'était une langue étrangère…

— Par rapport au style texto, c'est certain. Ceci dit, si vous vous intéressiez un peu au cours, vous verriez que tout a une raison d'être et que, même le style télégraphique, pratiqué aujourd'hui par les petits Américains, renvoie à des références que vous ne soupçonnez même pas… Mais bon, j'en conviens, la tâche ne sera pas facile. Mais pensez à votre fierté quand vous serez venu à bout du monstre. Donc, voici le plan. Pour commencer, je vais vous adjoindre deux assistantes…

Double grognement.

— Zach, vous travaillerez avec Aimee Hernandez, et Roland… J'ai pensé que Libby Altman serait parfaite pour vous…

Les deux garçons en restèrent bouche bée de stupeur, dans

une sorte de mimétisme synchronisé des plus comiques. Rien d'étonnant à cela. Les deux jeunes filles comptaient parmi les meilleures élèves du lycée — ainsi que parmi les plus jolies —, mais sans doute étaient-elles de surcroît les deux personnes — hormis Claire — les plus indifférentes au sort de l'équipe de foot. Ainsi qu'à ses joueurs.

Roland retrouva sa voix le premier.

— Vous parlez sérieusement, mademoiselle Jacobs ? Aimee et Libby ?

— C'est ce que j'ai dit.

Zach se renfrogna.

— Les filles sont au courant ?

— Tout à fait. Et elles sont très impatientes de travailler avec vous…

L'une d'entre elles, en tout cas. La pauvre Aimee était toute retournée à la perspective d'approcher le garçon qui, visiblement, la faisait rêver depuis le cours élémentaire. Il avait fallu se montrer un peu plus convaincante pour embarquer Libby dans l'aventure, mais cela, Roland n'avait pas besoin de le savoir.

— Et n'oubliez pas…

Elle attrapa son agenda, nota son numéro de téléphone sur deux bouts de papier qu'elle remit aux garçons.

— Au moindre problème, appelez-moi. Quelle que soit l'heure. Je ne me couche jamais avant 23 heures.

Zach l'observa derrière ses cheveux longs.

— Vraiment ? A n'importe quelle heure ?

— Je ne suis peut-être pas fan de foot, dit-elle en souriant, mais le coach Noble m'a expliqué ce que ce sport représentait pour vous. Lui et moi cependant sommes d'accord sur la nécessité d'instaurer un certain équilibre. Sachez voir un peu plus loin que le bout de votre nez. Vous ne serez pas en mesure de jouer au football jusqu'à la fin de vos jours. En revanche, vous pourrez toujours utiliser ceci…, dit-elle en se tapotant le front. A condition de l'avoir rempli un minimum… Considérez-moi comme votre… coach intellectuel.

Les garçons se regardèrent, avant de hausser les épaules, là encore à l'unisson.

— Oui, marmonna Roland. C'est logique.

— Bien. Nous sommes d'accord. J'attends de vous deux que vous fassiez des merveilles lors du contrôle de la semaine prochaine.

Un challenge qui lui valut deux longs soupirs à fendre l'âme, suivis de sourires résignés.

— Merci, dit Zach avant de se lever pour quitter la salle, Roland en revanche traînant la patte.

— Franchement, vous nous croyez capables d'y arriver ?

— J'ai vu tous ces algorithmes et courbes de probabilité sur le tableau du coach Noble. L'algèbre à côté, c'est de la rigolade. Si vous arrivez à comprendre toutes ces analyses tactiques, vous ne devriez avoir aucune difficulté à comprendre Shakespeare.

Roland ricana tout en la regardant, le sourcil perplexe.

— Mais pourquoi vous donnez-vous tant de mal ? Pour Zach et moi, je veux dire ? Quelle importance pour vous ?

— Eh bien… Vous savez, les professeurs qui m'ont le plus marquée sont ceux qui ont su me faire évoluer, me donner envie… M'aider à me sentir mieux dans ma peau.

— A avoir plus confiance en vous…

— Exactement. C'est pourquoi je tiens à ce que tous mes élèves ne soient pas non seulement bons, mais s'imposent comme les meilleurs…

— C'est aussi ce que dit le coach Noble…

— Pardon ?

— Ne vous méprenez pas, les profs sont plutôt chouettes, ici, mais… Parfois, on dirait qu'ils baissent les bras avec des gars comme Zach et moi. Si on arrive à suivre un minimum leur cours, tant mieux, sinon…

Il haussa les épaules.

— Ce n'est pas leur problème. Et ils se fichent complètement de ce que l'on peut faire une fois dehors. Bon, mais je comprends, ce n'est pas comme si nous étions leurs enfants, ils ne sont pas responsables de nous. Mais le coach Noble… Lui, il ne s'en fiche pas. Et c'était pareil avec mon frère aîné, quand il était ici. C'est pareil pour nous tous…

Il enfouit les mains dans les poches de son sweat.

— DeVon avait de gros problèmes, en seconde. Et qu'a fait le coach Noble, quand il l'a appris ? Il est venu chez nous et il a discuté avec mes parents pour trouver une solution et remettre mon frère sur les rails, de façon à ce qu'il puisse rester dans l'équipe junior… Il est comme ça. Incapable d'intervenir s'il sent que vous n'êtes pas bien. Pour le coach, on n'est pas de la merde et euh, pardon… Je sais, ce n'est pas une façon de parler… C'est juste la mienne, celle de la rue, vous voyez ?

Elle rit de bon cœur.

— Croyez-moi, le langage de la rue existait déjà à mon époque. Mais dès lors que vous faites la différence, c'est tant mieux. Car voyez-vous, vous ne trouverez jamais d'employeur si vous vous exprimez de cette façon… Yo.

Il rit à son tour.

— Ça fait drôle dans la bouche d'une vieil… Hmm, d'une dame comme vous. Mais bon, ce que je veux dire, c'est que vous avez une façon de faire qui me rappelle celle du coach, voilà…

— Dois-je le prendre comme un compliment ?

— Oh put… Oh euh oui, plutôt, répondit l'ado tout en se dirigeant vers la porte.

— Roland ?

— Oui ?

Il se tourna vers elle.

— Votre frère… Qu'est-il devenu ?

Le sourire de Roland illumina la salle.

— Il suit des études à l'université Rutgers. Il est dans les premiers de sa promo depuis deux ans. Eh oui, je sais ce que vous allez dire… Que s'il a réussi, je le peux aussi.

— À quelques mots près, effectivement…

— Une chose encore…

— Oui ?

— Je parie que vous n'êtes jamais allée voir un match…

— Oh mais si, quand j'étais dans ce même lycée, vous savez, pendant la préhistoire. Mais dernièrement, j'avoue… Non.

— Eh bien, si nous faisons ça pour vous, vous devez de

votre côté venir nous voir jouer. Enfin euh, ça me paraît juste, non ?

— En effet, dit-elle, amusée, ça me paraît honnête, comme marché. Néanmoins, je tiens à le préciser, vous ne faites pas ça pour moi, vous le faites pour vous. *Capice* ?

— Compris, m'dame, répondit l'ado avec un sourire radieux avant de sortir de la salle.

Salle dont l'atmosphère soudain parut beaucoup plus légère à Claire, comme s'il y flottait un air de bonheur…

Après la fin des cours et un arrêt au supermarché — comme elle détestait faire les courses ! — Claire, à bout de fatigue, trouva à peine la force de sourire à son propriétaire, quand elle descendit de voiture. Même s'il n'était pas monté sur une scène depuis des lustres, Virgil Kane restait l'un des piliers du théâtre de Maple River. De ce fait, il se réjouissait d'avoir une comédienne pour voisine. Installé dans la véranda, sur son vieux transat, Virgil semblait toujours en attente de quelque chose. Pluie, canicule ou froid polaire, rien n'y faisait, à 18 heures tapantes le vieil homme était à son poste. Une habitude qui, de son propre aveu, lui permettait de ne pas sombrer dans la mélancolie, surtout depuis la perte de son partenaire, cinq ans plus tôt. Quant au froid, il le trouvait revigorant.

— Hello, Virgil, dit-elle en posant ses sacs sur la dernière marche avant de fouiller l'un d'eux, cherchant le paquet de petits pains à la cannelle. Je vous ai ramené quelque chose du supermarché.

— Oh ! il ne fallait pas, mon ange, répondit-il avec cet accent du sud caractéristique. Vous n'étiez pas obligée…

— Ils étaient en promo. Et comme je sais que vous les adorez…

— Vous êtes si gentille, dit Virgil en prenant le paquet. Combien vous dois-je ?

— Je vous en prie. Mais un conseil, passez-les au micro-ondes quelques secondes pour les ramollir un peu.

— Promis…

Il posa les petits pains sur ses genoux, puis resserra sa vieille écharpe en cachemire autour de son cou tout ridé.

— Au fait, j'ai rencontré Gary aujourd'hui. Il m'a dit qu'il allait monter *Un Tramway nommé désir* au Petit Théâtre, en avril. J'ai tout de suite pensé à vous. Parce que, franchement, vous êtes faite pour le rôle de Stella.

Elle retint son souffle. *Un Tramway nommé désir* ? Mon Dieu, elle tuerait pour jouer dans la fameuse pièce de Tennessee Williams.

— Quand ont lieu les auditions ?

— Après Noël, répondit Virgil tout sourire. Puis-je lui dire que vous êtes intéressée ?

— Absolument. Bon, c'est vrai, à cette période nous serons en train de préparer la grande comédie musicale de printemps, *In the Heights*, ce dont je n'ai encore rien dit aux enfants… Mais je ne veux pas rater une si belle opportunité…

— Non, bien sûr…

Le cœur léger, elle entra dans son appartement — où son chat, alangui sur le canapé, bâilla en la regardant —, avant de tressaillir. Doucement. Rien ne permettait d'affirmer qu'elle décrocherait le rôle… Au même instant, son téléphone sonna. Elle sortit l'appareil de son sac et regarda l'écran. Un appel local, en revanche, elle ne connaissait pas ce numéro. Elle décrocha, sur ses gardes.

— Allo !

— Vous avez dit aux garçons de ne pas hésiter à vous appeler, « quelle que soit l'heure » ?

Ethan. Avec sa voix grave et profonde, manifestement agacée. Elle se surprit à tressaillir une nouvelle fois. Puis l'agacement la gagna elle aussi. Non, mais franchement. Cette façon qu'avaient les hommes de manifester leur incrédulité parfois, face aux décisions d'une femme ! Comme si eux seuls détenaient la vérité. A bout de forces, elle se laissa tomber sur le canapé, à côté du chat qui s'étira langoureusement avant de venir squatter ses genoux. Si Ethan Noble avait quelque chose à dire, elle était prête.

— En effet, répondit-elle.

Vas-y, mon gars, je suis tout ouïe.

Lorsque Roland et Zach, à l'entraînement, lui avaient parlé de leur entretien avec Claire, le premier réflexe d'Ethan avait été la compassion. Cette femme avait perdu la tête et…

— Puis-je savoir comment vous avez eu mon numéro ? demanda-t-elle soudain.

De la cuisine, il pouvait entendre les éclats de voix des jumeaux en train de se chamailler, les efforts de Juliet pour tenter de les calmer, les cris stridents de Bella à propos de quoi, mystère. Barney passa la truffe par la porte entrouverte de ce qui avait autrefois été le bureau de Merri, semblant chercher refuge.

— Il est sur l'annuaire du lycée. Et ce n'est pas comme si vous étiez agent secret…

— Oh ! exact.

— Un annuaire réservé, je vous le rappelle, aux enseignants. Pas aux élèves. Non mais, quelle idée de donner votre numéro perso comme ça…

— Dit le type qui lui-même n'a pas hésité à s'investir très personnellement, il y a quelques années, pour venir en aide à DeVon White…

Et zut.

— Roland vous a raconté ?

— En effet… Oh mon Dieu… Que se passe-t-il ?

Le fracas fut tel qu'Ethan sentit des vibrations parcourir son crâne. Un bruit infernal, genre plat à gratin qui s'écrase sur le carrelage. Heureusement, pas le bruit du miroir qui vole en éclats présageant sept années de malheur.

— Les enfants sont dans la cuisine. La gravité, apparemment, a encore fait des siennes… Bref, pour ce qui est de DeVon, il s'est aidé lui-même. Tout ce que j'ai fait, c'est…

Il se tut.

— C'est lui donner un coup de pied aux fesses pour le forcer enfin à décoller ?

Le chien se dressa sur ses pattes arrière et posa la tête sur les genoux d'Ethan, fermant les yeux de satisfaction lorsque celui-ci le chatouilla entre les oreilles.

— Quelque chose comme ça, oui. Mais le cas de figure était différent. Le jeune frère du père et moi-même jouions dans la même équipe avant, on était bons camarades tous les deux. Mais vous, vous ne connaissez pas ces garçons des cités…

— Honnêtement, je doute qu'ils aient de mauvaises intentions à mon égard, Ethan. Et par pitié, arrêtez de râler comme ça, vous me rappelez mon ex…

— Je commence à comprendre certaines choses… Mais là n'est pas le problème…

— Je ne suis pas stupide, Ethan, ce n'est pas comme si je les avais invités chez moi. Si vous souhaitez qu'ils restent dans l'équipe, moi je tiens à ce qu'ils décrochent un « A » dans mon cours. Et si ce n'est pas trop demander, j'aimerais les voir prendre conscience, au passage, que leur tête peut leur être utile à autre chose qu'à visser un casque de football dessus. Et dans l'histoire, tout le monde serait gagnant…

Il se massa le front. Une chose était sûre, ni lui ni sans doute personne d'autre ne gagnerait dans une discussion avec cette femme. Une idée à ce moment lui traversa l'esprit.

— Personne ne s'était jamais démené comme ça pour eux, avant.

— A part vous, vous voulez dire ?

— C'est différent.

— Comment ça ?

— Parce que mon poste dépend de mes performances. Enfin, des performances de mon équipe. Je suis donc tenu de, euh voyons, comment dire… D'avoir des résultats. Pour garder mon emploi. Et éviter de voir mes enfants mourir de faim.

Son éclat de rire le fit sursauter.

— Je doute que vous ayez du souci à vous faire. Il suffit d'entendre ces garçons parler de vous. De voir comment ils vous regardent. En tant qu'êtres humains, pas uniquement en tant que joueurs. Alors, s'il vous plaît, épargnez-moi ces jérémiades « oh la la je vais me retrouver à la rue »… ça ne marche pas avec moi.

Quelque chose le brûla, dans la poitrine. Un souvenir. De la dernière personne à lui tenir tête, comme ça. Non que sa famille n'ose le remettre à sa place quand c'était nécessaire, mais… pas comme ça.

— Un sacré petit bout de femme, pas vrai ?

— Pas si petit que ça, marmonna-t-elle. Mais un peu peut-être. Voyez-vous, je veux moi aussi ce qu'il y a de mieux, pour ces enfants. Pour tous ces enfants…

Il l'entendit reprendre son souffle.

— Mes parents… S'ils n'ont pas toujours su me comprendre, ils étaient en revanche avec moi à 200 % dans tout ce que j'entreprenais. Et il devrait en être ainsi pour tous les enfants. Non ?

Le chien l'abandonna et sortit du bureau. Ethan s'enfonça sur son siège à roulettes, tout en regardant paresseusement le tableau d'affichage gribouillé de l'écriture de Merri, une liste de rendez-vous et de courses diverses. Et juste au pied du panneau, qu'il n'avait pas jugé bon de décrocher, une dizaine de cartons prêts à être expédiés du commerce en ligne de Juliet. Il n'était pas idiot. Il savait lire entre les lignes comme les autres. Il pourrait parfaitement laisser tomber et arrêter là cette conversation…

— Ce n'est donc pas uniquement un travail, pour vous ?

— Je vous l'ai dit. Oh ! mon Dieu… Si j'avais simplement voulu un travail, il doit en exister une bonne centaine de plus faciles que l'enseignement. Par exemple, avaleur de sabre…

— Ou comédienne…

Elle prit quelques instants avant de répondre.

— Je suis toujours comédienne, Ethan. La différence, c'est que je n'arpente pas les rues de New York pour supplier un producteur ou un metteur en scène de m'accorder dix secondes de leur temps précieux pour une audition…

Les garçons surgirent dans le bureau pour requérir, dans la seconde, l'arbitrage d'Ethan, afin de trancher dans une dispute majeure portant sur le choix d'un jeu vidéo. Sous une galaxie de taches de rousseur de la même couleur que ses cheveux, les joues rose fluo, Finn s'exclama :

— C'est toi qui as choisi, la dernière fois, c'est pas juste !

— C'est pas vrai ! C'est toi ! répliqua Harry, ses cheveux blonds toujours en bataille plus raides que jamais. Et puis, Mario Kart, c'est pour les bébés…

— Non, c'est faux ! Pas vrai, papa ?

— Si, rien que pour les bébés… !

— Eh, les garçons ! intervint Ethan en désignant le combiné. Je suis au téléphone.

— Mais…

— Nous réglerons ça plus tard. Et c'est bientôt l'heure de passer à table, alors ouste, allez vous laver les mains !

Il attendit que les garçons sortent, tout en rouspétant, avant de s'excuser auprès de Claire.

— Désolé. Vous disiez… ?

— Ça arrive souvent ?

— Quoi donc ? Les disputes ou les interruptions de communication ?

— Les deux.

— Eh bien, à vrai dire, répondit Ethan en riant, je n'ai pas passé de coup de fil à la maison sans être interrompu depuis… longtemps. Ni un repas d'ailleurs, ou une nuit…

— Eh bien !

— Que voulez-vous, ce sont les inconvénients du métier de parent. Mais vous savez, un jour, ils seront tous partis… Et le silence me sera sans doute insupportable… Mais où en étions-nous ? demanda-t-il en se redressant sur son siège.

— Hmm, vous êtes visiblement occupé et…

— Les enfants ne vont pas s'échapper, faites-moi confiance. Mais je ne veux pas vous retenir si…

— Non, non, pas du tout.

— Vous me parliez de… Ainsi, vous avez laissé tomber l'idée de faire carrière à New York ?

— A un moment donné, j'ai surtout ouvert les yeux. Ce que je n'aurais pas fait si les circonstances ne m'avaient ramenée ici. Me donnant ainsi l'opportunité de prendre du recul pour faire le point sur ma vie. Parce que, parfois, je pense que nous faisons les choses par habitude, au lieu de nous demander si la voie que nous avons choisie est la bonne. Et après le décès de ma mère, j'ai réalisé que j'étais seule à détenir la clé de mon avenir. Que de nombreuses options s'ouvraient à moi en réalité…

Elle rit doucement, avant de poursuivre.

— Enfin, jusqu'à un certain point. Je ne serai jamais

pianiste concertiste. Mais il m'est arrivé, et m'arrive encore, de faire des choix auxquels j'aurais dû réfléchir un peu plus, mais l'enseignement… En fait, ce travail répond à un besoin en moi dont j'ignorais même l'existence…

— Papa ?

Bella, telle une bombe, apparut dans le bureau, un sweat sur le dos, un bandeau flashy dans les cheveux et un tutu autour de la taille. Mlle Louise a dit que tu devais me regarder m'entraîner.

— Après le dîner, mon ange, d'accord ?

— Promis ?

— Promis, dit-il, son cœur se serrant quand la petite fille s'élança vers lui pour l'embrasser, avant de disparaître. Hmm, reprit-il, tandis que Claire riait au bout du fil. Si je comprends bien, vous avez décidé de rester ?

— A vrai dire, je me laisse encore un peu de temps pour prendre une décision. Qui sait ? Peut-être retournerai-je à New York pour me trouver un agent et tenter de nouveau ma chance. Ou, pourquoi pas, sur la côte ouest. Mais, dans l'immédiat, je me trouve parfaitement bien ici.

— Donc… Pas de regrets ?

— De ne pas faire sensation à Broadway ? C'était un coup d'essai, Ethan. Et je ne regrette pas l'expérience… Malgré les échecs et les humiliations…

— Pourquoi ? demanda-t-il en pensant à Juliet, à son enthousiasme, son innocence. Pourquoi avoir choisi de subir tout ça ?

Elle demeura silencieuse un moment.

— Pour la même raison que vous aviez choisi d'entrer dans l'armée, j'imagine, répondit-elle enfin.

— Oh…

Aussitôt, il prit la mouche.

— Ça n'a rien de comparable…

Il l'entendit presque sourire à la vivacité de sa réaction.

— Si on considère les efforts de l'Armée depuis des décennies pour booster le moral de ses soldats… Pour leur rappeler les valeurs pour lesquelles ils devaient se battre. Tout ça relève aussi de la mise en scène, non… ? Je ne dis pas que nos choix relèvent du même investissement, mais selon moi, ils se valent.

— Je ne suis pas certain…

— Vous savez, quand je suis face à mes élèves, j'ai envie de partager avec eux quelque chose de vrai, qui va au-delà de la dissertation ou du commentaire de *Des Souris et des hommes*. Quand je vois un enfant timide dépasser sa peur des moqueries, pour s'imposer sur une scène face à ses camarades, je suis la plus heureuse des femmes…

Ce fut au tour de Juliet de se montrer, les joues rouges, son tablier tout taché.

— Le dîner est prêt !

— J'arrive, répondit-il, avant de s'adresser à Claire. Il faut que je vous laisse, mais… Vous avez raison sur certains points.

Elle rit doucement, un rire feutré… Troublant.

— Vraiment ?

— Vraiment.

— Tant mieux. Vous comprenez donc dans quel but je leur ai donné mon numéro de téléphone ?

— Je comprends, mais je n'approuve pas… En tout cas, merci.

— Pas de problème. Oh ! j'ai promis à Roland que je viendrais assister à un match. Histoire de voir comment se comportent ces enfants, sur un terrain… Alors, dites de ma part à ces deux têtes de mule de donner le meilleur d'eux-mêmes, vendredi, dit-elle avant de raccrocher.

Ethan surprit alors le regard de sa fille aînée, un regard plein de curiosité. Avec son sourire le plus détaché, il examina la pile de courrier laissée là par sa belle-mère, un peu plus tôt. De la publicité pour l'essentiel, mais aussi la facture d'électricité. Il déchira l'enveloppe et réprima une grimace. Les vieilles maisons avaient leur charme, mais également de sacrées lacunes en matière d'économies d'énergie…

— Qui c'était, au téléphone ?

— Mlle Jacobs, répondit Ethan, un peu crispé, en se levant et de tapoter gentiment la tête de Juliet avec les enveloppes destinées à la poubelle. Pour des histoires de cours. Alors, qu'avons-nous pour le dîner ? En tout cas, ça sent drôlement bon…

Mais tout en suivant sa fille dans la cuisine, il réalisa que ces quelques minutes au téléphone avec Claire Jacobs… Eh bien, oui, après ce coup de fil, il se sentait plus… léger, presque bien à vrai dire. Comme quoi, parfois, la vie n'était pas compliquée…

Claire chassa le chat de sur ses genoux et prit son courage à deux mains pour ranger ses courses. Dans un silence douillet. Après une journée au lycée, entre les cris et les cavalcades des enfants, le fracas des sonneries, la paix qui régnait entre ses quatre murs était une bénédiction. Vraiment. Tout en s'affairant devant son réfrigérateur, elle repensa au nombre de fois où les enfants d'Ethan les avaient interrompus. Et, apparemment, il ne se passait pas non plus une nuit sans que l'un ou l'autre le réveille. Et ce bruit dans lequel il vivait en permanence. Elle sourit. Oh non, elle ne l'enviait pas, mais alors pas du tout.

Tout en sortant un plat tout prêt du congélateur, elle se dit qu'il semblait avoir la situation bien en main. Certes, il avait l'air un peu fatigué — quel parent ne le serait pas ? —, mais dans sa voix, elle avait noté beaucoup de patience, pas mal d'humour et encore plus d'amour. Tellement d'amour.

Du bout de sa fourchette, elle perça l'opercule de la barquette alu avant de la placer dans le micro-ondes, au bord des larmes soudain. Mais que… ?

Elle balaya du regard sa petite cuisine, puis son petit salon, dans le silence rompu par le ronronnement du micro-ondes. Le ronronnement de Wally aussi, son matou adoré, qui se frottait à ses jambes. Cette vie, elle l'avait choisie. Une vie où personne ne lui disputait la télécommande, où elle pouvait se préparer du pop-corn pour le dîner, si l'envie lui en prenait. Une vie où elle n'était pas obligée de nettoyer derrière quelqu'un ou de se battre pour que le lit soit fait ou de s'énerver pour laisser les fenêtres ouvertes ou fermées.

Le bip du micro-ondes retentit, assourdissant. Elle en retira la barquette alu, jura quand elle se brûla, puis la déposa sur une assiette en plastique. Derrière sa fenêtre fermée, elle entendit des rires étouffés. Elle regarda. Bras dessus, bras dessous, un couple passait, elle, la tête amoureusement posée sur l'épaule de son compagnon. Elle imagina leur avenir, un mariage, des enfants… Et très vite des ados qui apprendraient à conduire et passeraient des diplômes et à leur tour convoleraient et auraient des bébés…

— Pff, qu'est-ce qui cloche chez toi ? marmonna-t-elle en prenant son assiette.

Elle alla s'installer sur le canapé, attrapant la télécommande pour regarder à la télé une émission d'une médiocrité effarante, parce que oui, si elle en éprouvait l'envie, elle pouvait le faire, personne n'était là pour l'en empêcher…

- 5 -

— Mademoiselle Jacobs !

Harnachée comme pour une expédition dans le Grand Nord et, néanmoins, toujours autant frigorifiée, Claire se retourna au milieu de la foule qui se pressait devant l'entrée du stade, apercevant Rosie qui lui faisait de grands signes, telle une naufragée sur une île déserte au passage d'un paquebot à quelques encablures du rivage. Se frayant un chemin entre les corps agglutinés, elle parvint enfin à hauteur de l'amie de Juliet, ses cache-oreilles à peine visibles dans la masse de ses cheveux fous.

— J'ai d'abord cru que je rêvais. C'est bien la première fois que je vous vois venir assister à un match…

Rosie sourit de toutes ses dents.

— Vous êtes seule ? Vous pourriez vous asseoir avec nous, si vous voulez…

— Euh, oui, je suis seule, répondit Claire, un peu mal à l'aise.

Non qu'elle ne connaisse personne ici, ce soir — en fait, 90 % du lycée était là —, mais tout le monde était venu en groupe.

— Alors oui, je veux bien venir m'asseoir avec votre famille…

— Oh ! papa travaille de nuit et maman a dû rester à la maison pour s'occuper des plus petits. Je suis avec Juliet et sa famille. Suivez-moi, dit-elle en entraînant Claire dans son sillage.

Décliner maintenant aurait semblé suspect, aussi Claire

suivit-elle, résignée, l'adolescente dans une atmosphère aux odeurs de frites, pop-corn et nachos, le tout vaguement écœurant, pour rejoindre les gradins. Déjà qu'elle était venue à reculons, décidée à vivre cette expérience seule — par choix, autant que par habitude —, elle fut néanmoins saisie par le spectacle qui s'offrit à elle. L'éclat des projecteurs braqués sur le terrain, l'euphorie du public, tout cela était véritablement impressionnant, songea-t-elle en se faufilant entre le garde-fou et les genoux des spectateurs.

— Ohé, vous autres ! Regardez qui j'ai trouvé !

Juliet se tourna vers elles, la surprise et la joie illuminant aussitôt son joli visage quand elle reconnut Claire. L'adolescente se leva d'un bond et la serra dans ses bras, avant de demander à ses frères de se pousser pour lui faire un peu de place. Les garçons lui sourirent timidement, puis se remirent à jouer sur leur téléphone portable. Un téléphone. A douze ans. De son temps, se dit-elle… Avant de se reprendre. N'était-elle pas de ce temps, elle aussi ? se sermonna-t-elle, déterminée à profiter de la soirée. A cet instant, elle réalisa que Juliet la présentait à un vieux monsieur, assis de l'autre côté, avec sa petite sœur.

— Mon grand-père paternel ! hurla-t-elle, et l'intéressé se leva avec Bella dans les bras pour serrer la main gantée de Claire.

— Preston Noble ! cria-t-il.

— Claire Jacobs. L'une des profs des filles.

Les yeux rieurs, Preston Noble se rassit tout en remarquant :

— J'ai beaucoup entendu parler de vous. Vous avez fait grande impression.

— Bonne surtout, j'espère.

Même dans la semi-obscurité, elle surprit une lueur dans les yeux presque gris du vieil homme.

— Oh oui, très bonne.

A cet instant, un rugissement s'éleva de l'autre côté du stade quand l'équipe des visiteurs apparut sur le terrain.

— Nous bavarderons plus tard, dit alors le père d'Ethan, avec un bref hochement de tête, en prenant sa petite-fille sur ses genoux.

— Bien, je vous explique, hurla Juliet à l'oreille de Claire. C'est un match éliminatoire. Si ce soir Hoover gagne, nous serons qualifiés pour le championnat régional qui se déroulera après Thanksgiving.

— Et contre qui jouerons-nous dans ce cas ?

— L'équipe du lycée d'Edison ! cria Rosie dans son autre oreille. L'adversaire historique de Hoover, ajouta-t-elle avant de gober une pleine poignée de pop-corn. Et ça dure depuis des décennies.

— Une rivalité ancestrale, renchérit Preston Noble, quelques mètres plus loin. Ce n'est pas pour autant qu'il ne faut pas prendre ces rencontres au sérieux, ajouta-t-il, et les filles acquiescèrent d'un signe de tête. Vous avez l'air frigorifié, mademoiselle Jacobs ? poursuivit-il en lui tendant un Thermos. Je suis venu avec des munitions. Chocolat chaud ou café ? A vous de choisir.

Au même moment, une hola parcourut les gradins, si violente qu'elle faillit tomber.

— Un café, oui, avec plaisir.

En souriant, le père d'Ethan s'empressa de remplir un gobelet en plastique d'un breuvage bien noir, comme elle l'aimait.

— Que Dieu vous bénisse, dit-elle, et de nouveau, il lui sourit avec cette lueur si particulière dans les yeux.

— Papi était colonel, chuchota Juliet. Dans l'armée de l'air. Et tout le monde continue à l'appeler comme ça. Le colonel.

— Merci pour le renseignement, répondit Claire avant d'avaler une première gorgée de café, une sensation de chaleur l'envahissant, divine. Puis soudain, un autre rugissement retentit, cinq fois plus fort celui-là, et l'équipe de Hoover apparut sur le terrain.

— Je compte sur vous pour me briefer, les filles…

— Pas de problème, répondirent les deux ados en chœur.

Entre leur bonne humeur communicative, le café bien chaud et l'enthousiasme de la foule, elle se ravisa. En définitive, l'expérience pourrait bien s'avérer plaisante.

Du moins l'espérait-elle.

*
* *

Rien n'égalait l'énergie dans un vestiaire après une victoire, songea Ethan, tout en distribuant poignées de main et joyeuses bourrades à ces jeunes hommes dont il s'occupait depuis le mois d'août. Encore un match de gagné qui les rapprochait du championnat. Encore un match qui permettrait à certains de ses joueurs de décrocher une bourse pour leurs études. Un match qui permettrait aussi bien d'asseoir sa carrière, avec, peut-être, une promotion à la clé pour l'année prochaine. D'autres changements en perspective… Mais, dans l'immédiat, il n'allait bouder ni sa joie ni sa fierté, au moins égales à celles de ses joueurs.

Une fois le vestiaire déserté, il sortit, goûtant l'air glacial après la fièvre de ses deux dernières heures. Peut-être était-ce l'adrénaline, peut-être l'atmosphère ambiante, en tout cas, tandis qu'il se dirigeait vers les tribunes afin de rejoindre les autres, pour se rendre ensuite tous ensemble dans leur restaurant préféré, son genou avait visiblement décidé, ce soir, de lui accorder un peu de répit, constata-t-il en souriant.

— Papa ! Papa ! appela Bella en courant vers lui. Papi a dit qu'on avait gagné !

— Parfaitement, mon petit sucre, répondit-il en prenant sa fille dans ses bras pour la couvrir de bisous.

Un instant plus tard, les jumeaux apparurent, en faisant des commentaires sur la partie qui venait de se jouer.

— La défense a été super, ce soir, pas vrai papa ? s'exclama Finn tandis qu'ils s'engageaient sur les gradins.

— Tu peux le dire ! Mais… Qui était là, assise avec les autres ?

Au même instant, Harry trébucha, manquant tomber, ce qui serait arrivé si Ethan n'avait rattrapé le garçonnet au vol.

— Et c'était génial quand White a marqué quelques minutes avant le coup de sifflet ! Génial !

Génial. C'était le mot juste, songea Ethan lorsque Claire, manifestement frigorifiée en dépit d'un accoutrement digne d'un explorateur du cercle polaire, lui sourit, les yeux brillants. Brillant de quoi, difficile à dire.

— Regarde sur qui est tombée Rosie, avant le match ! lança Juliet gaiement. On a pu lui expliquer toutes les règles…

— Super, et alors ? se tourna-t-il vers Claire, aussitôt aspiré par l'éclat presque fébrile de son regard. Hmm, quel est le verdict ?

— Eh bien, comment dire… Impressionnant, voilà le qualificatif le plus adapté pour une néophyte de mon espèce, répondit-elle dans un éclat de rire, grelottante. Certes, je n'ai pas tout compris, mais je ne m'étais pas autant amusée depuis longtemps. J'avais l'impression d'assister à un concert de rock…

Ethan haussa les épaules et de nouveau, elle sourit.

— Et Roland en a dérouillé plus d'un…

— Elle a dit un gros mot, papa, dit aussitôt Bella, et Claire plaqua une main sur sa bouche.

— Pardon, ma chérie, s'excusa-t-elle. Je ne recommencerai pas, promis.

— C'est pas grave, dit Bella en hochant la tête, sérieuse comme un pape, Ethan réprimant une envie de rire. C'est pas vraiment un gros mot.

Et sur ces paroles, tout le monde, y compris Claire, partit d'un fou rire sous le ciel étoilé, Bella se joignant à eux, sans réellement comprendre la raison de cette hilarité générale. Puis Ethan croisa le regard de Juliet, derrière Claire, qui le fixait, les yeux écarquillés. Sans se poser plus de questions, il sourit à son aînée.

— Votre père m'a invitée à aller manger un morceau avec vous chez Murphy, annonça alors Claire. J'espère que ça ne vous ennuie pas ?

— Bien sûr que non…

Il se sentait de bien trop bonne humeur pour faire la tête à un père fouineur et à une jolie brune aux yeux marron à tomber, sans parler de son rire, qui promettait des choses dont elle n'imaginait sans doute pas l'effet bénéfique qu'il avait sur son mental. Sans doute, un effet collatéral de la victoire sur le terrain. Ce soir, il était déterminé à voir la vie en rose. Et Claire Jacobs avec ses yeux pétillants était la bienvenue.

*
* *

Claire n'avait pas remis les pieds chez Murphy depuis… un million d'années au bas mot. Mais en pénétrant dans la salle noire de monde, les souvenirs l'assaillirent. Parfums d'oignons et de hamburgers grillés, les tableaux de famille aux murs, portraits des fondateurs de ce haut lieu de la gastronomie locale, dans les années 1970. Le bruit, rivalisant avec celui d'un métro fonçant dans un tunnel… Et cette chaleur…

D'ailleurs, en parlant de chaleur… Sa petite fille dans les bras, Ethan se tenait tout contre elle, très près d'elle, au point de se toucher. Impression de force. De puissance. Très agréable. Soupir.

Oh ! elle était ici de sa propre volonté. Elle s'était rendue seule, comme une grande, au stade et il lui aurait été facile de décliner l'invitation du colonel… En dépit de l'insistance de Juliet et Rosie. Primo, elle était littéralement affamée, le genre de faim que seul un bon hamburger-frites saurait rassasier. Deuzio, et qu'y pouvait-elle, malgré ses orteils à l'état de glaçons, elle passait un excellent moment. Qu'elle n'avait pas envie d'interrompre de sitôt. Même si cela impliquait quelques contacts inopinés avec Ethan Noble, depuis une ou deux ou — elle ne comptait plus ! — six minutes, en attendant qu'une table se libère.

De nouveau, elle soupira.

Consciente du trouble dans laquelle la proximité d'Ethan la jetait, elle leva discrètement les yeux. Bella tenait son père par le cou, tête sur son épaule, et, à cet instant, la fillette adressa à Claire un sourire désarmant qui semblait dire : « Elle est pas belle, la vie ? » Claire sourit en retour et les yeux de Bella s'illuminèrent. A cette seconde, quelque chose passa entre elles deux, comme la rencontre de deux cœurs. Claire se souvint alors de son propre père, quand il la tenait ainsi dans ses bras. Combien elle s'y sentait en sécurité. Aimée.

— Désolé, dit Ethan, par-dessus la tête de sa fille. C'est toujours de la folie, ici, après un match.

— Comme autrefois, répondit Claire qui avait dû se rapprocher encore pour l'entendre, capturant au passage les délicieuses senteurs boisées de son eau de toilette. En fait, avec mes amis, on évitait de venir le vendredi soir. Mais c'était il y a longtemps. Et ce soir, seul le présent m'intéresse. Et le présent me convient parfaitement.

Ethan la regarda bizarrement, avant de hocher la tête.

— Vous avez raison. Il faut vivre l'instant présent... Bien, euh...

— Ohé, les Noble ! Mauvaise troupe, par ici !

La serveuse stressée les guida jusqu'à leur table — en réalité, deux tables collées l'une contre l'autre — en plein milieu de la salle. Le colonel prit place à un bout, Ethan à l'autre, puis, dans la précipitation pour s'asseoir, Claire se retrouva entre l'un des jumeaux et le colonel, face aux filles. Là, au moins, serait-elle protégée des regards pénétrants d'un certain veuf.

La commande passée, le colonel entreprit de lui faire subir un interrogatoire sur sa période new-yorkaise, Claire se prêtant volontiers au jeu en racontant certaines anecdotes — pour la plupart pratiquement oubliées — à faire froid dans le dos. Si Rosie se montra horrifiée, le colonel amusé, Juliet, elle, parut fascinée et but chacune de ses paroles.

— Je suis tellement impatiente, soupira finalement l'adolescente, alors que deux serveurs leur apportaient tout ce que l'on faisait de mieux en matière de régime hypercalorique et graisse saturée. Comme ça doit être rasoir de se retrouver ici...

— Pas du tout, répondit Claire en croquant dans un beignet d'oignon croustillant à souhait. Nettement plus reposant, oui, ajouta-t-elle en souriant tout en désignant la foule autour d'eux. Le plus souvent, en tout cas. Mais ça n'a absolument rien de rasoir d'être votre professeur. Et puis, je ne m'ennuie jamais. C'est vrai, je trouve toujours quelque chose à faire. Ecouter de la musique. Lire, dit-elle en insistant sur ce dernier mot avec un regard appuyé aux filles qui levèrent les yeux au ciel.

— Oui, mais quand même, d'être seule comme ça..., remarqua Juliet en glissant une frite entre ses dents.

Claire ne cilla pas, à l'inverse de son cœur.

— C'est pareil. Franchement, si tu es bien avec toi-même, tu ne te sentiras pas seule… Vous verrez, en grandissant, vous vous rendrez compte combien la solitude peut être bénéfique.

— On voit bien que vous ne connaissez pas ma famille, répondit Rosie dans un éclat de rire. En fait, il me semble que toute seule, je ne saurais quoi faire de moi-même…

— Moi, c'est la même chose, soupira Juliet, Claire riant face à leur perplexité, avant de remarquer l'air pensif du colonel.

L'espace d'une seconde, elle faillit poser sa main sur la sienne, de manière à lui faire comprendre qu'elle savait ce qu'il ressentait. Elle se remémora la souffrance de sa mère, lors des vacances qui avaient suivi le décès de son père. De sa souffrance à elle aussi, bien sûr, mais ce n'était pas la même chose. Après tout, en ce temps-là, elle était jeune et avait toute la vie devant elle, riche de promesses. Rien à voir — comme sa mère le répétait souvent à l'époque — avec cette impression de grand trou noir et vide.

Son attention se reporta sur Ethan, en train d'écouter avec une patience admirable les remarques des garçons sur le match, tout en essayant, en vain, de faire manger à Bella un peu de brocolis qu'il avait commandés pour accompagner ses ailes de poulet. *Le pauvre homme*, pensa-t-elle en souriant, juste au moment où il leva les yeux sur elle et répondit à son sourire. Une chose était sûre, l'euphorie d'après la rencontre s'estompait déjà, rattrapée par la réalité.

Super, articula-t-elle en silence, bien qu'elle n'eût pas la moindre idée de ce qui la poussa à dire une chose pareille, à lui en plus. Mais avec un peu de chance, il penserait qu'elle faisait allusion aux brocolis et pas à quelque chose de plus profond. De plus personnel.

Détournant le regard, elle prit une nouvelle bouchée de son hamburger géantissime, s'essuyant le bout du menton tout en observant le restaurant. Son décor à la fois familier et étrange, à l'image de la bourgade elle-même, comme elle le ressentait depuis son retour, quelques semaines plus tôt. Certes, les abords de Maple River avaient changé — nouvelles boutiques, nouveaux restaurants — mais ici, au centre-ville, les choses étaient restées à peu de choses près les mêmes, à la fois mornes et rassurantes. Elle était ici chez elle, songea-t-elle avec une pointe d'amertume.

— Oh ! ils mettent encore ces guirlandes de Noël hideuses ? lança-t-elle à la cantonade.

— Les mêmes que celles qu'ils accrochaient déjà quand nous étions au lycée, répondit Ethan en essuyant les petits doigts maculés de graisse de Bella qui rouspéta pour le faire elle-même. Score, ailes de poulet 3, brocolis 0. Mais bon, ce ne serait pas Noël, sinon…

— Papa ? demanda Juliet. J'ai oublié de te dire… Je vais aider Kelly à préparer le dîner de Thanksgiving, chez papi, je ne pourrai donc pas surveiller les petits pendant le match…

— Oh ! bien. Je devrais pouvoir trouver une solution. Peut-être qu'ils pourraient aller chez grand-père plus tôt…

Les garçons écarquillèrent les yeux, comme saisis d'horreur.

— Et on raterait le match ?

— Pas question !

— J'essayerai de voir si l'un de vos oncles est disponible…

— Je peux m'en occuper, suggéra alors Claire, une demi-douzaine de têtes se tournant simultanément vers elle. Si vous n'avez personne, je veux dire.

— Vraiment ?

— Vous paraissez sceptique ?

Ethan hocha discrètement la tête en regardant les garçons, en train de jouer à celui qui enfoncerait le plus de frites en même temps dans sa bouche. Claire soupira. Oui, bien sûr. Mais…

— Je devrais pouvoir y arriver. Et puis, je n'ai rien de particulier prévu, ce jour-là…

— Vraiment rien ? demanda Juliet.

— On ne fêtait pas vraiment Thanksgiving chez moi, quand j'étais petite, répondit Claire en riant, face à l'effroi de l'adolescente. Trois autour d'une malheureuse dinde, ça n'avait pas vraiment de sens. Et puis, maman n'était pas particulièrement douée en cuisine. Aussi, je n'ai jamais ressenti ce moment comme un jour de fête…

— Et que faites-vous alors, ce soir-là ?

— Je m'affale sur mon canapé devant la télévision pour

regarder le défilé de Macy en pyjama, tout en dégustant une tarte à la citrouille, entière, à moi toute seule, dit-elle. Et tu peux me croire, c'est le rêve. Mais, ajouta-t-elle en se tournant vers Ethan, cette année, je peux parfaitement revoir mon programme, ou mieux, enregistrer le défilé annuel et le regarder plus tard et garder les garçons pendant le match…

— Et pourquoi ne pas venir dîner avec nous, ensuite ? suggéra alors le colonel. Selon moi, personne ne devrait passer Thanksgiving seul.

— Il a raison, renchérit aussitôt Juliet, tout frétillant d'excitation. Et ce serait l'occasion de faire connaissance avec le reste de la famille ! Enfin, je crois que tante Sabrina doit partir en vacances avec son fiancé sur je ne sais quelle île paradisiaque… Mais oui, ce serait trop marrant ! Allez, dites oui !

Oh ! ciel. Claire reporta son attention sur Ethan en bout de table, manifestement très occupé avec Bella, au point qu'elle se demanda s'il avait entendu l'invitation lancée par son père. Difficile donc de se faire idée, mais en ce qui la concernait…

Comment dire… ? Cette journée, voilà des années qu'elle la passait seule avec sa tarte à la citrouille. Chez elle, dans son sanctuaire. Du temps où elle vivait à New York, elle n'acceptait que rarement l'invitation d'amis, fêtes traditionnelles ou simples soirées entre collègues, dans une communion souvent hypocrite, surtout illusoire… Non, ces rassemblements, ce n'était pas son truc. Aussi, ce soir, face à la perspective de faire semblant d'appartenir à quelque chose, alors qu'il n'en était rien, à devoir bavarder avec des gens qui étaient pour elle de parfaits inconnus…

Mais à cet instant, Ethan remarqua :

— Papa a raison. Personne ne devrait rester seul, le soir de Thanksgiving.

Elle leva les yeux, le cœur soudain à cent à l'heure, et surprit son regard sur elle, le genre de regard droit, profond, un peu comme un… défi ? Comment devait-elle le prendre ? Puis, tournant la tête, elle vit cette lumière dans les yeux de Juliet, une sorte d'espoir, dans ceux du colonel. Si elle pressentait ce qui se cachait derrière l'excitation de l'adolescente — hélas —, elle ignorait en revanche pourquoi son grand-père semblait accorder tant d'importance à sa présence. Et pourtant. Elle essaya, mais ne trouva pas le courage de décevoir le vieil homme. Ou pire, de paraître plus insensible ou même plus « anormale » qu'elle l'était déjà.

— Eh bien, je me ferai une joie de venir, répondit-elle, ce qui lui valut un sourire radieux de la part de Juliet, et un bref hochement de tête de la part du père d'Ethan, comme si elle avait donné la bonne réponse.

Quant à Ethan lui-même… Elle tenta bien de déchiffrer sur son visage le début d'une émotion, quelle qu'elle soit… En vain.

Bien. Elle ferait bien d'apprendre à faire marcher son enregistreur vidéo numérique.

Le matin de Thanksgiving, Claire se mit à douter de sa santé mentale. L'atmosphère enfumée de chez Murphy avait dû lui embrouiller les idées. En effet, comment avait-elle pu s'engager à prendre, sous sa responsabilité, deux garçons de douze ans pendant deux heures ?

Mais une promesse était une promesse. Aussi se prépara-t-elle au combat, s'habillant chaudement, sans oublier ses collants en laine, puis elle dit au revoir à Wally, placide sur le rebord de la fenêtre, au soleil, et se rendit sans plus tarder au lycée où elle devait récupérer les garçons, avec leur père, celui-ci devant ensuite prendre le bus avec son équipe, pour rejoindre le stade où devait se jouer le match.

Tous trois attendaient dans le bureau d'Ethan, les garçons affalés sur une chaise, dans un coin de la pièce, en train de jouer sur leur téléphone. Les cheveux blonds hirsutes d'Harry semblaient déterminés à s'échapper du bonnet en tricot multicolore vissé sur sa tête. Le visage parsemé de taches de rousseur, à peine si on distinguait la frimousse de Finn sous sa capuche bordée de fausse fourrure. Soudain, Claire fut prise de panique. De quoi allaient-ils bien pouvoir parler tous les trois ? Et si jamais il leur prenait l'envie d'aller aux toilettes…

Ethan se leva, avec une expression laissant entendre que lui-même ne trouvait peut-être plus l'idée si géniale. A la lumière blafarde du néon, il donnait l'impression que ses responsabilités pesaient une enclume sur ses épaules. Et pourtant, une lueur d'amusement brilla dans ses yeux, avec une sorte d'omniscience.

— Joyeux Thanksgiving, dit-il, un sourire effleurant ses lèvres, comme s'il devinait son angoisse de chaperon.

C'est idiot, en effet, songea-t-elle, *je devrais être capable de veiller sur deux gamins, non ?*

— Vous aussi. Bien, les garçons… On y va ?

— Une minute, dit Ethan, ses fils se levant comme pour aller à l'échafaud tout en bâillant et s'étirant. Il sortit quelques billets de son portefeuille. Gavez-les, ajouta-t-il, tout le secret est là. Régulièrement et en abondance…

— Message reçu. Mais je ne…

— Prenez cet argent. Pas de discussion…

— Oh ! vous êtes aussi têtu que votre père, répondit-elle, et il fronça les sourcils, avant d'attraper sa main pour y glisser les billets à l'intérieur.

A cet instant, elle sentit un envol de papillons dans son ventre. Qu'est-ce que ça signifiait ? Mais rien du tout. Bien sûr.

— C'est exact. Et vous me remercierez plus tard, faites-moi confiance.

— Hé, coach ! appela à ce moment l'un de ses assistants, à la porte du bureau. On n'attend plus que vous !

— J'arrive…

Puis il se tourna vers ses fils, avec un regard sévère.

— Vous allez écouter Mlle Jacobs, d'accord ? Faire ce qu'elle vous dit.

— Oui, oui, papa, répondit Harry. On sera gentils, promis.

— Promis, dit Finn en écho.

— On se retrouve là-bas, après le match ? dit-il.

Claire hocha la tête, puis Ethan disparut, la laissant seule avec deux cinquième plus grands qu'elle, sautillant derrière elle comme des diables sur ressorts.

— Est-ce qu'on peut s'arrêter chez McDonald ou ailleurs

en route ? demanda l'un des deux sur la banquette arrière, une fois en voiture et dûment ceinturés. Je meurs de faim.

— Oui, moi aussi, renchérit l'autre.

Elle soupira.

— Bien sûr, répondit-elle tout en ânonnant en silence, *Deux heures. Je peux le faire…*

Comme d'habitude, jusqu'à la sonnerie stridente marquant la fin de la partie — terminée de façon frustrante, par un nul, le match décisif lui-même étant reporté à cause des vacances — Ethan était resté concentré sur le jeu, se fiant à deux décennies de pratique pour bien faire la part des choses, le sport d'un côté, la vie privée de l'autre. Bien sûr, à une ou deux reprises, il avait pensé à Claire, en se demandant comment elle s'en sortait avec les jumeaux, mais il s'était refusé à en faire une obsession. Si elle était en mesure de gérer une classe de trente ados en pleine révolution hormonale, elle devrait bien pouvoir s'occuper de deux garçons de douze ans.

N'empêche, lorsqu'ils se retrouvèrent après le match, il fut réellement soulagé de constater qu'elle n'était en proie ni à des convulsions ni à aucun tic nerveux. Même si, quand elle l'aperçut, il nota un réel soulagement sur son visage. Et il dut l'admettre, l'espace d'un instant, il éprouva l'envie de la prendre dans ses bras pour la réconforter et lui dire qu'elle avait fait du bon travail. Car manifestement, les garçons semblaient en parfaite santé, pas d'œil au beurre noir ni membre arraché.

Mais il zappa sur les effusions, se contentant de lever le pouce avant d'enfouir les mains dans ses poches, son cœur frétillant un peu quand elle lui sourit, l'air épuisé.

— Quel dommage que vos joueurs n'aient pas gagné, dit-elle.

Il haussa les épaules, tout en relevant le « vos joueurs », à la place de, par exemple, « nous ».

— Oh ! ce sont des choses qui arrivent. Les deux équipes ont bien joué. Et la bataille n'en sera que plus passionnante, l'année prochaine…

— Vous aviez raison, à propos de la nourriture, dit-elle, les garçons chahutant entre eux derrière elle.

Merri avait une explication pour ça. C'était parce qu'ils avaient passé les neuf premiers mois de leur vie ensemble, collés l'un à l'autre dans le ventre de leur mère, que les garçons étaient incapables de se séparer plus de trente secondes.

— Mais où mettent-ils donc tout ça ?

— Nous avons longtemps cru que la nature les avait dotés d'un deuxième estomac. Un peu comme chez la vache, vous voyez. Mais bon, je suis content de voir que vous avez survécu…

— Et moi donc. Mais je l'avoue, je ferais bien une sieste…

Soudain, Harry et Finn s'envolèrent et se mirent à faire le tour du parking en courant et bondissant. Ethan entendit Claire rire.

— On dirait deux petits chimpanzés…

— La grâce en moins, mais c'est assez juste… Oh ! vous avez vu comment Finn ne cesse d'esquiver les prises de Harry ? Il est encore un peu tôt pour le dire, bien sûr, mais je crois que cet enfant a un vrai potentiel pour jouer comme receveur… A cause de son agilité…

— Et Harry ? demanda-t-elle.

— J'hésite encore. Il aime bien le foot, mais on sent que ce n'est pas une passion, pour lui. Ce n'est pas comme son frère. Peut-être s'épanouirait-il mieux dans le base-ball…

— Et ça ne vous poserait pas de problèmes ?

— Pourquoi donc ? Ce gamin choisira le sport dans lequel il se sent le plus à l'aise.

— Bien sûr, dit-elle, sur ce ton qu'avaient les femmes quand elles n'en pensaient pas moins. Bien. Votre père m'a dit de venir vers 14 heures, ce qui me laisse le temps de passer à la maison et de faire un somme…

— Vraiment ?

— Au cas où vous ne l'auriez pas remarqué, répondit-elle en riant, ces deux-là requièrent une sacrée énergie. Mais ne vous méprenez pas, ils ne m'ont causé aucun problème…

— Vous êtes sûre ?

— Vos garçons sont adorables, Ethan, dit-elle en observant

les jumeaux. Et ils sont si fiers de leur père. Si vous les aviez vus quand vous étiez sur la touche… C'était mignon, vraiment.

— Voilà un mot que je ne leur avais pas associé depuis qu'ils avaient six mois, répondit-il en riant.

Elle rit à son tour, puis lui sourit.

— Nous avons passé un bon moment, ensemble, vraiment. Mais, honnêtement, j'ai besoin de recharger mes batteries…

Elle grimaça en regardant une tache sur son jean, a priori de la moutarde. Et de me changer, aussi.

— Mon père vous a plutôt forcé la main pour venir dîner, j'en suis désolé…

Une ride ou deux se dessinèrent sur son front, et elle le regarda, avant de détourner les yeux en souriant.

— Difficile de dire non à un homme tel que lui.

— Ne m'en parlez pas, marmonna Ethan, et elle reporta son regard sur lui. Enfants, nous savions que mieux valait ne pas discuter ses décisions. Sans doute son passé de militaire…

Il sourit.

— La souplesse n'est pas le terme qui le décrit le mieux…, ajouta-t-il.

— Sévère, peut-être conviendrait mieux ?

— Disons plutôt, cohérent… Mais cette cohérence nous a épargné bien des soucis, gamins. Cela nous… rassurait, même.

— N'est-ce pas ce que tous les parents veulent, pour leurs enfants ? Les protéger ?

— Oui, bien sûr. Et le colonel a été pour nous tous un véritable modèle. Mais il lui arrive aussi parfois d'être un peu trop directif. Donc, je vous en prie, ne vous sentez pas obligée de venir…

Ils se dévisagèrent de longues secondes, puis elle répondit, avec douceur :

— Je ne me sens pas obligée du tout…

Ils se dirigèrent vers sa voiture, le vent chahutant avec ses cheveux.

— Bien, nous nous retrouvons donc là-bas, dit-elle.

— Vous connaissez le chemin ?

— J'ai l'adresse. Ce n'est pas très loin de chez moi. Bye, les garçons ! lança-t-elle aux jumeaux qui agitèrent la main en chœur avant de revenir vers leur père, la mine réjouie, le souffle court.

Ethan glissa son bras autour des épaules d'Harry pour le serrer contre lui, tandis que Finn enfouissait les mains dans ses poches, avec un sourire gêné qui rappelait de plus en plus à Ethan celui de son père biologique, sur une photo…

— Alors, qu'a dit Mlle Jacobs ? demanda Finn. Sur nous ?

— Que vous aviez été sages. Pourquoi ? ajouta Ethan quand les garçons échangèrent un regard. Y a-t-il quelque chose que je devrais savoir ?

— Non non, marmonna Finn, le soleil se reflétant sur ses cheveux roux hérissés d'épis. Mlle Jacobs… Elle est super, elle aussi. Même si euh, elle pose beaucoup de questions et que c'est difficile de se concentrer sur la partie… Bon. Quand est-ce qu'on mange ? J'ai faim.

— Oui, moi aussi, renchérit Harry.

— Franchement, je vais vous faire greffer une machine à hamburger sur l'estomac, grommela Ethan tout en traversant pour rejoindre la voiture.

Les garçons éclatèrent de rire, un rire qui lui fit chaud au cœur, et mal en même temps, parce que Merri n'était pas là pour vivre de tels moments.

Mais qui sait ? se dit-il une fois au volant, en prenant la direction de la maison de son père, peut-être les vivait-elle, après tout. Oui, peut-être les morts continuaient-ils de veiller sur leurs proches, comment savoir ? Mais même si Merri quelque part les voyait, cela n'effaçait pas la peine.

Pas suffisamment en tout cas pour penser… Pour passer à autre chose, songea-t-il en revoyant l'expression harassée de Claire, son sourire attendri quand elle avait parlé des garçons. Pensées qui lui tirèrent un sourire, bien malgré lui. Une femme à part, cette Claire…

En fin de compte pas si différente d'une certaine jolie blonde, elle aussi « à part », une fille dont il était tombé si éperdument amoureux que, lorsqu'elle s'en était allée, il avait bien failli ne pas s'en relever. Oh ! il s'était repris, bien sûr, pour les enfants. Jour après jour, il se levait, faisait ce qu'il avait à faire… Même si parfois, il avait du mal à avancer. A tous les sens du terme, grimaça-t-il quand un élancement lui vrilla le genou. Tout ça pour dire, que la vie était déjà bien assez compliquée comme ça, pour aller volontairement se prendre les pieds dans le tapis d'une histoire qui, comme les autres, finirait forcément mal et… Oui, ce serait stupide.

Quelques minutes plus tard, pénétrant dans la maison de son enfance, il sourit aux effluves de dinde rôtie et de tarte à la citrouille. Une vague de nostalgie le submergea tandis que les garçons se précipitaient dans la cuisine en hurlant famine. Deux secondes plus tard, il entendit Juliet leur crier dessus en leur ordonnant d'enlever leurs sales pattes de là. Quant à sa belle-sœur Kelly, enceinte de cinq mois, riant aux larmes, elle autorisa les jumeaux à goûter à une ou deux choses, car selon elle, il y avait là de quoi manger pour toute la ville.

Effectivement, constata Ethan en pénétrant dans la cuisine à son tour. Le comptoir, excepté sur les trente centimètres carrés sur lesquels Juliet et Kelly travaillaient, était surchargé de nourriture. Chacun une assiette en papier bien garnie à la main, les garçons s'éclipsèrent, suivis par les chiens des frères d'Ethan, un terre-neuve chocolat et un boxer mi-boxer mi-autre chose.

— Eh bien, Kelly, impress…

Ethan piqua deux olives noires sur un plateau avant de reconnaître la symphonie, sur l'iPod de sa belle-sœur.

Il se figea. Depuis la disparition de Merri, il évitait soigneusement d'écouter cette musique qu'elle aimait tant. Se reprenant, il demanda :

— Mais pour combien de personnes as-tu cuisiné ?

— Oh ! dans cette famille, on n'est jamais sûr de rien, il faut toujours s'attendre à des surprises, répondit-elle avec entrain. S'il te plaît, Juliet, peux-tu aller chercher deux autres boîtes d'olives, dans le cellier ?

L'ado partie, Kelly se tourna vers Ethan.

— En parlant de surprise… Juliet m'a appris la venue de son prof… ?

— Oui, répondit-il, mains dans les poches, résolu à la

jouer cool. Elle est venue au match avec nous, vendredi, et chez Murphy juste après. Papa l'a invitée. Tu le connais…

— Oh oui, dit Kelly en disposant sur un plat des feuilletés garnis d'une mousse avant de glisser le tout au four. Et à quoi ressemble-t-elle, cette jeune femme ?

Ethan manqua éclater de rire. Honnêtement, quelle importance cela avait-il ?

— Tu le découvriras bien assez tôt.

Kelly se hissa sur un tabouret, face à lui, chipant à son tour une olive dans un bol.

— Si je te pose cette question, c'est parce que je trouve ta fille anormalement fébrile, à ce propos… Simple curiosité.

— C'est son prof préféré, rien de plus, dit Ethan avec un haussement d'épaules. Les enfants semblent l'apprécier. Elle est sympa.

— Je vois, dit Kelly en gobant une deuxième olive, Juliet réapparaissant avec ses deux boîtes de conserve.

— Hmm… Si tu n'as plus besoin de moi…

— Non, pas avant 13 h 30, chère enfant, répondit Kelly.

Juliet sortit de la cuisine, et Ethan sentit la tension sur ses épaules s'alléger. L'année passée, grâce à ses frères, deux nouvelles tantes avaient fait leur entrée dans la famille, comblant en partie le vide dans la vie de ses enfants. Bien sûr, il y avait ses sœurs, mais vivant à Manhattan, Sabrina était rarement là. Quant à Abigail, à vingt-trois ans, elle était un peu jeune pour compenser l'absence d'une figure maternelle. Kelly en revanche, comme la fiancée de Tyler, Laurel, étaient un modèle pour les filles… Et sans doute Juliet finirait-elle par comprendre l'inutilité de chercher une nouvelle candidate à ce poste.

— Alors ? Juliet m'a dit qu'elle s'était décidée enfin à suivre des cours de soutien de maths ?

— Oui, soupira Ethan. Un élève de terminale…

— Et ça se passe bien ?

— Apparemment, elle a réussi son dernier contrôle, répondit Ethan en regardant, effaré, la rangée de tartes à la citrouille alignées sur le comptoir.

Suivant son regard, Kelly gloussa.

— J'ai peut-être vu grand, dit-elle.

— Pas forcément. On adore tous les tartes à la citrouille et… Je pourrais peut-être en mettre une de côté… Pour plus tard ?

— Bien sûr, mais… Il me semble que Juliet m'a dit que tu n'étais pas très fan… ?

— Euh, eh bien… Ce n'est pas pour moi, en fait.

Kelly l'observa avec curiosité.

— Il y a des boîtes en carton dans le cellier. Va en chercher une.

Ethan emporta l'une des tartes pour l'emballer, puis, de retour dans la cuisine, il surprit son plus jeune frère Matt — la fillette de quatre ans de Kelly, Aislin, dans les bras — en train d'échanger un tendre baiser avec sa femme.

— Comment te sens-tu ? demanda-t-il, une main sur son ventre rebondi, son teint mat offrant un net contraste avec la peau ivoire de Kelly.

Ethan sentit alors une pointe de jalousie percer la joie, néanmoins sincère, qu'il éprouvait pour son frère.

— Très bien, répondit Kelly en riant. Même si…, dit-elle en bâillant avant de sourire : Je vais peut-être aller faire un petit somme avant l'heure du coup de feu…

Elle descendit de son tabouret, déposa un baiser sur la joue de sa fille.

— Tu es gentille avec papa, d'accord ?

Après son départ, Ethan sentit le regard insistant de son frère sur lui. Il lui fit face, se renfrognant face à cette mimique qui était un peu la marque de fabrique de Matt. Sa mimique de « monsieur le flic je sais tout », comme ils l'avaient baptisée, dans la famille. Un nouveau morceau de musique démarra, un prélude qu'il avait toujours associé à Merri. Rachmaninoff.

— Eh bien quoi, qu'est-ce qu'il y a ?

Mais Matt se contenta de lui donner une petite tape amicale entre les épaules, avant de sortir de la cuisine avec sa fille. Ethan se passa une main dans les cheveux, ignorant ce nœud dans la poitrine, ces picotements dans les yeux.

Il faut laisser faire le temps, lui avait-on seriné. *Et ça s'atténuera, tu verras.*

Sauf que depuis le Père Noël, on n'avait pas inventé pire mensonge.

- 6 -

La maison du colonel était encore plus près de chez elle que Claire l'imaginait, une courte balade à pied dans un quartier plaisant entre maisons de style Queen Anne avec leurs pignons en façade, maisons coloniales en brique rouge et demeures rustiques. Il ferait nuit quand elle rentrerait, mais les rues de Maple River n'avaient rien de comparables avec le métro new-yorkais passé minuit. Pas de quoi avoir peur.

En revanche, elle n'était pas si sûre d'elle, en ce qui concernait la soirée qui s'annonçait. Elle avait l'impression d'avoir seize ans de nouveau, quand elle était tombée amoureuse pour l'éternité de Brandon Hicks, assis deux rangs devant elle, en cours d'histoire. Chaque fois qu'elle le voyait, sa bouche devenait comme du plâtre et son cœur s'emballait. Et la seule fois où il lui avait souri — mais peut-être après tout souriait-il à quelqu'un d'autre, derrière elle, cela elle ne le saurait jamais, car elle n'avait pas trouvé le courage de regarder —, elle en avait presque fait pipi sur elle. Pitoyable.

Mais bonne nouvelle, se dit-elle en s'engageant dans la rue du colonel, elle contrôlait bien mieux sa vessie aujourd'hui. Sans parler d'autres choses. Visiblement, son attirance pour Ethan Noble ne décroissait pas à mesure qu'elle apprenait à le connaître, ce qui était mauvais signe. Très mauvais signe. Attirance totalement illogique, pour ne pas dire stupide — surtout qu'il lui avait expliqué qu'elle n'était pas obligée de venir ce soir — et puis, elle n'avait plus seize ans que diable ! Elle devrait être en mesure de gérer ça. De toute façon, n'était-elle pas venue pour le père d'Ethan ? Et le repas qui promettait d'être délicieux ?

Le cœur cognant dans sa poitrine, elle s'arrêta au bout de l'allée menant à la bâtisse, une vraie merveille sous le soleil de ce milieu d'après-midi. La maison était deux fois plus imposante que celle d'Ethan, que ses voisines aussi. *Impressionnant certes, mais pas insurmontable*, se dit-elle en se remettant en marche, en pensant à Julie Andrews dans *La Mélodie du bonheur*.

Car tout le secret était là. Avoir confiance en soi.

Des chiens aboyèrent en réponse à son coup de sonnette, et, trois secondes plus tard, la porte s'ouvrit sur Juliet, qui, en la voyant, poussa un cri de joie, n'essayant même pas de retenir les chiens — dont l'un ressemblait à un ours, nota Claire.

— Vous êtes venue ! s'exclama l'adolescente, des mèches orange dans les cheveux, un legging sous sa jupe en jean.

Rabrouant gentiment les chiens, Juliet l'attira à l'intérieur, dans un hall d'entrée au parquet sombre, décoré d'un tapis oriental, et d'un escalier dont la montée s'accompagnait de photos.

— Je suis venue, répondit Claire en retirant son manteau, humant les effluves de la dinde au four qui lui parvenaient. Tu pensais que je ne viendrais pas ? demanda-t-elle en retroussant les manches de son sweat préféré dont elle avait repris le bas avec un tissu coloré, de manière à cacher une grosse tache de cheese-cake, son péché mignon.

— Et vous, vous étiez si sûre de venir ? demanda la jeune fille, avec une pointe d'impertinence.

Claire eut un rire, un peu forcé peut-être.

— Accrochez votre manteau là, avec les autres, ajouta Juliet. Puis direction la cuisine, je veux vous présenter Kelly, ma nouvelle tatie.

A cet instant, Claire pensa à tous ces adolescents qui, en dépit d'une vie heureuse et privilégiée, affichaient un cynisme permanent vis-à-vis de leurs proches. Juliet avait vécu une douloureuse épreuve, mais malgré ça, ou à cause de ça, elle semblait apprécier chaque instant de sa vie, au lieu d'en vouloir au monde entier et de pleurer sur ce qu'elle avait perdu à jamais.

— Où sont les invités ?

— Dans le jardin, derrière. En train de jouer au football, répondit l'ado avec une expression comique. Mais je suppose que ça ne vous tente pas de vous joindre à eux ?

— Hmm, pas vraiment, répondit Claire.

Juliet gloussa, avant de laisser échapper un long soupir tout en se dirigeant vers la cuisine, les chiens sur ses talons.

— Quand on était petit, expliqua l'ado, grand-mère mettait la dinde au four, puis nous sortions tous pour aller les voir jouer. A notre retour, la bête était prête, et on passait à table. C'était comme ça tous les ans… Puis grand-mère est partie, et c'est maman alors qui s'est chargée de la dinde…

Juliet se tut, et Claire, touchée par la tristesse de son regard, serra la main de la jeune fille dans un geste plein d'affection.

— Tout s'est passé de façon si brutale… Si inattendue.

— Je comprends, ma chérie, je comprends, crois-moi.

Juliet hocha doucement la tête et soupira.

— Bref, reprit-elle, depuis deux ans, grand-père achetait la dinde toute prête au centre commercial, et papa et moi nous nous occupions des à-côtés, mais… Ce n'était pas pareil. Mais bon, aujourd'hui avec Kelly — elle est traiteur, un vrai cordon-bleu —, c'est tellement mieux. Différent, c'est sûr. Mais au moins, plus personne ne fait semblant, vous voyez… ? Ohé Kelly ! lança-t-elle en entrant dans la cuisine à une jolie jeune femme rousse en train de sortir des friands du four. Voici Mlle Jacobs !

N'importe quelle maîtresse de maison, à quelques minutes du coup d'envoi, aurait légitimement été stressée. Claire en tout cas l'aurait été. Mais en dépit de boucles — presque aussi rebelles que celles de Claire — déterminées à s'échapper du bandeau de soie qu'elle portait autour de ses cheveux, Kelly l'accueillit avec un sourire chaleureux.

— Bienvenue au pays des cinglés ! dit-elle dans un éclat de rire. Sur le comptoir trônait une dinde dorée de la taille d'une planète. Suis-je tenue de vous appeler Mlle Jacobs ?

— Mon Dieu non. Claire, c'est parfait.

— Oh ! quel joli prénom… Juliet, mon trésor, veux-tu vérifier la cuisson des brocolis, s'il te plaît. Et on devrait pouvoir sortir de l'autre four les patates douces…

— Je m'en occupe !

— Puis-je vous aider ?

— Hors de question, répondit Kelly, son ventre rebondi bien visible sous son sweat vert émeraude. Nous avons tout planifié à la seconde près avec cette demoiselle. Mais, si tout à l'heure, vous voulez donner un coup de main, pour ranger un peu… ?

— Avec plaisir.

— Super. Et si vous alliez les voir jouer, derrière ? Le repas ne sera pas servi avant une bonne demi-heure…

En réalité, Claire avait vu plus de matchs de football en une semaine qu'au cours de ces dix dernières années. Mais étant manifestement de trop dans la cuisine, elle suivit les cris et les rires et finit par sortir dans la véranda qui surplombait un grand jardin cerné de pins. Dans un coin se trouvait une aire de jeu, balançoire, toboggan, où Bella et une autre fillette avec un bonnet sur la tête s'amusaient. Au centre de la pelouse, dans une herbe encore verte, la partie battait son plein. Ethan encourageait à grands cris une « équipe », tandis qu'un homme brun, aussi grand que lui, tentait de motiver la sienne.

S'enveloppant d'une couverture laissée sur la balancelle voisine, elle s'assit dans le rocking-chair — d'un âge canonique — et regarda le spectacle. Ou plus exactement, regarda Ethan. A cette distance, au moins pourrait-elle en toute sécurité agir contre cette attirance suspecte et éviter ainsi de trop penser à des choses auxquelles elle ne devrait pas penser. Elle reporta donc ses pensées sur cette pauvre Juliet, manifestement éprise de Scott Jenkins — elle avait surpris les regards brûlants de la jeune fille, aux répétitions — et remercia le ciel d'avoir dépassé l'âge critique de l'adolescence. Un âge où elle se sentait comme possédée par des choses, des sentiments, des sensations qu'elle ne comprenait même pas. Cette impression de n'avoir le contrôle sur rien… Non, plus jamais ça.

— Ah vous voilà !

La voix la tirant de ses pensées, Claire se tourna vers le colonel, au bas des marches, mains glissées dans les poches de son pantalon en velours bordeaux. Les chiens lui tournèrent autour un moment, avant de s'étaler à ses pieds.

— Je ne voulais pas rater ça, répondit Claire.

Le vieil homme sourit, les yeux pétillants sous ses cheveux courts, plus blancs que gris, réalisa-t-elle à ce moment.

— Pourquoi ne pas aller jouer avec eux ?

— Oh ! regarder, ça va encore, mais jouer, non merci, vraiment…

Le colonel rit doucement. Même là, à la lumière du jour — et dans sa propre maison —, son allure était plus intimidante que l'autre soir, au stade. Elle pensa à son père, plus petit, plus mince, un intellectuel plus qu'un sportif. Mais derrière ses lunettes rondes cerclées d'écaille, quand il posait les yeux sur elle, son regard débordait toujours d'amour. Et c'était pareil pour sa mère. Soudain, la douleur de leur absence fut telle qu'elle en eut le souffle coupé.

— J'espère que cela ne va pas me coûter ma place à table, dit-elle, se forçant à plaisanter pour chasser ce coup de cafard.

— Oh ! je ne crois pas, dit le colonel. Puisque vous êtes là, on va vous garder.

Resserrant la couverture autour de ses épaules, elle sourit. A cet instant, le plus petit des chiens se leva pour venir vers elle et poser son menton sur ses genoux. Lorsqu'elle le chatouilla entre les oreilles, l'animal la regarda avec adoration.

— Vous avez une bien jolie maison.

— Merci. Elle a vu tout ce petit monde grandir… Mais il est temps de passer à autre chose…

— Oh ? Vraiment ? Quel dommage…

— Je n'ai plus l'utilité d'un endroit aussi grand, répondit le vieil homme avec un haussement d'épaules. Cinq chambres…

Il secoua la tête, s'appuya à l'un des poteaux, bras croisés.

— Juliet m'a expliqué que c'était votre première année, à Hoover ?

— En effet.

— Vous vous y plaisez ?

— Beaucoup. Il faudrait que je sois difficile, répondit-elle sans cesser de sourire, caressant le chien un peu plus quand il renifla sa main. Et j'adore le contact avec les enfants. Je m'efforce de préserver le juste équilibre entre autorité et compréhension, mais bon, oui, c'est un travail passionnant.

Le colonel regarda les autres, en train de s'agiter sur la pelouse.

— Ethan m'a dit que vous étiez revenue pour aider votre mère, quand elle est tombée malade…

— Oui. Elle est décédée il y a un an maintenant…

Il reporta son attention sur elle.

— Pourtant, vous êtes toujours là…

— Oui. Et je compte rester, le temps de…

— Trouver mieux ?

— Disons plutôt, de voir si ma place est ici, rectifia-t-elle en souriant.

Le père d'Ethan hocha doucement la tête.

— Après des années à déménager d'un camp de base à l'autre, Jeannie et moi ne pensions pas revenir un jour vivre dans la ville où nous avions grandi. Puis un poste s'est libéré sur le site de l'armée de l'air McGuire, et Jeannie a déniché cette maison, alors… On ne sait jamais ce que la vie vous réserve, pas vrai ?

— C'est juste, dit Claire. La vie est pleine de surprises, bonnes et mauvaises…

Le colonel lui sourit, avant de reporter son regard vers le match.

— Jamais nous n'aurions pensé que les enfants restent dans le coin, qu'ils décident de faire leur vie ici. Ce qui me fait dire que l'endroit ne doit pas être si déplaisant…

Comme le vieil homme semblait se parler à lui-même plus qu'à elle, Claire ne releva pas.

— Vous connaissez tout le monde ? demanda-t-il subitement.

— Non, pas encore. Mais j'ai rencontré Kelly, dans la cuisine.

— Bien, voyons si je me souviens des noms de toute la troupe, dit le colonel en s'asseyant dans le rocking-chair près du sien, croisant les bras sur un gilet en grosse laine qui ne devait pas être de la première jeunesse. Vous connaissez les enfants d'Ethan, donc je ne m'attarderai pas sur eux. Mais l'autre coach, c'est Matt, son cadet. Le mari de Kelly. Le gamin à lunette, c'est son fils, Cooper, né d'un premier mariage. Et la petite fille adorable sur la balançoire est sa sœur, Aislin, Linnie pour les intimes. Ensuite, là-bas...

Il s'approcha d'elle, tendit le doigt.

— Voici Tyler, notre plus jeune fils...

— Celui qui râle en levant les bras au ciel, au milieu du terrain ?

— Oui, celui-là, répondit le colonel en riant. Il va bientôt épouser Laurel, qui a eu un bébé il y a peu, mais le père... Bref, parlons d'autre chose. La petite blonde toute mince, c'est Abby, ma cadette, une preuve vivante que Dieu a le sens de l'humour. Nous étions mariés depuis plus de vingt ans, ma Jeannie et moi, et avions renoncé à avoir un enfant un jour, et boum ! Abby est arrivée...

Il se tourna vers elle, le regard amusé.

— Vous suivez ?

— A peu près. Cela n'a pas dû être de tout repos, de veiller sur tous ces enfants adoptifs...

— On apprend au jour le jour. Comme vous le disiez, la vie n'est pas un long chemin tranquille. C'est la même chose, avec la famille. Même dans les familles « normales », la dynamique ressemble plutôt à celle d'un torrent fougueux aux multiples affluents... Des personnes arrivent, d'autres partent, des bébés naissent, des personnes âgées s'en vont... Parfois pas si âgées que ça, ajouta-t-il. C'est un peu comme les rosiers de Jeannie, là...

Il désigna une haie colorée de roses roses.

— Le printemps venu, de nouvelles fleurs prennent la place des plus anciennes...

Difficile de croire que ce vieil homme sentimental était un inconditionnel de la discipline, comme Ethan l'avait décrit. Mais sans autorité, avec autant d'enfants, cette maison aurait rapidement sombré dans le chaos. Et apparemment, Ethan lui-même n'hésitait pas à recourir à l'autorité, avec ses enfants comme avec ses joueurs, même s'il s'en défendait.

— Les choses ne se passaient pas ainsi, dans ma famille, confia-t-elle. A la maison, il n'y avait que mes parents et moi.

— Pas d'autre famille ? Des grands-parents ?

— Tous deux étaient enfants uniques, répondit-elle en secouant la tête. Et relativement âgés quand ils m'ont eue. Quant à leurs parents… Mon père était juif, ma mère catholique italienne. Si cela ne représente plus un problème aujourd'hui pour la plupart des gens, pour mes grands-parents en revanche… Je ne les voyais que rarement et toujours chez eux… Et dans un silence toujours religieux.

— Les pauvres, heureusement qu'ils ne sont pas là, aujourd'hui. Ou un autre jour d'ailleurs, remarqua Preston. Je pensais en vieillissant avoir besoin de calme, de tranquillité. Pour me reposer enfin de tout ce vacarme, ce chaos. En réalité, ça me manquerait…

Ne trouvant rien à redire, elle observa Ethan en train de se congratuler avec son « équipe ». Il avait eu une longue journée et pour finir, ce repas de fête devait réveiller en lui une foule de souvenirs douloureux. Car, d'après Juliet, sa mère avait fait en sorte de préserver cette tradition, après le décès de la mère d'Ethan. Mais il était là, faisant bonne figure face à ses enfants et au reste de la famille. Elle sentit son cœur se serrer.

Puis il s'écarta dans une petite foulée de son pack de joueurs tout en serrant le poing pour les encourager, comme elle l'avait vu faire au stade. Sauf qu'à cet instant, elle se renfrogna, car il lui sembla qu'il boitillait…

— Je rêve ou Ethan a un problème, à la jambe ?

— C'est son genou, répondit le colonel. Un souvenir d'Afghanistan. Un mois juste avant de rentrer au bercail.

— Oh… Je l'ignorais.

— Peu de gens le savent. Oh ! ça ne l'empêche pas de fonctionner normalement, enfin, la plupart du temps, mais il a dû tirer un trait sur sa carrière professionnelle.

— Euh, il était donc aussi doué ? demanda Claire.

— Plus que ça, marmonna le vieil homme. Mais ne lui dites pas que je vous en ai parlé. Il ne supporte pas que l'on s'apitoie sur son sort…

La porte s'ouvrit, et Juliet apparut dans la véranda en hurlant que le dîner était prêt. Après quelques protestations sur le gazon, chacun se dirigea vers la maison. Claire se leva pour que le père d'Ethan puisse la présenter officiellement à tout le monde. Elle remercia une nouvelle fois le ciel, de l'eau avait passé sous les ponts, et elle n'était plus mal à l'aise en société. Elle n'avait plus peur des autres. Puis elle croisa le regard d'Ethan, et là…

Voir Claire et son père bavarder comme de vieux amis… Ethan en avait perdu un peu de son intérêt au jeu. Car si le vieil homme n'était guère loquace — en tout cas, autrefois —, il n'avait pas pour habitude de parler pour ne rien dire. La subtilité n'avait jamais été la tasse de thé du colonel. Comme cela ne semblait pas l'être pour Claire non plus. Dès lors, quel avait été le sujet de conversation de ces deux-là ?

Mais ce qui le perturbait surtout, même s'il ignorait pourquoi, c'était l'aisance avec laquelle Claire se comportait avec la famille. Ses rires aux plaisanteries plus ou moins fines des autres, autour de la vieille table en chêne. Oh ! bien sûr, Merri s'entendait bien avec ses frères et sœurs et réciproquement, mais il avait toujours eu le sentiment de devoir la protéger de leur exubérance. Une exubérance qui ne paraissait pas gêner Claire qui discutait et plaisantait avec le clan, comme s'ils se connaissaient tous depuis des années.

Ethan emporta la carcasse de dinde dans la cuisine où les femmes s'affairaient à nettoyer, glissant soigneusement les restes dans des poches plastiques tout en papotant. Son intention était de poser le plat sur le comptoir, puis de transporter sa propre carcasse n'importe où, du moment qu'il n'aurait pas à voir Claire, occupée à l'évier, avec Laurel, la fiancée de Tyler. Parce qu'une chose était sûre, elle le mettait mal à l'aise. Pourquoi ? Il ne voulait pas le savoir.

A ce moment, il remarqua Kelly en train d'essayer de consoler Jonathon, le bébé tout neuf — dix semaines à peine — de Laurel, un peu grognon… Ce qui réveilla chez

Ethan certains souvenirs de ses enfants quand ils faisaient des colères, pour des raisons connues d'eux seuls.

— Je m'en occupe, dit-il en prenant le petit garçon dans les bras de sa belle-sœur, surprise, avant de s'en aller de là pour…

Pour où ? N'importe où du moment qu'il n'y aurait pas les femmes. Pas dans le salon en tout cas, squatté par les hommes, sans parler d'Abby, sa petite sœur, tous en train de s'extasier sur les performances des Eagles. Tyler, cependant, aux cris du bébé, son futur beau-fils, se leva prestement.

— Tu veux que je le prenne ?

Face au regard inquiet de son frère, Ethan sentit son cœur se serrer. Qui aurait imaginé ça ? Tyler, le célibataire le plus endurci de la planète, prêt à convoler avec une mère célibataire…

— Non, ça va, répondit Ethan en resserrant les bras autour du petit garçon, pour s'éclipser juste après du salon, bien trop bruyant avec les gamins qui jouaient aux jeux vidéo. Et leurs sœurs ? Elles étaient montées pour jouer à se déguiser avec tous ces vêtements recueillis au fil des années par Jeanne Noble pour ses filles. Même celles qui ne faisaient que passer, pour quelques jours, semaines ou années, toutes trouvaient chez les Noble un havre de paix. D'amour.

Il soupira, agacé contre lui-même de réagir comme ça face à Claire. Toutes les femmes qui l'avaient approché, ces trois dernières années, y compris les plus jolies, les plus gentilles, les plus normales, il ne leur avait trouvé en réalité pas le moindre intérêt. Et aujourd'hui, cette femme… Qui n'essayait même pas de lui plaire…

Finalement, il trouva refuge dans la véranda, à côté de la salle à manger. Le soleil était allé se coucher depuis bien longtemps, mais de la lumière filtrait de l'extérieur, et la pièce n'était pas plongée totalement dans l'obscurité. Il s'installa avec le bébé dans un rocking-chair et commença à fredonner une berceuse que lui-même chantait à ses enfants. Non qu'il ait une voix particulièrement douce, mais elle avait toujours eu de l'effet sur les nourrissons.

Effectivement, peu à peu, les pleurs de Jonny s'espacèrent, et le petit garçon finit par s'endormir, blotti contre le torse d'Ethan qui, lui aussi, se laissa bercer par le doux va-et-vient du fauteuil. Et sans doute se serait-il assoupi, si du coin de l'œil, il n'avait perçu un mouvement qui attira son attention. Un instant, il crut que c'était Laurel venue récupérer son fils, puis il réalisa que la silhouette dans l'ombre était trop petite pour qu'il s'agisse de sa future belle-sœur. Et son rire trop délicat — que Laurel lui pardonne cette muflerie.

— Comme c'est mignon…

— Vous nous voyez dans le noir ?

— Très bien.

Il voulut se redresser dans son fauteuil, mais ce bébé, il pesait des tonnes.

— Vous êtes encore là…

Un ange passa…

— Pourquoi, ça pose un problème ? demanda-t-elle.

— Oh non, c'est plutôt à vous que je pense, s'empressa-t-il de répondre. La famille peut être épuisante, quand on n'a pas l'habitude.

— Je crois pouvoir tenir le choc encore un peu, dit-elle en riant. Et puis, j'ai trop mangé pour envisager de rentrer à la maison à pied, si tôt…

— Vous êtes venue à pied ?

— Je n'habite qu'à deux cents mètres…

Elle se tut, puis demanda.

— Un peu de compagnie ?

— Avec joie, s'entendit-il répondre.

Elle s'assit sur le coin de la chaise à côté de lui, mains crispées autour du coussin rayé posé dessus, en fixant le bébé. Le halo des lampadaires dans la rue éclairait une partie de son visage. Et, derrière les odeurs du repas et du feu de cheminée, il perçut les effluves de son parfum, notes épicées qui ébranlèrent cette vulnérabilité à fleur de peau qu'il ressentait ce soir, mais qu'il était bien trop fatigué pour tenter d'expliquer. De nouveau, elle rit.

— Mais… ! Il ronfle ?

— Tous les bébés ronflent, dit-il, chassant certaines pensées importunes, tout en souriant à l'enfant. C'est une des raisons pour lesquelles Merri et moi n'avons jamais partagé notre chambre avec les enfants. Trop bruyants…

Elle glissa une mèche de cheveux derrière son oreille. Et l'espace d'une nanoseconde, il surprit l'éclat d'un petit diamant scintillant dans la pénombre. Une autre paire de boucles d'oreilles, mais celles-là serties dans la chair délicate du lobe…

— Vous avez une famille formidable.

— Un peu dérangée sur les bords, peut-être.

— C'est justement son charme. Il y avait longtemps que je n'avais ri ainsi… Que je ne m'étais sentie…

— Oui ?

— Bien, répondit-elle, même s'il eut la certitude que ce n'était pas ce qu'elle s'apprêtait à dire. C'est comme vivre dans un tableau de Norman Rockwell…

— Vous exagérez, marmonna Ethan en souriant.

— Non, je vous assure, dit-elle. Et c'est très agréable…

Un silence, puis elle chuchota :

— Vous savez, je me rends compte que je n'ai jamais pris de bébé dans mes bras.

— Vraiment ?

— Jamais. Oh ! j'ai bien joué la baby-sitter, ado, mais jamais avec des nourrissons.

— Vous voulez essayer ? Je suis certain que Laurel n'y verrait aucun inconvénient…

— Non, non… C'est bon. Je ne voudrais pas le réveiller, il a l'air si serein…

De nouveau, elle sourit.

— Comme vous d'ailleurs…

Illusion d'optique, faillit-il répondre, car il se sentait tout sauf serein. Mais pas question de le lui montrer.

— J'ai du mal à croire que six ans à peine se sont écoulés, depuis que je n'ai tenu dans mes bras un petit bébé comme celui-là, dit-il en souriant à son neveu. Depuis Bella. Et c'est une sensation extraordinaire…

*
**

A regarder cet homme athlétique bercer ce petit ange, elle en fut toute bouleversée. Difficile de croire que c'était ce même grand gaillard qui bousculait ses joueurs sur le terrain, un peu plus tôt dans la journée. Qui avait fendu la foule dans le snack du lycée, une semaine plus tôt, pour séparer deux garçons de la taille de Godzilla en pleine bagarre.

— Je vous ai entendu chanter, tout à l'heure…

— Désolé…

— Pas du tout…

Car si la mélodie laissait à désirer, l'amour qu'il avait mis à fredonner cette berceuse était poignant de sincérité. Nerveuse soudain, elle toussota.

— Vous chantiez, pour vos enfants ?

— Pour les jumeaux et Bella, oui. Juliet, elle, s'endormait dès qu'elle avait le ventre plein. Jamais grognon, toujours facile… Au point que Merri en oubliait presque parfois qu'elle était là. Ce qui était une bonne chose, puisque moi-même alors j'étais souvent absent, au début. Mais les garçons…

Il soupira.

— Tous les deux étaient sujets aux coliques. Comme ce petit ange. Aussitôt le soleil couché, ils se mettaient à pleurer. Et ça durait des heures. A peine couchés, les festivités commençaient…

— Ça ne devait pas être drôle tous les jours…

— Je mentirais si je prétendais le contraire. Pendant six semaines environ, c'était l'enfer. J'avais perdu cinq kilos…

Il rit et ajouta.

— Et Merri en avait pris autant. Je crois qu'elle m'en a toujours voulu, à moi et aux garçons, pour ça…

— Je peux la comprendre, hmm…

Elle se tut, rougit.

— Pardon, c'est juste que… Je ne sais pas si je pourrais assumer ce genre de choses…

— Vous n'êtes pas la seule. Surtout quand vous êtes pris dans ce tourbillon. Six semaines, ça semble une éternité quand vous manquez de sommeil. Mais les pleurs ensuite laissent place aux rires et à côté de ça alors, le manque de sommeil semble bien peu de chose… Bien sûr, arrive après l'âge fatidique de deux ans et là…

— Je n'ose même pas l'imaginer…

— Mais on survit à ça aussi. Parce que deux bambins de deux ans, c'est aussi la fête. Et les câlins. Oui, un vrai régal. Et chaque jour qui passe…

Il soupira.

— Bah, voilà que je parle comme un vieux papa gâteux…

— Pas du tout…

Jonny bougea dans son sommeil et Ethan referma délicatement sa grosse main autour du petit derrière du bébé, un geste d'une douceur telle, que Claire en bondit presque de son siège pour coller le nez à la porte vitrée. Une lune pleine éclairait maintenant le jardin d'argent.

— C'est incroyable, comme il fait bon dans cette pièce, dit-elle, saisissant au vol l'occasion pour parler d'autre chose. Pas le moindre courant d'air…

— Triple vitrage. Et nous avons installé un système de chauffage radiant par le toit… C'était la pièce préférée de ma mère, ajouta-t-il en changeant délicatement de position, faisant grincer un peu le fauteuil. Lorsqu'elle est tombée malade, papa l'a aménagée pour qu'elle puisse s'y reposer par tous les temps. Il a également posé des mangeoires un peu partout dans le jardin, ainsi, elle pouvait regarder les oiseaux. Le cardinal surtout, qu'elle adorait.

Aucune émotion ne transparaissait dans sa voix, cependant Claire pouvait la sentir dans chacun de ses mots. De nouveau, elle toussota.

— Le reste de la maison est d'ailleurs tout aussi agréable… Toujours dans l'esprit de Norman Rockwell. Si… chaleureuse… Un nid douillet.

— Elle l'a toujours été, pour nous. Et aujourd'hui encore.

— C'est presque dommage de la vendre.

— A vrai dire, cette idée me perturbe, répondit Ethan après un soupir. C'était la première maison de mes parents. Ma première maison. Sans parler de celle d'innombrables enfants adoptifs ou placés. Mais depuis le décès de ma mère, ce n'est plus pareil. Pour nous, mais surtout pour mon père. Il nous a protégés, nous a apporté la stabilité, inculqué certaines valeurs dont nous ignorions tout, mais ma mère…

De nouveau le fauteuil grinça.

— Elle était douce, gaie, dit-il dans un murmure. La joie incarnée… Longtemps, j'ai cru que mon père souhaitait rester ici à cause des souvenirs. Mais aujourd'hui, je pense que cette maison justement lui rappelle trop de souvenirs. Non qu'il se confie à nous à ce sujet — je ne l'ai jamais vu ne serait-ce que triste —, mais certaines choses n'ont pas besoin d'être exprimées par des mots.

A cet instant, elle entendit, presque imperceptible, mais sans le moindre doute, le chagrin d'Ethan à l'évocation de son père.

— Et vous ? demanda-t-elle avec douceur.

— Moi ?

— Oui. Car ça ne doit pas être évident de vivre dans la maison que vous avez partagée avec votre femme. Je veux dire, je peux sentir sa présence, chez vous, pourtant je ne la connaissais pas…

— Cela n'a absolument rien à voir, répliqua-t-il sèchement.

Elle comprit qu'elle avait dépassé les limites.

— Désolée, je…

— Non, soupira Ethan. Ce n'est rien. En fait, le premier choc passé, j'ai envisagé un moment de déménager. Pour exactement les raisons que vous avez évoquées. Même après tout ce temps, je m'attends encore à la voir entrer dans le salon, s'asseoir à côté de moi sur le canapé. Ou la trouver dans la cuisine, à préparer le repas ou des cookies. Oui, au début, j'ai cru devenir fou. Mais il ne s'agissait pas que de moi, voyez-vous. Les enfants… Après ce qu'ils venaient de vivre, je ne pouvais leur imposer de…

Il inspira profondément.

— Ils avaient besoin de garder leurs repères, de…

Il se tut et Claire sentit son cœur s'ouvrir en deux.

— De paix ?

Ses yeux se portèrent sur elle, un instant, puis il détourna le regard.

— Les enfants sont une priorité absolue. Toujours.

— Vous… Vous ne faites jamais rien pour vous seul ?

— Je ne sais même pas en quoi ça pourrait consister, dit-il dans un éclat de rire, un éclat aux bords tranchants.

— Comme c'est triste…

— Non, c'est la vie, dit-il, plus avec lassitude.

Et après tant d'années à analyser l'épaisseur psychologique de personnage de théâtre, à analyser les grands textes littéraires, elle eut le sentiment de percevoir comme un conflit en lui. Comme si son dévouement envers ses enfants lui pesait plus qu'il voulait l'admettre.

Ce qui la ramena quelques mois en arrière, quand, tandis que sa seule priorité était de s'assurer du confort et du bien-être de sa mère, celle-ci la pressait de sortir un peu, d'aller voir un film. Ce qu'elle avait peut-être fait une, deux fois, et jamais les dernières semaines. Mais savoir qu'elle le pouvait, au moins en théorie, qu'elle avait la permission de prendre soin d'elle, de rompre, l'espace d'une ou deux heures, avec cette situation qui parfois lui pesait, même si elle aimait sa mère de tout son cœur, oui, cela avait suffi à lui redonner courage. Mais cette permission, qui la donnait à Ethan ? La permission de veiller non seulement sur la vie de ses enfants, mais aussi sur la sienne.

Ce n'était en tout cas pas à elle de donner des conseils que, de toute façon, cet homme n'hésiterait pas à rejeter. Soudain, de l'intérieur de la maison retentit un hurlement collectif. Probablement un but marqué. Elle se rassit.

— Cela ne me regarde en rien bien sûr, mais vous avez bien fait, de garder la maison.

De nouveau, ses yeux s'arrêtèrent sur elle un moment, avant de revenir au bébé.

— Merci.

Puis il tendit la jambe, comme quelqu'un qui a une crampe.

— Ça va ?

— Pardon ? Oh ! oui. Je suis resté trop longtemps assis dans la même position…

Il haussa une épaule.

— Encore une piqûre de rappel comme quoi je n'ai plus vingt ans.

— Je… Peut-être pourriez-vous me passer le bébé un moment ? Ainsi vous pourrez vous lever, marcher un peu…

— Mais je croyais…

— Il a l'air inoffensif. Et en plus, il dort.

— Dans ce cas… Approchez…

Elle se leva, n'en menant pas large…

— Glissez votre main là, sous ses fesses… Voilà… Et de l'autre, soutenez sa tête. Parfait.

Embarrassée, elle positionna l'enfant — Dieu qu'il était lourd ! — contre ses seins et se rassit.

— Comme ça ?

— A peu près, oui. Mais vous êtes autorisée à respirer…

— Vous êtes sûr ?

— Tout à fait sûr, répondit-il en se levant, peut-être avec une grimace.

Il fit alors quelques pas et elle le vit nettement boiter. Elle s'installa plus confortablement dans le fauteuil, s'étonnant que le bébé ne se réveille pas.

— Vous voyez ? lança Ethan. Ce n'est pas si compliqué…

— Parlez pour vous. Ça fait bizarre de tenir un petit être humain…

— Vous n'avez jamais joué à la poupée ?

— Non. Je préférais jouer aux Lego. J'étais une enfant un peu spéciale…

— Bella, elle aussi, préfère les jouets de ses frères, dit-il en faisant bouger son genou. En revanche, ses choix vestimentaires me consternent.

Claire sourit, se détendit un peu plus.

— C'est douloureux ?

— Pardon ?

— Votre genou…

Quand il se renfrogna, elle ajouta.

— Votre père m'a dit que vous aviez été blessé, en Afghanistan ? Et que vous détestiez en parler…

Quelques secondes s'écoulèrent.

— C'est exact, répondit-il. Pour les deux points. Je m'efforce de gérer tout ça comme un grand, vous voyez ?

— Compris… Alors… Comment vous êtes-vous retrouvé chez les Noble. A moins que ce sujet-là soit tabou, lui aussi ?

— Personne ne vous a jamais dit que vous étiez indiscrète ?

— Je préfère curieuse. Mais oui, souvent. Alors ?

Il secoua la tête, se rassit, jambes tendues tout en se massant autour du genou.

— Mes parents étaient des ados. Mariés oui, mais dépassés par les événements. Les services sociaux les ont convaincus de me confier aux Noble, au moins le temps pour eux de grandir un peu. Quel âge aviez-vous ?

— Deux ans. Pour résumer, ils ont mal tourné, et les Noble m'ont alors adopté. Mes parents biologiques se sont ensuite séparés, ont fondé une autre famille, ont eu d'autres enfants. Je n'ai plus jamais eu de nouvelles de mon père, mais je suis en contact avec ma mère. Occasionnellement. Elle et son deuxième mari sont venus à mon mariage. Et elle a vu les aînés, une ou deux fois, même si je doute qu'elle s'en souvienne…

— Alors… Vous avez de la famille ?

— Trois demi-frères, deux demi-sœurs. Mais nous ne sommes pas très proches…

— Ah, vous êtes là ! s'exclama Laurel en se penchant pour prendre le bébé des bras de Claire, souriant avec ravissement quand le bonhomme entrouvrit les yeux.

Elle donnait l'impression que le contact physique avec son enfant lui avait manqué…

— Le match est fini, dit-elle, les restes du festin emballés, la fête terminée. Merci d'avoir veillé sur Jonny, vous deux.

Elle se tourna vers Claire.

— Oh ! Kelly et moi allons faire les soldes au centre commercial, demain matin… ça vous tente ?

— Ah ! c'est-à-dire, je n'ai jamais trouvé le courage de sortir le vendredi noir…

— Nous non plus, confia Laurel. On pourrait donc tenter l'expérience toutes les trois ensemble. Qu'en dites-vous ? Retrouvons-nous à, euh, 6 heures…

— 6 heures du matin ?

— Kelly a dit qu'elle amènerait le café et les beignets.

Elle prendra son van. Pas de gosses, pas de mecs… ça va être super.

— Eh bien, d'accord, répondit Claire, en dépit de la petite voix dans sa tête qui lui conseillait de n'en rien faire.

Mais elle ne voulait pas mourir idiote…

— Super ! A demain alors ! lança Laurel avant de disparaître avec Jonny.

— Bien, dit Ethan en se levant. C'est l'heure du couvre-feu si je comprends bien. Vous voulez que je vous ramène ?

— Non, merci, je ne suis pas loin. Et après ces agapes, ça me fera du bien de marcher. Kelly est une cuisinière hors pair…

— Oh ! j'allais oublier… Il y a quelque chose pour vous, dans la cuisine.

— Vous voulez dire en plus de tous les restes que Kelly a préparés à mon intention ?

— Oui…

Il sortit de la véranda, la démarche un peu raide, attendant qu'elle le suive. La cuisine était déserte, le lave-vaisselle en route, les spots au-dessus du plan de travail allumés. Il disparut dans le cellier, avant d'en ressortir avec une boîte à gâteau… et un sourire un peu gêné.

— Je me rappelle vous avoir entendu dire raffoler de la tarte à la citrouille. Celle-ci est pour vous.

— Mon Dieu, vous l'avez volée ? s'exclama-t-elle en riant.

— Non, j'ai demandé poliment. Tenez…

C'était bête, après tout il ne s'agissait que d'une tarte, mais… Elle déposa avec soin la boîte dans le sac plastique qu'elle avait laissé un peu plus tôt sur le comptoir, et contenant les restes empaquetés par Kelly pour elle.

— Pourquoi ? demanda-t-elle doucement, sans le regarder.

— Hmm, pour vous remercier de vous être occupée des garçons, ce matin. J'espère que cette tarte mérite la peine que vous vous êtes donnée.

Elle sourit, le sac à la main, et lui fit face.

— Ce qui compte, c'est que vous y avez pensé…

— Hmm, bien… Vous ne voulez vraiment pas que je vous ramène ?

— Eh bien… Ce n'est pas si lourd…, commença-t-elle, tentée un bref instant d'accepter.

Au même instant, Juliet, hors d'haleine, surgit dans la cuisine.

— Kelly dit que vous allez au centre commercial, demain ?

— Il semblerait en effet…

— Est-ce que je peux venir ?

Elle se tourna vers son père.

— Je t'en prie, papa…

— Si c'est d'accord pour Kelly et Laurel. Et Claire…

— Franchement, je n'y vois pas la moindre objection si les autres…

— Je leur ai déjà demandé ! Elles sont O.K. Oh ! ça va être d'enfer !

Derrière elle, Claire entendit Ethan soupirer. Elle le regarda et le vit lever les yeux au ciel quand sa fille disparut aussi vite qu'elle était venue.

— C'est bien la fille de sa mère. Sa mère ne ratait jamais les soldes. Mon Dieu, lâchée dans un centre commercial, oui, ça va être l'enfer, je vous plains…

Claire rit, un rire qui oui, miracle, lui valut un vrai, un grand sourire. Un sourire qui valait bien une journée de soldes dans la foule et le bruit.

- 7 -

Grâce au ciel, après cette nuit sans sommeil, ou presque, Ethan aujourd'hui n'avait rien de prévu sur son agenda, excepté de placer les décorations de Noël, dehors.

Qu'est-ce qui clochait, chez lui ? se demanda-t-il en contemplant le goutte-à-goutte de la machine à café, comme si l'appareil allait lui fournir l'explication. Abstinence, fantasmes, tout ça faisait mauvais ménage. En tout cas, ça lui avait valu de se réveiller cent fois, tout en sueur, le cœur battant et d'autres parties de son anatomie complètement bouleversées, bref ! Sans parler de la culpabilité. Pour oser penser, rêver de Claire de cette façon ! Même si, il devait l'admettre, il s'était senti comme ça déjà à plusieurs reprises, en sa présence. Par surprise, quand il s'y attendait le moins…

A ses pieds, Barney couina et le regarda avec de grands yeux tristes. Comme si lui aussi voulait une tasse de café. Plutôt une friandise, peut-être ? Ethan attrapa la boîte d'os à mâcher dans le placard et le présenta à Barney directement, sans le forcer à faire le beau. Le chien hésita, déstabilisé par cette entorse à une routine établie depuis des années.

— Eh bien, prends, vas-y…

Barney prit l'os du bout des dents et s'éclipsa en vitesse dans le salon, sans demander son reste. Tout en bâillant, Ethan se servit une tasse de café et en avala une gorgée, se brûlant la langue au passage. Il soupira et s'assit à la table, repensant à cet instant à une autre table, il devait avoir quatorze ans, quand le colonel et lui avaient discuté de certaines choses qui tracassaient légitimement tout adolescent. Ou tout esprit adulte malade. Même si à la différence de certains ados, il avait appris à se contrôler. Contrôler ses pensées, son corps. Sa vie.

Bien sûr, des coups durs parfois arrivaient. A certains plus qu'à d'autres. Mais s'il n'avait pas le pouvoir de contrôler son destin, ainsi qu'une partie de son corps, il pouvait encore contrôler ses réactions. Ses choix. Afin de ne pas commettre d'erreurs. Et l'un de ces choix consistait à ne plus jamais laisser aucun autre être humain, à l'exception de ses enfants, avoir trop de pouvoir sur ses émotions.

Juliet surgit dans la cuisine, habillée comme un elfe, collants rouges, short vert, veste rayée noir et blanc sur un pull rouge flashy. Et des boucles d'oreilles à clochettes, mon Dieu. Ne manquaient que les chaussures à bout pointu, fort heureusement troquées contre de simples bottes. Et aussi, pas de mèches de couleur bizarre dans les cheveux. Ouf.

— Tu as décidé de ne plus mettre de jean ou de sweat ? marmonna Ethan, alors que sa fille se servait un jus d'orange.

— Euh… Je refuse de ressembler à tout le monde ?

— Dans ce cas, je vais arrêter de te donner de l'argent de poche comme aux autres ados…

— Ah, très drôle. Et puis, si j'ai peur de m'afficher, d'attirer l'attention, inutile que je m'engage dans une carrière d'actrice…

— Et de qui souhaites-tu donc attirer l'attention, au centre commercial ? demanda-t-il, réalisant immédiatement, lorsque sa fille vira au rouge tomate, avoir mis dans le mille par inadvertance.

— Mais de personne, que tu es bête, papa, dit-elle avant de le serrer à toute vitesse entre ses bras quand retentit un coup de Klaxon. C'est Mlle Jacobs, j'y vais… !

— Vous avez bien une minute, dit Ethan en se levant, avant de se rappeler qu'il était encore en pyjama, avec un vieux T-shirt des Marines.

Puis, estimant qu'elle avait dû en voir d'autres, il sortit dans le froid après sa fille. Pieds nus.

— Très élégant, dit Claire tout sourires en abaissant sa vitre, tandis que Juliet montait dans la voiture.

Ethan s'arrêta en haut des marches. Maudit genou. Et maintenant, il avait froid aux pieds.

— Il n'est que 6 heures du matin, j'ai des excuses…

— Bien sûr. Seule la perspective de me goinfrer de beignets a réussi à m'arracher de mon petit lit douillet…

— Juliet, tu as ton téléphone ? lança-t-il, sans la voir.

— Elle lève les yeux au ciel, répondit Claire en riant. J'imagine que ça veut dire oui…

Puis elle écarta une mèche et ce petit diamant à son oreille scintilla. Venez donc nous rejoindre pour le déjeuner…

Il entendit sa fille marmonner.

— Tous ensemble, je veux dire. Bella pourra dire bonjour au Père Noël…

— Bella a cessé de croire au Père Noël à quatre ans…

— Oh… Mais venez quand même vous joindre à la fête, insista Claire. Ça vous changera les idées…

Seule la présence de sa fille l'empêcha de lui demander si elle avait fumé quelque produit illicite.

— De mettre les pieds au centre commercial un jour de soldes ?

— Oui, dit comme ça, en effet…

— De toute façon, aujourd'hui, je dois décorer l'extérieur de la maison. C'est une tradition.

Claire regarda les nuages noirs en train de faire plein de petits au-dessus de leur tête, menaçant de l'empêcher de sacrifier à la tradition.

— Vraiment ?

— Oh ! à midi, le ciel sera dégagé.

— Si vous le dites, répondit-elle avec un petit rire, avant d'enclencher la première. Nous reviendrons quand nous serons ruinées. Ou folles. Ou mortes d'épuisement…

Et après un petit signe de la main, elle s'éloigna, Juliet radieuse à côté d'elle. Sauf que, pendant un moment, ce fut Merri qu'il vit au volant, sa petite fille caquetant à côté d'elle, si drôle avec ce bonnet sur la tête doté de rabats ressemblant à des oreilles d'épagneul. Toutes deux s'autorisant une escapade « entre filles ». Et son cœur se serra. Mais d'une façon inhabituelle, sans cette douleur qui allait généralement avec.

*
* *

— On se croirait à Times Square ! dit Claire en évitant une femme en Lycra et fausse fourrure qui semblait considérer le centre commercial comme sa propriété.

A côté d'elle, Laurel, qui avait vécu elle aussi à New York, éclata de rire.

— C'est pire. Oh ! pitié… Kelly ! appela-t-elle, hurlant pour se faire entendre par-dessus une reprise rap de *Vive le vent,* tandis que la jeune femme rousse fendait la foule devant elles tel un missile.

Claire regarda derrière pour s'assurer que Juliet, oreille collée à son téléphone depuis une heure, les suivait, car Ethan n'apprécierait sûrement pas qu'elle perde sa fille.

— Pour l'amour du ciel, Kelly ! Arrête-toi ! hurla de nouveau Laurel.

Elle aussi sur le point de jeter l'éponge, Claire rit pourtant de bon cœur. Quatre heures que toutes les quatre arpentaient le centre commercial et, à vrai dire, si chacune avait son tempérament, le courant entre elles passait plutôt bien.

— Quoi ? s'exclama Kelly en leur faisant face, une dizaine de sacs entre les mains.

Laurel s'affala sur un banc devant un bac orné de végétation tropicale incongrue — décoré, plus incongru encore, de guirlandes de Noël — en soupirant d'aise sous la verrière. Son dos la faisant souffrir, Claire s'assit à son tour, avant de jeter un nouveau coup d'œil discret à Juliet, toujours en communication.

Espèces de mauviettes, marmonna Kelly en venant les retrouver.

— On voit bien que tu n'as pas les pieds prêts à exploser, soupira Laurel, malgré la foule qui se pressait autour d'elles. Mais comment fais-tu, pour avoir une telle énergie enceinte comme tu l'es… ?

— J'en suis au second trimestre, répondit Kelly avec un haussement d'épaules. Ce qui me laisse des plages de temps entre les nausées et les périodes de fatigue. En fait, je me sens en forme pour trois heures de plus…

— Juliet ! Ohé !

Presque reconnaissante de cette occasion de pouvoir échapper à la conversation des deux jeunes femmes, Claire vit un groupe d'élèves de Hoover se diriger vers elles, Rosie en tête. Pour la plupart, inscrits au cours de théâtre. Y compris Scott... sans sa Amber. Elle regarda Juliet, comme pétrifiée face à une apparition divine.

— Ohé, mademoiselle Jacobs ! lança Rosie, radieuse comme à son habitude. Juliet m'a dit que vous deviez venir ici, mais je ne pensais pas vous voir ! Super, non ?

— Super, en effet, dit-elle avant de présenter Laurel et Kelly à l'ado. Vous êtes venus tous ensemble ?

— Non, ma mère m'a déposée, puis je suis tombée sur Shawna et peu à peu on en a retrouvé d'autres. Un peu comme une boule de neige qui dévale une pente, expliqua Rosie en riant...

Elle jeta un regard entendu à Juliet.

— Tiens, tiens.

— Si tu veux, tu peux aller avec tes amis, suggéra Claire à Juliet.

Celle-ci la regarda avec des yeux effarés tout en se mettant à bégayer.

— Je, oh, euh...

— Ben oui, viens donc avec nous, renchérit Rosie. En fait, on allait au snack. Ma mère a dit qu'elle viendrait me récupérer quand je veux, mais... je suis sûre qu'elle ne verra pas d'objection à ramener Juliet chez elle aussi, dit-elle à l'intention de Claire.

— Pas de problème. Juliet, avertis tout de même ton père...

— Oh ! il sera d'accord, y a pas de soucis, répondit Juliet.

— Sans doute, mais je préfère que tu le préviennes de ce changement de plan, insista Claire en regardant Juliet dont le visage exprimait à la fois espoir et terreur. Sauf si tu veux rester avec nous... ? ajouta-t-elle avec douceur.

Tout en se mordillant la lèvre, Juliet regarda tour à tour Rosie, puis Scott — cheveux noirs, fossettes, en pleine conversation avec deux de ses compères —, puis de nouveau Rosie. Finalement, sans doute les mains moites, elle attrapa son téléphone et s'éloigna de quelques pas. Une minute plus tard, elle tendit l'appareil à Claire.

— Il veut vous parler.

Claire prit le combiné et se boucha une oreille pour entendre.

— Vous voulez que je corrobore sa version ?

— Eh, je suis père et elle n'a que quinze ans.

— Un très bon père. Mais c'est vrai. Rosie est ici avec un paquet d'autres ados.

— Eh bien, hmm…

— Et c'est l'histoire d'une heure ou deux…

Elle omit volontairement de mentionner « le garçon », en partie parce qu'elle ne pensait pas que cela puisse être un problème, mais aussi parce que les enfants étaient en bande. Comme des gnous. Et elle avait confiance en Rosie, et puis la population entière du New Jersey semblait s'être donnée rendez-vous ici.

— Et vous, vous restez là-bas ?

— Euh, en fait, je n'en sais rien. Attendez…

Elle se tourna vers Kelly et Laurel.

— Alors, nous restons ou pas ?

— A toi de décider, soupira Kelly à destination de Laurel.

— J'ai encore deux trois boutiques à visiter, répondit celle-ci. Peut-être qu'un café me reboosterait un peu.

— Aucun problème, répondit Kelly en obligeant son amie à se lever. Je vais te trouver de quoi te remonter, fais-moi confiance. Moi aussi, j'ai un petit creux.

— Apparemment, nous restons, reprit Claire en riant au téléphone. Et tout ce petit monde va au snack. Je pourrai donc garder un œil sur elle…

Elle entendit un long soupir, suivi d'un rire nerveux.

— Je ne veux pas être sur son dos vingt-quatre heures sur vingt-quatre, mais…

— Oh ! si vous aviez connu mon père. Pour un peu, il serait venu s'installer à New York avec moi. Et j'avais vingt-deux ans, pas quinze. Mon Dieu, ça me rendait folle, bon, en même temps, il y a pire dans la vie que d'avoir quelqu'un qui se soucie de vous. Bien, ne vous inquiétez pas, j'ai la situation en main.

Silence au bout du fil.

— Merci, finit-il par dire.

— Je vous en prie, répondit-elle avant de rendre le téléphone à Juliet.

Une minute après, les adolescents se précipitèrent vers le snack, suivis par les adultes, à distance respectable. Les enfants s'agglutinèrent autour de quatre tables dans la partie hamburger, les femmes, elles, optèrent pour un en-cas chinois. Après avoir dit aux autres ce qu'elle souhaitait, Laurel s'éclipsa aux toilettes, laissant Kelly et Claire seules à leur table, avec suffisamment de nourriture pour alimenter tous les petits chinois.

— Alors, que se passe-t-il entre Juliet et ce beau gosse ?

— Quel beau gosse ? demanda Claire.

— Celui avec les cheveux noirs en pétard ? Et sourire ravageur ? Qu'elle ne quitte pas des yeux…

— Et qui, vous l'aurez remarqué, ne la regarde même pas.

— Selon toute probabilité parce qu'il doit en avoir peur. Peut-être pourrions-nous intervenir ?

— Et pour faire quoi ? soupira Claire. Au lycée, je perdais tous mes moyens dès qu'un garçon posait les yeux sur moi.

— Moi aussi, dit Kelly tout en croquant dans une pince de crabe. Sabrina nous serait bien utile dans un cas pareil. La sœur de Matt, ajouta-t-elle devant le regard interrogateur de Claire. Les garçons tombaient tous comme des mouches devant elle. Fascinant, je vous assure.

— Vous étiez au lycée ensemble ?

— Sabrina, Matt et moi, oui. J'habitais la maison à côté de chez eux, mais je passais l'essentiel de mon temps libre chez les Noble.

— Oh ! alors Matt et vous… ?

— Non, non. C'est arrivé plus tard… Bien plus tard, dit Kelly, les yeux brillants. Il y a moins d'un an en fait.

— Je n'y crois pas…

— C'est la vérité. Ethan et Merri en revanche… Ils devaient avoir quinze ans…

— Ah !

— Sabrina et moi les trouvions tous deux terriblement romantiques, enchaîna Kelly en jetant son dévolu sur les nems au crabe. Mais nous avions à peine dix ans. Donc, pas vraiment en mesure de savoir ce qu'était un baiser, encore moins le reste… Faux, se reprit-elle, moi je rêvais de prince charmant me donnant un baiser pour m'arracher à un long sommeil, quant à Bree… Je ne veux même pas savoir ce qu'elle avait dans la tête à cette époque, précoce comme elle était !

Claire sourit. Elle savait déjà de Kelly que Sabrina était ce que sa grand-mère, aujourd'hui disparue, appelait une croqueuse d'hommes. Elle prit une bouchée de son canard laqué.

— Comment était-elle ? Merri, je veux dire, demanda Claire.

Kelly haussa un sourcil.

— J'ai sa fille dans ma classe d'anglais et de théâtre, expliqua alors Claire, je suis curieuse de savoir comment était sa mère, voilà tout…

Kelly lui jeta un regard sceptique, avant de hausser les épaules.

— Blonde. Adorable. Très douce, si ma mémoire est bonne. Et très nature. A seize ans, j'ai déménagé, après le départ d'Ethan dans les Marines, mais je me souviens de lui… Il était fou d'elle. Pas comme ce garçon, là…

— Et il était vraiment la star de foot du lycée ?

Kelly lui adressa un autre regard suspicieux.

— Son père m'a dit qu'il était très doué, ajouta Claire.

— Oui, vraiment. Après Merri, le football était toute sa vie. Matt jouait, lui aussi, mais pas avec la passion d'Ethan. Deux grandes Universités l'avaient d'ailleurs courtisé… De prestigieuses Universités. Oui, il était excellent…

— Et que s'est-il passé ?

— Il a décidé de s'engager dans les Marines. Je n'ai jamais compris pourquoi. Sans doute pensait-il reprendre le foot plus tard, qui sait. Sauf…

— Il a été blessé.

— Exactement. Puis Merri est tombée enceinte, et ils se sont mariés…

Elle haussa les épaules.

— Je n'étais pas là, c'est Matt et Bree qui m'ont raconté. Tout ce que je peux dire, c'est que c'est un sacré bon père…

— Si vous entendiez ses joueurs parler de lui… Ils l'adorent véritablement. Il est toujours présent et disponible, pour eux. Surtout pour les enfants en manque de repères… Oui, il est vraiment exceptionnel…

Kelly sourit.

— Oh la la, vous avez un faible pour cet homme, vous…

— Oh ! eh bien, qui n'en aurait pas, répondit Claire en faisant mine de ne pas comprendre ce que sous-entendait Kelly. Après toutes ces épreuves… Oui, c'est un homme à part.

— C'est vrai, dit Kelly.

Téléphone à l'oreille, Laurel réapparut, restant debout.

— Oui, d'accord, mais laisse-moi le temps d'arriver…

Puis elle baissa la voix.

— Moi aussi, chéri. A tout de suite.

Elle jeta l'appareil dans son sac, puis procéda à un transfert complexe de ses achats, afin de libérer un sac plastique qu'elle remplit de sa commande de chinois.

— Ty et Petit Chose sont au magasin de bricolage. J'ai dit que je les rejoignais. Pas de problème, les filles ?

— Aucun ! répondirent Kelly et Claire en chœur.

Laurel les étreignit brièvement l'une et l'autre, puis elle fit un signe à Juliet qui répondit, pas vraiment avec enthousiasme, ni l'air de bien s'amuser ou de passer un bon moment.

— Elle va bien ? demanda Laurel.

— J'espère, répondit Claire avant de rassurer la jeune femme. Mais ne vous retardez pas, on s'en occupe…

— Vous êtes sûre ?

— Absolument, répondit Kelly, avec un regard appuyé à Claire.

— Bon… Appelle-moi ! lança Laurel à Kelly avant de disparaître.

Peu après, Claire nota que Juliet regardait de nouveau dans leur direction, puis elle se leva de table pour jeter le contenu de son plateau à la poubelle… Au bord des larmes ?

— Aie…, marmonna Kelly.

— Comme vous dites… Que faisons-nous ?

— Elle sait que nous sommes là, en cas de besoin. Tout ira bien.

Claire regarda la belle-sœur d'Ethan, apparemment rassasiée.

— Comment faites-vous pour savoir quand intervenir ou pas dans les affaires des autres ?

— Je ne le sais pas plus que les autres, répondit Kelly en souriant. Je pense que nous apprenons au fil du temps, en nous trompant souvent. Je vous rappelle que j'ai des enfants de dix et trois ans, plus celui-là en préparation. Je ne suis pas spécialiste en ados, mais je me souviens de moi à cet âge…

— Mon Dieu, quels souvenirs ! soupira Claire.

— Oui, une période difficile. Mais d'après le peu que je sais de Juliet, je la crois capable d'affronter ses problèmes seule. Elle me semble en tout cas bien plus mature que je ne l'étais à son âge…

— C'est pareil pour moi, dit Claire en suivant des yeux l'adolescente retourner, morose, à sa table, puis échanger quelques mots avec son amie qui regarda alors méchamment Scott, inconscient des tourments de Juliet, en train de chahuter avec ses camarades.

Au bout d'un moment, Rosie hocha la tête, se leva pour serrer Juliet dans ses bras, l'adolescente se dirigeant ensuite vers elles. Kelly donna un discret coup de coude à Claire.

— Que se passe-t-il, ma chérie ?

— Rien, répondit Juliet, avec un haussement d'épaules avant de s'asseoir sur la chaise à côté de Claire, mains enfouies dans les poches.

Claire lui présenta un assortiment de beignets de crevette, mais elle secoua la tête.

— Ils veulent aller dans des boutiques où on est déjà allés, alors j'ai décidé…

Claire la vit inspirer profondément, avant d'arborer un sourire forcé.

— Oh ! je suis fatiguée, c'est dingue. Quand est-ce qu'on rentre ?

— Tout de suite, si tu veux, proposa alors Kelly en rassemblant ses courses et le reste de nourriture, Claire aussitôt l'imitant. Il reste encore trois samedi avant Noël, nous reviendrons…

Vingt minutes relativement inconfortables plus tard, de

retour chez le colonel, elles transférèrent les sacs dans la voiture de Claire qui se mit en route aussitôt pour raccompagner l'adolescente chez elle. Juliet, dans son coin, ne disant pas un mot, elle décida de crever l'abcès.

— Tu veux qu'on en parle ?

Et les vannes s'ouvrirent.

— Il ne m'a pas dit un mot… Il ne m'a même pas regardée ! s'exclama Juliet en essuyant ses joues baignées de larmes.

Des larmes de rage à en juger les poings serrés de l'adolescente.

— Quel idiot !

— Hmm, vous étiez toute une bande, peut-être n'a-t-il pas réalisé…

— Oh ! mais si, il a réalisé… Il a simplement préféré faire comme si je n'étais pas là. Il se fiche bien que nous…

Claire sentit son sang se glacer.

— Que vous quoi ?

— Rien.

— Juliet, s'il te plaît…

— Oh ! il m'a embrassée, voilà, d'accord ?

— Quoi ? Quand… ?

— Mardi. Pendant la répétition, enfin, pendant que les autres étaient sur scène. Il y a un petit réduit, en coulisses…

— Oui, je sais. Continue…

— Scott m'avait tourné autour tout l'après-midi, reprit Juliet après un soupir déchirant. Enfin, pendant la répète. D'abord, j'ai cru que j'imaginais des choses, puis Rosie m'a dit que non. Qu'il avait craqué pour moi. Et qu'il avait rompu avec Amber. Donc, il était libre, vous comprenez ? Enfin, en théorie. Plus tard, il m'a fait passer un mot me demandant de venir le retrouver en coulisses…

Nouveau soupir.

— Je suis tellement bête. Parce que en fait, il ne voulait que… Comment dites-vous ça ?

— S'amuser ?

— Oui, c'est ça. Et vous savez le pire ? C'était mon premier baiser. Et ce moment est gâché, gâché… Pour toujours.

Si Claire n'avait pas été au volant, elle aurait fermé les

yeux. Elle se contenta donc à son tour de soupirer. Juliet la regarda, puis se mit à se ronger un ongle, avant de laisser retomber sa main.

— Inutile de me faire la leçon, reprit-elle. Je me suis comportée comme une imbécile, je le sais. Je ne voulais pas l'embrasser et je n'ai pas réalisé sur le moment…

— Et, euh… Il n'est rien arrivé d'autre ? Je veux dire…

— Rien, je le jure. En fait, je crois que Scott a réalisé en même temps que moi que tout ça était stupide. Il s'est même excusé. Si si ! Mais si papa l'apprend, malheur…

— J'imagine, chuchota Claire, avant d'entendre un petit rire, à côté d'elle.

Mais ce n'était pas drôle, et Claire se réjouissait que toute l'affaire se résume à un baiser volé. Parce que si, dans un monde idéal, les limites étaient rarement dépassées, dans la vraie vie, certains garçons sans scrupule prenaient un malin plaisir à les franchir allègrement, en profitant de l'innocence et de la vulnérabilité de leurs proies.

— Ne te fais pas trop de reproches, dit-elle. Parce que, ce que Scott a fait, c'est pour se rassurer. En tout cas, c'est mal.

— Pff, soupira Juliet en sortant un mouchoir de son sac. Personne ne m'a forcée à aller le retrouver, à me mettre dans cette situation. Et puis, je pensais qu'il sortait encore avec Amber… En fait, ils avaient rompu dix minutes plus tôt… Bah, d'habitude, je n'agis pas aussi bêtement…

— Je veux que tu arrêtes de t'accabler ainsi, ma chérie, dit Claire en se garant dans l'allée de la maison d'Ethan.

Juliet hocha doucement la tête. Juché sur une échelle, son père était en train de décorer la véranda de guirlandes, pendant que les garçons ratissaient les feuilles mortes.

— C'est en faisant des erreurs que l'on apprend, mon ange, chuchota Claire. La bêtise n'a rien à voir là-dedans. On appelle ça l'expérience.

— Oui, je comprends, répondit l'ado en s'essuyant les yeux. Et ça va mieux maintenant… Je vous assure.

Claire sourit et coupa le contact. En dépit du besoin qu'avait Juliet de se confier, elle ne cherchait pas forcément de conseils ni de sympathie. Cette enfant tenait de son père. Une famille où l'on préférait ne pas se mettre à nu. Ni demander de l'aide. Etrangement, Claire en fut un peu irritée. Elle n'avait pourtant ni besoin ni envie qu'une adolescente attende d'elle des réponses qu'elle n'avait pas. Bref. Elle devrait donc logiquement se sentir soulagée. Et non… blessée ?

Chassant ces pensées, elle déverrouilla le coffre et descendit de voiture pour aider Juliet à porter ses sacs. Ethan entre-temps descendit de son échelle, vêtu d'un jean, d'un sweat à l'effigie des Giants et d'une guirlande autour du cou. De ces guirlandes comme on n'en faisait plus.

— Hello, ma petite citrouille ! lança-t-il à sa fille, avant de se renfrogner quand elle ne le regarda pas, le nez dans le coffre. Alors, tu as dévalisé le centre commercial ?

— Très drôle, lâcha Juliet en secouant la tête.

De l'autre côté de la rue, un garçon appela les jumeaux pour les inviter à jouer aux jeux vidéo. Râteau à la main, les deux gamins se tournèrent vers leur père, les yeux ronds plein d'espoir. Ethan leur fit signe de déguerpir, avant de reporter son attention sur sa fille.

— Ça te dit de me donner un coup de main pour les guirlandes ?

— Euh, en fait, je crois que je vais aller dormir un peu. Ce shopping m'a épuisée.

— Bien sûr mon bébé, pas de problème…

A la seconde où Juliet entra dans la maison, Ethan se tourna vers Claire.

— Que s'est-il passé ?

Si Juliet n'attendait pas de réponses de sa part, son père manifestement, oui. Génial. Elle adorait être prise entre deux feux. Mais à en juger par l'expression d'Ethan, elle ne disposait que de cinq petites secondes pour se décider. Parler ou pas ?

Un malheureux baiser… Claire devrait pouvoir garder ça pour elle. Dans l'immédiat en tout cas. L'adolescente était bouleversée, son ego en piteux état, mais elle ne semblait pas traumatisée. Cela n'aurait pas échappé à Claire. Pas à cause de son propre vécu, grâce au ciel, mais à cause du vécu de certaines camarades de classe et amies. Aussi, décida-t-elle en son âme et conscience de ne pas perturber Ethan plus que nécessaire, à propos de quelque chose que Claire elle-même n'aurait pas voulu que son propre père apprenne.

Quant au reste de l'histoire, elle ne se sentait pas le droit de se taire, que cela plaise ou non à Juliet. Ethan avait le droit de savoir ce qui se passait dans la tête de sa fille. Comme tout bon père soucieux de sa progéniture.

Tressaillant à cette perspective, elle referma le coffre.

— Si vous avez un sweat à me prêter, je peux vous donner un coup de main… ?

— Pour fixer les guirlandes ? Vraiment ?

— Vous voulez parier ?

Il la dévisagea avec un regard perplexe, puis hocha la tête.

— Je reviens, dit-il avant de disparaître.

Claire laissa alors échapper un long soupir.

- 8 -

Tout en fouillant dans son armoire — rien de ce qui lui allait n'irait à Claire, n'étant pas de la même taille — Ethan secoua la tête. Il n'était pas idiot. Les hommes aussi étaient doués d'intuition. Et il sentait bien qu'entre sa fille et sa prof, il y avait comme un secret. Et s'il n'avait pas la moindre idée de ce dont il s'agissait, certains signes ne trompaient pas.

Il dénicha enfin un sweat, le renifla brièvement et ressortit avec pour le donner à Claire.

— Merci, dit-elle en le passant sur sa veste, se recoiffant brièvement juste après.

Elle était parfaitement ridicule dans cet accoutrement qui lui faisait des jambes de caribou.

— Où est la petite dernière ? s'enquit-elle en remontant ses manches.

— Avec Abby, ma petite sœur, répondit-il, puis il désigna la véranda décorée de guirlandes. Ce sera la surprise, pour elle.

— Oh ! comme c'est mignon. Alors, que dois-je faire ?

— Vous voyez la guirlande au pied de l'escalier, il faudrait la démêler. Et plus longtemps vous éviterez le sujet…, enchaîna-t-il quand elle s'avança avec bravoure vers la véranda…, plus je suis amené à penser que vous vous demandez quelles parties de la vérité me raconter. Je ne suis pas aveugle…

Elle se pencha pour attraper la guirlande, la secoua, et il se surprit à regarder son postérieur tellement emmitouflé qu'à peine en devinait-on la rondeur.

— Juliet est pourtant votre première ado.

— Conçue par mes soins, oui. Dont je partage le toit ?

Il secoua la tête.

— Quand on a côtoyé Sabrina, Juliet à côté, bref. Dès lors que je sais à quoi j'ai affaire…

Les ampoules cliquetèrent quand elle secoua la guirlande un peu plus fort, tout en le regardant.

— Existe-t-il quelque chose que vous ne vous sentiez pas capable de gérer ? Des limites à votre champ d'expertises ?

Il nota comme une flèche… d'irritation ? de surprise ? Ou d'amusement peut-être.

— Si c'est le cas, pourquoi est-ce que je l'admettrais ?

— Eh bien, peut-être pour paraître, euh, comment dire… Ah, oui. Plus humain ?

— Croyez-moi, je suis humain…

Elle se pencha de nouveau et, tout en admirant sa chute de reins, il pensa : *Si vous saviez comme je suis humain…*

— Mais j'ai aussi quatre enfants qui comptent sur moi pour garder le cap, reprit-il.

Ayant dégagé la prise, Claire fit quelques pas dans le jardin pour dérouler la guirlande.

— C'est beaucoup de pression que vous vous imposez, dit-elle si bas qu'il faillit ne pas entendre.

— Je ne fais qu'assumer mes responsabilités. Alors ? Que se passe-t-il avec ma petite Juliet ?

— Justement, dit Claire en grimpant les marches du perron. Elle n'est plus une petite fille. Mais une jeune fille. Avec des problèmes de jeune fille.

Il leva les yeux vers la fenêtre de Juliet, avec comme une pointe dans la nuque, avant de ramener son regard sur Claire.

— Vous voulez parler des… garçons ? demanda-t-il à voix basse.

Elle lui offrit un sourire plein de sympathie.

— Cela devait arriver tôt ou tard.

Il se massa le front.

— J'aurais préféré plus tard.

— Comme tous les pères de cette planète…

Les petits diamants à ses oreilles jouaient à cache-cache avec ses cheveux.

— Elle me détestera si elle apprend que je vous en ai parlé, mais… Il y a ce garçon, au cours de théâtre.

— Qui ?

— Peu importe, en réalité. Le fait est là, dit-elle en soutenant son regard. Bref, il a une petite amie, mais ils ont rompu, et Juliet a dû penser qu'elle avait une chance. Mais aujourd'hui…

— Quoi aujourd'hui ? Il était au centre commercial ?

— Avec les autres, oui. Rappelez-vous, elle vous a appelé.

— Exact, se renfrogna-t-il. Mais elle ne m'a rien dit à propos de ce garçon.

Claire lui lança un regard de compassion, puis avec une extrême patience, répondit :

— Bien sûr que non. Car elle connaissait votre réaction.

— Mais vous, vous étiez au courant ?

— Ethan, calmez-vous. Ils étaient en bande, et Rosie était là aussi. Rien ne pouvait arriver. Sauf que… Pour résumer, disons que le garçon a superbement ignoré votre fille là-bas. Ce qu'elle a très mal vécu. Et je vous en prie, épargnez-moi ce soupir de soulagement…

— Vous rigolez ? Elle n'a que quinze ans, bon sang…

— Quel âge aviez-vous, Merri et vous, lorsque vous avez commencé à sortir ensemble ?

Il écarquilla les yeux, en alerte.

— C'est différent.

— Non, Ethan, ça ne l'est pas. Sauf que, d'après ce que je sais, entre vous, c'était réciproque dès le début. Or, dans le cas qui nous préoccupe aujourd'hui, ça ne l'est pas. Alors ne vous inquiétez pas. Tout ce qui importe aujourd'hui, c'est le chagrin de votre fille. Soyez gentil avec elle.

Sourcils froncés, il plongea ses yeux dans les siens, une technique qui, en temps normal, avait le pouvoir de faire avouer à sa progéniture les secrets les mieux cachés. Mais elle se contenta de hausser les épaules.

— Quoi ?

Pas facile, cette Claire.

— Si je comprends bien, ma fille est dans cet état parce qu'un garçon ne lui a pas adressé la parole ?

— En réalité, elle est dans cet état parce qu'elle s'en veut d'être dans cet état uniquement parce qu'un garçon ne lui a pas adressé la parole.

— Mais ça n'a pas de sens…

— Pour une enfant de cet âge, si. Et alors ? J'espère que vous ne pensez pas que j'aurais permis que quoi que ce soit puisse lui arriver… De toute façon, personne, pas même vous, ne pourra préserver Juliet d'un chagrin d'amour, ni même d'avoir le cœur brisé. Eh oui, je sais, je n'ai pas le droit de me mêler de vos affaires. N'empêche, Merri et vous avez doté votre fille de tous les outils nécessaires pour affronter les épreuves de la vie. Encore faudrait-il lui donner une chance de les utiliser…

Bien. Logiquement, le fait qu'elle lui tienne tête comme ça, qu'elle lui donne des leçons sur des choses qui ne la regardaient pas, tout ça aurait dû l'agacer. Sauf qu'elle avait raison, même s'il avait du mal à l'admettre. Et puis, il fallait un certain cran pour lui dire tout ça. Et il était sensible au courage. Très sensible. Il éprouva néanmoins le besoin de la fixer avec de regard noir quelques secondes supplémentaires — histoire de ne pas perdre la face — avant de s'asseoir sur la première marche du perron.

— Protéger mes enfants, c'est plus fort que moi, Claire…

— Oh ! bien sûr…, soupira-t-elle. Quel genre de père seriez-vous sinon ? Mais…

Elle s'assit à côté de lui, son parfum se mêla à celui du feu de feuilles mortes du voisin, odeurs terriblement érotiques et banales à la fois.

— Mon père, lui aussi, était surprotecteur, avoua-t-elle, mains dans les poches du sweat, regard perdu dans le vague. Non seulement, parce que j'étais une fille, mais aussi son unique enfant. Et à vrai dire, je l'ai détesté autant qu'aimé d'être toujours derrière moi. Car cela me rassurait aussi. Mais…

Elle secoua la tête, faisant voleter ses cheveux.

— Mais quand je suis entrée au lycée, on aurait dit un petit flocon de neige, je fondais dès que quelqu'un me regardait de travers. Effet pervers de cette surprotection dont j'avais fait l'objet. Je me croyais sous cloche, car mon père n'aurait rien laissé de mal m'arriver. J'ignorais tout du monde. Et n'avais aucune confiance en moi, j'avais peur de tout, de tous… Quel cauchemar…

— Pourtant… Vous êtes partie à New York ?

— Oui. Après quatre ans de fac, dont trois à essayer d'apprendre à grandir. Sur ce point, Juliet est extrêmement précoce, par rapport à moi au même âge…

Elle se tourna vers lui.

— Bien sûr, elle fera des choix parfois contestables, Ethan. Elle trébuchera, tombera parfois et se relèvera. Parce que c'est comme ça que les êtres humains grandissent, apprennent et deviennent adultes. Mais tant qu'elle sentira que vous la soutenez, tout ira bien.

— Je ne comprends pas, marmonna-t-il. Vous venez juste de dire…

— Il y a une différence entre soutenir Juliet en lui montrant comme naviguer entre les écueils de l'existence et faire exploser ces mêmes écueils devant elle pour lui ouvrir la voie…

De nouveau, elle regarda devant elle.

— Parce que, vous pouvez me croire, il n'y a pas de place aujourd'hui dans ce monde pour les femmes timorées.

Sur ce point, il était d'accord, néanmoins…

— Je n'ai jamais cru que ce serait du gâteau. En fait, les premières semaines après que Merri…

Il se massa le torse, juste au-dessus du cœur, et la douleur s'estompa un peu.

— Je ne prie pas souvent, mais certaines nuits, quand je suis réveillé, il m'arrive de penser : « Pitié, aidez-moi à ne pas commettre d'erreur… »

Du coin de l'œil, il surprit un sourire sur les lèvres de Claire.

— Si ça peut vous faire du bien, je dirais que vos prières ont été exaucées…

— Vraiment ?

Il noua les mains autour de ses genoux.

— Merri était… facile, dit-il, avant de laisser échapper un petit rire. Voyez, pas compliquée pour un sou. Tout se passait naturellement avec elle. On se comprenait. Elle ne faisait jamais semblant. Et surtout, elle n'était pas du genre à faire simagrées, n'avait pas ces attitudes dont souffrent tant de garçons, quand leur femme ou leur petite copine se comportent comme s'il y avait un problème et attendent d'eux qu'ils le résolvent…

— Oui, moi-même, je n'avais aucune idée de tout ça, dit Claire en clignant les yeux face au soleil. De la difficulté d'entretenir une relation, une vraie relation, si vous n'êtes pas totalement honnête avec l'autre. Vous voyez, s'il n'y a pas ce… respect mutuel, vous comprenez ?

— Vous n'êtes pas du New Jersey pour rien, remarqua-t-il.

Elle éclata de rire.

— Il y a toutefois des nuances, dit-elle. Différentes façons d'être honnête. A commencer envers soi-même. Une fille est capable de dissimuler des tonnes de doutes derrière le masque… Sans parler du maquillage.

Ethan sourit.

— Juliet m'a dit que vous aviez été mariée ?

— En effet. Pendant cinq minutes, il y a mille ans environ…

— Que s'est-il passé ?

Elle tapota ses bottes l'une contre l'autre pour les dépoussiérer.

— Rien de terrible, ça n'a simplement pas marché. Et ça n'aurait probablement jamais dû commencer. Ce n'est la faute de personne en fait, et Brad était un gentil garçon. Il s'est remarié d'ailleurs, l'été dernier. Avec la bonne, cette fois, j'espère. Car il mérite d'être heureux. En revanche, il ne méritait pas de m'avoir, moi, pour épouse.

— Pourquoi dites-vous ça ? demanda-t-il, sceptique.

Elle lui sourit.

— En quoi cela a-t-il de l'importance, pour vous ?

— Cette façon que vous avez de vous rabaisser…

— Pardon ? s'exclama-t-elle.

— Exactement. Et je ne trouve pas ça juste. Car vous n'avez pas l'air d'être un monstre ou je ne sais quoi. Bon, peut-être êtes-vous un peu… originale, dit-il avec un haussement d'épaules. Mais pas déjantée comme disent les jeunes. Vous aussi vous méritez d'être heureuse, non ?

— En réalité, ce que j'ai voulu dire, voyons… Brad méritait quelqu'un de totalement engagé, pas d'une femme qui se sente… coincée. Euh, comment expliquer ça ?

Elle réfléchit un moment.

— J'avais l'impression d'être censée faire partie d'un tout — ce qui peut convenir à certaines personnes, pas à moi —, au lieu d'être pleinement moi-même toute seule. Et ça, je n'ai pas pu le supporter. Surtout moi qui m'étais tant battue pour terrasser le doute qui me rongeait. Et ce n'aurait pas été juste pour lui, de vivre avec une femme qui n'arrêtait pas de se demander quand il allait rentrer, ou quand il allait enfin partir, pour que je puisse respirer…

— Aïe !

— Comme vous dites. Le pire, c'est que je l'aimais. En tout cas, je le pensais. Mais il me semble que, lorsque l'on aime quelqu'un, on a surtout envie d'être avec la personne, non ? Au lieu de ça, j'ai réalisé que sa présence me pesait. Et j'ai culpabilisé et… A partir de là, tout a dégringolé.

— Mais vous n'avez jamais vécu en colocation ?

— Oh ! si, et j'ai détesté ça, croyez-moi. Mais au moins, j'avais mon lit, ma chambre. Et j'étais prête à me ruiner pour d'autres privilèges. A peine si j'arrivais à partager la cuisine et la salle de bains sans devenir folle, alors partager les W.-C…

Il l'observa.

— Et à votre regard, je vois que vous vous demandez finalement si je ne serais pas… déjantée ?

— En fait, ce que je suis en train de me dire, c'est que pour porter ce genre de collants flashy, oui, peut-être qu'il faut l'être un peu…

Elle tendit une jambe, l'air satisfait.

— Quoi, mes collants ? Je les trouve jolis, moi !

— C'est bien ce que je disais.

Impassible, elle secoua doucement la tête.

— Et vous, vous n'avez jamais envie de vous retrouver seul à seul avec vous-même, parfois ? Loin des enfants, je veux dire.

— Non.

— Je ne vous crois pas !

— Bon, oui, parfois. Je suis humain. En dépit de ce que vous semblez penser.

— Vraiment ?

— Le plus souvent, oui, dit-il, avec un léger sourire. Mais je ne ressentais jamais ça, avec Merri. En réalité, l'une des choses qui me manquent le plus…

Il se tut, inspira profondément.

— C'est sa présence. Je ne me sentais jamais seul avec elle. Même quand nous étions séparés, elle était là. Ici, ajouta-t-il, une main sur le cœur.

— Ça devait être génial, dit Claire avec douceur.

— Oui, ça l'était. Comment avez-vous dit ? Sur ce sentiment d'appartenir à un tout. C'était exactement ça. Excepté…

Il soupira en se massant le front.

— C'était même plus que ça. On ne faisait pas que s'épauler, ou qu'avoir besoin l'un de l'autre pour avancer. Nous étions… Mieux ensemble qu'individuellement. Comme une équipe. Dans tous les sens du terme.

— Vous aimeriez revivre ça ? demanda-t-elle, menton sur les genoux.

Il se leva, s'empara de la guirlande abandonnée pour la suspendre aux crochets qu'il avait vissés lors de leur premier Noël dans cette maison.

— J'évite de penser à ce genre de choses. Et puis, j'ai déjà beaucoup à faire avec les enfants. Le travail. Finalement, nous nous en sortons plutôt bien, grâce au ciel. Pourquoi irais-je menacer cet équilibre ? Tenez, passez-moi l'autre guirlande…

Claire se leva et la lui tendit.

— Merci, marmonna-t-il en la prenant, sans la regarder.

Seuls ses doigts effleurèrent les siens, et il sursauta à leur contact glacé, avant de se renfrogner en réalisant que le bout de son nez, ses joues étaient rouges de froid. Alors, quelque chose… bascula sur son axe. De manière imperceptible, certes, mais il sentit quelque chose. Oui, en dépit de tout ce qu'elle venait de dire, de tout ce que lui avait dit, et de ces satanés collants punk, et de son soutien aux projets de sa fille pour devenir actrice… Eh bien oui, il avait confiance en elle. Complètement. Parce qu'elle ne faisait pas semblant ni ne jouait les coquettes et les effarouchées, ce qui avait le don de lui taper sur les nerfs. Et peu importait finalement ce qui se passait ou se passerait, elle était nature. Vraie. Et terriblement vivante.

— Quoi ? demanda-t-elle.

Il secoua la tête avant de la regarder.

— Vous voulez un café ? Un chocolat chaud ?

Elle sourit et les choses basculèrent un peu plus sur leur axe.

— Un café, avec grand plaisir, merci.

Vers la mi-décembre, entre les répétitions et les contrôles d'avant les vacances, Claire fut bien trop occupée pour repenser à cette conversation avec Ethan. Même si, quand elle se couchait, trop fatiguée pour enregistrer de nouvelles pensées, ou quand elle avait aperçu Ethan de loin au lycée et qu'il lui avait fait un signe amical, il lui semblait que ce jour-là, tous deux avaient démêlé bien plus que des guirlandes de Noël.

Peut-être se trompait-elle, mais elle avait l'impression que les choses étaient devenues plus faciles entre eux. Comme s'ils avaient fini par s'accepter, par se reconnaître tous les deux. Comme, des amis, peut-être ?

En dépit de l'effervescence ambiante à l'approche des vacances, la vie était devenue plus calme, plus sereine même — pour elle en tout cas — qu'elle l'avait été depuis bien longtemps, pensa-t-elle en soulignant de rouge un « B + », sur la dernière copie de Roland. Et quand on parlait du loup... Elle leva les yeux quand le garçon tapa à la porte de son bureau.

— Tu tombes bien, dit-elle en élevant la voix pour couvrir le bruit de la polisseuse, dans le couloir. Je viens juste de noter ta copie...

Elle lui montra la feuille et son visage s'illumina.

— Super ! s'exclama-t-il avec un geste victorieux du poing, son sourire s'élargissant quand il lut son commentaire sous la note. C'est moi qui ai fait ça ?

— Oui, c'est toi. Tu l'as fait ici, sous mes yeux. Et je suis fière de toi, camarade.

Tout en secouant la tête, il glissa la copie dans son sac.

— Vous savez ce qui est cool, mademoiselle J ? Vous savez nous dire quand c'est bien, au lieu de toujours nous reprendre sur ce qui ne va pas…

— Mais bien sûr, répondit Claire en s'enfonçant sur sa chaise. Ça n'a aucun sens de te dire que ça ne va pas si personne ne te dit quand ça va…

— Oui, c'est ce que répète le coach aussi. Et en fait, c'est la raison pour laquelle je suis là. Je me suis dit que vous aviez le droit de savoir…, dit Roland avec un sourire lumineux. Un dénicheur de talents du Michigan était au match, vendredi.

Le match de championnat. Que Hoover avait perdu d'un petit point. Sans que l'équipe ait à se faire de reproches, Roland ayant d'ailleurs marqué un point à la dernière minute, un vrai miracle selon Juliet et Rosie.

— Oui ?

— Eh bien…

L'ado en trépignait d'excitation.

— Ce type est venu me voir, après. Il a dit qu'on discuterait plus précisément après les vacances, mais il semblait intéressé, vraiment. Il paraît que j'ai les compétences qu'ils recherchent…

— Oh mon Dieu, Roland ! s'exclama-t-elle en se levant pour taper dans la main du garçon. C'est génial.

— Le coach m'a aussi dit que si j'ai reçu une offre, d'autres suivraient. En tout cas, c'est ce qui s'est passé avec lui. Mais… Bon, si vous ne m'aviez pas botté les fesses, si le coach n'avait pas été derrière pour s'assurer que je faisais ce que vous aviez dit, eh bien, rien de tout ça ne serait arrivé. Alors je voulais vous remercier. Oh ! J'ai acheté des billets aussi pour ma famille et moi pour voir la pièce.

— Oh ! il ne fallait pas, dit Claire en riant. Mais merci. Et je suis heureuse pour toi. Tu l'as mérité, Roland. Tu peux être fier de toi.

— C'est sûr, merci madame, dit-il avant de tourner les talons, le poing levé.

Un large sourire aux lèvres, elle rassembla ses affaires et enfila son manteau. Mais au lieu de sortir du bâtiment par la porte la plus proche, elle longea les couloirs sans fin, dans la pénombre et le silence, en espérant trouver Ethan dans son bureau.

Il y était, l'air grognon, un stylo rouge dans la main. En train de noter ses élèves sûrement en vue d'une nouvelle orientation, certains devraient en effet renoncer à l'espoir de poursuivre une carrière sportive dans une Université de renom. Le genre de corvée qu'Ethan détestait. Toujours dans le couloir, elle l'observa, laissant la vague de tendresse qu'elle ressentait pour cet homme plein de courage la submerger. Et elle comprit que dans l'infinie variété de couleurs et de nuances qui définissaient la façon dont nous aimions nos semblables, l'admiration était à coup sûr l'une des teintes les plus éclatantes. Elle frappa doucement à la porte. Toujours grognon, il leva les yeux et… se leva littéralement d'un bond.

— Oh ! vous êtes là ! Euh, entrez !

— Non, non, je dois rentrer, j'ai promis à mon propriétaire de dîner avec lui…

Devant la perplexité d'Ethan, elle rit.

— Il a près de quatre-vingts ans. Et il est gay. Il a aussi perdu récemment son partenaire… Alors, j'ai pensé que passer un peu de temps avec lui l'aiderait…

Il lui décocha l'un de ses regards qui, chaque fois, provoquait un séisme force 10 en elle. Voilà, ajouta-t-elle en écartant une mèche sur son front, la main légèrement tremblante. Roland est passé m'annoncer la grande nouvelle.

— Oh ! Je ne sais pas lequel des deux est le plus heureux. Mais tout ça n'aurait pas été possible, sans vous…

— Sans nous deux. Car, apparemment, vous comme moi avons su lui botter les fesses.

— Exact, dit-il en riant. Nous formons une bonne équipe, on dirait.

— Oui, on dirait, répéta Claire.

Et, soudain, l'air vibra entre eux.

Ethan toussota.

— Euh, puisque vous êtes là… Le gars qui donnait des cours de maths à Juliet quitte le lycée. Je me demandais si vous connaîtriez quelqu'un… ?

— Oh ! désolée, non, pas en maths. Mais le conseiller d'éducation devrait pouvoir vous renseigner…

— Oui, bien sûr. Mais je voulais vous en parler d'abord. Car vous êtes de bon conseil, voyez, sur ce genre de choses…

— Je suis très flattée, vous m'accordez bien trop de crédit…

— Bien, je ne vous retarde pas, alors, dit-il en souriant.

— Euh, oui…

Elle fit un pas et demi.

— A une autre fois…

— Oh ! Juliet vous a dit ?

Elle se retourna.

— Elle a vendu tout ce qu'elle avait acheté à ce vide-greniers où vous étiez allées toutes les deux.

— Non, je ne savais pas. C'est super !

— Oui. Cette enfant a du talent pour le business.

Sachant exactement où il voulait en venir, Claire choisit de ne pas le suivre.

— Assurément. Bien, dites à tout le monde que je les… aime — allait-elle dire — salue. Bonne soirée. A vous et à votre petite famille, bien sûr.

— A vous aussi, dit-il, les yeux rivés aux siens.

Dès qu'elle s'enfuit pour récupérer sa voiture, elle se mit à penser à une relation entre eux, plus facile, plus détendue… Au fait qu'ils étaient devenus amis maintenant, ce qui semblait être le seul choix logique, étant donné les circonstances… Bref ! Pourquoi cette conversation lui laissait-elle un goût d'inachevé ? De décalé ?

— Inutile de chercher à me répondre, marmonna-t-elle à l'univers qui probablement n'en avait rien à faire.

La note du conseiller d'éducation à la main, Juliet, le vendredi, se rendit à la bibliothèque à l'heure du déjeuner, plissant légèrement les yeux en cherchant du regard sa nouvelle prof particulière de maths. Une élève de terminale nommée Ashley Robertson. Pourvu qu'elle soit mieux que l'autre, pria-t-elle.

La bibliothèque réservait un espace aux cours de soutien,

juste devant la baie vitrée qui donnait sur le parc. Juliet observa les élèves, tête penchée sur leurs bouquins ou assis écouteurs vissés sur les oreilles et… Elle se figea en apercevant Scott, à l'une des tables.

Arrête ça, s'intima-t-elle à voix basse. Il est là, et alors… ? Mais, oh mon Dieu, qu'était-il en train de faire ?

Il venait de se lever et… agitait la main dans sa direction pour lui dire d'approcher… Oh la la.

Elle brandit la note, comme s'il pouvait voir ce qu'il y avait d'écrit dessus, de là-bas, et secoua la tête. Mais il insista et de nouveau lui fit signe d'approcher. Et… lui sourit en prime !

Elle secoua une nouvelle fois la tête, comme si elle cherchait à se réveiller de ce qui forcément était un rêve. Puis la curiosité l'emporta sur la terreur et elle se dirigea vers lui, son livre de maths pressé si fort contre ses seins qu'elle pouvait à peine respirer.

— Je cherche Ashley, chuchota-t-elle.

— Je sais, répondit Scott. J'ai échangé avec elle…

Elle écarquilla les yeux sans comprendre. Scott sourit.

— C'est moi, ton nouveau prof.

Elle faillit en laisser tomber son livre.

— Comment ça ?

— Ash est meilleure en algèbre. La géométrie, c'est mon truc. Et…

Minute ! Il rougissait ?

— Je me suis dit que t'aider dans cette matière était le meilleur moyen de me faire pardonner pour m'être comporté comme un idiot, l'autre jour, dit-il. Tu ne mérites pas ça…

Comme elle restait bouche bée, incapable d'articuler un mot, il rougit un peu plus et ajouta :

— Je ne suis pas un salaud, Juliet. En tout cas, j'espère que non. Mais j'ai agi comme tel et je suis désolé, vraiment. Est-ce que tu… pourrais me pardonner ?

Elle le fixa. Une chose quand vous apparteniez à une grande famille : tout le monde se bousculait pour vous mettre en garde contre les garçons mal intentionnés. Et Rosie elle-même n'était pas la dernière. Toujours et encore des conseils, comme si elle était ou naïve ou idiote. Soit, c'était par amour et par amitié aussi. Pourtant, en cet instant, elle sentit les battements de son cœur reprendre un rythme normal et soudain, un calme profond l'envahir.

— Bien sûr, répondit-elle, sûre d'elle, sous contrôle, en dépit de ces adorables fossettes quand Scott lui sourit, soulagé.

— Super… Merci, dit-il et elle ordonna à ses genoux d'arrêter de trembler. Assieds-toi. A quel chapitre en es-tu ?

Aucune idée, pensa Juliet en prenant la chaise à côté de Scott, ouvrant son livre aussitôt après, pour tenter de ne pas se pâmer à son odeur… Non, cette fois, elle ne réagirait pas comme une petite poupée éperdue d'amour. Si son destin… Très bien. Sinon…

N'était-ce pas ce que disait Mlle Jacobs ? Si les choses devaient arriver, elles arrivaient. Mais on ne pouvait pas les forcer. Donc, tout ce qu'elle avait à faire, tout ce qu'elle pouvait faire, c'était d'avoir confiance. Et en un éclair, toute sa nervosité s'évanouit. Enfin, l'essentiel. Oh ! et le bonus, pour une fois, elle n'avait pas les cheveux d'une folle…

En principe, aller acheter le sapin de Noël, flanqué de quatre enfants, signifiait choisir le plus rapidement possible avant a) que Juliet en ait assez, b) que Bella éprouve le besoin de faire pipi, ou c) que les jumeaux se perdent entre les rayons ou ne cassent quelque chose. Mais cette année, tout se présentait sous les meilleurs auspices. Juliet n'en finissait pas de sourire aux anges — bizarre. Les autres donnaient leur avis sur tel arbre ou tel autre, sauf Juliet, qui manifestement, était ailleurs. Oh ! il avait bien tenté de convaincre sa progéniture. Pourquoi pas un sapin en plastique. Mais chaque fois, ce n'était que soupirs horrifiés. Ceci dit, il pouvait comprendre. Merri adorait cette journée où ils allaient choisir un véritable arbre de Noël plein de caractère — c'est-à-dire tout biscornu — qui embaumerait la maison. Magique, disait-elle.

Evidemment, ce n'était pas elle qui devait ensuite traîner dehors le cadavre tout desséché du sapin à la déchetterie et aspirer un milliard d'aiguilles. Ah oui, quelle magie que tout ce bazar ! pensa Ethan morose, après s'être mis d'accord avec les enfants sur un spécimen plutôt avenant.

A vrai dire, son humeur grincheuse n'avait pas grand-chose à voir avec cette histoire de sapin ou même Noël. C'était plutôt à cause de cette confusion qui régnait dans son esprit, à propos d'une prof d'anglais/théâtre dont le sourire, le rire et les boucles aussi ridicules qu'adorables ne cessaient de le hanter. A trente-huit ans. Quelle pitié.

Bon mais, après tout… Puisqu'il avait fait les choses à l'envers — tombé amoureux à quinze ans, il compatissait en pensant aujourd'hui aux parents de Merri comme aux siens —, il était logique qu'il réagisse aujourd'hui comme un adolescent fou d'amour… Pauvre de lui, se dit-il en silence en se rangeant dans l'allée, devant la maison, juste quand son téléphone sonna. Il répondit sans vérifier l'écran tandis que les enfants descendaient de voiture et se précipitaient vers la maison. Sauf mademoiselle « Je suis dans la lune ».

— Ethan ? C'est Sandy. J'ai eu ton numéro par maman…

Sandy. Sa demi-sœur. Dieu, il ne l'avait pas vue depuis… dix, douze ans…

— Je sais, ça fait longtemps, mais…

Il sentit son cœur s'accélérer. Il descendit de voiture et fit signe à Juliet d'en faire autant.

— Hmm, Debbie va bien ?

— Oui, oui, maman va bien. Ce… C'est mon père. Il est décédé, il y a deux jours. Crise cardiaque.

— Oh ! Sandy…

Ethan regarda leur sapin, ficelé sur le toit du 4x4. Il avait cinq ans lorsque sa mère s'était remariée et n'avait rencontré cet homme qu'une fois, tous deux étaient venus assister à son mariage avec Merri. Mais il l'aimait bien et lui était surtout reconnaissant d'avoir su faire le bonheur de sa mère biologique.

— Et vous, ça va ?

— Nous nous y attendions, soupira sa sœur. Papa était en surpoids, détestait l'exercice et refusait d'arrêter de fumer… Quant à maman, elle est effondrée. L'enterrement a lieu demain. Je ne pense pas qu'elle compte sur ta venue, je me contente d'appeler tout le monde sur la liste de ses contacts.

En effet, il ne pensait pas que qui que ce soit là-bas attende sa venue. Mais…

— Ecoute, envoie-moi par texto toutes les données… Je ne promets rien, avec les enfants et tout. Je ne sais même pas si je peux avoir un vol, mais, je vais voir ce que je peux faire. Si tu crois que ça pourrait aider…

Sandy laissa échapper un soupir, comme soulagée.

— Si tu savais… Maman parle très souvent de toi et des enfants. Elle a toujours sur elle les photos que tu lui envoies. Elle est si fière de toi et… Oui, je crois que ça l'aiderait… Qu'elle le veuille ou non…

Ethan hocha la tête. Le soutien de ses amis et sa famille avait été crucial, les premiers jours après le décès de Merri, pour ne serait-ce que tenir debout.

— Je te rappelle plus tard, dit-il.

Il mit fin à la communication et aperçut Juliet qui l'observait, le regard sceptique. Il commença à détacher le sapin sur le toit.

— Le mari de ma mère biologique est décédé, expliqua-t-il. Je pense… Je pense qu'elle apprécierait si je me rendais aux obsèques. C'est demain. Encore faudrait-il que je trouve quelqu'un pour veiller sur vous pendant mon absence.

— Je ne comprends pas. Tu le connaissais à peine, pourquoi aller à son enterrement ?

L'arbre libéré, Ethan le descendit pour le poser par terre.

— Je ne le fais pas pour lui, mais pour Debbie. Car vois-tu… Je n'imagine même pas le courage que ça demande de donner son enfant à l'adoption. Etre là-bas auprès d'elle… C'est le moins que je puisse faire. Mais encore faudrait-il…

— Je peux m'occuper des autres, l'interrompit Juliet. Tu peux partir sans inquiétude.

— Non, pas question…, dit-il en traînant le sapin à l'intérieur où il régnait une douce chaleur. C'est très gentil, très généreux de le proposer…

Il referma la porte, cala le sapin contre le mur, le chien aussitôt se mettant à le renifler avec frénésie…

— Mais c'est bien trop de responsabilités pour une enfant. Et en cas d'urgence ? Tu n'as même pas ton permis encore…

— Je pourrais demander à la mère de Rosie…

— Elle a bien trop à faire avec ses enfants. Et je ne sais même pas si je trouverai un vol pour rentrer, demain soir…

Les jumeaux surgirent du salon tel un ouragan à deux têtes. Ethan leur sourit, quand Juliet suggéra :

— Et pourquoi pas Mlle Jacobs ?

Il sursauta, puis éclata de rire.

— Et moi qui croyais que tu l'aimais bien.

— Non, sérieux. Tu l'as vue faire avec les garçons. Et Bella. Elle est géniale. Et non, je n'ai aucune idée derrière la tête, je promets. Mais c'est une idée, non ?

— Entre quelques heures est toute une journée, dont une nuit, il y a une différence. C'est une lourde responsabilité…

— Je m'occuperai de la cuisine, veillerai à ce que tout le monde se lave les dents et tout le reste. Elle sera là… juste au cas où.

Pourquoi pas en effet… Sauf…

— Papa, si elle n'est pas d'accord, elle le dira. Mais si tu ne lui demandes pas, tu ne le sauras jamais…

Elle sortit son téléphone de la poche et le lui tendit.

— Qu'est-ce que tu as à perdre ?

Oh ! pas grand-chose, juste ce petit fond de dignité qu'il gardait encore, songea-t-il en prenant le téléphone pour composer le numéro de Claire.

- 9 -

Claire examinait le contenu de son réfrigérateur, se résignant déjà à mourir de faim, quand son téléphone sonna. Voyant le numéro d'Ethan s'afficher à l'écran, une crampe lui noua l'estomac.

— J'ai besoin d'une énorme faveur, marmonna-t-il.

— Qu'entendez-vous par énorme ?

— Une qui risque de vous surprendre…

Elle sentit un frisson la parcourir. Dans l'appareil, elle entendit les hurlements des garçons, les aboiements du chien et Bella en train de geindre.

— Bien. De quoi s'agit-il ?

— L'une de mes demi-sœurs a appelé il y a quelques minutes. Dave, le mari de ma mère biologique est décédé brutalement.

— Oh ! Ethan je suis désolée…

— Non, non, enfin, moi ça va, je le connaissais à peine. Mais pour elle… Bref, l'enterrement a lieu demain, mais je n'ai personne pour veiller sur les enfants pendant mon absence. Tout le monde est malade ou en goguette ou doit déjà s'occuper de sa progéniture…

— Donc, vous avez pensé à moi…

Après un moment de silence, il dit :

— Je suis en train de regarder à l'ordinateur si je peux avoir une place sur un vol pour Cleveland. A condition que vous soyez d'accord…

— Ah, au moins vous ne me faites subir aucune pression…

— Debbie…, reprit-il après un petit rire, ma mère biologique, ignore que je viens. Et ma sœur comprendra si je ne le fais pas. Mais j'aimerais y aller.

— Car vous comprenez ce qu'elle doit ressentir, dit-elle en fermant les yeux.

Un long silence cette fois, puis :

— Oui, en effet. Mais bon… Ah, Juliet s'est engagée à faire la cuisine et à superviser l'hygiène de ses frères et sœur. Car en fait, l'idée de vous appeler vient d'elle.

Et, à cet aveu… elle ressentit une pointe de déception. Même si, sachant que la requête émanait de l'un de ses enfants faisait que c'était encore plus difficile de dire non. Ce dont il devait se douter.

— Donc, vous auriez besoin de mes services pour… ?

— Essentiellement pour veiller à ce que les jumeaux ne mettent pas le feu à la maison. Et emmener l'un ou l'autre aux urgences, en cas d'hémorragie…

Claire regarda son chat avachi sur le canapé, sans se douter des efforts de sa maîtresse à ce moment précis pour réprimer une crise de panique profonde. Mais que pouvait-elle répondre ? Non ?

— Entendu. Réservez votre vol.

— Vraiment ?

— Ethan, ne me poussez pas à changer d'avis. Allez-y.

— D'ac… cord. Un avion décolle de Philadelphia demain matin à 8 heures, donc je devrais être à l'aéroport à 6 heures, 6 h 30, ce qui signifie que je dois partir d'ici à 5 heures au plus tard…

— Bien, je serai là.

— C'est inutile, Juliet peut tenir la maison un moment. Et à cette heure, les autres dormiront…

— Je serai chez vous à 5 heures.

Elle entendit un profond soupir de soulagement.

— Les obsèques sont à 13 heures, je vais réserver mon vol de retour pour la soirée. Je devrais être là aux alentours de 23 heures.

— Pas de problème. Nous survivrons.

— Vous… J'ai l'impression d'entendre des tremblements dans votre voix… ?

— Il fait froid chez moi.

Tout juste si elle ne l'entendit pas murmurer « Tu parles », puis il ajouta :

— Je ne saurais vous dire combien je…

— Stop. Je vous verrai demain matin. Mais…

— Oui… ?

— Surtout pas de sang… D'accord ?

— Je transmettrai le message, répondit-il en riant. Et, Claire ?

— Oui ?

— Merci.

A peine eut-il raccroché qu'elle se laissa tomber sur le canapé, à côté de Wally qui la fusilla du regard.

— Oh ! mon pauvre Wally, soupira-t-elle. Pourquoi ai-je dit oui… ?

Le chat bâilla, s'étira, puis reprit son somme là où il l'avait laissé, comme pour lui dire, *Ce n'est pas mon problème.*

Il fallait être fou ou maso pour se lever avant l'aube, songea Claire en se garant devant chez Ethan. Cette nuit noire encore, ce froid… Brrr. Claquant des dents, elle attrapa ses sacs, à main et de voyage, sur le siège arrière, remonta le col de son manteau et descendit de voiture, Crocs aux pieds. D'infimes particules de glace assaillirent ses joues. Faible risque de bourrasque, avait annoncé la météo. Rien de bien méchant, donc.

Ethan ouvrit la porte avant même qu'elle l'eut atteinte, béni soit-il. Elle réprima une expression de surprise en le voyant. Il portait un costume sombre et un manteau beige, ressemblant plus à un avocat qu'à un entraîneur de foot dans cette tenue. Un avocat sexy…

— Pour les funérailles, murmura-t-il.

Elle hocha la tête. Bien sûr.

Puis il baissa les yeux sur son pantalon de pyjama aux motifs de pingouins et sourit.

— Qu'est-ce que c'est ce machin ?

— Hé, pas de remarques désobligeantes. Ce pantalon est hyper chaud.

Le chien apparut, bâillant et remuant à la fois la queue. Claire le prit dans ses bras et se réchauffa le bout du nez à ses poils, recevant en prime des coups de langue affectueux. Elle rit et surprit le regard d'Ethan sur elle.

— Les enfants dorment, dit-il. En principe, c'est Bella qui se lève la première, puis Juliet — elle prépare le petit déjeuner —, et les garçons ne descendent pas avant midi. Tous les numéros d'urgence sont notés sur le tableau, dans la cuisine. N'hésitez pas à vous servir dans le réfrigérateur ou ailleurs…

— Oui, bon, ça va, j'ai compris…

— Bien. Mais…

Il regarda l'escalier derrière lui, et elle soupira.

— Mais vous n'avez jamais laissé vos enfants avec une inconnue, dit-elle et il plongea ses yeux dans les siens.

— Vous n'êtes pas une inconnue, Claire, dit-il avec un léger sourire. Et si je n'avais pas totalement confiance en vous, jamais je ne vous aurais demandé ce service. Et puis, je les confie à des inconnus tous les jours. Difficile en effet de contrôler tout le monde, non ? Bien…

Nouveau soupir.

— Je ne comprends pas que ce soit plus difficile aujourd'hui que ça l'était au début… C'est comme ça.

Claire caressa le chien dans ses bras, histoire de s'empêcher de poser la main sur cet homme devant elle, si près qu'elle sentait les effluves de son after-shave.

— Tout ira bien, je vous le promets.

Ethan la regarda longuement, très longuement, tout en hochant la tête, puis il finit par partir. Laissant Claire terriblement consciente du fait que, jusqu'à son retour, elle serait responsable de la vie de chacun, sous ce toit. Oh malheur…

Emmitouflée dans une couverture, sur le canapé, Claire, à moitié endormie, sentit le chien lui débarbouiller la figure. Elle ouvrit un œil, puis un autre. Une lumière incertaine éclairait le salon dans lequel flottait une odeur de sapin. Soudain, elle sursauta en découvrant derrière la table basse une petite fille aux cheveux en bataille, un jouet non identifiable entre les mains, qui la regardait en faisant la moue.

— Me sens pas bien, gémit la fillette.

Claire s'assit d'un bond, faisant peur au chien qui aboya.

— Oh ! vraiment ? répondit Claire, à moitié réveillée, priant pour voir l'enfant éclater de rire en s'écriant, *non je rigole, je vais bien !*

Sauf que Bella la regarda avec des yeux larmoyants en gémissant :

— J'ai le nez tout bouché et la gorge qui me pique.

Quelque part dans le cerveau embrumé de Claire, la panique tordit le cou au peu de raison dont elle était dotée à cette heure de la journée. *Du calme*, s'intima-t-elle. *Il s'agit d'un simple rhume. Personne n'est en train de rendre l'âme.*

— Que dirais-tu d'un bon verre de jus fruits ? Ou d'une infusion peut-être ? demanda-t-elle en se forçant à sourire.

— Du jus, répondit Bella en bâillant.

Au même instant, Juliet apparut, les cheveux en broussaille, dans une tenue similaire à celle de Claire, avec des petits chiots à la place de pingouins.

— Hé, Belly ! dit-elle en s'étirant. Que se passe-t-il ?

— Elle ne se sent pas bien…

Claire s'arracha au canapé et glissa ses pieds dans ses Crocs avant de se diriger vers la cuisine.

— Un rhume, sans doute.

— Oh ? Viens ici mon bébé, dit Juliet, alors que Claire regardait dans le réfrigérateur, approvisionné pour un régiment. Orange, pomme ou pamplemousse ?

— Pomme, répondit Bella.

Claire attrapa la bouteille et referma le réfrigérateur, tout en regardant Juliet presser ses lèvres sur le front de sa petite sœur. Comme la mère de Claire le faisait avec elle, se souvint-elle. Comme Merri le faisait probablement avec elles, songea-t-elle, la gorge nouée.

— C'est possible. Mais elle ne semble pas avoir de fièvre. Un peu patraque, hein ? demanda l'adolescente.

Bella hocha la tête. Juliet s'assit sur le canapé et fit signe à sa sœur de la rejoindre, souriant quand la fillette se jeta à son cou. Toujours opportuniste, Barney s'élança pour se joindre au groupe. Après un nouveau bâillement, l'ado désigna le verre que Claire avait rempli de jus.

— Elle a ses verres et ses tasses, avec pailles et couvercles, à côté du frigo… Oui, là !

— Peut-être devrais-je lui donner un comprimé contre le rhume…

— Non, nous sommes de la vieille école, répondit Juliet. Les médicaments, c'est l'ultime recours. Au chaud et du repos ! Et puis, elle n'a pas de fièvre…

Elle sourit.

— On dirait que vous n'avez jamais attrapé de rhume…

— Et j'ai l'impression d'entendre les boniments d'une grand-mère, répliqua Claire.

Juliet rit, puis éternua et éternua encore. Elle attrapa un mouchoir en papier dans la boîte devant elle, éternua une troisième fois.

— Zut, dit-elle.

Claire, quant à elle, pensa : *Catastrophe.*

La bonne nouvelle fut que le rhume épargna les jumeaux. En tout cas, vers 15 heures, ils ne l'avaient pas attrapé. Quant à l'état de Bella, il n'empira pas, même si elle ne bougea quasiment pas du canapé et regarda des dessins animés à la télévision le reste de la journée. La mauvaise nouvelle, en revanche, vint de Juliet qui, une heure après s'être levée, dut retourner se coucher, terrassée par le mal. Laissant Claire — qui finalement trouva le temps de s'habiller juste avant l'apparition des garçons, à l'heure du déjeuner — jouer l'infirmière, la nounou et la directrice des divertissements auprès de deux enfants malades et d'une paire de garçons prépubères dévorant comme une meute de loups et complètement désemparés sans leurs jeux vidéo. Bella en effet avait pris le contrôle de la télévision. Et refusait de la partager. Gentille mais féroce, le bout de chou.

Mais de tout cela, Claire ne dit rien à Ethan, lorsqu'il appela peu après 15 heures. Il n'avait pas besoin de savoir que la moitié de sa progéniture était malade — d'autant que la maladie en question ne menaçait pas la vie des enfants —, ni que l'autre moitié n'en finissait pas de se chamailler, à propos de tout et de rien.

— J'ai appelé Juliet, dit-il, mais je tombe directement sur la boîte vocale. Elle doit avoir oublié de charger son téléphone.

— Sûrement, répondit Claire en regardant le téléphone de la jeune fille sur la table basse, là où elle l'avait laissé avant de remonter dans sa chambre avec la vivacité d'un zombie.

— Bon, alors tout se passe bien ? Les enfants sont sages ?

En fait, des éclats de voix retentirent, les jumeaux recommençant à se disputer.

— Bien sûr, voyons !

Il éclata de rire.

— Vous croyez que je n'ai pas entendu ?

— Mince. Vous avez une sacrée ouïe !

— Parfois, ça peut se révéler utile. Alors ? La vérité, s.v.p.

Elle soupira.

— Bon. Les garçons sont agités, mais ça doit être normal…

— Je suis désolé…

— Ce n'est rien. Pour les occuper, je les ai envoyés ranger leur chambre…

— Pardon ?

— Ranger leur chambre. Il ne fallait pas ?

— C'est ce qu'ils sont en train de faire ?

— Je n'en ai aucune idée, je ne suis pas allée vérifier. Mais ils ont l'air de se calmer un peu… Et ça ne sent pas le brûlé. On dirait bien un début de victoire…

Ethan rit.

— Vous vous débrouillez bien !

Elle sentit la terreur nouer ses petites griffes autour de son cou et serrer, serrer.

— Et vous, comment ça se passe ? demanda-t-elle, changeant de sujet.

— Moi ? Je vais bien. Mais Debbie est encore sous le choc.

Ses enfants et petits-enfants sont avec elle, heureusement. Ça devrait aller. Pas au début, c'est sûr. Mais avec le temps…

Consciente de cette douleur résiduelle, dans sa voix, elle se tourna vers la fenêtre. De gros flocons argentés voletaient dans tous les sens, parant peu à peu de blanc le paysage.

— Comment est le temps, à Cleveland ?

— Perturbé, soupira-t-il. Entre grésil et neige fondue.

— Aïe.

— Comme vous dites. Et là-bas ?

— Quelques rares flocons, mentit-elle, comme pour forcer la neige à s'arrêter.

— Bon, si je me retrouvais bloqué, appelez mon père, il sera heureux de venir…

— Je ne lui demanderai certainement pas de prendre la route par un temps…

Et zut !

— Quelques rares flocons, avez-vous dit ? ironisa Ethan.

— Bon, peut-être un peu plus que ça. Mais nous sommes bien au chaud ici, et j'ai vu qu'il y avait de la pizza au congélateur…

— De la pizza ? Juliet a dit qu'elle préparerait un pot-au-feu… ?

— Euh… Elle avait un devoir à terminer, nous avons voté pour la pizza.

— Entendu. Et si vous avez envie de faire un somme, n'hésitez pas. Le canapé n'est pas très confortable. Prenez plutôt mon lit…

— Oh non, le canapé me convient parfaitement. Ah, les garçons m'appellent, je dois raccrocher. Ne vous inquiétez pas, d'accord ? J'ai la situation sous contrôle, je vous assure.

Puis elle raccrocha avant qu'il puisse entendre les tremblements dans sa voix. En partie seulement dus à la perspective de devoir être d'astreinte la nuit prochaine. Ethan lui avait suggéré de dormir dans son lit… ! Non, non, le canapé ferait l'affaire.

— Mademoiselle Jacobs ?

Elle leva les yeux, découvrant Harry et Finn debout devant elle.

— Est-ce que Finn et moi on peut aller chez les Valencia jouer dans la neige ?

Oh mon Dieu ! Elle avait oublié ce détail. En tant qu'adulte, ce genre de décision lui revenait. Elle avait le pouvoir de dire oui ou non à des enfants avec lesquels elle ne partageait aucun lien familial. Certes, elle le faisait tous les jours, au lycée, mais là, c'était différent… Relevant le menton, elle tenta de prendre un ton maternel.

— Votre chambre est rangée ?

Les jumeaux hochèrent vigoureusement la tête.

— Vraiment ?

— On peut voir par terre…

Elle réprima un sourire.

— Les lits ?

— Faits.

— Vos vêtements ?

Les garçons échangèrent un regard, puis Harry répondit :

— Dans l'armoire. Vous pouvez venir voir, si vous ne nous croyez pas…

Et c'est exactement ce qu'elle fit. En effet, le tapis était visible et les lits faits — d'une certaine façon peu orthodoxe, mais faits —, le hamster dans sa cage et le poisson dans son bocal. Ainsi qu'un truc visqueux et dégoûtant dans un aquarium. Elle tressaillit et se tourna face à l'armoire. Derrière elle, les garçons retinrent leur souffle.

Elle hésita, son intuition lui conseillant de ne pas l'ouvrir. Après tout, les jumeaux avaient fait tout ce qu'elle leur avait demandé sans trop rouspéter. Et puis, dans une heure ou deux, il ferait nuit. Et si les laisser sortir faisait d'elle une mauviette, qu'il en soit ainsi.

— Soyez de retour avant la nuit, d'accord ?

Ils dévalèrent l'escalier, Finn deux secondes après son frère, le temps de remercier Claire avec un sourire et le pouce levé, geste qui lui alla droit au cœur. De retour dans le couloir, elle aperçut Juliet, par la porte entrouverte de sa chambre, assise sur son lit.

— Comment ça va ? demanda-t-elle en poussant la porte.

— Mieux…, répondit Juliet en reniflant. Je n'ai même pas le nez bouché. Bizarre…

Elle regarda le réveil, sur la table de chevet.

— Oh ! J'ai dormi tout ce temps ?

— Oui. Quelque chose te ferait plaisir ?

Juliet alluma sa lampe, clignant les yeux face à la lumière.

— Un thé, peut-être ?

— C'est dans mes cordes. Mais tu ne veux pas prendre une bonne douche bien chaude d'abord ? Changer de pyjama ou enfiler un jogging propre, avant de descendre ?

— Oui, d'accord, oh… Je devais préparer un pot-au-feu…

— Ne t'inquiète pas. Il y a de la pizza.

— De chez Luigi ?

— De chez Surgelés & Co. Ça m'étonnerait que Luigi livre, ce soir…, dit Claire, et devant le regard interrogateur de Juliet, elle ajouta : Regarde dehors.

S'enroulant dans sa couette fleurie, Juliet se leva et trottina jusqu'à la fenêtre. « Oh ! Mais… Papa va pouvoir rentrer, ce soir ?

— Je l'ai eu au téléphone il y a un petit moment, et il ne savait pas encore. Tu risques d'être obligée de me supporter encore un peu…

— J'ai connu pire. Mais…

Juliet s'étonna.

— Pourquoi c'est si calme ?

— Tes frères sont allés jouer chez le voisin et ta sœur dort. En tout cas elle dormait quand je suis montée. Allez, passe sous la douche et descends nous retrouver…

— Je suis désolée de vous laisser tout le travail. Ce n'était pas ce qui était prévu…

— Pas de problème, ma douce.

— Mais vous n'avez pas l'habitude. Mes frères…

— Ne savent pas parler à voix basse et adorent faire du bruit et ont plus d'énergie que le soleil, je sais. Mais j'ai survécu, non ?

— Vous croyez ? dit Juliet en riant.

— Et puis, je suis toujours là, n'est-ce pas ? ajouta Claire à la porte, bras croisés.

— Par choix ?

— Parce que ton père était embêté et que ça me faisait plaisir de l'aider. Surtout… Surtout qu'il n'a pas l'air d'aimer beaucoup demander de l'aide.

— Là, vous avez raison, marmonna Juliet.

Claire sourit.

— Mais il m'a dit de ne pas hésiter à appeler son père, en cas de besoin. Et je dois dire qu'une fois ou deux, j'ai été tentée. Mais j'ai trouvé ma vitesse de croisière… Soit, c'est vrai, les jumeaux font parfois de drôles de bruits avec leur corps, mais je les aime beaucoup. Les jumeaux, pas les bruits… En fait, je vous aime beaucoup tous les quatre.

La jeune fille l'observa une ou deux secondes, puis elle se précipita pour serrer Claire dans ses bras, sa couette telle une traîne derrière elle. La surprise passée, Claire l'étreignit en retour, très émue en pensant à la mère de Juliet, à son chagrin. Au chagrin de tous.

— Pardon, dit Juliet en reculant, les yeux plein de larmes.

— Il n'y a pas de mal voyons…

— Euh… Si on faisait des cookies ?

— Bonne idée, répondit Claire.

Manifestement la jeune fille souhaitait passer à autre chose.

— Mais euh, je ne…

— Compris. Je m'en occupe, dit Juliet en riant.

— Je préfère, mais tu es sûre d'être en état ?

— Maman disait toujours qu'avec quelques cookies, tout allait mieux…

— C'est une réflexion pleine de sagesse, dit Claire.

Elles descendirent dans le salon, où la petite dernière dormait toujours, à croquer, si mignonne quand elle bougea et bâilla, avec sa peluche dans les bras que Claire en eut le souffle coupé.

— Ohé, petite citrouille, dit-elle en allumant une lampe. Tu te sens mieux ?

Bella s'étira et se frotta le bout du nez avec un mouchoir en la regardant.

— Papa m'appelle comme ça, lui aussi.

Claire lui tendit la poubelle pour y jeter le mouchoir usagé, avant de lui en donner un propre.

— Oh ! c'est que j'ai dû l'entendre alors…

— J'ai envie de faire pipi, ajouta la fillette avant de descendre du canapé pour se rendre aux toilettes. Une minute plus tard, elle en ressortit. A cet instant, Claire réalisa qu'elle était toujours en pyjama. Et pieds nus.

— Tu veux tes chaussons ? demanda-t-elle, décidant de ne pas embêter Bella avec une histoire de pyjama, après tout, elle n'attendait pas la visite de la Reine Mère…

Bella regarda ses pieds, comme si elle ne s'attendait pas à les voir nus, puis elle s'enfuit en courant — bon signe, décida Claire — à l'étage et en redescendit trente secondes après, chaussons aux pieds. Entre-temps, Claire s'était rendue dans la cuisine, implorant la fée du logis en elle de lui venir en aide, fée dont elle n'avait pas eu de nouvelles depuis des lustres. Peut-être même jamais.

— Tu es adorable, dit-elle en regardant les chaussons à tête de chiot de Bella.

— Merci, répondit la fillette qui se hissa sur l'une des chaises, non pour s'y asseoir, mais s'y mettre à genoux et superviser les opérations. Mais ils me serrent les orteils. Je peux avoir encore du jus de fruits, s'il vous plaît ? De pamplemousse, cette fois. Si cela ne vous ennuie pas.

Claire réprima un éclat de rire.

— Tout de suite.

La fillette but son verre goulûment, avant de pousser un long soupir de satisfaction. Craquant. Et un petit rot aussi.

— Merci pour prendre si bien soin de moi, aujourd'hui, dit-elle ensuite.

Claire se sentit rougir jusqu'à la racine des cheveux.

— Mais avec grand plaisir, mon ange…

Le micro-ondes sonna.

— Qu'est-ce que vous faites ?

— Un thé, pour ta sœur. Qui a promis de préparer des cookies, après sa douche.

Bella s'illumina. Puis éternua.

— Des coo…

Nouvel éternuement.

— … kies de Noël… !

Claire attrapa la boîte de mouchoir, sur le comptoir, et la posa devant la fillette qui en attrapa un.

— Avec des formes rigolotes et tout… ?

Elle se moucha. Bruyamment.

— Et des pépites de chocolat et des trucs en couleur ?

— Euh, je ne sais pas… Où vas-tu ? demanda-t-elle quand Bella descendit de son perchoir et sortit de la cuisine, sa peluche sous le bras pour se précipiter dans le salon.

— Le sapin a l'air tout triste, dit la fillette.

— C'est vrai, répondit Claire en la rejoignant. Parce qu'il est tout nu.

— Oui, dit Bella. Il serait plus content avec de la couleur et des lumières, non ?

— Et un peu de magie, chuchota Claire.

— Oui, de la magie !

Claire baissa les yeux sur la fillette.

— On pourrait l'habiller, qu'en dis-tu ? Tu sais où se trouvent les décorations de Noël ?

— Au garage, je crois… Juliet, elle sait. Mais… Mais d'habitude, on fait ça avec papa…

— Eh bien…

Claire s'accroupit devant Bella et glissa un bras autour de sa taille, résistant à l'envie d'embrasser ces petites joues bien roses.

— On peut attendre ton papa si tu veux. Ou faire ça après le dîner, ainsi quand il rentrera, il aura la surprise…

Claire pensa à Ethan, à la fatigue qui serait la sienne, physique autant qu'émotionnelle, après une telle journée, vu les conditions.

— Peut-être que ça lui fera plaisir…

— Je sais pas.

— Et si je lui posais la question ? Pour lui demander s'il est d'accord ?

Bella hésita, puis hocha la tête. Claire attrapa donc son téléphone et expédia un texto à Ethan.

Bella aimerait décorer le sapin ce soir. Etes-vous OK ?

Dix secondes plus tard, la réponse arriva.

Mon Dieu, oui !

Elle rit et déjà s'apprêtait à ranger son téléphone quand il vibra de nouveau.

Et merci. Pour tout.

Et tout juste si elle ne « sentit » pas le sourire d'Ethan, ce mouvement si particulier de ses lèvres dont, jusqu'à cet instant, elle n'avait pas réalisé combien il la troublait. Pas à ce point, en tout cas. Une vague de désir la submergea, une chaleur intense et des picotements qui, s'il n'y avait eu Bella, lui auraient sans doute valu de se traiter de tous les noms d'oiseaux.

— C'était papa ?

Claire regarda l'adorable visage de l'enfant et sentit une autre vague de picotements… Une autre espèce de désir. D'un genre, réalisa-t-elle, qu'elle refusait d'entendre depuis des années, à l'image de milliers de trentenaires encore célibataires, refusant de renoncer à leur sacro-sainte liberté…

— Oui, ma chérie, répondit-elle. Si ça te fait plaisir de décorer le sapin, il est d'accord.

— Cool, dit Bella avant de plonger ses yeux dans ceux de Claire. Tu sais, je vous aime beaucoup…

Claire manqua s'en étouffer, tant le bonheur qui l'envahit prit toute la place dans son cœur. A cet instant Juliet apparut dans son pyjama tout propre, les cheveux encore mouillés.

— Je t'aime aussi beaucoup, mon bébé, répondit-elle en posant son front contre celui de Bella, avant de se tourner vers Juliet, en route pour la cuisine.

— Ton père nous a donné l'autorisation de décorer le sapin. Bella dit que tu sais où sont les décorations…

— Dans le placard sous l'escalier, répondit Juliet depuis la cuisine. On les récupérera après le dîner.

Succombant à la tentation de serrer la fillette dans ses

bras, Claire rejoignit ensuite l'aînée, devant son thé. Aïe. L'air contrarié.

— Juliet ? Un problème ?

L'ado secoua la tête, puis haussa une épaule.

— La déco du sapin, c'était l'affaire de maman…, dit-elle à voix basse, pour que Bella n'entende pas, supposa Claire.

Ce qui ne risquait pas d'arriver, la fillette étant en train de jouer avec le chien.

— Papa s'occupait de décorer le jardin et maman de l'intérieur de la maison…

— Oh ! ma chérie, pardon si je…

— Non, non. En fait…

Elle se tut, regarda Claire, les yeux brillants.

— Papa a fait tellement d'efforts, vous voyez. Pour que les choses restent les mêmes, pareilles que lorsque maman était là. Et peut-être que les autres ne le voient pas, parce qu'ils sont plus jeunes, mais moi je sais combien c'est difficile, pour lui. Maman… Elle adorait Noël. Et faire le sapin par-dessus tout…

Juliet essuya une larme, avant de poursuivre :

— Et si j'ai de la peine à Noël, j'imagine ce que papa doit ressentir…

Elle esquissa un sourire.

— Même si le gros bêta fait le malin pour que l'on ne remarque rien…

Elle-même au bord des larmes, Claire prit les mains de la jeune fille dans les siennes et sourit à son tour.

— Un gros bêta, ton père ?

— Parfaitement, répondit l'adolescente sur un ton un peu plus léger, avant de regarder dans le vague. Il y a une chose pourtant, qu'il ne fera jamais… Maman adorait la musique, toutes les musiques, classique, rock. Elle en écoutait en permanence. Il y a une tonne de CD, dans son bureau. Papa ne s'en est jamais séparé… Et il n'en a jamais mis un seul…

— Peut-être n'aime-t-il pas la musique ?

— Il en mettait souvent, lorsque maman sortait, répondit Juliet. Mais depuis son décès, terminé. Il n'a plus jamais écouté la moindre musique. Je trouve ça triste…

Claire serra avec tendresse les mains de la jeune fille, avant d'aller sortir la pizza du réfrigérateur, le cœur assailli par ses propres souvenirs.

— Je vois ce que tu veux dire. Mes parents adoraient l'opéra, mais après la mort de mon père, ma mère n'a jamais pu retrouver le courage d'en écouter. C'était trop douloureux. Tu vois, ce que ressent ton père n'est pas si inhabituel…

Juliet s'assit sur l'une des chaises autour de la table.

— Votre maman n'a plus jamais écouté d'opéra ?

— Elle a dû essayer une fois ou deux. Mais aujourd'hui, c'est terminé.

Un profond soupir s'échappa de la bouche de Juliet.

— En réalité, c'est comme si… s'ils étaient brisés, quelque part…, ajouta-t-elle en secouant la tête.

— C'est ce que la mort fait ? Briser les gens ?

— Pour certains, oui, répondit Claire avec franchise. S'ils la laissent faire. Si tu la laisses faire… Mais toi, te sens-tu… brisée ?

— Eh bien… Changée, oui peut-être. Et triste, souvent. Mais pas comme si je ne pouvais me sentir entière de nouveau, un jour…

— Alors tu es sur la bonne voie…

Elles entendirent des rires, des cavalcades, Bella et Barney se poursuivant dans l'escalier. Claire sourit.

— Tu vois, à la mort de mon père, j'ai parfois eu l'impression que ma mère ne vivait que dans l'attente de le rejoindre. Et ça, oui, c'était triste. D'un autre côté, mon propriétaire — lui et son ami ont travaillé et vécu ensemble plus de cinquante ans, jusqu'à la mort de Thomas, l'année dernière. Mais, même si on devine l'affection de Virgil dans sa voix, quand il parle de lui, il montre toujours une farouche envie de vivre. Pourquoi son chemin devrait-il s'arrêter, alors que Thomas poursuit le sien quelque part, ailleurs ?

Juliet réfléchit.

— Oui. Cette idée me plaît, finit-elle par dire.

— A moi aussi, dit Claire tout en mettant la pizza au four. Certaines personnes renoncent, d'autres continuent, ça dépend.

— Et mon père, que croyez-vous qu'il fasse ?

La porte du four refermée, Claire fit face à Juliet.

— Tu le connais bien mieux que moi. A ton avis ?

— Difficile à dire. Peut-être… Entre les deux ?

— Il n'y a rien de mal à ça. Il fait ce qui lui semble le mieux, tout simplement. En tout cas, il fait tout ce qu'il faut pour vous. Je me trompe ?

— Pas du tout, répondit Juliet avec un grand sourire. C'est un père génial. Même s'il m'interdit d'avoir un petit copain avant mes seize ans…

— Ce qui fait aussi de lui un papa génial, tu ne crois pas ?

Juliet leva les yeux au ciel quand les jumeaux surgirent par la porte de derrière en criant, puisque parler normalement n'était visiblement pas dans leurs gènes, tout en retirant leurs vêtements trempés… Abandonnés en tas sur le carrelage.

— Hé, dit-elle en leur faisant signe de rebrousser chemin, quand ils se ruèrent dans la cuisine. Personne dans cette maison n'est censé nettoyer derrière vous, alors retournez chercher vos affaires et accrochez-les au portemanteau. Compris ?

Juliet et les jumeaux échangèrent un regard.

— Quoi ? demanda Claire, ce qui lui valut trois haussements d'épaules synchronisés.

— Rien, répondit Finn, avant de retourner avec son frère récupérer leurs vêtements pour obtempérer, Claire surprenant en même temps sur leur frimousse un petit sourire.

A cet instant, elle éprouva un réel sentiment de victoire.

- 10 -

La neige recouvrait la ville comme une couette douillette sous le soleil encore timide de ce début de journée. Ethan gara l'Explorer dans l'allée, puis il entra sans faire de bruit, caressa le chien fou de joie en lui ordonnant de ne pas aboyer.

— Oui, oui, je suis rentré, murmura-t-il, tandis que Barney lui léchait le visage.

Excepté le tic-tac de l'horloge de grand-mère au pied de l'escalier et les battements de son propre cœur, le silence régnait dans la maison. Du coin de l'œil, il aperçut un rayon de soleil pointer le sapin décoré, devant la baie vitrée du salon. Sans lâcher le chien, il s'approcha, lèvres pincées pour réprimer un rire. A en juger l'approximation avec laquelle les décorations avaient été posées — la plupart d'ailleurs sur les branches inférieures —, il comprit que Claire avait laissé les enfants prendre la direction des opérations. Ou alors, la déco du sapin de Noël ne faisait pas partie de ses talents…

En parlant de ça… Il regarda le canapé. Une couverture roulée en boule, un oreiller propriété de Juliet, mais pas de Claire. Non qu'il puisse lui reprocher d'avoir finalement opté pour son lit au lieu du canapé — dont lui-même gardait un très mauvais souvenir pour y avoir dormi une fois et une autre, quand il ne voulait pas déranger Merri —,mais soudain, il s'imagina Claire endormie sous sa couette, ses cheveux sur son oreiller, et son odeur imprégnant ses draps…

Il inspira, expira, lâcha finalement le chien et retira son manteau avec une seule envie, se débarrasser au plus vite de son costume pour enfiler un jean et un sweat. Sauf que pour ça, il devrait se rendre dans sa chambre. Peut-être qu'en faisant doucement… Le chien manquant le faire trébucher à chaque pas, Ethan monta à l'étage et passa devant la chambre des garçons — les jumeaux dormaient comme des anges — puis devant celle de Juliet, porte fermée, avant d'arriver à la sienne. Porte grande ouverte. Il regarda avec prudence à l'intérieur… Vide. Le lit était encore fait, aucune affaire de fille dessus…

Ethan réprima un cri quand Barney prit le bas de son pantalon entre ses dents et tira, avec grognements à l'appui. Ce chien voulait manifestement lui montrer quelque chose.

— Je te suis, mon gars, murmura Ethan, et aussitôt, Barney le mena jusqu'à la chambre de Bella et s'assit ostensiblement devant.

Obéissant, Ethan s'avança jusqu'à la porte entrouverte qu'il poussa discrètement avant de regarder… Et de se dissoudre. Littéralement. En découvrant la petite dernière blottie dans les bras de Claire, toutes les deux sous la couette décorée de canards. Une dizaine de livres de contes et légendes gisaient au pied du lit. Sur la table de chevet, la lampe — un ours en tutu que Merri lui avait offert pour ses trois ans — était allumée.

Il sourit. Les cheveux blonds de Bella se mêlaient aux boucles de Claire dont le bras gauche reposait sur les épaules de la fillette, toutes deux respirant sur le même rythme.

Il retint son souffle. La douceur de cette vision fit vibrer quelque chose au fond de son cœur. Et soudain, il sentit des picotements dans ses yeux, en même temps qu'un sentiment de culpabilité le submergea pour ses pensées malhonnêtes, deux minutes plus tôt. Il allait s'esquiver quand Claire remua. Et ouvrit les yeux. Elle sursauta en l'apercevant et plaqua une main sur sa bouche pour étouffer un cri de surprise. Puis elle sourit, un délicieux sourire assoupi qui lui envoya une décharge électrique à travers le corps.

— Surprise, chuchota-t-elle, avant de se dégager avec d'infinies précautions des bras de Bella pour se lever.

Elle portait un jean, ainsi qu'un sweat couleur crème glacée à la fraise, très tendre. Elle repoussa doucement ses cheveux et glissa ses pieds dans ces hideuses chaussures en plastique, puis elle sortit à pas feutrés de la chambre pour rejoindre Ethan dans le couloir.

— Elle s'est réveillée au milieu de la nuit, expliqua-t-elle à voix basse. Alors je lui ai fait un peu de lecture et elle a fini par se rendormir… Et moi après elle…

Elle sourit.

— Quand êtes-vous arrivé ?

— Il y a cinq minutes à peine, répondit-il en s'efforçant de rester insensible à ses joues roses, à l'éclat de ses cheveux, à l'odeur de sa peau.

En essayant, tel un forcené, de ne pas noter l'effet que tout cela avait sur lui. Sans parler de la culpabilité qu'il ressentait en même temps et qui devait se voir comme le nez au milieu de la figure.

Ohé, tu te calmes ! Et ta femme, tu l'oublies ? lui reprocha une petite voix dans la tête. Avant qu'une autre petite voix se fasse entendre. Celle du désir. Plus dangereuse.

— Il ne neige plus, dit-il en se forçant à ne pas détourner les yeux, pour affronter le mal et affirmer sa domination. Mais les avions étaient collés au sol. Alors, j'ai loué une voiture. La dernière disponible.

— Vous… Vous avez roulé toute la nuit ? s'exclama Claire, l'air horrifié. Avec cette neige ?

— L'autoroute était dégagée, répondit-il en souriant tout en se massant la nuque, avec un regard à sa fille endormie. J'en étais malade, d'être coincé, si loin. Il fallait que je rentre à tout prix. J'aurais pu être là plus tôt, mais j'ai dû passer à l'aéroport déposer la voiture et récupérer la mienne…

— Hé ! dit-elle.

Il reporta son regard sur elle.

— Tout va bien. Nous allons bien, tous…

La fatigue, mêlée au soulagement de retrouver la maison — il ne trouvait pas d'autres raisons pour expliquer ce désir persistant ancré en lui. Sans parler de cette envie qui le tenaillait ne serait-ce que d'effleurer sa joue. Simplement la… toucher. La sentir.

— Je sais bien, dit-il avec un sourire crispé. Je n'étais pas inquiet. J'avais juste envie de rentrer.

— Bien sûr, dit-elle avec douceur en posant une main sur son bras, avant un nouveau bâillement. Pardon. J'ai besoin d'un café. Et d'aller aux toilettes.

— Et moi, de me changer avant que ce costume me donne de l'urticaire…

— Charmant, dit-elle en riant, un rire encore plein de sommeil. Allez vous changer, on se retrouve dans la cuisine.

Claire se planta devant le miroir de la salle de bains et grimaça, avant de hausser les épaules et de faire ce qu'elle avait à faire avant de descendre, attirée par l'odeur de café. Elle trouva Ethan dans le salon devant le sapin, une main dans la poche arrière de son jean, un mug dans l'autre.

— On était un peu sonnés, après l'avoir décoré, dit-elle en se dirigeant vers la cuisine. Je n'imaginais pas que cela prenne tant de temps. Avec un spécimen de cette taille en tout cas…

Elle attrapa une tasse, la remplit de café.

— On sortait tous les ans le même sapin riquiqui en plastique, quand j'étais enfant… Tasse dans les mains, elle rejoignit Ethan. Ma mère le faisait toujours la veille de Noël, donc il n'y avait pas vraiment de surprise…

— Et lorsque vous viviez à New York ?

— Parfois, mes colocataires en achetaient un, parfois non. Comme je n'étais proche ni de l'une ni de l'autre, je m'en fichais…

Elle avala une gorgée du breuvage noir et sentit tout de suite le déclic dans son organisme.

— Et maintenant que je vis seule, je suis revenue au sapin en toc. Aussi, décorer celui-ci, avec les enfants… Oui, j'ai vraiment adoré…

Elle sentit son regard sur son visage, puis de nouveau il fit face au sapin et rit doucement.

— Félicitations, car pour ma part, c'est souvent l'occasion de m'arracher les cheveux… Ohé, ma petite citrouille…

Posant son mug sur la table basse, il s'accroupit pour embrasser Bella qui se jeta dans ses bras.

— Est-ce que je t'ai manqué ?

La fillette se blottit contre son père, puis éternua. Fort. Et renifla. Aussitôt, Ethan se renfrogna.

— Tu es malade, mon bébé ?

— Elle a un petit rhume, dit Claire. Rien de grave.

— Juliet aussi, expliqua Bella, et Ethan jeta à Claire une sorte de regard… noir de chez noir.

— Un rhume, Ethan, pas la lèpre.

— Et les garçons ?

— En pleine forme. Je commence à penser qu'ils doivent venir d'une autre planète, des aliens à l'apparence humaine, insensibles aux virus, germes et autres machins peu ragoûtants…

Le regard noir s'effaça, et un rire prit sa place.

— Il m'arrive aussi de le croire, dit-il en se levant, Bella dans les bras, les yeux débordant d'amour pour la fillette. Vous auriez dû m'en parler…

— Et qu'auriez-vous fait ? s'exclama Claire, vaguement agacée. Nous avons été à la hauteur, pas vrai, ma puce ? demanda-t-elle à Bella qui hocha énergiquement la tête.

— Parfaitement à la hauteur, fit écho la petite fille, avant de renifler.

Ethan attrapa un mouchoir dans la boîte, sur la table basse et le plaça sur le petit nez de Bella.

— Souffle, ordonna-t-il et celle-ci obtempéra, puis il se tourna vers Claire. Je m'inquiétais un peu pour vous… Bon, pour eux aussi, mais surtout pour vous. Vous n'avez pas l'habitude de ce genre d'exercice, et j'aurais aimé vous être plus utile. Oui, à plus de mille kilomètres de là. Je vous avais déjà presque mis le couteau sous la gorge pour venir vous occuper de ma progéniture, à la dernière minute, mais en plus vous abandonner avec des enfants malades…

— Les filles ne l'étaient pas quand vous êtes parti. Alors arrêtez avec votre mea culpa…

Une étincelle brilla dans les yeux d'Ethan qui sourit, et soudain, Claire sentit la panique la gagner. Parce que ce sourire-là et, oh ce portrait attendrissant de petite fille accrochée au cou de son papa, papa au demeurant sexy, mal rasé comme ça… Stop ! Elle eut beau faire tout pour se ressaisir, un raz-de-marée de désir la submergea.

Alors, tournant les talons, elle battit en retraite, direction la cuisine pour rincer sa tasse à présent vide, réprimant l'envie de se mettre à hurler, alors que le regard d'Ethan épiait le moindre de ses mouvements. Mais qu'avait-il donc en tête ? Non, surtout, elle ne voulait rien savoir. Parce que, quoi que ce soit, cela ne présagerait rien de bon. Ni pour lui ni pour elle.

— Bien, dit-elle en retournant dans le salon pour prendre son manteau et ses sacs là où elle les avait laissés, la veille. Mon travail ici est terminé et…

— On pourrait aller prendre le petit déjeuner dehors, tous ensemble, suggéra Ethan.

Proposition accueillie avec enthousiasme par Bella et sans doute par des yeux de merlan frit, concernant Claire.

— C'est le moins que je puisse faire, ajouta-t-il, les yeux de plus en plus bleus. Pour vous remercier.

Oui, bien sûr. Logique. Sauf que…

— Mais les autres dorment encore…

— Je vais les réveiller ! s'exclama Bella en gigotant pour que son père la lâche, avant de s'engouffrer dans l'escalier en hurlant. Hé ! Les garçons ! Debout !

— Il n'y en a pas pour très longtemps, dit-il avec son sourire…

… ridiculement sexy, même si ce n'était sans doute pas son intention. Zut.

Elle n'aspirait qu'à une chose, sortir d'ici au plus vite. Il lui avait fallu des années pour pleinement appréhender le concept d'estime de soi. Sans parler de la nécessité de se préserver, côté cœur. Hors de question qu'un sourire sexy la fasse dérailler. Même si le sourire en question faisait partie d'un package qui incluait l'humour, la tendresse et un caractère protecteur qui avaient le don d'affoler ses hormones et tout le reste.

— Merci, mais… J'ai un tas de choses à faire et… Il faut vraiment que j'y aille…

— Vous venez pas avec nous ? demanda à cet instant Bella qui, tel un génie, était subitement réapparue, en faisant la grimace.

Claire lui caressa les cheveux, et la fillette enroula ses petits bras autour de ses jambes. Evidemment.

— Pas cette fois, mon bébé, dit-elle, en s'efforçant de déloger ce nœud coincé dans sa gorge, tout en s'accrochant aux derniers vestiges de bon sens qui lui restaient.

Elle releva fièrement la tête, tout en se demandant où avait bien pu passer la femme qui croyait ne pas vouloir d'enfant et quelle était donc cette mijaurée qui avait pris sa place.

— Mais j'espère bien te voir au théâtre, pour la pièce de Juliet, dit-elle en effleurant le bout du nez de la petite fille.

— C'est quand ?

— Vendredi soir. Juste avant le début des vacances de Noël…

Elle se tourna ensuite vers Ethan qui la dévisageait avec cette expression qu'elle lui avait vue, quand elle s'était réveillée. Sauf qu'elle pensait avoir rêvé, mais apparemment non.

— Vous viendrez, n'est-ce pas ?

— Bien sûr, répondit-il, avec un air, comme si elle venait de parler zoulou.

Claire de nouveau regarda Bella, prit la fillette dans ses bras.

— A vendredi, alors ?

L'enfant hocha la tête puis s'accrocha à son cou et la serra très fort, au point que Claire sentit son cœur se réduire à l'état de misérables cendres.

— Je t'aime, chuchota ensuite Bella, avant de déposer un bisou sur la joue de Claire et de s'échapper pour monter à l'étage.

Claire la suivit des yeux, les joues en feu, un peu vacillante sur ses jambes, avant de trouver le courage de regarder Ethan. Mais, soit il n'avait pas entendu les paroles de sa fille, soit il préféra les ignorer, soit, option trois, Bella avait l'habitude de déclarer son amour à tout le monde et ça n'avait pas grande importance. Dans tous les cas, il se contenta d'accompagner Claire à la porte, qu'il ouvrit, le soleil inondant l'entrée.

— Bien. Merci encore.

Claire hocha la tête, ouvrit la bouche, sans savoir que dire, avant de sortir dans le froid vif, mille fois plus perturbée qu'elle ne l'était en arrivant ici, la veille.

*
* *

Pour rien au monde, Ethan n'aurait confié à Claire que Bella n'avait manifesté une telle affection à personne, hors du cercle familial, depuis la mort de sa mère. Déjà bien heureux que Juliet — au top de sa forme après sa performance, en train de discuter avec ses grands-parents dans le hall du centre culturel — ne se lève pas chaque matin en chantant les louanges de Claire. Qui avait géré au demeurant comme une pro les deux filles malades, les lubies des garçons et s'était même bien gardée d'influencer les enfants pour la décoration du sapin.

Oui, un sacré numéro, cette femme-là.

Mais il n'aurait pas vraiment dû en être surpris. Et s'il n'avait pas si peur des mots, il dirait même que Claire était véritablement une femme… admirable. Une femme séduisante. Et admirable. Quoi qu'il en soit, il ne s'aviserait pas de s'en ouvrir à Juliet, ou à qui que ce soit d'autre d'ailleurs. Mieux valait éviter les complications. Il avait déjà toutes les difficultés du monde à se remettre de ses émotions, lorsqu'il avait découvert Claire, endormie avec sa fille, une semaine plus tôt. Emotions ravivées chaque jour, quand il la croisait au lycée. Ou, comme maintenant, en entendant son rire, si mélodieux, si… symphonique, oui. Ou lorsqu'il surprit cet éclat dans ses cheveux, un éclat en or pur, assurément, alors qu'elle se frayait un passage parmi la foule. Eh bien donc, il était sous le charme. Et terriblement tenté, en dépit du non-sens que ce serait d'essayer de voir où cette tentation serait susceptible de le mener…

Et zut, pensa-t-il, quand elle se dirigea vers eux, avec un large sourire — tiens, elle avait mis du rouge à lèvres, un rouge… super, ce rouge — sa joie irradiant, plus éclatante que les guirlandes de Noël dans Main Street. Ethan ne l'avait jamais vue habillée autrement qu'avec ces tenues bizarres, aussi la découvrir dans cette petite robe noire toute simple, collants noirs et escarpins du même rouge que son gloss, lui causa-t-il un choc. Il est vrai que le tissu lui collait au corps et soulignait ses formes et que ce décolleté, sous un collier de pierres bleues et vertes de la taille d'un dolmen, avait de quoi susciter bien des fantasmes… *Oui*, pensa-t-il en souriant.

Les jumeaux avaient presque l'air civilisés dans leur sweat et leur pantalon à pinces. Ils sourirent, l'air intimidé, Juliet, quant à elle, sauta au cou de son prof, avant de la présenter aux parents de Merri. Le regard de Claire s'adoucit quand elle prit l'une des mains de Carmela dans les siennes, et sans un mot, serra la vieille femme dans ses bras. Il pouvait les compter sur les doigts d'une main, les femmes capables d'exprimer une telle compassion. Et deux se trouvaient là, juste devant lui. Les deux autres, Jeanne et Merri, n'étaient plus de ce monde.

Une douleur soudaine le transperça, suivie du même sentiment d'appréhension qui, depuis quelques jours, ne cessait de le torturer.

Ne t'avise pas d'aller par là. Tu n'as donc pas assez souffert… ?

— Papa, ça va ?

Ethan sursauta et sourit aussitôt à sa fille, esquivant le regard empreint de curiosité que lui lança Claire, en pleine discussion avec les grands-parents.

— Oui, bien sûr, ma chérie.

— J'étais juste en train de dire, remarqua Carmela, combien nous avons été impressionnés par la performance de Juliet. J'ignorais qu'elle avait tant de talent. C'est la meilleure version du *Fantôme des Noëls passés* que j'ai pu voir…

— Juliet a été exceptionnelle, dit Claire dont le regard délaissa Ethan pour se porter sur Carmela, puis John. Et je ne dis pas ça pour flatter ton ego, ajouta-t-elle en glissant son bras autour de la taille de l'adolescente. C'est une comédienne hors pair…

— En effet, acquiesça Ethan prenant un plaisir pervers à voir sa fille manquer s'étouffer.

Bien sûr, elle ignorait qu'il l'avait entendue la nuit dernière répéter son rôle avec Rosie, la fierté et le choc qu'il avait ressentis en prenant conscience de son talent. Et comment il s'était senti accablé, en réalisant qu'il n'avait pas le droit d'empêcher Juliet de voir où ce talent pouvait la mener.

Derrière sa fille, les yeux de Claire s'emplirent de larmes, et elle lui adressa un bref hochement de tête avant de reprendre sa conversation avec les grands-parents, tandis que les jumeaux entraînaient Bella vers le buffet. Puis il remarqua Juliet, bras croisés, en train de le regarder. L'air pas commode.

— Alors, papa ?

— Tu as vu ça. La salle était fascinée, vraiment. Un vrai succès.

— Et toi, ça t'a plu ?

— Infiniment, ma chérie, répondit-il. Et je t'aurais félicitée bien plus tôt, si tu n'avais été assaillie de fans, dès ta sortie des coulisses…

Juliet sourit, touchée. Ethan alors inspira profondément et ajouta.

— Je voulais te dire… Si tu as envie d'aller plus loin, je serai avec toi à 100 %, parce que, vraiment, c'était magique, ce soir…

Il se tut, le temps de délier ce nœud autour de sa gorge.

— Oui, c'était magique, c'est le mot juste. Ta mère dirait… Quelle était son expression déjà ? Ah oui, orbital… Je suis fier de toi, mon ange.

— Oh, papa…

Juliet, au bord des larmes, se précipita dans ses bras. Un moment précieux, mais de courte durée lorsqu'un dénommé Scott fit son apparition, l'air à la fois penaud et déterminé. Juliet s'était finalement confiée, expliquant que son nouveau prof particulier de maths était ce garçon qui l'avait tant bouleversée, au centre commercial, le jour des soldes, mais que bon maintenant, elle avait tourné la page. Ce dont Ethan douta, à voir l'expression de sa fille en cet instant. Et l'expression dudit garçon.

— Ravi de vous voir, coach Noble, dit Scott du haut de ses deux mètres au moins, en lui serrant la main, une main énergique, confiante. Un bon point pour lui. Scott Jenkins…

— Oui, je sais qui vous êtes. Juliet m'a dit que vous l'aviez beaucoup aidée en maths…

Le gamin sourit à Juliet dont le sourire lumineux rivalisait avec celui de Scott.

— C'est surtout Juliet qu'il faut féliciter. Elle est tellement intelligente…

— Je n'en ai jamais douté, répondit Ethan.

— Bien sûr, mais entre vous et moi, monsieur Noble…

Scott s'approcha d'Ethan et baissa subitement la voix.

— Mlle Henry est chouette et tout, mais elle n'explique pas bien les choses. L'important, c'est donc de trouver la clé…

Il se tut, légèrement nerveux.

— Voilà, et une fois que vous l'avez, ça va tout seul. Juliet, d'un coup, s'est mise à tout comprendre. Bref…

Il se redressa.

— Mes parents, là-bas… — il désigna un couple d'une quarantaine d'années, plutôt bourgeois — accueillent toute la troupe, à la maison. Alors bon, je me demandais si vous seriez d'accord pour que je serve de cavalier à Juliet ? Attention, il ne s'agit pas d'un rendez-vous comme… Euh, car elle m'a expliqué, tant qu'elle n'aura pas seize ans, vous ne la laisserez pas sortir avec, euh, bref, vous voyez… Mais peut-être avec un ami… ?

Ethan se rembrunit et regarda sa fille.

— Vous savez, reprit Scott, nous n'habitons pas très loin et vous pouvez aller voir mes parents, si vous voulez. Mais je vous en fais le serment, monsieur, il n'y aura ni alcool, ni drogue, ni rien de tout ça. Et Mlle Jacobs sera présente, aussi. Et elle est pire que mes parents. Pour faire respecter les règles, dit-il, aussi rouge que Juliet.

C'était donc vrai, songea Ethan en repensant à ce que Juliet avait dit, à propos de l'influence de Claire sur les petits singes qui lui servaient de fils. Il se rappela également ses démarches auprès de Carmela et John, tant d'années en arrière, pour les supplier de bien vouloir le laisser sortir avec leur fille. Cette angoisse dans leurs yeux, quand ils avaient finalement, à contrecœur, dit oui, alors que tous deux n'avaient que seize ans. Le mélange de culpabilité et d'euphorie quand ils s'étaient embrassés pour la première fois, des baisers de plus en plus passionnés, torrides, qui inévitablement avaient conduit à tout ce que chaque parent redoutait. Pas à seize ans, mais à dix-huit…

Il sentit son sang se glacer.

Bon, du calme. Il n'était question que d'une soirée a priori sans risques. Et Claire serait présente. Il pouvait lui faire confiance. Sans l'ombre d'un doute.

— Je vais parler à vos parents…

Scott hocha la tête, sa pomme d'Adam rebondit.

— Bien sûr.

Il alla voir les Jenkins, qui le rassurèrent, puis Claire l'accosta pour lui dire qu'elle ramènerait Juliet à la maison à minuit, et il ressentit comme un vertige quand son parfum l'enveloppa, et l'espace d'une seconde, son cerveau décrocha. Puis il regarda son bébé partir avec ce garçon en pleine croissance, Claire à côté d'eux, sa robe faisant ressortir le galbe de ses fesses qui tanguaient, tanguaient… Il ferma les yeux.

Oh! mon Dieu, pensa Claire en se garant dans l'allée d'Ethan tout en observant Juliet, qui semblait en lévitation, un sourire radieux aux lèvres, plus lumineux que les guirlandes de la véranda que son père avait laissé allumées.

— Ohé, tu es chez toi…

— Je sais, soupira Juliet qui retira mollement sa ceinture. Ah, quelle soirée merveilleuse…

— C'était très agréable, en effet, dit Claire en débouclant à son tour sa ceinture.

Juliet se crispa.

— Je suis grande, vous n'êtes pas tenue de me raccompagner jusqu'à ma chambre, vous savez…

— Va raconter ça à ton père, répondit Claire en riant juste au moment où Ethan ouvrit la porte.

Pour la énième fois, l'ado soupira puis haussa les épaules. Apparemment, même le plus protecteur des pères resterait impuissant à entacher cette merveilleuse soirée.

— Vous aviez dit minuit, marmonna le père en question, quand Juliet descendit de voiture.

— Oh ! mais il est minuit cinq, remarqua Claire.

— Minuit dix.

Claire l'ignora. Enfin, autant qu'il était possible d'ignorer la présence de ce diable d'homme, dont la silhouette se dessinait dans l'encadrement de la porte.

— Et difficile de prendre congé de la mère de Scott comme ça, Dieu que cette femme est bavarde…

— Alors… C'était sympa ?

— A part deux ou trois bagarres, oui… Oh ! mais je plaisante, Ethan, soupira Claire. Un peu d'humour, allons…

— Désolé, c'est juste que…

— Juliet est votre bébé, j'ai compris. Et si ça peut vous rassurer, je ne l'ai pas quittée des yeux une seconde. Sans qu'elle s'en rende compte bien sûr…

Et il laissa finalement échapper un soupir, sourit même peut-être.

— Merci, murmura-t-il en plongeant ses yeux dans les siens.

L'envie la submergea de caresser ce visage tendu, ces épaules contractées par le poids des responsabilités.

— Je vous en prie. Bien…

— Vous voulez entrer ?

Elle hésita, terriblement tentée.

— Non, il est tard et je suis épuisée. Mais… Vous serez dans les parages, demain ? J'ai quelques paquets-cadeaux pour les enfants.

— Il ne fallait pas…

— Je sais, ça me fait plaisir, voilà tout. Je passerai dans l'après-midi…

— Oh. Entendu. Leurs grands-parents doivent les prendre pour un peu de shopping, le matin, mais ils devraient être rentrés vers 14 heures ou 15 heures…

— Dans ce cas, je passerai à ce moment-là, dit-elle, avant de tourner les talons.

— Claire ?

A mi-chemin de sa voiture, elle fit volte-face.

— Oui ?

— Envoyez-moi un texto, lorsque vous serez rentrée. Ainsi, je saurai que tout va bien…

Elle ne put s'empêcher de rire. Ni de frissonner. Depuis quand se souciait-il de la savoir rentrée chez elle saine et sauve ? Depuis quand qui que ce soit d'ailleurs ?

— Je suis une grande fille, Ethan.

— Et il est tard, et il doit y avoir quelques plaques de verglas sur les routes… D'accord ?

— D'accord, dit-elle, puis elle lui fit un petit signe de la main et accéléra le pas jusqu'à sa voiture.

Dans laquelle elle resta assise un moment, crampe à l'estomac sur crampe à l'estomac et un dilemme sur les bras. Que devait-elle faire ? Rire ou pleurer.

En tout cas, songea-t-elle comme elle s'engageait dans la rue, une chose était sûre, elle n'en menait pas large.

- 11 -

Si le chien ne s'était pas mis à aboyer comme un forcené en fin d'après-midi, le lendemain, Ethan — dans le bureau, en train de faire des paquets-cadeaux — n'aurait même pas entendu la sonnette. Et lorsqu'il ouvrit la porte à Claire, chargée de sacs multicolores, il réalisa qu'il avait complètement oublié qu'elle devait passer.

— Vous avez l'air surpris, dit-elle, une lueur d'amusement dans les yeux.

Quand elle retira ses lunettes de soleil, il ressentit alors en lui comme un séisme. De plusieurs degrés sur l'échelle des sensations.

— Non, je me sens bête, surtout, dit-il, recouvrant son souffle. Mais entrez… Les enfants ne sont pas là, ajouta-t-il.

Quand elle s'exécuta, il ferma les yeux, ivre de son maudit parfum et d'un trouble indéfinissable.

Elle lui fit face, posa ses sacs sur le banc dans l'entrée, dénoua son écharpe. Violette. Duveteuse. Probablement imprégnée de son odeur.

— Ils ne sont pas à la maison ?

Il reporta non sans difficulté son regard sur son visage. Croisa les bras sur son sweat le plus miteux. En se demandant comment il avait pu oublier sa visite, lui qui n'avait pas fermé l'œil cette nuit tant il avait pensé à elle.

— En fait, ils ne rentreront pas ce soir. Et je me sens bête, parce que j'aurais pu vous prévenir, mais ça m'est sorti de la tête. Leurs grands-parents les ont emmenés à New York pour assister à la parade de Noël. Ils dormiront tous au Plaza…

— Oh !

Elle se pinça les lèvres. Pas de gloss aujourd'hui.

— Ils n'ont pas dû trouver de chambre libre, en s'y prenant à la dernière minute…

— Euh, non, apparemment, ils avaient organisé ça depuis des mois, mais ils ne m'en avaient rien dit pour que je ne vende pas la mèche aux enfants.

Elle sourit, les yeux rieurs.

— Des difficultés à garder un secret ?

— Plutôt oui. Je n'étais donc au courant de rien, jusqu'à ce qu'ils passent prendre les enfants ce matin. Puis je me suis dit que je pourrais profiter de leur absence pour faire certaines choses et…

Il se sentit rougir.

— Et je vous ai oubliée. Enfin, pas vous, dit-il quand elle rit. Bref, vous comprenez…

— Vous avez pourtant reçu mon texto, hier soir ?

Oui. Un mot : « maison ». Et sa réponse avait été tout aussi lapidaire : « O.K. »

— En effet, oh, je me sens bête… Désolé.

— Donc, dit-elle en regardant autour d'elle. Vous êtes seul ?

— La bête et moi, c'est tout…

Bête, qui, au même instant, vint poser ses fesses sur les baskets d'Ethan. Claire sourit au chien, puis de nouveau regarda Ethan. Soudain, en prenant conscience qu'il se retrouvait seul avec elle, il se produisit comme un feu d'artifice dans sa tête, atomisant toutes ces années de comportement adulte et responsable. Surtout quand elle ajouta :

— Vous pouvez faire ce qui vous chante, alors ? Absolument tout.

— Euh, oui et cette liberté… C'est grisant, dit-il, ce qui la fit rire. J'ai commencé à faire des paquets-cadeaux. D'ailleurs… Vous pouvez déposer le vôtre au pied du sapin, si vous voulez.

— Entendu.

Reprenant ses sacs, elle gagna le salon, déroula son écharpe, puis glissa une mèche de cheveux derrière son oreille, heurtant ses lunettes qu'elle rattrapa au vol. Il regarda les boucles à ses oreilles, flashy, clinquantes. Tout le contraire de la femme qui les portait. Oh ! je vois qu'ils ont déjà bien travaillé…

— Pas « ils », Juliet. Elle a hérité ça de sa mère, dit Ethan, alors que Claire disposait avec soin ses paquets parmi les autres.

Dans le couloir, l'horloge de grand-mère égrenait le temps. Les secondes, une, deux, trois…

— Elle décorait le sapin jusqu'au dernier moment, même après Noël…, expliqua-t-il en riant. C'était dingue.

Se relevant, Claire l'observa avec le même regard que les parents de Merri, la veille. Regard qui néanmoins ne lui fit pas le même effet.

— J'ai l'impression qu'elle était…

— Ne vous avisez surtout pas de dire parfaite.

— Je voulais dire… drôle.

— Oh ! oui. A sa façon…

Elle rit, vint vers lui, ses lunettes de soleil accrochées au revers de sa veste. Comme il détestait cette veste ! Et plus encore ce legging aux motifs ridicules. Et ces bottes à talon compensé.

— Qu'entendez-vous par là ?

— Merri n'était pas quelqu'un d'excentrique…

Comme vous, faillit-il ajouter.

— Pas une originale fofolle, ajouta-t-il. Mais elle avait parfois de ces idées… Le quotidien avec elle ne tombait jamais dans la routine. Faire des cookies, décorer le sapin, tout devenait une fête.

— Et elle vous manque toujours autant…

La tendresse de ses paroles le bouleversa, si bien qu'il lui fallut un moment avant de répondre un simple « Oui ». Il se massa la nuque.

— Tout le monde me dit que le temps est venu de tourner la page maintenant.

— Comme si c'était facile d'oublier la personne que vous avez aimée pendant plus de vingt ans…

Ethan sourit et hocha la tête.

— Je pense qu'ils parlent de la douleur. Pas d'elle.

Il se tut, puis ajouta :

— Juliet m'a expliqué, pour votre mère, comme elle ne s'était jamais remise du décès de votre père ?

— Pas vraiment, en effet, répondit-elle avec un soupir. Pas en s'isolant ni en se repliant sur elle à l'excès, non. Elle continuait à… vivre, d'une certaine façon. A se tenir au courant des événements dans le monde. Mais on la sentait plus détachée, comme décidée à partir à son tour. Parfois, je me dis que la maladie a été pour elle comme un soulagement…

— Comme c'est triste.

— C'est certain. Elle pensait avoir accompli ce qu'elle devait accomplir sur cette Terre. Alors, pourquoi rester ? Et comment aurais-je pu la convaincre du contraire ?

Elle le regarda, un léger sourire au coin des lèvres.

— Les gens font ce qu'ils peuvent et comme ils le veulent, avec leur chagrin, non ?

Il sentit quelque chose tressauter dans sa poitrine.

— Dommage que pas plus de gens ne partagent pas votre philosophie.

— J'ai toujours pensé ainsi, dit-elle en souriant à Barney qui venait de délaisser son maître pour aller renifler les bottes de Claire.

Elle le caressa entre les oreilles et rit quand le chien se mit sur le dos pour des chatouilles sur le ventre.

— Ce chien est d'un sans-gêne, marmonna Ethan en se demandant pourquoi elle était encore là, et pourquoi il était si heureux qu'elle le soit. Puis elle rit de nouveau, et il s'entendit dire :

— Vous étiez super, hier soir.

Elle releva brusquement la tête.

— Dans cette robe. Et avec ce truc, ajouta-t-il en montrant son cou.

— Le collier ?

— Oui, le collier. Et avec ces chaussures aussi…

— Oh ! vraiment ? Tant de compliments, dit-elle en riant.

— Oui, eh bien, reprit-il en glissant les mains dans ses poches. Vous devriez vous habiller comme ça plus souvent…

— Comme une grande personne, vous voulez dire ?

— Comme… une femme.

— Comment dois-je le prendre ?

— J'ai dit que vous étiez super, non ? Et désolé si ça fait un peu macho…

— Un peu ? répondit-elle en secouant la tête, très amusée par ses remarques. Mais je sais que vous n'êtes pas macho. Alors, merci…

Elle hésita, puis poursuivit.

— En fait, je n'ai que deux robes. Noires toutes les deux. Une pour l'hiver, l'autre pour l'été…

— Je devrais vous prendre rendez-vous avec ma sœur…

— Pardon ?

— Sabrina. Elle travaille dans la mode, à New York.

— Prenez garde à ne pas aggraver votre cas…

— Oh ! j'ai le chic pour ça…

Comme magnétisé, Ethan se dirigea vers elle. Prit le bout de son écharpe entre ses doigts. Pour s'empêcher de toucher ses cheveux. Sa joue.

— Voyez cette couleur ? On la dirait inventée pour vous.

Un silence assourdissant s'ensuivit, puis il porta les yeux sur son visage et nota ses pupilles dilatées, ses lèvres entrouvertes, les pulsations à la base de son cou.

— Je me préfère sans, dit Claire dans un murmure.

Il retira prestement sa main. Puis elle baissa les yeux, avant de le regarder de nouveau, ses joues plus roses qu'à l'accoutumée.

— Je ne suis pas venue ici pour vous séduire. Je pensais que les enfants seraient là. Et puis, ce n'est pas mon genre. Mais… J'ai toujours été pour saisir une opportunité, quand elle se présente.

Il retint son souffle, puis soupira.

— Et alors quoi ? Vous avez pitié du pauvre veuf…

— Jamais je ne ferais une chose pareille, l'interrompit-elle. Parce qu'il faudrait d'abord que j'ai pitié de vous, or ce n'est pas le cas…

Elle secoua la tête.

— Oh ! je sais, vous n'êtes pas prêt à tourner la page. Peut-être même ne le serez-vous jamais, sur le plan émotionnel. Et je le respecte. Mais…

Cette fois, elle rougit vraiment, puis sourit en regardant l'arbre de Noël.

— Comme je n'ai aucun cadeau pour vous au pied du sapin…

Ses épaules s'affaissèrent.

Il la dévisagea longtemps, une éternité.

— Je pensais que c'était moi qui vous devais quelque chose…

Elle finit par retirer son écharpe. Pour l'enrouler autour du cou d'Ethan et l'attirer vers elle. Mais pas trop près.

— Nous voilà donc dans une situation où chacun est gagnant, non ? Donner, recevoir… Tout est pour le mieux, vous ne croyez pas ?

A peine s'il entendit son soupir quand il pressa sa bouche contre la sienne, avec l'impression enfin de lâcher la bête qui le rongeait depuis des semaines. Il sentit ses mains se resserrer autour de l'écharpe, l'attirer tout contre elle et tout ce qui lui restait de sang-froid soudain s'évanouit. Se jetant sur le canapé avant que son maudit genou ne le laisse tomber, il l'entraîna avec lui, et elle rit, un rire profond, à califourchon sur lui, et elle l'embrassa, un baiser sans peur, sans réserve, dont il ressentit les effets jusqu'en dessous de la ceinture. En cet endroit où sommeillait le démon.

Sa peau sous son sweat était douce, souple sous ses mains brûlantes. Mon Dieu, il en avait presque mal tant il la désirait… Mais la culpabilité le foudroya à cet instant, le paralysant. Elle prit alors son visage entre ses mains, posa son front contre le sien.

— Vous ne…

— Je… Depuis Merri…

— Je sais, chuchota-t-elle. C'est à vous de décider… Mais si vous voulez de moi, je suis là…

— Quelque part, j'ai l'impression que c'est mal…

Elle s'écarta, mains sur ses épaules, une lueur espiègle dans les yeux.

— A en juger par ce que je ressens de dur là, un peu plus bas, quelque chose me dit que votre corps pense autrement, lui. Hé, chuchota-t-elle quand il détourna les yeux. Je n'attends pas que vous me demandiez de sortir avec vous, quand ce sera fini. Il ne s'agit que d'ici et maintenant. Entre deux personnes qui s'apprécient. Pour être ensemble. Et peut-être évacuer un peu de stress. En plus, cela restera entre nous…

— Et Barney.

— Exact, et à moins qu'il se mette à parler, je ne suis pas inquiète à son sujet.

— Sauf que… Bon sang, Claire, nous sommes collègues…

— Et je le répète, cela ne sortira pas d'ici. Et n'aura pas de suite. Je le jure. Après ça, nous reprendrons le cours normal de notre existence, chacun de notre côté…

Soudain elle se tut, comme si elle venait de réaliser quelque chose.

— Oh ! si… si ça vous ennuie de m'emmener dans votre lit…

Où vous aviez l'habitude faire l'amour avec votre femme, finit-il en silence sa phrase.

Ethan approcha une main tremblante de ses cheveux et les caressa. Enfin. Boucles souples et soyeuses.

— J'ai changé de lit six mois… après. Je ne parvenais plus à dormir dans l'autre. Mais en réalité, je… Je suis un peu pris au dépourvu…

— Bien sûr. Mais heureusement pour vous, je prends la pilule. Alors tout va bien.

Parlez pour vous, pensa-t-il.

— Vous êtes sûre de vous ?

— Vous voulez une gifle ou quoi ? Et je ne parle pas en guise de préliminaires…

En dépit de sa peur, il rit. Et fit glisser cette veste ridicule de ses épaules.

— Enfin, soupira-t-elle en se penchant pour l'embrasser.

La première fois fut nettement plus probante que ce à quoi l'on aurait pu s'attendre, entre deux personnes abstinentes depuis si longtemps. Torride, rapide, un peu maladroit même. Et elle s'y attendait, comme elle s'attendait qu'une fois repu, Ethan se lève, soit mortifié ou au contraire faisant semblant d'être à l'aise, avant de commander un repas chinois ou une pizza. Ou encore, de la remercier poliment, avec un sourire l'engageant à rentrer chez elle sans plus tarder.

Elle se trompait. Ils étaient enlacés et haletants entre les draps froissés quand il lui murmura :

— Est-ce que ça a été aussi médiocre pour toi que pour moi ?

Elle rit.

— Médiocre, c'est quand ça ne fait pas d'étincelles du tout.

— Ah. Et pas quand les étincelles surgissent prématurément alors ?

— Au moins, y en a-t-il eu.

Il hésita.

— Pour toi aussi ?

— Cela t'aurait donc échappé, sérieux ? demanda-t-elle en lui faisant face.

— Comment dire, j'étais un peu… préoccupé.

— Et sourd aussi, si je comprends bien…

Comme il ne disait rien, elle ajouta :

— Pitié, ne me dis pas que tu as pensé que je simulais…

— Euh… Tu es comédienne et…

— Et nous ne sommes pas sur une scène. Je ne joue jamais, dans la vraie vie.

Un bras derrière la tête, il la regarda.

— Donc, si tu ne fais pas semblant, murmura-t-il en écartant de son autre main une mèche sur son épaule, ce qui eut pour effet immédiat de la faire tressaillir jusqu'au bout des seins. Qu'est-ce que cela signifie… ?

Quelque chose ressemblant à de la douleur la submergea, car en dépit de ce qu'elle venait juste de dire, elle ne pouvait répondre aussi honnêtement qu'elle l'aurait voulu, si la situation avait été différente. Mais cet homme était assez perturbé comme ça pour qu'elle lui explique qu'elle n'avait pas accepté de coucher avec lui uniquement pour des raisons de timing et de simple désir physique. Qu'elle n'avait jamais couché avec un homme qu'elle n'aimait pas, cette fois comme les autres.

— Peut-être… Faut-il mettre ça sur le compte de… l'amitié, dit-elle avec un haussement d'épaules tout en caressant sa joue. Un moment de détente et de jeu entre adultes consentants, ce genre de choses…

— Je ne te croyais pas si libre d'esprit…

— Il arrive que l'on se trompe sur les gens, dit-elle, sans se départir de son sourire.

— Un esprit libre et célibataire depuis trop longtemps ?

— Le célibat est une forme de liberté aussi, tu sais. Je ne suis pas esclave de mon corps. Ni de ses jérémiades. Et je trouve que tu réfléchis trop, pour un homme…

— C'est histoire de passer le temps en attendant d'attaquer le round 2…

— Oh ?

En riant, il roula avec elle sur le lit, réactivant ainsi ce qui avait besoin de l'être et son poids sur elle était si chaud, si tendre, si bon qu'elle crut défaillir.

— Tu ne crois tout de même pas que j'allais te laisser sortir d'ici après cette première qui mérite amplement une deuxième…

— Oh oh… Prétendrais-tu pouvoir faire mieux ?

— J'ai une réputation à défendre, dit-il et il s'appliqua à lui en faire la démonstration.

Cette fois, rien ne se fit dans l'urgence ni dans la précipitation. Cette fois, ce ne fut que patience, contrôle et douceur, exploration et expérimentation se succédant. Un apprentissage de l'autre. De caresses expertes. D'une bouche experte qui alluma un brasier en elle, au plus profond d'elle… Jusqu'à l'extase.

Puis il la prit par-derrière, son souffle chaud sur sa nuque tandis qu'il plongeait en elle et allait et venait, oh, comme il était doué… Puis elle s'envola, plana, et cria une fois, deux fois et une troisième encore, alors qu'Ethan, de son côté, laissait échapper un râle tout en explosant en elle.

Puis ce fut le silence, excepté le bruit de leur respiration et celui, incongru, de Barney en train de se lécher à l'autre bout de la chambre. La lune s'était invitée sur le lit, éclairant le torse robuste et trempé de sueur d'Ethan, sa main en train de jouer avec le bout de l'un de ses seins… Qui réagit aussitôt.

— Oh oh, dit-il et elle rit, même si elle n'avait aucune envie de rire.

Parce que, en ce qui la concernait, à propos de ce moment

entre amis, elle avait affaire à un sérieux litige entre ce que préconisait son intellect et ce que voulait son cœur. Et quand il la prit dans ses bras avec tendresse, elle pensa, *ne t'avise pas de me refaire autant de bien…*

Un nouveau et interminable silence s'ensuivit, ponctué par les battements de son cœur contre son oreille, ses doigts caressant en rythme son épaule nue. Puis, enfin, il soupira. Claire posa alors une main sur son torse et chuchota :

— Comment te sens-tu ? Et j'exige la vérité.

— Je ne sais pas trop, tout me semble un peu… irréel.

— Irréel… En bien ou en mal ?

— Certainement pas en mal. Mais…

Un léger sourire se dessina sur ses lèvres, et il se pencha pour la regarder dans les yeux.

— Jusqu'à quel point sommes-nous censés dire la vérité… ?

— Pour l'amour du ciel, Ethan, je ne suis pas une petite fleur délicate et fragile… Vas-y, je t'écoute.

Il fronça les sourcils, balaya les cheveux sur son front.

— Merri était la première. Et la seule. Alors j'ai toujours pensé que faire ça avec une autre, bref, ça me ferait… bizarre. Un peu, comme si je la trompais…

Il secoua doucement la tête.

— Mais ça n'a pas été le cas. Du tout. Et voilà pourquoi je trouve tout ça un peu irréel…

Il soupira une nouvelle fois, glissa une main sous sa nuque et regarda le plafond.

— Je n'ai même pas pensé à elle. Pas une fois.

— Et maintenant, tu culpabilises à cause de ça.

Il rit doucement.

— Un peu, oui.

De nouveau, il la regarda.

— C'est compliqué, non ?

Sur la table de chevet, le téléphone d'Ethan sonna. Marmonnant un juron, il le prit, l'air contrarié.

— Quoi de neuf ? demanda-t-il, une certaine inquiétude dans la voix.

Claire en profita pour s'asseoir, ramenant un drap autour de ses épaules.

— Non, bien sûr que non… Carmela. Une minute. Bien sûr vous pouvez ramener les enfants à la maison, je suis désolé que John ne se sente pas bien… Au moins vous aurez vu la parade, non ? Oui, oui… A très vite.

Il raccrocha et soupira juste après.

— C'est mon beau-père. Il a dû attraper le rhume des filles. Carmela dit qu'il se sentait en forme, lorsqu'ils sont partis, mais il a eu un léger malaise, après la parade… Ils seront à la maison dans une heure.

Il paraissait si désolé que Claire en eut mal pour lui.

— Tu veux rester dîner ?

— Cela pourrait être gênant, répondit Claire sur un ton aussi léger que possible. Mais puis-je passer sous la douche, avant de partir ?

— Mais bien sûr. Par ici, dit-il et, se levant, il se dirigea, nu, jusqu'à l'armoire pour chercher un peignoir qu'il lui tendit.

— Merci, chuchota-t-elle, subitement mal à l'aise, en s'en couvrant avant de quitter ce lit saturé de leurs odeurs, de leurs étreintes, d'Ethan, de son parfum à elle…

— Je suis désolé, dit-il tout en nouant la ceinture du peignoir.

Elle rit. Enfin, elle essaya.

— Pourquoi ? D'avoir des enfants ? D'être ce que tu es ? Oh ! et puis, ajouta-t-elle avant qu'il ne réponde, ce n'est pas comme si nous avions prémédité ça…

Elle tenta un autre rire, aussi raté que le premier.

— Je me réjouis en tout cas de ne pas être arrivée chez toi plus tard.

— Alors, euh, ça va ?

— Mais bien sûr que oui, voyons et… Mais que fais-tu ? s'exclama-t-elle.

— Je me rafraîchis la mémoire, répondit-il en rouvrant le peignoir pour la caresser, en forme et partant pour un nouveau round, comprit-elle, quand il se pressa contre elle pour lui donner un baiser. Qu'elle lui rendit avant de le dévisager.

Mais trois secondes plus tard, il était déjà loin, lui avait échappé. De retour dans sa réalité, où elle n'avait pas sa place…

Elle baissa les yeux, rendant grâce à l'obscurité, ainsi il ne pouvait voir ses larmes. Larmes de frustration, contre elle-même, sa propre bêtise. Pour avoir cru qu'elle pouvait faire ça sans qu'il y ait de répercussions. Lui revinrent à l'esprit ses propres paroles à l'intention de Juliet… Sauf que Claire avait fait un peu plus que laisser un garçon l'embrasser dans un placard à balais.

Ah bravo ! Pour ce qui était d'être libre de ses choix, pour se sentir comme une adulte, se comportant comme telle. Surtout, lorsqu'elle réalisa qu'Ethan défaisait le lit — encore nu, oh pitié — jetant les oreillers au sol, arrachant les draps. Non qu'elle ne comprenne pas toutes ces précautions, mais plus encore ce fut la symbolique qui lui fit froid dans le dos. Rien n'était arrivé. Jamais. Effacé.

— Prends ce qu'il te faut dans la salle de bains, dit-il. Tu trouveras des serviettes propres dans le placard.

— Entendu, merci.

Quelques minutes plus tard, elle était douchée et habillée, comme lavée de toute preuve de leurs étreintes, à l'image du lit, les cheveux encore mouillés quand Ethan, habillé, l'accompagna dans l'entrée.

— Tu ne devrais pas sortir les cheveux trempés comme ça, tu vas attraper froid, dit-il, avec une expression si torturée qu'elle faillit craquer.

— Mais non, ce sont des histoires de bonne femme, répondit-elle avec un haussement d'épaules, la main déjà sur la poignée de la porte.

Chien sur les talons, il s'approcha d'elle et prit son visage dans ses mains, déposa un baiser sur sa bouche, son front.

— Sois prudente sur la route, murmura-t-il, son corps chaud contre le sien, avant qu'elle se décide enfin à sortir.

A s'enfuir. Oh ! elle allait s'offrir un petit repas chinois, tiens ! Après tout, si ça lui chantait, rien ne l'en empêchait. Oh oui, l'indépendance était une invention merveilleuse.

Wally émit un miaulement plein de reproches quand elle ouvrit la porte de chez elle. Un rapide coup d'œil dans la cuisine et elle comprit. Gamelle vide.

— Oh ! s'il te plaît, tu ne vas quand même pas mourir

de faim, marmonna Claire en posant un sac plastique sur le comptoir. Sac d'où s'échappaient des arômes de gingembre et de friture. Un délice. Elle avait quasiment dévalisé le traiteur. Son chat bondit sur une chaise pour voir de plus près.

— Pfft, dit Claire en le chassant.

Elle avait oublié combien elle était affamée, après l'amour. Et à cette pensée, elle se sentit anéantie à la perspective de manger seule. Enfin, avec son chat…

Virgil répondit au premier coup de sonnette.

— Que se passe-t-il, princesse ?

— Vous avez dîné ?

— Oh ! mon ange, ça fait des heures. Comme tous les vieux messieurs…

— Ah, dommage. Parce que je crois avoir eu les yeux plus gros que le ventre, au chinois.

— Ah… ? Rouleaux de printemps ?

— Six.

— J'arrive.

Elle venait juste de mettre en sourdine des chants de Noël — elle, maso ? — que sa sonnette retentit, et Virgil apparut, toujours tiré à quatre épingles comme à son habitude, veste golf, nœud papillon, pantalon à pinces… Et chaussons aux pieds !

— Oh ! comme ça sent bon, dit-il avant de se figer, une main sur le cœur, devant son petit sapin en plastique. Et ce sapin, n'est-il pas mignon…

— Vous trouvez ? marmonna Claire en disposant les barquettes de chinois sur le comptoir. Les rouleaux de printemps sont là, servez-vous…

— Oh ! mon ange… Qu'est-ce qui ne va pas ?

Claire écarquilla les yeux.

— Pourquoi me demandez-vous ça ?

— Parce que je connais par cœur ce genre de regard et que je sais reconnaître un cœur brisé quand j'en vois un. Et je prendrais bien une tasse de thé avec ça, dit-il, un rouleau de printemps à la main. Si vous en avez…

Elle attrapa les sachets de thé dans le placard.

— Vous devriez aller voir l'ophtalmo, car vos yeux ne voient pas clair…

— Possible. Mais j'ai une ouïe irréprochable. Et vous mentez mal…

Une tasse remplie d'eau dans le micro-ondes, elle fit face au vieil homme, bras croisés.

— Personne ne m'a brisé le cœur, Virgil.

Et quand il sourit, elle soupira.

— Bon, peut-être aurais-je dû m'abstenir de me lancer dans une histoire, mais je savais qu'en faisant ça…

— Quoi, ça ?

Le micro-ondes bipa. Elle en sortit la tasse fumante, jeta un sachet de thé dedans.

— Bref. Voici le scénario… Après la mort de mon père, voir ma mère souffrir autant m'a rendue folle. Bien sûr, j'avais de la peine moi aussi, mais elle… Elle était totalement désemparée. Alors, je me suis fait le serment de ne jamais être aussi vulnérable…

Le chat bondit sur les genoux de Virgil qui le caressa.

— Oh. Pas étonnant que votre mariage ait sombré.

— Bon ça va, je sais, soupira-t-elle.

— Mais au fait, pourquoi vous êtes-vous mariée ?

— N'est-ce pas ce que font les jeunes femmes de vingt-six ans ? Et puis, j'aimais mon ex…

— Mais pas de tout votre cœur…

— Euh… Non, en effet.

— Vous comprenez comme c'était stupide. Et voué à l'échec.

— Aujourd'hui, je le comprends, oui.

— Ce qui, je présume, nous amène au problème de ce soir… ?

Elle prit deux assiettes en carton dans un autre placard, des couverts dans le tiroir en dessous et commença à faire le service.

— Je pensais sincèrement être insensible à ce genre de sentiments. Je me croyais immunisée contre… ce chaos…

— Une nouvelle fois, stupide.

Elle s'assit, piqua un morceau de poulet au gingembre avec le bout de sa fourchette.

— Une nouvelle fois, comme si je ne le savais pas. Oh ! c'est tellement nul…

— Ma chère, être amoureux n'est pas nul…

— Erreur, ça l'est quand l'autre pleure encore son épouse défunte.

— Aïe, dit Virgil en posant le chat par terre. En effet, c'est un problème.

Claire hocha doucement la tête.

— Sait-il ce que vous ressentez ?

— Comme s'il n'avait pas assez de soucis en tête pour s'occuper de… ça, répondit-elle avec un haussement d'épaules.

— Parce que vous l'aimez, bien sûr, dit Virgil avec douceur.

Un morceau de poulet resta bloqué dans la bouche de Claire. Elle avala une gorgée d'eau.

— Je vous ai parlé de ma mère. Il est dans le même état. Et en plus, il a des enfants.

— Des enfants ? répéta Virgil. Oh. Et combien ?

— Quatre, dit-elle, et le vieil homme eut un sifflement. Dont l'une est mon élève…

Elle soupira.

— Et ils sont tous adorables. Et, mon Dieu ! tellement craquants et bruyants… Et, jamais, je n'aurais pensé que ces petits puissent toucher aussi profondément mon cœur…

De nouveau, elle secoua la tête, avec plus de virulence cette fois.

— Quant à Ethan… C'est un père admirable. Bon, entêté parfois. Et surprotecteur, assurément. Mais gentil et drôle, à sa façon, et euh, oh…

— Pauvre trésor…

— Le problème, c'est qu'ils ont réussi à se reconstruire. A se faire tous ensemble une vie douce et agréable, douillette. Une vie dans laquelle je n'ai pas ma place.

— Qu'est-ce qui vous fait dire ça ?

Pour la première fois, un doute d'un nouveau genre s'immisça dans sa tête, même quand elle répondit :

— Parce que les enfants… Ils n'ont pas besoin d'un autre bouleversement dans leur existence. Même… Même si Ethan était prêt à essayer de… Et si ça ne marchait pas ? La petite dernière, elle n'a que six ans et…

Elle se tut, la gorge nouée.

Virgil mâchonna un moment.

— Dites-moi une chose… Quand vous passez une audition, le faites-vous en gardant vos distances, en ayant peur de passer pour une idiote ?

— Bien sûr que non ! répondit-elle, intriguée.

— Et au lycée ? Comment procédez-vous avec vos élèves ? En nivelant par le bas, de peur qu'ils ne comprennent pas ?

— Euh, non, mais…

— Dans ce cas… Vous êtes donc tombée amoureuse d'un homme avec quatre enfants, des enfants que vous reconnaissez aimer. Mais vous êtes prête à priver ces enfants d'une mère, et à refuser à leur père veuf une nouvelle chance de bonheur, tout ça parce que vous avez peur de ce qui pourrait arriver ? Cela ne ressemble pas à la Claire Jacobs que je connais. Une femme qui ne sait même pas ce qu'est l'égoïsme…

Claire écarquilla les yeux.

— Mais au contraire, je ne pense qu'à eux…

— Vraiment ? J'ai plutôt l'impression que vous cherchez à sauver vos petites fesses…

— Virgil !

— Oh ! vous ne voulez surtout pas souffrir comme a souffert votre mère. Je me souviens aussi que vous m'avez parlé de votre enfance, combien vous étiez timorée. Craintive. Surtout avec les garçons ? Si vous saviez, ma douce…

Il secoua la tête et soupira.

J'ai grandi dans le Sud, vous savez, dans les années 1950… Mais ne parlons pas de moi… Vous êtes la personne la plus généreuse que j'ai jamais connue. Et je connais beaucoup de monde…

— Mais…

— Et je pense à autre chose. Cet Ethan… Vous croyez qu'il ne serait pas prêt à tourner la page en échange d'un nouveau bonheur… ?

Après un moment, elle secoua la tête.

— Peut-être.

Virgil hocha doucement la tête et donna un morceau de poulet à Wally.

— Alors, peut-être mériterait-il de connaître vos sentiments, non ? Pour pouvoir au moins prendre une décision en connaissance de cause…

Elle soutint le regard du vieil homme de longues secondes, avant de détourner les yeux. Dehors, quelques flocons de neige égarés dansaient dans la nuit, tels des anges en goguette.

— Oui, reprit Virgil avec une voix douce. Il y a toujours un risque, quand on aime, de voir son cœur voler en éclats. Mais le jeu en vaut toujours la chandelle.

Quand elle reporta son regard sur Virgil, elle vit des larmes dans ses yeux, et derrière les larmes, une lueur. Celle du bonheur. Ainsi qu'une réelle sérénité, quand on avait fait de son mieux, donné de soi. Sans réserve.

Une révélation de saison, réalisa-t-elle, en cette période de don. Alors, manquant renverser son assiette, elle se pencha pour serrer son propriétaire dans ses bras.

— Joyeux Noël, Virgil, dit-elle et il sourit, avant de froncer les sourcils.

— Vous n'avez qu'un diamant à l'oreille, c'est normal ?

— Pardon ?

Elle porta une main à son oreille puis à l'autre. En effet, l'un des diamants, un cadeau de son père après le bac, avait disparu. Diamants qu'elle portait en arrivant chez Ethan. Où elle l'avait sans doute égaré. Et zut !

— Papa ?

En train de contempler le sapin illuminé, dans l'obscurité, Ethan tourna la tête à la voix de Juliet. Les autres étaient couchés depuis une heure déjà. Apparemment, sa fille n'avait pas sommeil.

— Oui, chérie ?

Elle s'assit sur le canapé à côté de lui… Une boucle d'oreille de Claire au creux de la main ?

— J'ai mis tes draps à sécher et j'ai trouvé ça, par terre.

Je sais que c'est à Claire parce qu'elle porte ces diamants aux oreilles tout le temps.

Il sentit son sang se glacer. Se solidifier même. Elle devait l'avoir perdu dans le lit et il était resté entre les draps… Il avait cru devenir fou devant les enfants, à faire comme si tout était normal. Parce qu'une chose était sûre, il désirait Claire comme il n'avait désiré qu'une seule femme avant elle. Une femme dont le souvenir, en dépit de cet intermède, était revenu le hanter aussitôt après. Mais à supposer qu'il parvienne à se détacher du passé, restait un petit problème. Car pour Claire, elle avait insisté là-dessus, il n'y aurait pas de suite à ce soir. Alors oui, il n'avait pas besoin ni envie maintenant de se voir passé au gril par sa fille…

Il réussit cependant à sourire et dit :

— Elle a dû la perdre quand elle est passée, un peu plus tôt. Pour déposer vos cadeaux…

— Ah. Et comment ç'a pu atterrir dans la buanderie ?

— Ah ça, aucune idée, répondit Ethan avec un haussement d'épaules. Elle a joué avec Barney…

Entendant son nom, le chien leva la tête.

— Peut-être que la boucle s'est prise dans ses poils et il l'aura emmenée là-bas…

Puis il ouvrit la main et Juliet laissa tomber le diamant à l'intérieur.

— Elle doit la chercher partout.

— Oui, sans doute, dit Juliet qui se leva pour aller s'agenouiller devant le sapin. C'est tellement gentil, ces cadeaux… Mais bon, Claire est une personne généreuse… Pas vrai ?

— Tout à fait, répondit Ethan, avec un nouvel assaut de désir, en lui.

Sa fille s'assit par terre, prit un paquet sur ses genoux.

— Elle t'a dit de quoi il s'agissait ?

— Non. Et c'est mieux comme ça, tu ne crois pas ?

Juliet lui sourit.

— Tu l'as invitée chez papi, pour le réveillon ?

— Comment ? Non. En fait, l'idée ne m'est pas venue, c'est une fête de famille et…

— Elle nous a fait des cadeaux, papa. Je pense que les

conditions requises sont remplies. Et non, je n'essaie pas de vous caser tous les deux, j'ai dépassé ça, aujourd'hui. Mais… Elle fait un peu partie de la famille maintenant, tu ne crois pas ?

— Oh oui, bien sûr, répondit Ethan, malgré ce poids sur sa poitrine. Tu veux que je lui demande si elle aimerait venir ?

— S'il te plaît…

A ce moment, son téléphone vibra :

As-tu trouvé ma boucle ?

— Tiens, dit-il à sa fille. Quand on parle du loup… Devine qui c'est…

— Super. Allez, demande-lui, dit Juliet qui se releva pour venir l'embrasser, avant d'appeler le chien et de monter, laissant Ethan face à l'écran de son téléphone.

Il pourrait lui envoyer à son tour un texto et en profiter pour l'inviter, ce serait le plus simple. Mais bon, primo, avec ses gros doigts, il avait du mal à pianoter sur ce ridicule clavier. Deuzio, après ce qu'ils avaient partagé, un texto serait… déplacé. Ce qui ne l'avait pas empêchée, elle, d'y recourir, mais bon… Stop.

— Oui, je l'ai retrouvée, dit-il avec calme quand elle répondit. En fait non, c'est Juliet. Sur le sol de la buanderie.

Un silence, puis :

— Aïe…

— J'ai tout mis sur le dos du chien, en disant que le diamant avait dû s'accrocher à son poil pendant que vous chahutiez, tous les deux.

Son rire lui alla en plein cœur, réveillant des souvenirs en lui.

— Oh ! tu es génial…

— Oui, c'est bien mon avis, dit-il et elle rit de nouveau.

— Tu es seul… ?

— Façon de parler. Les enfants sont couchés, je suis dans le salon.

— Ils se sont bien amusés, dans la grande ville ?

— Oui, j'ai l'impression, répondit Ethan en souriant.

— Comment va ton beau-père ?

— Il survivra. Ce n'est qu'un rhume. Carmela l'a d'ailleurs attrapé à son tour et bien plus sévèrement que lui. Bref…

voilà, papa organise pour les enfants un réveillon, la veille de Noël. Juliet a pensé que tu pourrais venir… ?

Un silence.

— Juliet a pensé.

— Tu leur as apporté des cadeaux, pour elle tu fais partie de la famille…

Il hésita.

— Je lui ai promis de te demander.

— Et toi… ? Tu serais d'accord ?

Ethan passa une main sur son visage et soupira.

— En réalité, je ne voudrais pas que cela donne lieu à trop d'espoir…

— Oui, oui, tu as raison… Bien, alors dis-lui… Que je suis déjà prise.

— C'est vrai ?

— Comme tu le dis souvent, les enfants n'ont pas besoin de toujours tout savoir…

Un nouveau silence, puis elle ajouta :

— Je ne veux pas paraître nunuche ou fleur bleue, mais cette nuit… C'était spécial. Particulier. Pour moi, en tout cas. Et ça vient d'une nana qui n'a jamais rien trouvé de spécial au sexe. Mais une nana qui sait aussi que ce genre de choses ne se reproduit pas deux fois et que pour rester amis, mieux vaudrait en rester là, non ?

C'était logique. D'autant qu'elle lui proposait ce dont tout homme rêvait. Pas d'engagement, pas d'attentes, juste quelques heures de plaisir qui avaient permis à Ethan de goûter à un aspect de la vie autre que ses enfants et le travail

Il devrait donc être soulagé. Se sentir libre. Mais au lieu de ça, il dit :

— Bien sûr. Mais pour information, sache seulement que ç'a été spécial, pour moi aussi. Particulier, ajouta-t-il avant de mettre fin à la communication, avec l'envie de jeter son téléphone contre le mur.

*
* *

— Espèce de dégonflée, remarqua Virgil derrière Claire, la faisant sursauter.

Elle avait oublié sa présence, son propriétaire nettoyant la cuisine pendant qu'elle était censée envoyer ce qui ne devait être qu'un simple texto.

Serrant son téléphone contre son cœur, elle fit face au vieil homme.

— Vous n'avez pas entendu le reste de la conversation, mon cher…

— C'était inutile, répondit celui-ci, un sac de restes de chinois à la main, en secouant la tête. Honnêtement, ma chère…

— Par pitié, ne me faites pas de grands discours en m'exhortant à me jeter dans la bataille pour mon homme, Virgil…

— Pas du tout. Parce que, tant que vous ne prendrez pas conscience que vous méritez de remporter la victoire, quel intérêt ?

Et sur ces paroles, il s'éclipsa, laissant Claire avec un réfrigérateur plein de nems et de canard laqué, un chat gavé de poulet au gingembre et un trou au lobe de son oreille désespérément vide.

Sans parler du trou dans son cœur, de la taille d'une galaxie.

— Mais il me reste au moins ma fierté, pas vrai, mon bon Wally ?

Ce sale matou ne fit même pas l'effort d'ouvrir un œil.

- 12 -

Juliet savait comme le réveillon de Noël comptait, pour son grand-père. Vraiment. Mais tandis que les adultes bavardaient tout en s'empiffrant et que les petits sautaient partout à l'approche du passage du Père Noël, elle s'ennuyait à mourir. Et puis, Scott lui manquait aussi, lui qui était parti chez ses grands-parents et qui ne reviendrait pas avant le nouvel an. Non, ils ne sortaient pas encore « officiellement » ensemble, mais ils se voyaient souvent, chez l'un ou chez l'autre, sous étroite surveillance parentale. Et dans l'immédiat, cela lui convenait. En fait, tous deux ainsi apprenaient à se connaître, en tant que personnes — comme des amis — sans cette pression à devoir faire des choses pour lesquelles, honnêtement, elle ne se sentait pas prête. Mais bon, il lui manquait, terriblement.

Ne se sentant pas le cœur à la fête, elle décida d'aller s'asseoir dans la véranda et l'obscurité, afin de bien se morfondre. Elle eut la surprise d'y découvrir son grand-père, assis dans son vieux rocking-chair.

— Oh ! pardon, je ne savais pas…

— Non, non… Viens donc tenir compagnie à un vieil homme…

Hésitant à désobéir — son grand-père l'intimidait, à vrai dire — elle obtempéra, prenant place sur un transat à côté de lui. Elle sentit son regard sur elle une ou deux secondes, puis il demanda.

— Comment se fait-il que tu ne sois pas avec les autres ?

Juliet haussa les épaules.

— Je ne sais pas. Je me sentais… décalée.

— Décalée…

— Oui, euh… Comme si je n'avais pas ma place. Parce que je suis la seule adolescente, je suppose… Et toi ? Après tout, c'est ton réveillon…

Grand-père rit doucement.

— Oh ! ça fait des années que ce n'est plus mon réveillon. Depuis… Depuis le départ de Jeannie. Mais je tiens à l'organiser quand même chaque année. Je n'aimerais pas que les gens me prennent pour un vieux monsieur grincheux et solitaire…

— C'est comme ça que tu te vois ?

— Non non, répondit son grand-père en riant. Enfin, à vrai dire, parfois… Mais le plus souvent, ça va plutôt bien. Même ces jours où ta grand-mère me manque tellement que je n'arrive même plus à réfléchir correctement. Comme pendant les vacances. Là, je perds un peu les pédales…

— Je crois que c'est pareil, pour papa, remarqua Juliet, plus pour elle-même que pour son grand-père. Avoir peur de perdre les pédales parce que maman lui manque tellement… Ne plus arriver à réfléchir correctement…

Elle entendit le fauteuil de son grand-père grincer quand il changea de position.

— Qu'entends-tu par-là ?

— Oh ! je… Rien, rien. Je n'aurais pas dû dire ça…

— C'est tout le contraire, je pense que tu dois m'expliquer, car je vois bien que cela te pèse… Et c'est un ordre, mademoiselle.

Elle sourit, son grand-père se montrait parfois grognon, mais avec son père, il était le seul en qui elle avait une confiance absolue.

— D'accord, soupira-t-elle. Il y a quelques mois, je m'étais mis en tête de tenter de rapprocher papa et Mlle Jacobs, mais je crois que l'idée t'a effleuré, non ?

— En effet. Continue…

— Bref… Tous deux m'ont gentiment conseillé de me mêler de mes affaires. Ce qui était leur droit, je n'ai rien à dire là-dessus. Et j'ai arrêté, je le jure. Mais alors, c'est comme si le destin avait décidé de prendre le relais pour tenter de les mettre ensemble… Oh ! je peux me tromper, bien sûr, mais aujourd'hui, j'ai vraiment l'impression qu'ils éprouvent quelque chose l'un pour l'autre, mais seulement, aucun des deux n'est prêt à l'admettre.

— Vraiment ?

— Parfaitement. Alors maintenant, rien ne va plus, tu vois… C'est même pire qu'avant. Oh je sais, ce n'est pas mon problème. Peut-être même que le problème est insoluble. N'empêche, ça me rend triste. Et être triste, la veille de Noël…

— Ah, tu es là, dit à ce moment son père, à la porte, bébé Jonny dans les bras.

Juliet rougit — avait-il entendu ? Mais il se contenta de dire :

— Les autres veulent aller chanter des chants de Noël, dans le quartier. Tu veux les accompagner ?

— Tu plaisantes ? On n'a jamais fait ce genre de truc…

— Oui, eh bien, tes deux nouvelles tantes ont décidé de remédier à cette lacune. Mais comme tu es la seule dans la famille à savoir vraiment chanter, ils ont besoin de toi. Alors ?

Le premier réflexe de Juliet fut de répondre « pas question ». Puis elle se dit, après tout, aller chanter de maison en maison, comme ça en cette soirée particulière, pourquoi pas ? L'occasion peut-être de retrouver cette magie qui lui manquait tant.

— Alors d'accord, dit-elle en se levant. Ça peut être marrant. Tu viens aussi, papa ?

— Non, je vais m'occuper de Jonny, mais vas-y, toi, ils t'attendent. Et amuse-toi bien, ajouta-t-il en caressant ses cheveux, son sourire ne parvenant pas à masquer la tristesse dans sa voix.

Et tandis que tout le monde enfilait manteaux, chaussures et gants, elle pria en silence pour que son père retrouve un peu de magie, lui aussi. De la façon qu'il plairait à Dieu, ou à qui que ce soit d'autre, car pour sa part, elle jetait l'éponge, n'ayant aucune idée de la façon de s'y prendre.

— Non, assieds-toi, dit son père quand Ethan fit mine de s'esquiver. Et passe-moi cette crevette…

— Il est presque endormi.

— Je ne le réveillerai pas.

Ethan déposa avec précaution le bébé dans les bras de son père et aussitôt, Jonny roucoula et sourit, avant de se rendormir.

— J'ai eu si rarement l'occasion de tenir l'un de vous, comme ça, murmura le colonel, en installant confortablement le bébé contre son torse. Abby, oui. Vous autres étiez plus âgés, quand nous vous avons eus. Alors oui, je suis en manque de petits-enfants.

Il se tut, avant d'ajouter, tout en contemplant le bébé :

— Ah, ces vacances de Noël, terrible, pas vrai ?

Après un moment, Ethan hocha la tête.

— Oui, plutôt.

— Tu n'as jamais songé à te remarier ?

Ethan laissa échapper un rire bref.

— Bien, comme à ton habitude, on attaque direct.

— Tu as raison, je suis bien trop vieux pour perdre mon temps en préambules. Alors ?

En dépit de tous ses efforts, il fut assailli d'images de Claire, du rire de Claire, du corps de Claire.

— Non.

— Pour quelle raison ?

— Par où veux-tu que je commence ? soupira Ethan. Eh bien, d'abord, il a fallu beaucoup de temps avant que l'existence retrouve un cours à peu près normal, surtout pour les enfants. Mais à côté de ça… Je ne peux tout simplement pas remplacer Merri. Elle faisait trop partie de ma vie, de moi, depuis trop longtemps. Tu comprends ? Après tout, tu ne t'es jamais remarié, toi non plus.

Cette remarque lui valut un regard noir, comme Ethan n'en avait plus reçu depuis son adolescence.

— Tu sais, je ne vais pas te mentir, il y a une vingtaine d'années, quand tu nous as annoncé que tu avais décidé d'entrer dans les Marines au lieu de poursuivre des études et une carrière de footballeur, cela m'a rempli de fierté. Puis j'ai pris conscience que tu faisais ce choix pour les mauvaises raisons. Pour me faire plaisir à moi, au lieu d'être en accord avec toi-même…

Se demandant où son père voulait en venir, il se rembrunit.

— C'est faux…

— Bien sûr que non. Car j'ai bien vu sur ton visage, lorsque tu es rentré, blessé, et que l'on a compris que tu ne pourrais plus jamais jouer, que tes rêves étaient aussi brisés que ton genou. Que tu t'étais en réalité sacrifié. Pour quoi. Mon approbation ? Ma bénédiction ? C'est ta mère qui m'a tenu ce discours, après ton départ en Afghanistan, mais à l'époque, j'ai refusé de la croire. Puis Merri est tombée enceinte et tu l'as épousée. Et je sais que tu l'aimais, vraiment, mais bon sang, tu n'avais que vingt-deux ans. Et tu as fait ce que tu pensais devoir faire. Comme toujours. En faisant passer les besoins des autres avant les tiens.

— Et alors, c'est un défaut ? Maman et toi nous avez toujours appris à ne pas penser qu'à nous, à faire ce qui était juste…

— Ce qui ne veut pas dire t'exclure de l'équation. Parce que, plus tu agis ainsi, plus tu risques non seulement de te retrouver seul et malheureux, mais aussi de faire de la peine à tous ces gens pour lesquels tu te sacrifies. Et crois-moi, je sais de quoi je parle…

Jonny couina dans son sommeil, avant de se calmer. Le colonel regarda le bébé en souriant.

— Je me sentais exactement comme toi, après le décès de ta mère. J'étais convaincu d'avoir passé mon tour. Que le mieux que je pouvais faire, c'était de m'adapter désormais à ma nouvelle vie. Et Abby n'avait que quinze ans, le même âge que Juliet aujourd'hui. Je n'allais pas risquer de la bouleverser encore plus. Sauf…

Il se tourna vers Ethan.

— Environ un an plus tard, cette femme m'a contacté. L'épouse d'un ancien camarade. Il venait de décéder. Une femme merveilleuse…, soupira-t-il en secouant la tête. On a commencé à s'écrire. C'était super, puis j'ai senti que quelque chose était en train de naître entre nous et je n'étais pas certain de pouvoir l'assumer. Ni de le vouloir. Alors je me suis servi d'Abby comme prétexte et nous avons coupé tout contact…

Stupéfait, Ethan observa son père.

— Je l'ignorais.

— Personne n'en a jamais rien su. Tu es le seul, aujourd'hui.

Voilà, bref. Puis avec le temps, j'ai reconsidéré la chose et quand je suis revenu vers Marie, elle était engagée avec quelqu'un d'autre. Mariée depuis moins d'un an, en fait. Tu n'imagines pas le nombre de fois où je me suis reproché d'avoir laissé passer cette opportunité. D'avoir eu peur, peur d'être heureux en réalité…

— Mais… Abby…

— Marie aurait été une chance, pour elle aussi. Mais j'étais bien trop entêté — et désespéré, aussi — pour comprendre ça. Tout ce que je me disais, c'était non, je refuse de souffrir autant encore une fois. Je refuse de prendre ce risque…

Il hocha doucement la tête.

— Mais je suis sûr que cela te rappelle quelque chose…

Ethan soutint le regard de son père un moment.

— Possible, finit-il par marmonner.

— Bien sûr, je ne te dis pas de courir te marier dès demain. Mais tu dois arrêter de laisser tout un tas de mensonges et d'alibis empêcher la possibilité que quelque chose de bien t'arrive. Pour toi comme pour les enfants. Bien sûr, tu as fait tout ce qui était en ton pouvoir pour remettre leur vie sur les rails, comme n'importe quel parent digne de ce nom… Mais aujourd'hui, le seul à ne pas être sur la bonne voie, c'est toi. Ce que tout le monde peut voir, surtout tes enfants. Et si tu les aimes, ce dont je ne doute pas, ton devoir est de trouver le moyen d'arranger ça au plus vite. Tu m'entends ?

— Oui, soupira Ethan après un moment, en réfléchissant aux paroles de son père. Je t'entends.

Le bébé se nicha un peu plus entre les bras du colonel qui reprit dans un murmure :

— Alors fais ce que tu as à faire. Parce que les filles comme Claire ne courent pas les rues, mon garçon. Et elle ne va pas attendre jusqu'au déluge que tu retrouves tes esprits…

— Qu'est-ce qui te fait penser que… ?

Lorsque son père rit, il renonça à feindre l'incompréhension.

— Bon, oui… Mais…

Il se leva, se passa une main dans les cheveux.

— Qui me dit qu'elle acceptera de…

Il sentit son cœur se serrer…

— Si elle aspire à autre chose. A plus que ce que je peux lui offrir ?

— Tu penses à ses projets de carrière ?

— Oui.

— Cette petite aurait pu repartir à New York, après le décès de sa mère, or, elle n'en a rien fait. Qu'en déduis-tu ?

— Aucune idée…

— Dans ce cas, creuse-toi un peu la tête. Trouve la réponse à cette question…

Il regarda un long moment son père, avant de s'éclipser, puis il récupéra sa veste et sortit dans l'air froid qui lui rafraîchit le visage. Au loin, il entendit des chants, sa famille de dingues, supposa-t-il, en train d'importuner le voisinage… Après un soupir, il s'assit sur les marches du perron et se gratta consciencieusement le crâne avant de joindre les mains entre les genoux. Au-dessus de sa tête, les nuages se bousculaient, occultant les rares étoiles. A cause du froid, il enfouit les mains dans ses poches, où il sentit la boucle de Claire, à l'abri dans un petit sachet plastique. Pourquoi l'avoir mise là ? Mystère. A moins que… Pour pouvoir toucher quelque chose lui appartenant, peut-être. Jusqu'à ce qu'elle le récupère, bien sûr.

Il sortit le diamant de sa poche, le regarda scintiller à la lumière des deux lanternes derrière lui. Telle une étoile. Comme cet ange, Clarence, c'est ça, dans… *La Vie est belle*, minuscule étoile dans l'immense galaxie de l'éternité… Avec un rôle majeur à jouer. Démontrer à un homme que la vie derrière les apparences est pleine de richesses.

Qu'il ne fallait jamais cessé d'espérer. Jamais renoncer.

Après un autre soupir, il déposa un baiser sur le petit sachet plastique, les yeux brûlants au contact du diamant entre ses lèvres. Parce que Claire était son ange. Le sien et celui de ses enfants, descendue leur offrir une magie à laquelle il ne croyait même plus avoir droit. Dire qu'avant, il n'avait jamais peur de prendre des risques — ni comme footballeur, ni comme Marine, ni quand il avait fondé une famille, à un âge où la plupart des gars fuyaient cette idée comme la lèpre. Alors, cette histoire de vouloir protéger tous et tout ce qui évoluait dans son orbite, y compris lui-même, comme pour écrire soi-même le grand scénario de la vie, était non seulement irréaliste, mais stupide. Et plus que tout, ça n'était pas lui.

Il inspira profondément, sortit son téléphone de la poche et chercha dans ses contacts le numéro de Claire, juste au moment où la tribu tourna au coin de la rue. Une dizaine de voix, des rires, occasionnellement interrompus par les joyeux aboiements des chiens de Matt et de Tyler. Il se releva, glissa téléphone et boucle d'oreille dans sa poche, et sourit en sentant les flocons effleurer ses joues. A l'approche du groupe, Juliet s'en détacha pour courir vers lui. Même dans la pénombre, il vit ses yeux brillants, la rougeur de ses joues… Et son sourire.

— Regarde qui nous avons rencontré !

Il regarda derrière elle. Claire se trouvait avec les autres, tenant Bella par la main, l'autre bras passé au creux de celui d'un homme d'un certain âge. Devant eux, les garçons bondissaient tout en jacassant. Elle rit à une remarque d'Harry.

Ne fais pas l'idiot, chéri, entendit-il alors Merri chuchoter, aussi clair que de l'eau de roche. Et ce fut à cet instant que le regard de Claire croisa le sien. Elle sourit, et il sourit en retour, le cœur aussi bondissant que les garçons eux-mêmes, frais et dispos pour aller sur-le-champ décrocher la lune pour sa belle. Quant à ces histoires de scénario et de peur et tout le reste, aux oubliettes !

A l'expression d'Ethan, Claire sentit son cœur s'emballer, au bord de l'implosion. Les autres disparurent dans la maison, y compris Virgil, que Dieu le bénisse, laissant Claire et Ethan seuls sous la neige. Et avant qu'elle puisse dire quoi que ce fût, sa bouche se posa sur la sienne, chaude, souple et sublime, comme un baiser de clap de fin dans un film. Sauf que c'était la vraie vie et qu'elle ne rêvait pas. Même si elle n'osait y croire…

— Tu ne me demandes même pas pourquoi je suis ici ? chuchota-t-elle, quand il arracha ses lèvres aux siennes.

Il sourit.

— Je sais exactement pourquoi tu es là, dit-il en enlevant

un flocon sur le bout de son nez. Tu es là parce que c'est là qu'est ta place…

Puis il l'enlaça et la serra contre lui.

— Mais ça ne m'empêche pas de me demander comment cela a pu arriver.

Elle sourit, posa les mains sur son torse.

— J'étais en train de faire un puzzle avec mon propriétaire, Virgil, tu l'as aperçu, avec un chapeau de Noël… Bref, nous étions dans son salon quand ta famille a débarqué devant la maison et s'est mise à chanter à tue-tête. Virgil m'a alors traînée dehors, quand Juliet m'a vue, elle a poussé un cri, et ensuite, Virgil et moi avons été priés de nous joindre à cette joyeuse troupe, dit-elle, les yeux rieurs, avant d'ajouter : Il m'a semblé normal que je n'abandonne pas mon propriétaire, à son âge tu vois, pour veiller sur lui…

— Et c'est la raison pour laquelle…, dit Ethan en l'étreignant, son souffle chaud sur sa joue, nous avons besoin de toi. J'ai besoin de toi.

Il prit son visage entre ses mains et elle retint son souffle.

— La raison pour laquelle je t'aime.

Elle fut prise de vertige, en oubliant de respirer soudain.

— Comment ?

— Je sais. C'est dingue. Surtout après tout ce que tu as dit, que tu ne finirais sans doute pas tes jours à Maple River…

— Oh ! Ethan, je…

— Non, laisse-moi finir. Ensuite, tu feras ce que tu veux. Mais…

Il posa son front contre le sien.

— Mais même si tu cherches à me dissuader, en prétendant que ce qui s'est passé l'autre soir ne se reproduira pas…

Il plongea ses yeux dans les siens.

— Ce moment… Il a déverrouillé quelque chose en moi que je croyais fermé pour de bon et à jamais. Quelque chose contre lequel je lutte depuis des semaines…

Elle vit ses yeux briller, sa propre vue se brouilla.

— Je ne voulais pas tomber amoureux de nouveau. Je ne pensais même pas en être capable. Ni en avoir le droit. Puis tu as croisé mon chemin, et tout a changé, dit-il et elle laissa échapper un éclat de rire. Et pour ce cadeau, je t'aimerai toujours. Même si en retour tu ne m'aimes pas…

— Oh ! mon chéri…

De sa main gantée, elle lui caressa le visage, ce visage tant aimé.

— Je t'aime, moi aussi…

Il chancela.

— Tu… C'est vrai ?

— Oui ! Parce que, je ne le voulais pas, moi non plus. Mon Dieu, je ne l'avais même pas réalisé. Oh ! tu sais, j'ai tant souffert lorsque mon père est décédé. Et voir ma mère…

Elle soupira.

— Puis tu as croisé mon chemin et… je t'ai menti. Virgil m'a botté les fesses pour que je le suive, tout à l'heure. Mais même s'il ne l'avait pas fait, j'avais déjà le téléphone à la main quand ta famille est apparue… Car j'ai fini par comprendre une chose. Que ma mère me passerait un sacré savon si elle voyait sa fille se comporter comme une mauviette. Oui, ce qu'elle et mon père ont vécu était si doux si merveilleux si génial… Pourquoi devrais-je me priver à mon tour d'un tel bonheur ? Ou passer à côté de la chance d'un tel bonheur…

Les yeux d'Ethan scintillèrent, puis il dit, avec calme.

— Quant à moi, j'ai réalisé que cette… demi-vie qui était la mienne… ce n'est pas ce que Merri aurait voulu pour moi. Ou pour les enfants…

Il serra les dents, puis soupira.

— Désolé, je…

— Ethan… Ce que tu as partagé avec Merri… C'est une part énorme de ce qui fait que je t'aime. Et aussi…

Elle reprit son souffle…

— Et c'est aussi pourquoi je me sens si chanceuse, si honorée. Et les enfants… Si tu savais comme je les aime. Je ne sais absolument pas comment m'y prendre avec eux, mais je suis dingue d'eux…

— Eh bien, dingue devrait suffire, dit-il, et elle rit. Mais…

Il caressa sa joue, avec tant de douceur qu'elle eut envie de pleurer. Encore.

— Les enfants… C'est une activité vingt-quatre heures

sur vingt-quatre. Et pour préserver ton espace privé, ne pas être envahie…

— Je me fiche de mon espace privé, du moment qu'il est envahi par les bonnes personnes… Par ceux que j'aime. Là, ce n'est plus de l'invasion, c'est une vraie chaleur douillette.

A ces mots, il rit. Pas un rire superficiel, ni tendu, mais un vrai rire comme elle n'en avait jamais entendu de la bouche de cet homme. Et ce fut le plus beau son qu'elle ait jamais écouté de sa vie. Elle soupira, pleurant en même temps. De joie. De soulagement.

— Je n'imaginais pas en revenant dans cette ville que je trouverais l'amour et un foyer…, chuchota-t-elle.

Ethan la berça en silence un moment, puis il embrassa ses cheveux.

— Mais… Tes projets ?

— De renvoyer Meryl Streep dans l'anonymat ?

Elle sourit et le regarda.

— Oui, le théâtre est important, dans ma vie, mais le théâtre n'est pas toute ma vie. Et puis, il y a plein d'opportunités, ici, pour monter sur scène. Mais dans l'immédiat…

Elle inspira une nouvelle fois, ordonnant à son cœur d'arrêter de battre si fort, comme ça.

— Je pense plutôt consacrer tout mon temps et toute mon énergie à apprendre à devenir une maman.

De nouveau, il prit son visage dans ses mains.

— Et ma femme ? murmura-t-il, et elle sentit son cœur cette fois bondir de joie et rire, rire…

— Tu parles… sérieusement ? demanda-t-elle, tremblante.

— Je n'ai prononcé ce mot qu'avec une seule autre femme, dit-il doucement. Mais uniquement si c'est ce que tu veux, toi. Dans quelque temps, peut-être…

— Oui, chuchota-t-elle. Je veux t'épouser. Le plus vite possible… Et je voudrais aussi que tu m'embrasses encore…

— A vos ordres, répondit-il, et il obtempéra.

Pour un baiser digne d'entrer dans le Guinness. Puis, prenant sa main, il sortit un petit sachet de sa poche.

— C'est le seul diamant que j'ai sur moi. En plus, il est à toi, alors je ne sais pas si ça compte, mais…

Il sortit la boucle du sachet et le diamant brilla de mille feux à la lumière du porche.

— On dit que, lorsque l'on oublie quelque chose dans la maison de quelqu'un, c'est que l'on veut y revenir. Je crois beaucoup à ce genre de signes…

— Cette boucle d'oreille, selon moi, a un pouvoir… magique…

— C'est aussi mon avis, dit-il en souriant.

— Mais, les autres… Ils vont penser que nous avons perdu la tête, dit-elle en riant.

— Sans doute, dit-il avant de l'enlacer pour lui donner un autre baiser, tout en glissant la boucle d'oreille dans la poche arrière du jean de Claire. Et de l'y maintenir fermement.

Epilogue

Le matin de Noël.

Ethan sourit à Juliet, juste avant qu'elle plonge sur le canapé, manquant renverser son café.

— Oh ! pardon !

Il rit et posa sa tasse sur la table basse, puis il glissa son bras autour de ses épaules et elle se blottit contre lui, encore en pyjama, sentant ce parfum que Claire lui avait offert, lors de leur shopping soldes. Sur la chaîne stéréo passait *Le Messie*. Cette musique qu'il n'avait pas écoutée depuis plus de trois ans.

Serrant Juliet contre lui, il déposa un baiser sur son front.

— Heureuse ?

— Tu n'imagines pas…

Elle lui sourit, si fort qu'elle en eut mal aux joues. Lorsque Claire et lui étaient rentrés chez grand-père la veille, pour annoncer qu'ils étaient en couple, elle avait cru exploser de bonheur. Le reste de la famille ne s'était pas privée d'exprimer sa joie, surtout le colonel, qui les avait serrés dans ses bras un long moment.

— Et je ne parle pas que des cadeaux…

— J'avais compris, répondit Ethan, qui soudain éclata de rire, en regardant Barney courir au milieu des papiers cadeau après le chat de Claire.

Juliet à son tour rit, en dépit des larmes au bord de ses yeux… Surtout lorsque Claire, assise par terre, Bella accrochée tel un petit ouistiti sur son dos, se tourna vers elle avec un sourire plein d'affection. De compréhension. Ethan avait plus ri ce matin qu'en ces trois dernières années.

A cette pensée, Juliet étouffa un rire. Après avoir récupéré Wally, Claire était venue à la maison et avait passé la nuit dans le lit jumeau de la chambre de Juliet. Où elle se trouvait encore au matin. Sauf que, lorsque Juliet s'était réveillée vers 2 heures, l'autre lit était vide. Il ne fallait pas être très futé pour comprendre où elle était passée. Mais si son père et elle préféraient que ça se passe comme ça, pour l'instant…

Chaussée des nouvelles pantoufles que Claire lui avait offertes, Bella se lança à quatre pattes à la poursuite du chat, son nouvel ami. Mais le matou préféra aller s'installer près des garçons, sur le tapis, en train de jouer au Lego. Wally bondit dans le fauteuil et se mit à ronronner, l'air content de lui. Comme heureux d'être à la maison. Quant à Claire… chaque fois qu'elle regardait Ethan, autant dire toutes les deux secondes, elle souriait, apparemment heureuse elle aussi d'être à la maison.

En fait, tout se passait comme si tout était plus lumineux. Comme si, oui, réalisa Juliet tout en se levant pour aller préparer le petit déjeuner, la lumière était revenue. La magie.

Sauf que, lorsqu'elle regarda dans le salon, depuis la cuisine, et vit Claire blottie contre son père sur le canapé, son bras autour de ses épaules, et elle sa main sur son genou, tous deux n'en finissant pas de se regarder avec des yeux ronds… Et puis les garçons se hurlant dessus, le chien cavalant de nouveau après le chat et qu'elle entendit, par-dessus tout ce vacarme, les rires de son père et de Claire… Alors Juliet, tout en commençant à préparer les pancakes, se dit que ce matin était un million de fois mieux que de la magie. Parce que c'était la vraie vie et que la magie, c'était le bonheur.

KAREN TEMPLETON

Pour t'aimer encore

Passions

HARLEQUIN

Titre original : MEANT-TO-BE MOM

Traduction française de FRANCINE SIRVEN

83-85, boulevard Vincent-Auriol, 75646 PARIS CEDEX 13.
Service Lectrices — Tél. : 01 45 82 47 47
www.harlequin.fr

- 1 -

— Papa ! Pa-pa !

Au bord de l'épuisement, après une heure de courses flanqué de ses deux ados, Cole Rayburn se tourna vers sa fille de douze ans, frigorifiée dans son débardeur et son combishort, au beau milieu du rayon des surgelés, ses longs cheveux blonds recouvrant, telle une cape, ses épaules dénudées. Cole lui avait pourtant conseillé de prendre un sweat. Avec un temps de retard, il décela comme une note d'angoisse dans sa voix.

— Qu'y a-t-il, Brooke chérie ?

— Le monsieur, là-bas…, chuchota-t-elle en s'accrochant un peu plus à son bras.

Geste répété cent fois, au cours de la semaine passée, comme si elle craignait qu'il disparaisse si elle venait à le lâcher. Gratifiant et terrifiant à la fois.

— Non, celui devant les pommes. Avec les cheveux blancs. Il n'arrête pas de nous regarder. Comme s'il nous connaissait ou un truc comme ça…

Quelques mètres plus loin, Wesley, son frère, cheveux noirs, dos voûté, bavait presque d'envie devant une pyramide de cannettes de soda. D'un regard, Cole opposa un non ferme mais silencieux aux prières de son fils, puis, ignorant la pointe de culpabilité qui le saisit, tourna la tête du côté indiqué par Brooke.

En un instant, il se retrouva projeté dans le passé. A l'époque de son adolescence.

Bien sûr, il s'attendait à tomber sur l'un des membres de la famille dans laquelle il avait pour ainsi dire grandi. Mais pas déjà. Il ne pensait pas non plus que ces retrouvailles déclencheraient en lui, après tout ce temps, des sentiments aussi confus.

Il ne savait pas plus si l'homme — que tout le monde appelait le colonel — l'accueillerait à bras ouverts… ou, en le voyant, serait saisi par la colère.

— Cole ? demanda Preston en s'approchant, sourire aux lèvres. Cole Rayburn ?

— Oui, monsieur, répondit Cole, en souriant à son tour, en dépit des souvenirs.

Plus de vingt ans plus tôt, Sabrina Noble l'avait ramené chez eux, lui le chien errant tout efflanqué. Le colonel le dépassait toujours d'une tête — en fait, du haut de ses un mètre quatre-vingt-dix, il dominait la plupart des gens. Cole ne s'étonna pas que le vieil homme ne l'ait pas reconnu tout de suite. Ils étaient nombreux, ces derniers temps.

Ils se retrouvèrent face à face, ou plutôt Caddy contre Caddy. A la différence de Cole, le patriarche du clan Noble n'avait pas beaucoup changé. A un peu plus de soixante-dix ans maintenant, l'officier retraité de l'armée de l'air n'avait rien perdu de sa superbe. Ni de cette autorité naturelle qui avait réussi à maintenir dans le droit chemin la meute d'enfants sous sa responsabilité. Les épaules restaient carrées, le port de tête fier et déterminé, le regard plus droit que jamais. A une différence près, le remarqua Cole : dans ses yeux toujours aussi bleus ne brillait plus cette flamme qu'il lui connaissait autrefois.

Autre chose. Il ne se rappelait pas avoir jamais vu Preston faire ses courses. C'était le domaine de Jeanne.

Le colonel lui serra la main, une poigne ferme. Sincère. Tout était pardonné ? Oublié ? Ou tout simplement ignoré ? Sabrina avait-elle dit quelque chose, ou pas ? Pour expliquer…

— J'ai d'abord hésité, dit Preston. Au début, je n'étais pas certain que ça soit toi. Mais que fais-tu donc ici, mon garçon ? Je te pensais parti du New Jersey depuis des années.

— Je suis à Maple River pour l'été, répondit Cole en souriant. Pour veiller sur la maison de mes parents, pendant leur absence…

Il sourit à Brooke qui fronçait si fort les sourcils qu'il dut faire un effort pour ne pas éclater de rire.

— Voici ma fille, Brooke. Et ce jeune homme…

Il fit signe à Wesley d'approcher, dont la curiosité, du moins dans l'immédiat, surpassa la rancœur à propos des sodas…

— C'est mon fils, Wesley. Les enfants, je vous présente Preston Noble. J'ai passé pas mal de temps chez lui, quand j'avais votre âge.

Parce que j'étais fou amoureux de votre fille, monsieur.

A propos, comment va Sabrina ?

Derrière ses lunettes, le colonel se ferma, comme s'il lisait dans ses pensées. Ce qui n'aurait pas été une surprise. Autrefois, cela les impressionnait tous, cette capacité étrange qu'avait Preston à voir très exactement ce qui se passait dans leur petite tête tout en les dissuadant, avec ce seul regard, de commettre une bêtise.

Enfin, la plupart du temps.

Ses enfants serrèrent poliment la main du vieil homme, Brooke en retrait, comme le ferait une enfant craintive. Pas étonnant, songea Cole, compte tenu des récents événements.

Et, l'espace d'une seconde, le colonel en parut contrarié. Il se mit aussitôt à raconter avec entrain aux enfants une anecdote, la fois où Cole s'était mis en tête de réparer un appareil électrique dans la cuisine des Noble. Cette cuisine où Jeanne Noble régnait, elle qui connaissait mieux que sa propre mère ses préférences alimentaires. Et il vit ses enfants, encore traumatisés, commencer à se dégeler grâce à la chaleur et la vivacité de la voix du vieil homme. Cole se souvint alors n'avoir jamais vu le colonel s'adresser avec condescendance à un enfant et comment, au contraire, il les traitait tous comme des êtres doués d'intelligence et non des sous-humains. Et comme Cole jadis, ses enfants à leur tour tombèrent sous le charme.

Puis le regard du vieil homme croisa le sien.

— Vous devriez passer à la maison, tous les trois. On sera mieux pour parler qu'au rayon surgelés…, dit-il, une pointe de mélancolie dans la voix.

— Oh ! Hmm, je…

— Pourquoi pas cet après-midi ? Si vous n'avez rien de mieux à faire, bien sûr. Les rosiers de Jeanne sont superbes, cette année, avec toute cette pluie. Elle aurait été aux anges. Tu te rappelles, j'en suis sûr, comme elle aimait ses roses…

Aimait. Au passé ?

Cole sentit son cœur se serrer. Telle était donc la raison de ce regard un peu perdu. Eteint. La raison de sa présence au supermarché.

— Je suis désolé, je ne savais pas.

— Forcément. Ça fait huit ans aujourd'hui…

— Mais tu vis encore à la maison ?

— Pour l'instant, oui. Parce que maintenant que tout le monde a sa vie…

Preston reporta son attention sur les enfants, en grande discussion devant les raisins.

— Ce garçon te ressemble comme deux gouttes d'eau…

— Une vingtaine de kilos en moins…

De nouveau, le vieil homme se tourna vers lui.

— Tu avais déjà perdu beaucoup de poids, en terminale…, se souvint-il en riant. Tu as grandi d'un coup, quinze centimètres en quelques mois. Jeannie disait que tu n'en étais même pas conscient. De ta métamorphose.

Cole se sentit rougir.

— Oh ! je… Non. C'est possible.

Le colonel hocha la tête, semblant préférer garder pour lui ce à quoi il venait de penser, puis il reporta son regard sur les enfants, toujours en train de caqueter.

— Ce n'est pas comme si je ne voyais pas les autres régulièrement, ils habitent tous dans le coin. Enfin, excepté Sabrina, qui vit à New York. En réalité, on ne la voit que pour les mariages. Et les naissances. Ce n'est pas ce qui manque, les bébés. Mais bon. Ce n'est plus comme avant, quand la maison était pleine de monde…

Il se tut, soupira.

— Cette bicoque est bien trop grande pour moi, maintenant. Trop silencieuse.

La mélancolie dans la voix du vieil homme fit à Cole l'effet d'un coup de poignard. En partie, parce qu'il doutait que Preston lui-même en ait conscience, car cet homme était tout sauf manipulateur. Exigeant et strict peut-être, songea-t-il avec un sourire, mais pas le genre à jouer sur la corde sensible. Et puis, en l'absence de ses propres parents — qui d'ailleurs n'avaient jamais été des grands-parents très câlins — et les parents d'Erin étant décédés, quel mal pourrait-il y avoir à laisser le colonel jouer au grand-père quelques heures ?

De plus, l'idée de revoir la maison ne lui déplaisait pas. Au moins pour une raison : tenter d'effacer un souvenir ou deux de sa mémoire.

— Nous dînons chez ma sœur, ce soir, dit-il. Mais on pourrait passer te voir cet après-midi.

— Ce serait super, répondit le colonel, radieux. Vers 14 heures ?

— Aucun souci.

Le vieil homme lui donna une petite claque sur l'épaule, avant de s'éloigner avec son Caddy. Cole le suivit des yeux, avant de gagner le rayon légumes, indifférent aux grimaces des enfants quand il jeta son dévolu sur un sachet de brocolis.

— C'est bon pour la santé, dit-il. Et au fait, on ira rendre visite au colonel, cet après-midi.

— Pourquoi ? demanda Wesley, suspicieux.

— Parce qu'il nous a invités. Et puis, je suis curieux de revoir la maison.

Curieux, oui. On va le dire comme ça…

— L'un de ses enfants…

A sa surprise, quelque chose se logea en travers de sa gorge. Il toussota, avant de terminer :

— Bref, on était très amis tous les deux, dès l'école élémentaire et au lycée encore…

— Il s'appelait comment ?

Il jeta un paquet de poivrons multicolores dans le Caddie. Ainsi qu'un bouquet d'asperges, étranglées par un élastique.

— Elle. Sabrina, rectifia-t-il.

— Tu étais très ami avec… une fille ?

— Tout à fait.

Wesley secoua la tête, Brooke de son côté se hissant à moitié sur le chariot, entravant la progression de Cole.

— Comment ça se fait que tu ne nous en aies jamais parlé ?

— Je suis certain de l'avoir fait.

— Pas une fois. Je m'en souviendrais. Alors, comment ça se fait ?

Tiens, des choux de Bruxelles, pourquoi pas ?

— Sans doute, parce que je ne l'ai pas revue depuis des années…

Curieusement, il le dit presque avec détachement. Le passé était le passé, la page tournée. Il était peu probable qu'il la revoie un jour.

Brooke le regarda bizarrement, comme elle le faisait parfois, ses yeux verts perçants le rappelant une fois encore à l'ordre. Surtout, rester disponible pour ses enfants. Il y avait plus important que ses états d'âme… Il devait tout faire pour que Wes et Brooke oublient la pression du quotidien avec leur mère. Car de leur propre volonté, et sans que Cole soit au courant, ses enfants, les plus courageux du monde, avaient donné le choix à son ex. Entre eux et son mode de vie. Elle ne les avait pas choisis.

Voilà donc tout ce qui importait, maintenant. Ses enfants et eux seuls. Et tant pis si sa vie amoureuse semblait abonnée à l'échec, ses enfants devaient le savoir, ils étaient sa priorité. Il les aimait, était fier d'eux et ne voulait que leur bonheur.

Y compris contre leur gré, avec ces jolis petits légumes de saison, si bénéfiques pour leur croissance.

— Pour le dîner de demain, dit-il en souriant devant l'air effaré de ses deux rejetons.

Et s'il n'avait pas la moindre idée de la façon de faire, au moins comprendraient-ils ainsi qu'il tenait à eux.

Laissant échapper un soupir, Sabrina Noble rangea son porte-monnaie dans son sac et regarda s'éloigner le taxi dans la rue bordée de platanes. Sa rue. Ombre et lumière jouaient sur la pelouse tels des lutins espiègles, comme pour l'inviter à gravir les marches du perron de la maison de style Queen Anne, imposante et sereine tout à la fois.

La maison.

Le genre d'endroit où vous trouviez refuge quand l'avenir se dérobait sous vos pieds. Elle se renfrogna en apercevant la pancarte « A vendre ». Elle était au courant, bien sûr, mais était partagée.

Une brise au parfum de rose — une odeur quasi inexistante à Manhattan — s'invita dans ses cheveux longs et la fit tressaillir sous son top léger. Bien que le froid n'y soit pour rien. Redressant les épaules, elle s'engagea sur l'allée en briques, tirant son sac de voyage à roulettes qui cliquetait derrière elle, en écho au refrain qui tournait en boucle dans sa tête — à savoir qu'elle n'avait pas l'intention de rester ici une minute de plus que nécessaire. Elle hissa son sac en haut des marches, puis retourna sur le trottoir chercher le reste de ses bagages, avant de sortir la clé de dépannage de sa cachette, une petite poche secrète cousue à l'envers du coussin rayé sur le premier rocking-chair à gauche. La porte ouverte, elle inspira profondément et sourit en reconnaissant cette vague odeur d'eucalyptus qu'elle avait toujours associée à son enfance. Et à sa mère adoptive, Jeanne, qui avait eu l'idée de cette poche secrète. Secret bien gardé. Jamais un cambriolage.

Mais qui aurait pu vouloir le moindre mal à une femme qui avait offert son amour à tant d'êtres humains ? songea-t-elle, soudain les larmes aux yeux.

Sabrina avait beau être partie depuis longtemps, juste après le bac, si sa mère avait été là, elle aurait eu droit à une belle fête. Avec câlins et cookies et messes basses. Et sans doute aussi un petit savon, comme quoi il fallait se secouer et passer à autre chose. Puis encore des câlins…

Après un soupir, elle tira ses affaires à l'intérieur et referma la porte… Avant de froncer les sourcils quand, du fond de la maison, retentit le rire aigu d'une fillette, suivi par les protestations d'un autre enfant, un garçon apparemment. Puis ce fut une voix masculine, assurément pas celle de son père, qui réprimanda gentiment les enfants. L'espace d'une seconde, elle se sentit agacée par le fait que son père ne soit pas seul. Une réaction parfaitement stupide. Elle devrait au contraire se réjouir qu'il ait de la compagnie et non pas ne penser qu'à elle. Secouant la tête, elle posa sa valise et laissa son sac glisser de son épaule, lequel s'échoua sur le tapis de l'entrée, usé jusqu'à la trame.

Et soudain, tel un génie bienfaisant, celui qu'elle et son frère jumeau, Matt, appelaient papa depuis la maternelle apparut. Cheveux grisonnants, presque blancs pour certains, les yeux bleu arctique. Des yeux que le vieil homme écarquilla.

— Sabrina ? Mais que fais-tu ici ? Le mariage n'est pas avant une semaine…

— Surprise, répondit-elle, en dépit de sa gorge nouée et du regard suspicieux de son père.

Entre deux décennies à l'armée et une seconde « carrière » comme chef de famille d'accueil, à élever plus d'enfants que Sabrina pouvait en compter, son père avait acquis comme un sixième sens, toujours en alerte. Il baissa les yeux sur les bagages entassés dans l'entrée, puis reporta un regard interrogateur sur elle.

— Plus tard, chuchota-t-elle, alors que d'autres rires fusaient depuis la cuisine. Quand nous serons seuls…

— Preston ? entendit-elle, un millième de seconde avant que l'homme propriétaire de cette voix profonde se matérialise.

Et si ce n'avait été ces yeux d'un gris métallique, ces cheveux toujours aussi rebelles, elle n'aurait sans doute pas reconnu Cole Rayburn.

Et par égard pour son père, elle ravala au dernier moment un mot dont la grossièreté égalait sa surprise.

— Tu as changé…

Plus que tu ne le crois, songea Cole, conscient du regard de Bree sur lui, alors qu'il restait les yeux rivés sur les enfants en train de jouer à la balle avec son père. Le genre de regard droit, noir qui avait le pouvoir de provoquer le chaos en lui, un million d'années plus tôt. Et manifestement encore aujourd'hui.

Il n'avait pas réussi à interpréter ces émotions sur son visage, quand elle s'était retrouvée face à lui. Mais il aurait volontiers parié sur « Et zut ! »

Pareillement, aurait-il aimé répondre.

Le temps d'une minute, il avait pensé prendre ses enfants

sous le bras et s'en aller. Sauf qu'au même instant, le colonel lui avait décoché un regard qui semblait dire « Débrouille-toi » et qui l'en avait dissuadé sur-le-champ. Regard que le colonel n'était sans doute pas mécontent de lui lancer. Le vieil homme affichait une tolérance zéro pour les problèmes non résolus. Surtout ceux impliquant ses enfants. Et peu importe si le délai de prescription était passé depuis longtemps.

Tout en tripotant une cannette de thé glacé, dont il n'avait d'ailleurs aucune envie, Cole soupira.

— Lorsque j'ai compris que ces gamins pourraient avoir encore besoin de moi passé la cinquantaine, j'ai décidé que le moment était venu de me bouger les fesses. De commencer à me nourrir comme un être humain et pas comme une espèce de bactérie coprophage…

— Ou comme un adolescent ?

— C'est pareil.

Elle eut un petit rire.

— Et les lunettes… ?

— Je suis passé sur le billard pour une séance laser. J'en avais marre de casser mes lunettes, je ne supportais pas les lentilles…

Du jardin, ils entendirent son père rire, aussitôt imité par les enfants. Cole ignorait à qui cette visite faisait le plus plaisir. Et à vrai dire, quelle importance ?

— Quel âge ont-ils ? s'enquit Sabrina à voix basse.

— Wesley treize, Brooke douze.

— Ah ! Tu étais… jeune.

C'était vraiment étrange, le ton tout à fait désinvolte, normal, de cette conversation, compte tenu de la façon dont ils s'étaient séparés.

— Pas tant que ça, murmura Cole en faisant tourner la cannette entre ses mains.

Elle avala une gorgée de son thé glacé.

— Quand même… Toi, avec des enfants. Ça m'a bien pris une minute pour me faire à l'idée… Alors, où étais-tu passé, tout ce temps ?

— A Philadelphie, essentiellement, répondit-il en portant la cannette à ses lèvres.

— Et tu es ici pour…

— Ici, à Maple River ? Ou chez ton père ?

— Les deux…

Et devant son silence, elle ajouta :

— Tu es bien la seule personne que je m'attendais à rencontrer. D'où ma curiosité.

A ces mots, il se tourna vers elle, un peu désorienté par les souvenirs — assise ainsi jambes croisées dans ce rocking-chair, les cheveux en cascade sur ses épaules. Même le pantalon skinny et le top ample n'étaient pas si différents de ce qu'elle avait l'habitude de porter. Mais il parvint à prendre suffisamment de recul pour noter comme une douleur dans son regard. Une douleur autrement plus vraie que cette espèce d'air de chien battu qu'elle prenait au lycée.

Vraie ou pas cependant, hors de question qu'il s'en mêle. Pas cette fois. Plus jamais. Qu'elle aille au diable avec ses grands yeux marron. Sans parler de ses bagages, dans l'entrée. En matière de problèmes, il avait son lot, merci. Alors, quoi qu'il arrive à Bree, il n'avait ni envie ni besoin de savoir de quoi il retournait.

Mais puisqu'ils étaient là chez elle, une explication s'imposait, c'était la moindre des choses.

Il reporta son attention sur les enfants, un sourire au coin des lèvres quand Wes — bien plus adroit que Cole à son âge — rattrapa une balle sournoise.

— Ils étaient encore bébés quand leur mère et moi avons divorcé. Et jusqu'à la semaine dernière, nous avions la garde partagée, expliqua-t-il avec calme.

— La semaine dernière… ? répéta-t-elle d'un ton hésitant. Que s'est-il passé ?

— Les enfants ont demandé à Erin de choisir entre eux et son… sa vie privée.

Après quelques secondes.

— Et elle ne les a pas choisis ?

Son ton horrifié lui arracha un sourire. Tout comme son commentaire quand il secoua la tête.

— Je n'arrive pas à le croire…

Elle laissa échapper un profond soupir.

— Pardon, je ne la connais même pas… Ni tes enfants, d'ailleurs. Je n'ai pas le droit de juger. Mais quand même…

— Oui… En fait, Erin et moi… C'était une erreur. Dès le départ. Et si elle n'était pas tombée enceinte…

— La première ou la deuxième fois ?

— Nous voulions nous convaincre que ça marchait, à l'époque. Nous nous trompions…

Il marqua un temps d'arrêt.

— Cela lui a pris pas mal de temps avant d'admettre que la maternité était un frein à son style de vie.

Au silence de Sabrina, il se tourna de nouveau vers elle et la surprit en train d'observer les enfants avec une intensité qui le toucha. Puis finalement elle soupira.

— Et donc, tu les as ramenés ici.

Posant sa cannette sur la table basse, il se leva et s'avança sur le perron, les mains dans les poches de son jean.

— Pour l'été, oui. Mes parents avaient besoin de quelqu'un pour veiller sur la maison. Et puis, j'ai ma sœur ici et sa famille. Ça leur fera du bien de se changer un peu les idées, avant de prendre des décisions pour la suite.

— Et tu es tombé sur papa au supermarché. Quel hasard…

— Je crois que l'on appelle ça le destin.

Il l'entendit rire, un rire bref. Désabusé.

— Et leur mère… Elle s'en lave les mains ?

— Ils communiquent tous les trois. Par texto…

Il la regarda.

— Ça ne fait qu'une semaine. Et elle reste leur mère.

Elle se pinça les lèvres — une expression de famille — et à cette mimique, il comprit ce qu'elle pensait de ce qui demeurait pourtant une vérité. Puis d'un léger coup de menton, elle désigna le jardin où son père était en train d'expliquer à Wes comment lancer une balle.

— J'ai l'impression qu'ils s'entendent bien…

— J'ignorais totalement qu'il était seul, remarqua Cole.

Elle haussa les épaules en soupirant.

— Oh ! les autres vivent tout près, bien sûr. Ils s'occupent de lui et se voient souvent, tous. Mais ce n'est plus pareil, quand la maison était pleine de monde.

Cole avala une autre gorgée de thé.

— Quand je pense qu'il veut vendre…

— Je ne crois pas que lui-même soit vraiment convaincu. La maison est sur le marché depuis des mois et à un prix très raisonnable, mais…

— En fait, il n'a pas vraiment envie d'en partir.

Le rire des enfants leur parvint depuis le fond du jardin. Elle sourit, sans réel enthousiasme. Rien à voir avec ce sourire insolent inscrit dans sa mémoire.

— Qui pourrait l'en blâmer ?

Cole pensa à tous les enfants qui avaient trouvé refuge, ici, de façon temporaire ou autre. Dont lui. Comment la générosité de Jeanne Noble, la force du colonel imprégnaient cet endroit encore aujourd'hui. C'était une bonne maison, avec de bonnes vibrations. Dans l'ensemble.

— Bien sûr que non, dit-il. Alors, ça ne te dérange pas ? De nous trouver ici, je veux dire ?

— Mais pour quelle raison, mon Dieu ?

Oh ! pour mille et une raisons, songea-t-il avant de détourner les yeux, agacé d'avoir encore du mal à regarder en face la fille dont il était autrefois si éperdument amoureux, qu'il en perdait tous ses moyens. Bien sûr, ces sentiments avaient disparu, mais pas leur souvenir. Et il serra les poings sous ses bras croisés, quand la compassion dans le regard de Bree vint menacer de rouvrir, non seulement, les blessures récentes à peine cicatrisées, mais les plus anciennes aussi. Qu'il croyait guéries depuis longtemps.

Puis elle se leva et le rejoignit. Il retint son souffle, ébranlé par l'offensive des souvenirs, de son parfum, le raz-de-marée de déception, de doute et de nostalgie. *Hé, il ne faudrait pas perdre pied…*

— Papa t'a dit, pour Matt et Kelly ?

Un certain amusement dans sa voix suscita sa curiosité.

— Kelly ? McNeil ?

— Oui.

Au lycée, Cole, Sabrina et Kelly formaient — avec le recul — un bien étrange, mais très loyal triumvirat. Jusqu'à ce que Kelly déménage, l'année du bac. Tout alors avait changé.

— Eh bien quoi, Matt et Kelly ?

— Figure-toi qu'ils se sont mariés. Et ils ont même un bébé. De trois mois. Mais elle a déjà deux enfants d'un premier mariage.

Cole ressentit comme un vertige. Bien sûr, tout le monde savait que Kelly était éprise du frère jumeau de Sabrina, mais elle était alors si timide. Quant à Matt… Eh bien, Matt, c'était Matt. Toujours l'esprit ailleurs. Dans son monde.

— Alors ça… Tu parles d'une nouvelle !

— C'est une longue histoire, reprit Bree en riant. Qui se termine bien, somme toute. Et qui ne fait que commencer, en réalité… Ils ne vivent pas très loin. Tu pourrais bien les rencontrer au supermarché, eux aussi. Mais je te préviens… Ils nagent dans le bonheur, toujours radieux et de bonne humeur. Ce qui peut énerver à la longue…

Ce fut dit avec tant d'affection — et avec tant de peine — qu'il en eut des frissons.

— Tu m'étonnes…

Un moment s'écoula, puis elle regarda les enfants de nouveau.

— Parle-moi un peu d'eux.

Il capta une nouvelle bouffée de son parfum, quelque chose de plus voluptueux que les essences florales auxquelles elle était abonnée, autrefois. Lui revint soudain à l'esprit l'image de tous ses bagages entassés dans l'entrée. Ces larmes, dans ses yeux…

— Wes est un surdoué, dit-il. Surtout en maths. Son prof principal voulait lui faire sauter une année, mais j'ai dit non. Déjà que les autres gamins le considèrent comme une bête curieuse…

— Il se fait harceler… ?

Tant de compassion dans ces quelques petits mots…

— Un peu, répondit-il, avant d'hésiter, pour enfin ajouter : Mais rien à voir avec ce que j'ai subi, moi. Heureusement.

Elle lui sourit, un sourire aussi lumineux que fugitif, puis demanda :

— Et Brooke ?

Comme à l'accoutumée, il sentit son cœur fondre en regardant sa fille, grande, blonde et si mince. Pour combien de temps encore ? Plus une enfant, pas encore une femme… Il était complètement désemparé face à elle ! Sans la moindre idée de la façon de s'y prendre, excepté de l'entourer de tout son amour.

— Elle adore la danse, l'art, la musique. Les sciences. Est tout aussi intelligente que son frère. Et fait tout pour le cacher.

— Pas étonnant, quand on voit ce que cela vaut à son frère, on peut la comprendre.

— Sans doute. Peu importe. Moi, ça me rend fou.

— Laisse-lui le temps, ça passera.

— Tu es sûre ? demanda-t-il, sceptique.

— En tout cas je l'étais, dit-elle, avant d'éclater de rire. Sûre de moi, je veux dire. Et puis ces saletés d'hormones sont venues semer le trouble.

— Oui, je me souviens, marmonna-t-il.

De nouveau elle rit, puis le regarda du coin de l'œil.

— Tout ira bien pour eux, j'en mettrais ma main au feu, Rayburn…

— Qu'est-ce qui te permet d'être aussi affirmative ?

— Tu es leur père…

Fuyant son regard, elle glissa les mains dans ses poches.

— Tu étais un bon ami, ajouta-t-elle avec douceur. Une bonne personne. Même si nous avons tout gâché…

Elle s'interrompit quand son père apparut au bas des marches et s'appuya à la rampe, en respirant fort.

— Papa, ça va ?

— Bien sûr que ça va, répondit le colonel en agitant la main, avant de reprendre son souffle. Vous êtes tous à me répéter que je devrais faire un peu plus d'exercice, alors…

Puis il se tourna vers Cole.

— Les gosses et toi, restez donc pour dîner. J'aurai vite fait d'allumer le barbecue.

— Merci, répondit Cole. Mais nous sommes attendus chez ma sœur…

— Ah oui, j'avais oublié…

A l'évocation de Diana, il perçut comme une ombre dans les yeux de Bree. Restes de crainte, probablement. Il est vrai que sa sœur, de dix ans son aînée, parent de substitution quand ses propres parents, certes bien intentionnés, mais facilement débordés, déclaraient forfait — à savoir tout le temps, ou presque — pouvait faire peur.

— Comment va Diana ?

— Bien. Elle tourne un peu en rond maintenant que ses deux aînés sont à l'Université. Bien…, dit-il.

Les enfants grimpèrent d'un pas lourd les marches du perron, un peu rouges, mais pas essoufflés pour un sou.

— Nous devrions y aller maintenant…

— On ne pourrait pas boire un peu, avant ? demanda Wes, au bord du coup de chaleur.

— C'est à deux cents mètres, tu ne peux pas attendre ?

Le garçon fit les gros yeux et s'empoigna la gorge, comme s'il venait de faire un marathon en plein désert, et Bree rit à ses mimiques. Ravi de son succès, Wes sourit, avant de supplier son père.

— Papa, s'il te plaît… Je tuerais pour une bouteille de Gatorade…

— Tu trouveras du thé glacé et des jus de fruits dans le réfrigérateur, dit le colonel. Sers-toi. Mais de mon temps, ajouta-t-il tout en les entraînant à l'intérieur, on buvait directement au robinet, dans le jardin…

Bree rit de nouveau, puis le téléphone de Cole vibra — un texto de sa sœur, lui demandant où ils étaient.

— Tu ne devrais pas l'encourager, dit-il en rangeant son téléphone dans sa poche.

— Papa ?

— Non, Wes. Ce gosse est le roi des manipulateurs.

— Oh ! Je me souviens de quelqu'un qui savait y faire aussi, de ce côté-là.

Elle glissa une mèche derrière son oreille et lui décocha un sourire.

— C'était sympa. De se retrouver…

— Tout à fait.

Son regard s'assombrit un moment.

— Et, euh… J'espère avoir le plaisir de vous revoir, tous…

— Possible, répondit-il, se gardant de dire « non », car alors il devrait expliquer pourquoi.

Et honnêtement, il n'était pas certain de le pouvoir.

— Combien de temps restes-tu ?

Elle continua de sourire, mais l'ombre dans ses yeux s'accentua.

— Je ne sais pas bien, encore…

— Papa ! hurla Brooke de retour dans la véranda, son téléphone à la main. Tante Di veut que l'on vienne tout de suite et maintenant, sinon…

— En route, mauvaise troupe, on s'en va.

Mais lorsqu'il se retourna, Bree était descendue dans le jardin pour aller s'asseoir sur l'une des balançoires de l'aire de jeux. A cet instant, elle ressemblait à une petite fille, les yeux perdus dans le vague. Une vision troublante.

Il resta là à la regarder, un peu plus qu'il n'aurait dû.

Il avait bien assez de soucis comme ça, se rafraîchit-il la mémoire, avant de tourner les talons, en se disant que cette vision finirait bien par s'estomper.

Au bout d'un certain temps.

- 2 -

Sa lingerie rangée dans la vieille commode, Sabrina referma le tiroir en soupirant. Dieu, que sa mère lui manquait. Sa mère, qui forcément aurait été à ses côtés en cet instant, peut-être pas pour l'aider à ranger ses affaires, mais au moins assise là, sur le bord du lit, pour l'écouter, avec sympathie ou colère. Franchement, songea-t-elle en refermant le sac vide qu'elle glissa sous le lit jumeau, sa vie ressemblait de plus en plus à l'un de ces films où quantité de choses étranges se produisaient. Le genre de film qui finissait en tragédie. Dont Chad était friand et où il avait l'habitude de l'emmener. Elle le suivait, sans rechigner, en faisant semblant d'apprécier, pour lui faire plaisir, alors que pfff…

Il suffisait de prendre les dernières vingt-quatre heures. Comme si voir son avenir voler en éclats, le temps d'une malheureuse conversation, ne suffisait pas, il avait fallu qu'elle tombe nez à nez avec Cole Rayburn. Lui sur des millions d'êtres humains. Puis ils avaient eu cette discussion, tout à fait normale, tellement bizarre. Comme si de rien n'était.

Soit. Ce n'était pas l'exacte vérité. Ils s'étaient appliqués à soigneusement éviter les sujets délicats. Comme des adultes civilisés. Parce que après tout, de l'eau était passée sous les ponts. C'était de l'histoire ancienne. Sauf que… C'était celle de Cole et la sienne.

Pour ce que cela valait, se dit-elle en descendant l'escalier. A savoir pas grand-chose. Car, manifestement, monsieur avait d'autres chats à fouetter. Et, à cet instant, elle sentit son cœur se serrer, très fort, en repensant à ses enfants… Et elle laissa échapper un énième soupir. Non, inutile de surcharger plus encore son pauvre cerveau déjà bien sollicité.

Par la porte ouverte du patio, des odeurs de viande grillée lui parvinrent de la terrasse où son père faisait le barbecue. Voulant gagner du temps, elle alla se chercher un soda light au réfrigérateur dans la cuisine rénovée, tout en chrome, alu, marbre blanc et merisier. Très joli. Même si… Elle pensa avec mélancolie à la chaleur de l'ancienne cuisine, avec sa décoration des années 1970, le pin noueux et l'imitation brique, la grande table cabossée où ils prenaient leurs repas tous ensemble, où ils faisaient aussi leurs devoirs, tout en confessant leurs secrets à leur mère. Y compris les enfants de passage.

Le salon en revanche, nota-t-elle en promenant son regard sur la pièce, conservait les séquelles inhérentes à une famille dite nombreuse. Sans doute était-ce l'une des raisons pour lesquelles la maison n'avait pas encore trouvé preneur, se dit-elle en décapsulant sa cannette. La cuisine présentait bien, certes, mais le reste de la maison… Moins bien. Surtout pour d'éventuels acquéreurs ne souhaitant pas se lancer dans des travaux de rénovation. Quelques mois plus tôt, sur un coup de tête, son père avait fait don de la collection hétéroclite des livres de leur mère à la bibliothèque de la ville. Mais apparemment, il n'était pas allé plus loin, peut-être accablé après coup par son geste. Mais ce n'était qu'une supposition, car il n'avait pas dit un mot à ce sujet.

Elle porta la cannette à ses lèvres, se rappelant l'effervescence qui régnait en ces murs autrefois, les repas tumultueux et les disputes pour la salle de bains. Mais aussi la liste sans fin des choses à faire, travail essentiellement de l'homme qui, en cet instant, s'affairait autour des grillades.

Aujourd'hui, de toute cette vie, ne restait qu'un silence pesant. Des centaines de souvenirs qui semblaient lui chuchoter à l'oreille, tels des fantômes. Elle qui, dix ans plus tôt, piaffait d'impatience tant elle aspirait à prendre son envol, voir la maison aujourd'hui — telle une personne à l'agonie, à mi-chemin entre ce monde et l'autre — la remplit d'une immense tristesse. Bien plus que de la tristesse, en fait.

Cannette dans les mains, elle finit par sortir et sourit à son père.

— Hmm, ça sent bon…

Face au barbecue, son père se tourna vers elle.

— Tu as défait tes valises ?

— Oui.

— Bien, dit-il, en détournant le regard.

Soudain au bord des larmes, elle se rendit compte que tout ce dont elle avait envie, c'était d'un câlin.

Souvent, elle s'était demandé comment deux personnalités aussi opposées que celles de ses parents avaient pu s'accorder. Et encore plus s'épanouir dans ce genre de mariage pour le moins atypique en ce qui concernait les enfants. Sa mère avait été la seule à lui témoigner des gestes d'affection, à parler pour deux les premières semaines après leur arrivée, à Matt et à elle, quand Sabrina était incapable de trouver les mots. Le colonel, lui, semblait désemparé face à cette petite fille effrayée, accrochée à son chagrin comme à un ours en peluche en lambeaux. Oh ! Sabrina avait bien fini par voir clair en lui. En dépit de sa nature réservée, son père veillait férocement sur chaque enfant placé sous sa protection. D'ailleurs, cette idée de famille d'accueil était la sienne. Il n'existait pas de meilleur homme sur Terre. Mais parfois, elle avait le sentiment que le début de leur relation — ou plutôt d'absence de relation — avait définitivement marqué leurs rapports. Et, même après toutes ces années, elle ignorait comment franchir ce gouffre entre eux.

— J'ai acheté quelques légumes au supermarché pour accompagner les burgers, dit-il. Pas d'objection ?

— Aucune.

Des odeurs alléchantes s'échappèrent du grill quand il en souleva le couvercle.

— Au fait, reprit-il en se tournant vers elle. Désolé pour Cole et les gamins… Si j'avais su que tu venais…

— Non, pas de problème. J'aurais dû t'avertir.

Son père savait, bien sûr, que tout avait volé en éclats, entre Cole et elle, l'année du bac. Mais il ignorait pourquoi. Et avec un peu de chance, il n'en saurait jamais rien.

— Je l'ai toujours bien aimé, ce garçon, remarqua le colonel en retournant les hamburgers. Il m'a manqué…

— Raison pour laquelle tu l'as invité…

Après une hésitation, il répondit.

— Durant cinq ans et des poussières, ce gosse a passé plus de temps ici que chez lui. C'est l'impression que j'ai, en tout cas. L'inviter m'est venu tout naturellement… Les petits sont intelligents…

— C'est aussi ce que Cole prétend, dit-elle en s'avançant au bord de la terrasse surplombant le jardin.

Les éclats d'un soleil crépusculaire rayonnaient entre les pins, à la lisière du jardin, venant effleurer l'herbe rase et les magnifiques rosiers de sa mère. Un rouge-gorge trottina, s'arrêta puis traversa la pelouse en sautillant, ignorant le caquètement d'un écureuil invisible, alentour. Des images assaillirent Sabrina. De parties de badminton, de croquet et de courses effrénées sous l'arrosage automatique. Ce bon vieux toboggan. Les lucioles. Et, allongés dans l'herbe fraîche, les soirs d'été, Cole, Kelly et elle…

— Tu vas aller voir le bébé ce soir ?

Laissant échapper un soupir, elle se retourna, mains agrippées à la balustrade derrière elle, refusant de s'apitoyer sur elle-même, parce que Matt était marié, que son plus jeune frère, Tyler, le serait aussi dans une semaine et que même Ethan, son aîné, avait lui aussi fini par trouver l'amour de nouveau, après avoir perdu sa femme, trois ans plus tôt. En fait, tout allait pour le mieux pour tout le monde, sauf pour elle. Elle n'avait pourtant pas ménagé sa peine…

— Demain, peut-être. Ce sera trop tard, après le dîner. Ils doivent coucher le petit de bonne heure, je suppose.

Son père glissa les mains dans les poches de son pantalon.

— Alors ? Tu vas me dire ce qui se passe ou on va tourner autour du pot toute la soirée ?

Sabrina sourit.

— Je me demandais si tu allais aborder la question.

— Je ne voudrais pas être indiscret…

Elle leva la main gauche, nue, excepté l'empreinte de l'anneau qui était encore à son doigt la veille.

— Je suis sûre que tu as déjà compris…

— C'est son garçon, c'est ça ?

Les yeux pleins de larmes, elle hocha la tête. Chad ne voyait pas souvent son fils de six ans — son ex avait déménagé sur la côte Ouest pour raisons professionnelles, emmenant Robbie avec elle — et, en toute logique, l'enfant, lors de ses rares visites, accaparait son père. Sabrina ne pouvait décemment pas lui en vouloir.

— Je ne pouvais plus supporter de voir ce gosse si malheureux, papa.

— Alors, tu as rompu.

— C'est une décision conjointe.

— Et puis, l'enfant n'a que six ans. Il s'en remettra…

De la part de n'importe qui d'autre, les paroles de son père auraient pu sembler plutôt rudes. Voire insensibles. Mais Sabrina savait que ces mots venaient du cœur, de l'amour inconditionnel que le colonel portait aux enfants. A tous les enfants. Ce qui ne les rendait que plus douloureux à entendre.

— Tu penses que j'ai baissé les bras…

Stupéfaite, elle n'osa même plus respirer, quand son père vint vers elle et la prit dans ses bras. Deux secondes, à peine. Très vite, il retourna s'occuper du barbecue, décrocha de la grille les hamburgers avec une spatule pour les déposer sur une assiette, puis la dévisagea avec insistance.

— Je n'y étais pas, j'ignore ce qui s'est passé entre vous. En revanche, toi, je te connais, dit-il en agitant sa spatule presque sous son nez. Je sais combien tu aimes les enfants. Et qu'ils te le rendent bien. Aussi, j'en suis certain, quel que soit le problème, ce n'est pas ta faute…

— Tu n'as jamais porté Chad dans ton cœur…

— J'ai toujours pensé qu'il ne te méritait pas.

— Quoi ? Tu ne m'as jamais dit une chose pareille…

— Certainement pas.

— Chad est quelqu'un de bien, papa. Tu peux me croire…

Il l'observa un moment, et elle sentit ses joues s'embraser.

— En réalité, le problème n'était pas tant entre Chad et moi, mais plutôt entre son petit garçon et moi, ajouta-t-elle.

— Et c'était au père de résoudre le problème, pas à toi. Et s'il en était incapable, ou ne le voulait pas…

Il fronça les sourcils.

— A-t-il même essayé d'arranger les choses ?

— Pour dire la vérité…

Elle prit son courage à deux mains.

— Notre séparation a paru le… soulager.

De nouveau, le colonel brandit sa spatule, d'un geste victorieux cette fois. Le colonel, grand maître du CQFD.

— Selon moi, c'est plutôt lui qui a baissé les bras, argumenta-t-il. Et puis, tu n'en sais rien, sa mère a peut-être mis des horreurs dans la tête du petit, à ton sujet.

En réalité, si elle tenait compte de certaines réflexions de l'enfant, cela était fort probable. Mais inutile de jeter de l'huile sur le feu. Le regard du colonel s'adoucit un peu.

— Tout ce que je veux, moi, c'est ton bonheur. Et crois-moi, l'affaire était mal partie avec ce gars-là. En tout cas, dans la durée. Car, au bout du compte, tu aurais perdu la partie contre cet enfant. Mais ça, tu le savais bien sûr, sinon tu n'aurais pas mis un terme à votre relation, pas vrai ?

Si elle était partie de la maison très jeune, il y avait une raison. Qui ne tenait pas uniquement au fait qu'elle étouffait dans cette petite ville du New Jersey. Que le vieil homme se contente d'exprimer, une fois encore, une vérité n'était pas la question.

Le colonel disposa les brochettes de légumes sur un plat, puis transporta le tout sur la table.

— Je présume que tu vas rester un bout de temps… ?

— Quelques semaines, tout au plus, répondit-elle en s'asseyant en face de lui, avant de choisir le plus petit des burgers. Le temps de… de reprendre mes esprits. Cela ne te dérange pas ?

— Quelle question ! Tu es ici chez toi… Du moins tant que cette maison sera à moi… Pas de petit pain ?

— Pas d'excès de glucides surtout…

Secouant la tête, il mordit avec appétit dans son hamburger tout en regardant le jardin. Sabrina comprit tout de suite à quoi il pensait. Ou plus exactement, à qui. Détournant les yeux, elle détacha un bout d'ananas de sa brochette.

— Tu n'as jamais songé à prendre une nouvelle fiancée ?

Après un long moment, elle releva la tête et croisa son regard. Bingo.

— Et dans quel but ?

— Oh ! je ne sais pas. Histoire d'aller voir un film. Ou de dîner au restaurant avec quelqu'un qui ne soit pas de la famille. Pour passer un bon moment. Tu devrais essayer.

Elle le vit esquisser l'ombre d'un sourire.

— Tout est bon pour ne pas parler de toi et de tes problèmes, hein ?

— Ce n'est pas faux. Alors ?

Son père prit une nouvelle bouchée de hamburger.

— J'ai le sentiment que ça n'en vaut pas la peine. Surtout vu mon âge.

— Et à quoi comptes-tu passer ton temps, les vingt ou trente prochaines années, Mathusalem ? A rester planté devant la télé toute la journée ?

— Peut-être bien qu'après toutes ces années à prendre soin des autres, tout ce à quoi j'aspire, c'est de regarder la télévision ?

— A d'autres. Je n'en crois pas un mot, désolée.

— Ma vie me convient comme elle est, merci. Une fois parti de cette maison…

Sa voix mourut, et il regarda autour de lui, comme s'il ne reconnaissait pas cet endroit, avant de reporter son attention sur elle… Et à cet instant, dans ses yeux, pour la première fois, elle prit toute la mesure de son chagrin, du deuil qui était le sien. Emue, elle posa avec tendresse sa main sur son bras et, après un soupir, le colonel recouvrit sa main de la sienne.

— Tu vois, je ne sais plus combien de fois nous avons déménagé, quand j'étais dans l'armée. Le nombre d'endroits où nous avons vécu. Pour moi, du moment que nous avions un toit au-dessus de notre tête… Mais ici…

De nouveau, il promena son regard autour de lui.

— Ici, c'était la maison. Là où nous avons élevé tous nos enfants. Mais je n'en ai plus l'utilité, aujourd'hui. Je l'ai compris il y a un bon bout de temps, déjà… J'ai versé un acompte pour un studio de la résidence senior Sunridge, le mois dernier…

— Oh ! vraiment, je l'ignorais…

— Personne n'est au courant. Je n'avais pas envie de vous voir tous rappliquer pour tenter de me faire changer d'avis…

— Mais papa, si tu souhaites vendre, c'est ton choix. Il y a quelques mois…

— Oui, eh bien à l'époque, j'étais sûr de moi par rapport à cette décision. Et en fait, là-dedans…, dit-il en se tapotant le front, je le suis toujours…

Puis il posa la main sur son cœur.

— Mais de ce côté-là, c'est une autre histoire.

— Raison pour laquelle, je suppose, tu ne te précipites pas pour faire subir une cure de rajeunissement à cette maison…

— Jeanne avait choisi chaque couleur de peinture, chaque meuble de cette maison. Ce qu'un nouveau propriétaire fera de cet endroit ne me regarde pas. Mais tant que je suis ici, c'est ma maison. Alors, pas question de vivre entre ces murs en ayant l'impression d'habiter chez quelqu'un d'autre…

— Dans ce cas, pourquoi avoir rénové la cuisine ?

— Parce que je ne pouvais plus tergiverser, soupira-t-il. La moitié des tiroirs ne fermait plus. La gazinière n'avait plus que deux feux en état de marche. Alors, je me suis résigné à faire appel à un cuisiniste qui a fini par me convaincre qu'une cuisine digne de ce nom augmenterait la valeur de la maison.

— C'est évident.

— Excepté que je déteste cette cuisine. On se croirait dans une cuisine d'exposition. Pas une pièce familiale. Honnêtement, si je pouvais, je reprendrais l'ancienne. Mais ils m'ont dit qu'on ne trouvait même plus sur le marché ces éléments de rangement en formica…

— Dieu soit loué, dit Sabrina et son père sourit. Mais bon, il est temps de prendre une décision, papa. Une vraie, je veux dire, pas entre-deux. Tu ne peux pas faire perdre son temps à l'agent immobilier indéfiniment. Si tu ne veux pas vendre, alors ne vends pas. Je suis sérieuse, dit-elle à son père, un peu désarçonné. Retire cette maison de la vente, contacte la résidence Sunridge pour leur expliquer que tu as changé d'avis…

— Et dire adieu à ma caution ?

— Si c'est comme ça que ça marche, oui. Mon Dieu, pour une fois dans ta vie, agis avec tes tripes, pas seulement avec ta tête. Si tu n'as pas envie de partir, ne le fais pas. C'est ta maison, ta vie. Tu as le droit de changer d'avis. Mais surtout, ne t'engage pas dans quelque chose uniquement pour sauver la face, ou parce que cela correspond à ce que ton entourage attend de toi…

Elle baissa les yeux sur son assiette, et le reste de son hamburger se brouilla. Elle sentit la main de son père sur la sienne, mi-tendre mi-rude, à l'image de ses paroles.

— C'est drôle, dit-il, j'ai comme l'impression que l'on ne parle que de moi, là…

Elle retira sa main et éclata de rire. Un rire douloureux. Parce qu'elle avait vu les graffitis rageurs sur le mur, avec Chad. Comme écrit à l'encre lumineuse en réalité. Mais en dépit des problèmes avec Robbie, elle s'était accrochée à cette relation plus longtemps qu'elle l'aurait dû. Parce qu'elle était tellement fatiguée de… des échecs.

— Hé, dit-elle, avec un sourire. La décision de vendre ou non t'appartient à toi et à toi seul.

Mais de retour une fois de plus dans la pièce qui gardait les stigmates de son enfance — une centaine de punaises multicolores, pour des posters depuis longtemps disparus, une tache rougeâtre sur le rebord de la fenêtre, là où une bougie avait coulé — la froide, la dure vérité lui explosa à la figure. Elle était tombée dans ce même piège qu'elle s'était pourtant juré d'éviter.

En laissant le désespoir prendre le dessus.

Exactement comme elle l'avait fait avec Cole, des années plus tôt.

Rageusement, elle lança son vieil ours en peluche à l'autre bout de la chambre, où le malheureux rebondit contre la porte de l'armoire avec un pathétique petit couinement.

*
* *

— Alors, comme ça, Sabrina est en ville ? demanda la sœur de Cole en protégeant d'un film plastique le reste de salade.

Et voilà ! Il se demandait combien de temps il lui faudrait avant qu'elle aborde le sujet. Préférant aller droit au but, au cas où les enfants diraient quelque chose, au dîner, il avait expliqué, avec le plus de désinvolture possible, avoir eu la surprise de tomber sur Sabrina, chez le colonel.

— Oui, répondit-il.

Il résista à l'envie de se servir une deuxième part de gâteau au chocolat. Avec garniture caramel, s'il vous plaît. Posé là devant lui, sur le comptoir, à le faire saliver comme la vision de la rondeur d'un sein, à l'occasion d'un rêve érotique. Réprimant un soupir, il reporta son attention sur Diana, tandis que dans le salon, ses enfants et ceux de sa sœur regardaient un film de zombies, fascinés.

— De passage, uniquement, reprit-il. J'ignorais qu'elle serait là. Et elle aussi, à propos de nous. Quelle coïncidence, hein ?

— Comment va-t-elle ? demanda Diana entre ses dents.

Il sourit, tout en maudissant en silence son beau-frère pour l'avoir abandonné entre les griffes de sa sœur. En prétextant un vague souci dans son restaurant.

— Du calme, grande sœur. Ça fait longtemps, maintenant…

Elle le fixa, puis alla chercher un couvercle qu'elle plaça sur le gâteau… Effaçant la tentation à sa vue.

— Simple curiosité…

Même, si déjà mariée et mère, elle avait sa vie lorsqu'il était devenu évident que Bree ne faisait plus partie de celle de Cole — après en avoir été le centre si longtemps —, Diana seule avait su voir derrière la carapace de dédain philosophe de son frère cadet. Elle avait compris sa souffrance. Une souffrance dont il était d'ailleurs le principal instigateur.

— Nous avons échangé quelques mots, Di. Regardé les enfants jouer avec le colonel. C'est tout. Hé, ajouta-t-il en voyant son regard sceptique. Tu te souviens de ce type avec qui tu sortais, l'année du bac ? Comment s'appelait-il déjà… ?

— Tu parles de Stuart ? répondit Diana après quelques secondes. Oh ! je n'avais pas pensé à lui depuis des années.

— Mais autrefois, vous étiez très proches, il me semble…

— Tu n'avais que sept ans ! Comment peux-tu te rappeler…

— J'avais surpris une conversation, entre papa et maman. Et ils semblaient inquiets…

Il haussa les épaules, se délectant du spectacle de sa sœur rougissante.

— Alors, j'aimerais bien savoir une chose : si tu croisais Stuart aujourd'hui, ça te ferait quelque chose ?

— Quoi ? Non ! Bien sûr que non ! s'exclama sa sœur, et lorsqu'il haussa un sourcil perplexe, elle soupira : Un mot, un seul, Andy. A la seconde où je l'ai rencontré, les autres hommes ont cessé d'exister. Et puis, je te signale que Stuart, lui, ne m'a pas brisé le cœur.

— Bree ne m'a pas…

— Cole, je t'en prie. Ta mémoire te joue des tours…

— Je te retourne le compliment. Car comment se fait-il que tu ne te souviennes pas… Je te rappelle que c'est moi qui ai rompu.

— Il fallait que ça cesse, c'est autre chose. Et puis…

Son regard s'adoucit.

— Est arrivée Erin…

Elle n'alla pas plus loin. Grâce au ciel. Car, à une époque, elle ne se serait pas gênée pour enfoncer le clou.

— Ecoute, dit-il, on s'est revu par hasard, on a discuté un peu, puis elle repartira pour New York et moi, je resterai ici. Avec les enfants…

Il regarda du côté du salon.

— Et en parlant de certaines choses qui devaient cesser…

Sa sœur se pencha vers le comptoir pour déposer un baiser sur son front. Comme s'il avait cinq ans. Puis à son tour, elle regarda vers le salon, et un sourire se dessina sur ses lèvres.

— Comment vont-ils ? demanda-t-elle, lui faisant face de nouveau. Mais avant que tu ne me répondes, n'oublie pas, j'ai survécu à trois ados. Je suis équipée d'un radar ultrasophistiqué pour détecter les mensonges…

— Je suis au courant… J'ai bien vu avec quelle insistance tu les observais, pendant le dîner.

— Cela ne doit pas être facile, pour eux, de quitter ainsi Philadelphie, leurs camarades…

— Oh ! ça va de ce côté. Vous habitez tout près, et puis, ce n'est que pour l'été.

— Et après ?

— Nous n'en sommes pas encore là…

— Tu ne prévois pas de rentrer à Philadelphie, c'est ça ?

Si je peux l'éviter, assurément pas, songea-t-il, puis il sourit à sa sœur, manifestement soucieuse.

— Pour l'instant, nous n'excluons aucune option. Oh ! Di, ça ne fait qu'une semaine. Laisse-nous un peu le temps, d'accord ? Mais si nous restons ici, je crois que je les inscrirai à Sedgefield.

Remarque qui lui valut un énième regard désapprobateur.

— L'école publique était assez bonne pour nous, non ?

— Pour certains d'entre nous, peut-être.

Sa sœur secoua la tête.

— Désolée…

Il l'interrompit d'un geste, avant de croiser de nouveau les bras.

— Sedgefield est mieux noté que n'importe quel collège en ville, j'ai vérifié. Et j'ai les moyens de payer…

A l'inverse de ses parents qui disposaient d'un budget limité, avec leur salaire de prof. Pendant des années, il s'était dit que les choses auraient pu être tellement différentes, s'il avait pu suivre sa scolarité dans cet établissement privé. Même si aujourd'hui, il le savait, le harcèlement pouvait se produire partout. Et puis, s'il avait été à Sedgefield, il n'aurait jamais rencontré Sabrina… S'épargnant du même coup, il est vrai, un sacré chagrin d'amour.

— Ils étaient déjà dans un collège privé, à Philadelphie, ajouta-t-il, prévoyant une fois rentré de s'imposer une séance de musculation bien éreintante, de celle qui vous épuise sur le plan physique comme mental.

Le but, dormir cette nuit comme une souche, parce que s'il venait à rêver de Sabrina, il était un homme mort.

— Ah, mon ange ! s'exclama-t-il quand Brooke apparut dans la cuisine et se jeta dans ses bras. Le film est terminé ?

Elle secoua la tête.

— Je n'en pouvais plus de ces images horribles. Pourquoi ce genre de film plaît tant aux garçons ?

— Je cherche encore la réponse à cette question, répondit Diana en riant. En vain… Un autre morceau de gâteau ?

— Diana…

— Est-ce que tu as bien regardé ta fille, récemment ? Depuis votre arrivée, il y a une semaine, elle a dû prendre cinq centimètres. Cette enfant a besoin d'énergie.

— Et puis j'ai mangé tous mes légumes, plaida Brooke, implorant son père de ses grands yeux verts. Et la salade, aussi…

— D'accord, d'accord, capitula-t-il, riant malgré lui. Et à vrai dire, ce n'était pas comme si ses enfants montraient le plus petit signe d'éventuels problèmes de poids, tels que ceux dont lui-même avait souffert si longtemps.

La nourriture en ce temps étant synonyme pour lui de réconfort. Une sorte de compensation pour quelque chose qui, pensait-il, manquait à sa vie. Ses parents avaient fermé les yeux, pour des raisons qu'il n'avait jamais comprises. Mais plutôt mourir que d'agir comme eux.

Brooke fit un sort à sa deuxième part de gâteau, et les garçons regardèrent la fin du film, Diana de son côté leur emballa de quoi se nourrir au moins jusqu'à l'automne.

— Tu sais, dit Cole en sortant, le sac débordant de provisions à la main, les enfants déjà dehors. Je déteste quand tu as pitié de moi.

— Ce n'est pas de la pitié, c'est de l'amour, idiot ! répliqua sa sœur en riant, avant de le serrer dans ses bras. Tu m'as tellement manqué…

— Oui, eh bien, toi aussi…, marmonna-t-il.

Et aussi étonnant que cela puisse paraître, il le pensait sérieusement.

Brooke laissa échapper un cri en réponse à quelque chose que lui dit son frère, et Diana éclata de rire.

— Ils vont se plaire ici, tu verras, dit-elle avec douceur. Et toi aussi.

— Mais tout va bien pour moi déjà, Di.

Elle le dévisagea, avec cette espèce de regard qui n'appartenait qu'à elle.

— Non, tu ne vas pas bien. Et pas d'histoires, je te connais mieux que toi-même. Tu as besoin de quelqu'un à tes côtés, Cole.

Et voilà. Toujours à se mêler de ce qui ne la regardait pas…

— Mais j'ai quelqu'un. Deux personnes, même.

— Ce n'est pas ce que je veux dire, et tu le sais très bien… Vois-tu, je n'ai jamais regretté ma décision de rester à la maison pour m'occuper des garçons. Mais si Andy n'avait pas été présent lui aussi…

Il sentit son regard sur lui.

— Ce n'est déjà pas facile d'élever des enfants, mais les élever seul…

— N'exagérons pas, ça n'a rien d'impossible, dit-il en se tournant vers sa sœur. Et je te préviens, ne t'avise pas d'essayer de me caser, ou je te tords le cou.

— Ne t'inquiète pas, répondit-elle en souriant. Toutes mes copines sont soit mariées, soit folles, soit dépressives. Parfois les trois en même temps.

— Tu devrais renouveler ton cheptel de copines.

— J'y songe… Mais sérieusement…

Elle lui frictionna doucement le bras.

— Tu as besoin de te changer les idées, petit frère. Et, pas de rengaine à propos des enfants qui te prennent tout ton temps. Parce que, tu le sais, ils seront toujours les bienvenus ici, pendant que tu…

Elle sourit…

— … cherches l'âme sœur.

Grimaçant à son tour un sourire, il ignora la migraine qui menaçait. Sa sœur ne voulait que son bien, vraiment. Mais à supposer qu'il ait le temps — ou l'énergie — d'entamer une relation, sa priorité dans l'immédiat restait les besoins des enfants. Pas les siens. Car une chose était sûre, il ne leur ferait pas ce que leur mère leur avait fait.

— Merci pour la proposition, mais nous nous débrouillerons.

Puis il partit rejoindre sa progéniture, sans laisser le loisir à Diana de trouver une repartie. Ce en quoi elle excellait.

*
* *

De retour à la maison de ses parents, en dépit de ce maudit mal de tête — que l'incessant babillage des enfants derrière lui, au cours des dix dernières minutes, n'avait pas arrangé —, Cole sourit en regardant les trois carlins tout frétillants, si drôles avec leur petit bout de langue pendante, faire la fête à Brooke et Wes.

— Faites-les sortir ! ordonna-t-il, avant de jeter ses clés dans la même coupelle posée sur la table dans l'entrée depuis toujours, tandis que le trio de fauves cavalaient à l'intérieur du modeste pavillon, juste avant de sortir par la porte du patio à présent ouverte.

Il rangea en vitesse la nourriture, glissa ce qui devait l'être au réfrigérateur — un modèle très ancien —, puis alla rejoindre enfants et chiens à l'extérieur.

Le jardin n'était pas très grand, mais donnait sur un terrain boisé qui faisait tampon avec l'autoroute. On entendait ce même bourdonnement du trafic qui, la nuit tombée, lui servait de berceuse, enfant. Un bruit de fond qui avait accompagné tant de conversations secrètes, aujourd'hui oubliées. Peut-être pas si oubliées.

Laissant échapper un soupir, mains dans les poches, il resta un moment immobile à attendre que la brise presque fraîche soulage sa pauvre tête. Dénoue cette tension à la base de son crâne.

Paradoxalement, les allusions de sa sœur, à propos de l'avenir, — de celui qu'elle imaginait pour lui, en tout cas — n'avaient réussi qu'à raviver une image de son passé. Image d'une petite fille maigrichonne de sixième, suffisamment courageuse pour s'attaquer verbalement à ces trois brutes de deux fois sa taille qui avaient décidé de faire vivre un enfer à Cole. Enfin, qui essayaient. Car, en réalité, la bêtise de leur comportement l'embêtait bien moins qu'elle, manifestement.

Il sourit malgré lui, en se remémorant le bon vieux temps. Quand tout allait de soi, de façon si naturelle entre eux. Du moins, jusqu'à ce qu'un afflux d'hormones en furie submergent la moindre once d'intelligence et de bon sens qu'il possédait...

— Papa ? ça va ?

Il n'avait pas réalisé que Wes avait pris place sur l'un des fauteuils du patio, ses longues jambes tendues devant lui, le bas de son pantalon presque aux mollets. Une visite au centre commercial, rayon vêtements, s'imposait, songea Cole en réprimant un frisson.

— Bien sûr.

— Tu es sûr ? Parce que tu avais, euh, un air bizarre...

Dans le jardin, Brooke jeta une vieille balle de tennis aux chiens, riant lorsque les fauves se jetèrent dessus en se bousculant pour l'attraper. Cole sourit et alla s'asseoir dans le fauteuil avec son fils.

— Hé, tu sais bien, « bizarre » est mon surnom, dit-il en joignant les mains entre ses genoux.

Le garçonnet pouffa.

— Ah oui, c'est vrai. Alors on va dire, plus bizarre que d'habitude... Sérieux, en rentrant de chez tante Di, tu ne nous as même pas demandé d'arrêter de nous chamailler, Brooke et moi...

— C'est un reproche ?

— Euh, je... En fait, non. Mais...

Une sorte de gazouillis s'éleva dans le bois voisin. Une grenouille ? Un insecte quelconque ?

— Alors... ? Sabrina et toi, vous étiez... très amis ?

— Plutôt...

Brooke s'assit dans l'herbe, sous le soleil couchant, puis elle rit aux larmes quand les trois chiens l'assaillirent de coups de langue affectueux.

— En fait, elle m'a sauvé la peau, quand nous étions enfants. C'est ce qu'elle croit, en tout cas. En s'attaquant à une bande de petits caïds qui, apparemment, ne pouvaient pas me voir en peinture.

— En s'attaquant... ? En leur tapant dessus, tu veux dire ?

Cole rit de bon cœur.

— Bree est plus costaud qu'il n'y paraît, mais… non. Plutôt en leur passant un savon. Et en les menaçant de faire intervenir son frère jumeau, qui mesurait deux fois sa taille. Et celle de ces brutes. Mais comme je te l'ai dit, ça fait des années que nous ne nous étions pas vus. Et je ne m'attendais vraiment pas à la revoir aujourd'hui. Elle non plus, j'imagine…

Il se tourna vers son fils. A cet instant, le vent s'engouffra dans ses cheveux, trop longs, presque aussi bouclés que ceux de Cole. Il reporta son regard dans le jardin.

— Alors c'est vrai, ça faisait drôle de la revoir.

— Et il n'y avait rien d'autre ? Je veux dire, vous étiez amis et c'est tout. Vous ne sortiez pas ensemble ?

— Non, répondit Cole un peu sur la réserve.

Avec un léger et néanmoins tenace pincement au cœur.

— On passait l'essentiel de notre temps ensemble. Chez le colonel. Mais parfois, on venait ici. Où c'était nettement plus calme.

— Plus calme ?

— Le colonel et sa femme, Jeanne, avaient adopté quatre enfants — dont Sabrina et son frère jumeau —, puis ils ont eu eux-mêmes un enfant, à l'époque où Bree et moi étions au collège. Ajoute à ça les copains des uns et des autres… C'était de la folie, dans cette maison.

— Et maman qui n'arrive même pas à s'occuper de deux enfants…, marmonna Wes.

Cole regarda son fils. Il avait bien sûr donné à Bree une version largement expurgée de l'histoire. En partie, parce qu'il ne se sentait pas disposé à déballer tout son linge sale — ou en l'occurrence, celui de sa femme — devant quelqu'un qu'il n'avait pas vu depuis près de vingt ans. Mais, en partie aussi, pour être honnête, parce qu'il avait honte de n'avoir rien vu venir. Rien suspecté. Mais comment aurait-il pu deviner, les enfants ne lui disant rien ?

Ces derniers jours, la vérité était sortie, par bribes. Sur Erin. Comment elle les laissait se débrouiller seuls. Ou oubliait d'aller les chercher. Ou encore, même quand elle était là, comment elle s'enfermait dans sa chambre avec son ordinateur, au lieu de partager un peu de son temps avec ses enfants. Il avait cru, quand elle avait exigé d'en avoir la garde principale, qu'ils seraient sa priorité. Mais au lieu de ça, ils étaient apparemment le dernier de ses soucis.

Les yeux brûlants, Cole posa une main sur l'épaule de son fils. Aujourd'hui encore, il se réveillait lui-même en sursaut au beau milieu de la nuit, le cœur près d'imploser en réalisant que personne ne viendrait les chercher, dimanche. Que c'était à lui de jouer, dorénavant. Personne ne les lui prendrait, plus jamais. Ni ne les laisserait seuls, le soir, ou ne les ignorerait. Et il ne laisserait personne, non personne, ni rien se mettre entre eux.

— Tout ça est passé, maintenant, mon vieux, murmura-t-il. Non que je sache mieux comment m'y prendre avec vous deux…

Wes pouffa.

— Mais à trois, nous trouverons bien.

Wes se redressa, le regard un peu trop froid et caustique pour un enfant de treize ans.

— Tu parles comme si tout ça était nouveau, pour toi. On se voyait quand même chaque week-end…

— C'est différent aujourd'hui, dit Cole. Plus… sérieux.

— Et pour toujours… ?

— … Oui, répondit Cole, la gorge serrée.

Le garçon le dévisagea un long moment puis, soudain, se jeta à son cou et le serra dans ses bras, dans une étreinte un peu gauche, un peu bourrue, mais tellement vraie. En cet instant, Cole pensa que c'était tout ce qu'il demandait. Tout ce dont il avait besoin. Sa seule priorité.

Wes s'écarta, se passant une main dans les cheveux.

— Est-ce que je peux aller jouer à l'ordinateur, un moment… J'en suis au niveau soixante-quatre, ajouta-t-il, tout fier, avec un sourire.

— Tu rigoles… ?

— Non, je t'assure. Personne à l'école, enfin, à l'ancienne école, n'est arrivé aussi loin…

— Eh bien, je ne l'ai pas fait assez compliqué…

— Oh ! ça l'est, crois-moi, dit Wes, avec un large sourire. Mais bon, ce n'est pas ma faute, si je suis un génie.

— Eh bien, je te donne une heure, pas plus, monsieur le génie. Il est déjà tard, et il est temps d'aller dormir…

Son fils soupira bien un peu, mais n'émit pas la moindre protestation. Les règles du coucher — du moins avec Cole — étaient déjà gravées dans le marbre quand ils n'étaient encore que des bébés. Ce qui n'avait pas empêché ses enfants de vouloir vivre avec lui.

Wes rentré, Cole s'étira dans son fauteuil tout en observant sa fille. C'était devenu un jeu, à la longue, ces derniers jours, d'essayer de deviner qui s'épuiserait le premier — les chiens ou elle. Jusqu'à présent, les carlins étaient les vainqueurs. Tant d'énergie dans de si petits corps…

Son téléphone sonna. Il sortit l'appareil de la poche de son jean, avant de se renfrogner en découvrant un numéro inconnu à l'écran.

— Bonjour, ici Cole…

— Oui, heureusement que ta sœur m'a prévenue, rouspéta une voix familière à son oreille. Parce que ça t'aurait trop embêté de m'appeler…

— J'allais le faire, dès demain, je le jure, répondit-il.

A l'autre bout du fil, la vieille femme soupira bruyamment. Tante Lizzie avait toujours été la tante préférée de sa mère. Une tatie alerte du haut de ses quatre-vingt-dix printemps, ex-danseuse de cabaret dans les années…, euh, il y avait très longtemps, et ex-petite amie d'un politicien new-yorkais de renom de l'époque. Après des années de bataille contre la famille du monsieur, pour la garde de sa maison en ville, et une fracture de la hanche deux ans plus tôt, elle avait fini par se décider à prendre une retraite bien méritée dans un village senior dont elle était devenue la vedette.

— J'ai besoin que tu me rendes un service, dit-elle sans détours, comme si elle lui avait parlé la veille, alors que des mois s'étaient écoulés depuis leur dernière conversation.

Cole fronça les sourcils. Férocement indépendante, Lizzie n'était pas du genre à demander quoi que ce soit à quelqu'un. C'était d'ailleurs l'une des raisons pour lesquelles Cole ne l'avait pas revue depuis si longtemps. Elle ne supportait pas d'avoir « quelqu'un dans les pattes » à tout bout de champ.

— Ah ?

— Oui. L'une de mes amies ici, à Sunridge, nous a toutes invitées au mariage de sa petite-fille, samedi prochain. Lorsque j'en ai parlé à ta sœur, il y a quinze jours, elle m'a dit qu'elle m'emmènerait, comme ça je n'aurais pas à faire le trajet en bus avec toutes ces vieilles folles. Mais je viens juste de lui téléphoner pour lui rappeler le rendez-vous, et devine ! Madame avait complètement oublié. Andy et elle doivent emmener George à Adelphi, ce jour-là, pour une visite. Tu te rends compte ? Ce gamin rentre à l'Université, l'année prochaine ! Bon sang, ça ne me rajeunit pas ! Mais bref. Elle m'a conseillé de t'appeler et voilà ! Peux-tu m'emmener ?

— Je n'y vois pas d'objection, répondit Cole en souriant. Mais j'ai les enfants et…

— Pour le week-end ?

— Non, pour de bon, dit-il avec calme.

Un silence. Bref. Puis :

— Et tu pensais m'en informer quand, s'il te plaît ?

— Demain. Au téléphone. C'est tout récent, Lizzie, ajouta-t-il.

Elle soupira de nouveau.

— Eh bien, tu n'as qu'à les emmener. Tout le monde peut venir à la cérémonie. Et comme ça, je pourrai les voir. Parce que ça fait un bail, tu sais…

— Hé, ce n'est pas ma faute si tu étais partie en croisière, la dernière fois où nous sommes venus.

— C'est juste. D'ailleurs, rappelle-moi de ne plus jamais laisser Myrtle Steinberg m'entraîner avec elle je ne sais où. L'Alaska est un joli pays et tout, mais on n'y croise guère de beaux jeunes hommes sexy en petite tenue…

— Et qui sont donc ces gens ? demanda Cole, avant que la discussion dégénère — ce qui avec Lizzie, était monnaie courante. Les mariés ?

— Quoi ? Oh ! oui. Eh bien, je te l'ai dit, la petite-fille de mon amie. Laurel. Une jeune femme charmante. Elle est venue à la résidence nous rendre visite, avec son petit garçon. Adorables, vraiment, tous les deux. Elle épouse l'un des garçons Noble. Le plus jeune, je crois. Au fait, tu vois encore cette Sabrina ?

Le cœur de Cole s'accéléra.

— Mais comment se fait-il que tu te souviennes encore de Sabrina ? Tu ne l'as rencontrée qu'une seule fois. A la remise des diplômes.

— Faux, je l'avais déjà rencontrée juste avant. Lorsque je vivais encore à Edgewood. Tu étais venu m'apporter un gâteau ou autre chose, fait par ta sœur, et Sabrina était avec toi. Tu ne te rappelles plus ?

— Euh… Tu es sûre ?

Lizzie rit doucement.

— Il n'y a pas que les personnes du troisième âge qui ont la mémoire qui flanche, je vois…

A bout de souffle, Brooke le rejoignit dans la véranda et alla s'asseoir dans le fauteuil laissé vacant par son frère. Elle fronça les sourcils, tendit l'oreille. Cole leva une main, tandis que Lizzie revenait à la charge. Lorsqu'elle avait une idée dans la tête, Lizzie ne laissait jamais tomber avant d'avoir obtenu satisfaction.

— Alors ? Vous vous voyez toujours, tous les deux ? répéta-t-elle.

— En réalité… Je l'ai vue aujourd'hui. Pour la première fois depuis la remise des diplômes.

— Sans blague ! Et que devient-elle ?

— Je n'en sais trop rien. Elle n'a rien dit sur le sujet. Une chose est sûre, elle a vécu à New York…

— Vraiment ? Quelle chance. Oh ! je me sens bien ici, à Sunridge, vieille comme je suis. Je n'ai plus envie de vivre au milieu de la foule, du bruit… Mais quand on est jeune, New York, c'est magique…

Il l'entendit soupirer.

— Et donc, elle est de retour… ?

— En visite, seulement, je pense. Toute sa famille est ici…

— Alors, je suppose qu'elle sera présente. Au mariage.

— Je… C'est probable.

— J'aurais donc le plaisir de la revoir… Et elle est toujours aussi mignonne ?

Ce fut plus fort que lui, Cole éclata de rire.

— Elle est de mon âge, Lizzie, trente-cinq ans. Alors, le qualificatif « mignonne »…

— Et moi, je fêterai bientôt mes quatre-vingt-onze ans. Et je suis toujours mignonne comme un cœur… Bref. Je dois te laisser. Je n'ai pas envie de me faire chiper ma place, à la salle de ciné. Je te verrai donc samedi. Le mariage est à 14 heures, mais passe me prendre à 13 h 15, je voudrais être en bonne place, à l'église. Et habille-toi convenablement, s'il te plaît, j'ai une réputation à préserver !

— Papa ! Qui c'était ?

Téléphone dans la poche, Cole se tourna vers sa fille.

— La tante de ta grand-mère. Lizzie. Elle m'a demandé de l'accompagner à un mariage, samedi. Et vous serez du voyage, ton frère et toi…

Il se renfrogna.

— Tu as une robe, dans tes affaires ?

Une lueur d'horreur passa dans le regard de sa fille.

— Je vais devoir porter une… robe ?

- 3 -

Stoïque, Cole franchit le portail de la résidence senior, les enfants n'en finissant pas de se chamailler sur le siège arrière. Belle journée, pour un mariage. Un ciel radieux, de rares petits nuages cotonneux ici et là et une brise légère pour rafraîchir l'atmosphère juste ce qu'il fallait. Oui, une journée idéale.

Pas comme le jour de son propre mariage marqué par un froid polaire et des pluies diluviennes, suite au passage d'un ouragan, la veille, dans le comté voisin. Mais ils se fichaient bien de la météo, la cérémonie se limitant à un bref passage devant monsieur le maire, en présence de quelques membres de la famille. Parce que ni Erin ni lui ne souhaitaient faire de chichis. Comme si se marier n'était qu'une formalité. Un acte comme un autre.

En fait, plus que de légaliser leur union, ils s'étaient surtout préoccupés de la liste de mariage. En se disputant sur le choix du mobilier, lui penchant pour le rustique, elle pour le moderne.

Il avait encore le canapé. De fabrication suédoise. Un meuble qu'il détestait, mais au moment de la séparation, Erin n'en avait pas voulu. Et en acheter un autre, non merci, le seul fait d'y penser lui donnait mal à la tête. En fait, tout le mobilier de l'appartement, le canapé comme le reste, se trouvait au garde-meubles. Mais après plus de dix ans d'usage quotidien, peut-être devrait-il songer à renouveler son intérieur. Le genre de corvée qui le déprimait. Ce qui ne pouvait pas être pire que faire du shopping pour trouver une robe à sa fille, non ?

Grâce au ciel, les enfants consentirent à un cessez-le-feu

quand il se gara devant chez sa tante Lizzie, un appartement de plain-pied, avec vue sur le parc.

— Je vais la chercher, dit Wes qui bondit aussitôt de la voiture et s'éloigna sans laisser à Cole le temps de réagir.

Son fils commençait à rouler des mécaniques, nota-t-il, amusé, malgré ses longues jambes, pas encore adaptées à une poussée de croissance aussi subite que spectaculaire. Démarche en accord avec sa tenue, choisie par ses soins et qualifiée de « cool », pantalon à pinces, baskets de marque, chemise à moitié rentrée à la taille et cravate bcbg. Cole soupira. Il fallait bien qu'adolescence se passe.

A la seconde où Wes frappa à sa porte, Lizzie montra le bout de son joli minois, toute coquette dans une sorte de robe à froufrous bariolée de grosses fleurs, dont Cole se souvenait vaguement, lors du mariage de sa sœur, vingt ans plus tôt. Lizzie avait complété son look avec un chapeau à large bord jaune citron et des ballerines or. Sans parler de la quincaillerie, une tonne de bijoux style bohémien. Alors qu'elle se hâtait vers la voiture, sa canne cognait si fort sur les dalles de l'allée qu'il crut voir des étincelles.

Wes accéléra pour la devancer et lui ouvrir la portière, un geste de gentleman qui lui valut un roucoulement et une petite tape sur la joue. Même si Lizzie dut se hisser sur la pointe des pieds pour cela.

— Quel gentil garçon ! dit-elle en s'installant dans la voiture non sans quelques soupirs, vu ses jambes arthritiques, avec une odeur forte d'antimites dans son sillage. C'est si rare de nos jours, les bonnes manières. Merci beaucoup, trésor, dit-elle à Wes, une fois celui-ci de retour sur son siège.

Puis, comme Cole reculait pour sortir de la place de parking, elle se retourna pour sourire à Brooke, laissant échapper un petit cri de joie.

— Mon Dieu, mais regardez comme elle est jolie ! C'est une nouvelle robe ?

— Mmmoui.

— Qu'y a-t-il ? Elle ne te plaît pas ?

— Bof, elle est pas mal, je suppose…

Tout en riant, Lizzie remarqua à voix basse, à peine audible à cause du ronronnement de la clim.

— Tsst, tsst, une dure à cuire, la petite.

A qui le dis-tu ? songea Cole en souriant. Il avait vu des photos de sa tante, au temps de sa gloire, jeune rousse plantureuse aux yeux bleus, qui vivait, avec cinq autres filles, dans un deux pièces tout en haut d'un immeuble sans ascenseur, à Brooklyn. Alors, oui, Lizzie savait de quoi elle parlait. Et, à cet instant, en dépit des rides qui désormais oblitéraient ces fossettes, qu'elle avait toujours dit détester, parce qu'elles lui donnaient un air enfantin, rien ne put estomper dans ses yeux une lueur de malice. Ou de joie. Comme si elle devinait en Brooke sa digne héritière.

— Quelle journée absolument fabuleuse, dit-elle, tandis qu'ils prenaient la route vers l'église, à l'autre bout de la ville, pas loin de là où vivait Cole autrefois.

Derrière eux, les enfants se branchèrent sur leur smartphone, probablement pour jouer.

— C'est drôle, poursuivit Lizzie, comme en vieillissant on apprend à apprécier tout ce que l'on considérait comme normal, en étant jeune. Comme une belle journée…

Elle lui donna un coup de coude.

— Ou un mariage…

Il eut un grognement. Le mariage. Pas vraiment sa tasse de thé. Surtout un mariage où Sabrina serait présente…

— Eh bien, à quoi occupes-tu donc ton temps ? demanda Lizzie. Toujours à bricoler dans l'informatique ?

— Toujours, répondit Cole, heureux de changer de sujet, même si parler de son travail avec sa tante ne l'enchantait guère.

Mais, après tout, n'était-ce pas ainsi que beaucoup le voyaient, comme un bricoleur d'ordinateurs ? Et à vrai dire, souvent lui-même avait plus l'impression de s'amuser que de travailler.

— J'ai vu beaucoup de gens ici jouer sur ces machins à écran plat qu'on transporte partout, oh, comment dites-vous déjà… ?

— Une tablette ?

— C'est ça. Ou sur leur téléphone. Ta mère a essayé de me

convaincre d'en acheter un, mais franchement, où pourrais-je bien aller pour avoir besoin d'emporter un téléphone avec moi ? ajouta-t-elle en gloussant. A la buanderie ?

Fort heureusement, Lizzie se chargea de faire la conversation pour deux le reste du trajet, jusqu'à l'église — un vestige charmant du XIXe siècle tout en pierre apparente, édifiée à une époque où la communauté catholique, alors majoritaire, se rendait en masse à la messe dominicale. Cole, dont l'expérience spirituelle se limitait à quelques cours de catéchisme, enfant, s'avança vers l'édifice, drapé dans son scepticisme. Jusqu'à ce qu'il entre et découvre les jeux de lumière filtrant par des vitraux de couleurs vives, la majesté des arches et le mobilier liturgique de bois précieux. Sans parler des immenses ventilateurs au plafond qui diffusaient un air frais et floral.

Les enfants, eux aussi, furent saisis par la beauté du lieu.

— C'est super chouette, ici, chuchota Brooke en prenant sa main.

Devant eux, Lizzie accrochée au bras de Wes, débitait cent mots à la minute, sa voix résonnant dans l'édifice. Bizarrement, son fils ne semblait pas s'en formaliser. Brooke rit et offrit un sourire timide à Cole.

— Je suis contente d'avoir une nouvelle robe.

Cole sourit à son tour et lui serra la main.

— Alors, moi aussi. Même si ça fait un peu peur.

— Pourquoi ? demanda la fillette en fronçant ses sourcils blonds.

— Parce que je trouve que tu as l'air d'une grande fille, comme ça…

Et il fit semblant de frissonner, ce qui lui valut un rire joyeux. Parce que oui, elle était toujours sa petite fille. Au moins pour les cinq prochaines minutes.

Ils se faufilèrent sur un banc dont le bois était lisse comme du verre.

— J'avais oublié la sérénité qui règne dans les vieilles églises, dit Lizzie en s'asseyant entre les enfants.

En théorie, pensa Cole quand il entrevit, derrière une forêt de chapeaux et coiffures d'apparat, Sabrina, devant, occupée avec un bébé qui s'agitait dans ses bras. Un garçon, à en juger par le petit costume bleu marine. A côté d'elle, se trouvait une jeune femme plus jeune, elle aussi avec un bébé, plus petit celui-là, apparemment endormi. Cole soudain sursauta en réalisant que la jeune blonde devait être Abby, la jeune sœur de Sabrina, qui n'avait que cinq ou six ans la dernière fois que Cole l'avait vue.

Puis, peut-être par masochisme, il reporta son regard sur Sabrina. Comme elle était belle, avec ses cheveux noirs soyeux relevés en chignon, ses anneaux en argent aux oreilles effleurant la plus belle nuque qu'il ait jamais vue.

— Papa ? ça va ?

Cole sourit à son fils tout en s'ordonnant de se ressaisir.

— Pourquoi toujours la même question ?

— Ces fleurs sont magnifiques, remarqua Lizzie en désignant l'arrangement floral sur l'autel, une foison de fleurs d'oranger disposées dans des vases en cristal. Je parierais ma canne que c'est l'œuvre de sa grand-mère. Il y en a des tonnes, à Sunridge. Elle a dû les prendre là-bas. Vraiment superbe. Mais… Oh ! n'est-ce pas Sabrina, là ? Assise avec sa famille ? Mon Dieu… Elle n'a pas changé pour un sou, non ?

Physiquement, peut-être pas. Il en mettrait sa main à couper, elle n'avait pas pris un gramme, depuis leur dernière rencontre. Mais la jolie adolescente de ses souvenirs n'avait rien de commun avec la femme pleinement épanouie assise une vingtaine de mètres devant, et son sourire — alors qu'elle murmurait pour le bébé sur ses genoux — oui, en voyant son sourire, il sentit son cœur se serrer, plus encore que l'autre soir. Un cœur qu'il n'avait pas envie de sentir se serrer. Ni aujourd'hui ni demain et devant personne. Surtout pas devant Bree.

Un type en robe, le prêtre bien sûr, apparut devant l'autel, accompagné d'un gars blond presque hilare et tout aussi fébrile à l'imminence du grand plongeon — Tyler, le jeune frère de Sabrina, évidemment. Et à côté de lui, il ne pouvait s'agir que de Matt, le frère de Bree, plus ténébreux et athlétique que jamais. La procession commença, avec en ouverture une adorable fillette toute frisée, vêtue d'une robe blanche à volants semant des pétales de rose, suivie de près par un garçonnet de neuf ou dix ans, dont la mission semblait consister à maintenir la fillette dans le droit chemin. Venait ensuite une rousse de toute beauté — Kelly, radieuse et déterminée, à peine reconnaissable. Cole sourit, sincèrement heureux pour elle. Puis chacun se leva au passage de la mariée, une petite brune aux yeux étincelants, dont l'émotion était palpable, dans une robe de princesse rose pâle, accompagnée d'une femme bien plus âgée.

— C'est Marian, chuchota Lizzie aux enfants, assez fort néanmoins pour que tout le monde entende autour d'eux. La grand-mère de Laurel. Qu'elles sont belles, toutes les deux…

Mais Cole avait la tête ailleurs. Et surtout les yeux, une nouvelle fois braqués sur Bree qui à ce moment déposa un baiser sur le front du bébé, avant de sourire quand celui-ci attrapa une poignée de ses cheveux et voulut les mettre dans sa bouche.

Une scène dont Cole mit un peu trop de temps à se détourner, la tendresse de cette vision s'ancrant presque douloureusement dans son cœur. Mais une fois le mariage terminé, il raccompagnerait Lizzie chez elle, et tout rentrerait dans l'ordre. Pas question en effet de s'éterniser.

Avant même de réussir à fendre la foule pour saluer Kelly, celle-ci hurla, faisant sursauter Matt à côté d'elle. Matt qui faillit en lâcher le bébé, dans ses bras. Le même bébé, réalisa Cole, que Bree tenait sur ses genoux, un peu plus tôt.

— Oh mon Dieu ! s'exclama Kelly, une main sur le cœur. Cole ?

Envolée l'ado timide et effacée d'autrefois, si discrète dans l'ombre d'une Sabrina alors exubérante et sûre d'elle. Une ombre derrière laquelle Cole lui-même s'abritait, pensa-t-il, alors que la demoiselle d'honneur le serrait dans ses bras, ses boucles rousses lui chatouillant le bout du nez.

— C'est fou ! dit-elle en le regardant. Oh la la ! mais tu es superbe, à peine si je t'ai reconnu ! Que fais-tu ici ? Quand es-tu arrivé ? Pourquoi es-tu revenu ? Et ce sont tes enfants ?

— Chérie ? dit Matt en riant à côté d'elle, tandis que Cole se demandait pourquoi Bree n'avait rien dit à Kelly à son sujet. Il y a encore plein de gens à saluer. Tu lui feras subir un interrogatoire plus tard…

Matt lui serra la main avec vigueur, avec quantité de questions dans les yeux.

— Salut. Je ne m'attendais pas à te voir ici.

Pourtant nés la même année, tous deux n'avaient jamais été proches, adolescents. Origine différente, fréquentations différentes. Mais le frère jumeau de Bree n'avait pas été dupe, alors, et il savait combien sa sœur et Cole étaient proches. Enfin, avec un peu de chance, peut-être ne savait-il pas tout…

— Je ne m'attendais pas à me retrouver ici, crois-moi, répondit Cole avec son sourire le plus décontracté.

Le sourire d'un homme qui n'avait plus à craindre que ce molosse lui arrache la tête. Il l'espérait en tout cas. Le monde est petit…

Lâchant la main de Cole, Matt rit.

— Tu peux le dire.

Toute fière, Lizzie se mit en tête de présenter les enfants aux invités et Cole sourit en voyant Wes se comporter en homme du monde, tandis que Brooke s'extasiait devant le bébé. Passé les effusions, Cole rejoignit Lizzie à laquelle il donna le bras pour descendre les marches de l'église, les enfants les escortant. Mais à peine sur le trottoir, Kelly les rattrapa, les yeux brillants.

— Vous venez à la réception, bien sûr… Mais bon, si vous voulez d'abord ramener Lizzie…

— Eh bien, hmm… Nous n'avons pas reçu d'invitation…

— C'est moi qui me suis occupée du buffet, et crois-moi, il y en a suffisamment pour nourrir tout le New Jersey, dit-elle en riant. Donc, pas de scrupules…

Son regard s'adoucit.

— Tu fais partie de cette famille, toi aussi, Cole. Tout comme moi…

Elle reporta son attention sur les enfants, riant avec Lizzie, puis ajouta.

— Et nous aimerions mieux connaître tes enfants.

Au même instant, Sabrina sortit de l'église, le bébé que tenait un peu plus tôt sa sœur Abby dans les bras. Elle descendit avec grâce les marches quand quelqu'un qu'il ne connaissait pas s'arrêta pour admirer l'enfant. Tout sourire, Bree montra fièrement le bébé à la femme et rit en l'écoutant.

— C'est la nôtre, dit Kelly avec tendresse, et Cole reporta son regard sur elle. Ma fille et celle de Matt. Trois mois la semaine dernière.

— Félicitations, et comment s'appelle ce bout de chou ?

— Teresa Jeannette, comme la mère biologique de Matt et Sabrina. Et aussi Jeanne, bien sûr…

Elle leva les yeux au ciel.

— On l'adore…

— Non ? C'est vrai ?

Kelly rit, avant de soupirer.

— Bree a l'air de tenir le coup, non ? Je veux dire, compte tenu de la situation…

— Quelle situation ?

Voyant son expression confuse, elle rougit.

— Oh ! bon… Tu n'es pas au courant. Ecoute, fais comme si tu n'avais rien entendu…

— Trop tard, Kelly. Quelle situation ?

Kelly regarda Bree, puis de nouveau Cole.

— Elle était censée se marier dans quelques semaines, dit-elle à voix basse. Mais le mariage a été annulé. D'où son retour ici…

— Chérie ? appela Matt du haut des marches, l'air soucieux, en agitant la main.

— Oui, j'arrive ! répondit-elle, puis elle se dressa sur la pointe des pieds et embrassa Cole sur la joue, en ajoutant : je ne t'ai rien dit, d'accord… ?

Puis elle ramassa un pan de sa longue jupe et remonta l'escalier au pas de charge pour rejoindre son mari.

Bien. Voilà qui expliquait la douleur dans les yeux de Bree, l'autre jour. Sans parler de ce mélange poignant de sympathie et de crainte qui manqua lui couper le souffle, quand son regard rencontra le sien, ou encore la tristesse de son sourire, avant qu'elle reporte son attention ailleurs…

Mettant ainsi un terme, Dieu soit loué, à cette attirance qui manifestement, qu'il le veuille ou non, était encore là. Même après tout ce temps. Ce qui n'avait aucun sens.

— Alors, il y a une fête aussi ? s'enquit Brooke devant lui, les yeux émerveillés, ce qui amena Cole à se demander comment il se pouvait qu'à leur âge, ses enfants n'avaient jamais participé à un mariage. Tante Lizzie dit que ça va être super, avec plein de choses à manger et tout un tas de trucs…

Oui. Y compris un tas de trucs… affectifs, dont il ne voulait rien savoir, là, tout de suite. Ni jamais d'ailleurs.

Lizzie s'avança derrière sa fille et posa les mains sur ses épaules, tout en lançant à Cole un regard signifiant « J'ai tout vu ».

— Tout le monde est invité, dit-elle avec douceur — enfin, la douceur selon Lizzie. Les enfants sont habillés si joliment, ajouta-t-elle puis, l'œil noir : Ce n'est pas comme si tu étais attendu ailleurs, non ?

En enfer, peut-être ? songea Cole, tout en se résignant à l'inéluctable.

Une cannette de soda à la main, Wesley plissa le front tout en observant par la baie vitrée grande ouverte, dans le jardin, derrière la piscine, la silhouette sur un banc. L'amie de son père. Seule. Bizarre. Oh ! mais peut-être pas, après tout. Il faisait si chaud. Et tout ce bruit, tout ce monde…

— Tu n'as qu'à aller lui parler, dit soudain sa sœur derrière lui, le faisant sursauter. Sinon, à force de la regarder, tu vas lui creuser un trou dans la nuque…

— Je la regarde pas, marmonna-t-il en faisant face à Brooke, tout en portant la cannette à sa bouche.

— Plus maintenant, mais juste avant, si, répliqua Brooke en avalant une gorgée de son punch, un truc rose sans doute hyper sucré. Mais je ne te le reproche pas. Moi aussi, je suis curieuse…

— Dans ce cas, pourquoi tu ne vas pas lui parler, toi ?

Brooke regarda dans le jardin et prit un air penaud.

— Parce que je ne saurais pas quoi dire. Mais toi, tu sais parler aux gens. Tandis que moi…

Elle haussa les épaules.

C'était la même raison qui avait poussé Brooke à insister pour qu'il aille parler à leur mère. Non que lui-même n'y ait déjà pensé, vu la situation… Ce défilé permanent des petits copains de leur mère, à la maison. Elle avait toujours mieux à faire qu'à s'occuper de sa sœur et de lui. Ce dont il souffrait depuis longtemps, en réalité. Mais il le gardait pour lui, parce qu'il ne voulait pas faire de peine à sa sœur, ni l'inquiéter… N'empêche, ni lui ni Brooke ne s'attendaient au choix de leur mère. Et pourtant. Quelques secondes lui avaient suffi pour prendre sa décision.

Il observa son père, à l'autre bout de la salle de réception, en pleine discussion avec un homme, peut-être un peu plus âgé que lui, et deux garçons d'à peu près son âge et celui de sa sœur. Le frère aîné de Sabrina, Ethan et deux de ses enfants, se souvint-il. Au même instant, son père capta son regard et lui demanda en silence *ça va ?* Wes hocha la tête. Leur père semblait toujours s'inquiéter pour eux. Mais après maman, c'était plutôt sympa, non ?

Il sourit en repensant au premier soir, quand ils étaient venus vivre avec leur père pour de bon. Il leur avait expliqué qu'ils devraient se montrer patients avec lui, parce qu'il y avait une énorme différence entre être parent le week-end et être parent solo. Et qu'en toute honnêteté, il ne savait pas trop comment s'y prendre. Ce qu'il leur avait répété, à peu de choses près, quand ils étaient revenus de chez le colonel, l'autre soir. Pourquoi leur père disait ce genre de choses, mystère. Parce qu'il se débrouillait tellement mieux que leur mère.

Puis était apparue cette dame, Sabrina…

— D'après lui, ils étaient amis, dit-il, la gorge serrée. Quand ils étaient au lycée. C'est tout.

Brooke ne semblait guère convaincue.

— Je ne sais pas. Il a une drôle de façon de la regarder…

— Tu lis trop de romans à l'eau de rose.

— *Jane Eyre* n'est pas un roman à l'eau de rose, abruti. Et c'est mieux que de jouer sans arrêt à ces jeux vidéo idiots…

— Comme ceux que papa crée, tu veux dire ?

Brooke laissa échapper un soupir.

— Tu comprends, après maman…

— Je sais, je sais, mais papa a été formel…

— Oh ! les adultes sont tellement forts pour dire aux enfants ce qu'ils ont envie d'entendre…

— Et si ça se trouve, elle aussi me racontera des histoires, dit Wes en désignant Sabrina d'un coup de menton. Franchement, à quoi bon aller lui parler… ?

Sa sœur se pinça les lèvres, comme s'il venait de marquer un point, puis elle le regarda avec ses grands yeux en chuchotant « S'il te plaît ».

Brooke n'était pas du genre à pleurnicher. Enfin, pas souvent. Et pas maintenant. Mais il le voyait à son regard, elle était inquiète, car ils venaient juste de résoudre un problème qu'un autre semblait se présenter. Ils savaient comment ça se passait chez les autres, ils voyaient ça tous les jours avec leurs camarades vivant avec un seul parent — à l'instant où un autre adulte entrait dans l'équation, les enfants passaient au second plan. Soit, peut-être pas chaque fois, il connaissait un ou deux cas où ç'avait marché. Un ou deux cas seulement.

De nouveau, il regarda dans le jardin. Comme ce serait super, pour une fois, de ne pas avoir à s'inquiéter à propos des parents, des grands en général. De pouvoir être un enfant, tout simplement. Même s'ils ignoraient encore où ils vivraient, après l'été, et où ils iraient à l'école, les choses étaient à peu près normales. Enfin. Oui, papa… Il était vraiment là pour eux. Et il était cool, comme adulte. Même s'il disait des bêtises, parfois. En fait, Wes déjà pouvait le dire, vivre avec papa à plein temps était la chose la plus géniale qui leur soit jamais arrivé, à sa sœur et à lui.

Alors, pas question de laisser tout ça tomber à l'eau.

— Ça va aller ? demanda-t-il à Brooke. En m'attendant ?

— J'ai ma liseuse. Je vais me trouver un endroit où bouquiner tranquillement…

— Non, surtout pas. Papa va s'affoler s'il ne te voit plus. Reste avec Lizzie. Ou cette fille, là-bas, celle aux cheveux longs, qui est venue nous parler, tout à l'heure. La nièce de Sabrina, je crois ?

— Je ne sais pas, dit Brooke en faisant la grimace.

— Elle a l'air vraiment sympa, Brookie. Tiens, regarde. Elle nous sourit.

— D'accord, soupira Brooke après une hésitation.

— Bien, dit Wes en tendant à sa sœur sa cannette vide. Je vais voir ce que je peux apprendre, dit-il et elle parut alors si soulagée que Wes sentit son cœur se serrer.

— Comment ça se fait que vous soyez ici, toute seule ?

Recroquevillée sur son banc, à l'ombre d'un pommier, Sabrina sursauta et tourna la tête, avant de sourire au fils de Cole. Heureusement, elle n'était pas en train de pleurer. Une ou deux fois, ç'avait bien failli, mais elle s'était mordue la langue férocement pour s'en empêcher. C'était le mariage de son frère, quand même…

Cole avait donc fini par venir, mais ce n'était pas vraiment une surprise. Les choses se passaient comme ça, dans les petites villes. C'était comme vivre en coloc.

Elle sentit son cœur s'emballer en voyant cet enfant dont les yeux gris clair — sans parler de son expression perplexe — la renvoyèrent direct à l'année de sa sixième et à une autre paire d'yeux gris. Et à une autre expression de perplexité. Les deux lui causant un vrai choc émotionnel, à l'église.

— Et toi, comment se fait-il que tu ne sois pas en train de t'amuser avec les autres ? répondit-elle sur le ton le plus léger possible.

— Parce que ça me rase, répondit Wesley en s'asseyant sur le banc à côté d'elle, ses longues jambes étirées devant lui.

Déjà plus grand qu'elle, nota Sabrina. A ce rythme, à la fin du collège, il dépasserait son père.

— Il y a pourtant des enfants de ton âge. Les jumeaux de mon frère Ethan…

— Je ne les connais pas.

— Tu ne me connais pas moi non plus, remarqua-t-elle avec douceur.

Un demi-sourire se dessina sur ses lèvres — un autre « colisme », malheur —, puis il contempla les branches du pommier chargées de fruits verts.

— Au moins, il fait plus frais ici, dit-il.

— C'est juste, répondit-elle en souriant.

La mine toujours préoccupée, Wesley finit par reporter son regard sur elle. Un regard franc.

— Papa dit que vous étiez très amis, enfants ?

Elle sentit son sang se glacer.

— En effet. Il… Il vous a parlé de moi, après votre départ, l'autre soir ?

Tout en hochant la tête, le jeune garçon détourna les yeux. Le vent chahuta un peu ses cheveux, trop longs. *Présage d'une tempête, peut-être. Au sens propre comme au figuré*, songea-t-elle avec un frisson.

— Il dit que vous lui avez sauvé la mise.

Elle se força à rire.

— Je ne suis pas sûre de comprendre ce qu'il entend par là, mais oui… Nous étions très proches. A l'époque.

— Et que s'est-il passé, alors ?

Elle s'étira, laissa reposer sa nuque sur le dossier du banc.

— Eh bien, nous avons grandi. Pris des voies différentes. C'est ce qui arrive souvent avec les amis d'enfance. Surtout, lorsque l'un s'en va… Mais pourquoi ces questions ?

— Alors, vous n'étiez pas… fiancés, un truc comme ça ?

— Non, répondit-elle.

Et c'était la vérité. En dépit de ce qui était arrivé. Mais pas question de révéler certaines de ces vérités, surtout à un garçon de treize ans.

— Ton père t'a dit que oui ?

— Non, mais…

Il écarta une mèche devant ses yeux, ses pieds agités de soubresauts, et Sabrina eut de la peine pour lui, même si elle ne comprenait pas vraiment la raison de sa nervosité.

— Ça se passe bien avec ton père ?

— Papa est cool, répondit le garçon, tendu.

— J'en suis sûre… Ton père était le meilleur ami dont on puisse rêver. Je ne dirais pas « cool », plutôt genre intello, dit-elle en riant et Wes sourit. Tu sais, avant l'autre soir, nous ne nous étions pas vus depuis près de vingt ans. Et les gens changent…

— J'imagine, répondit Wesley, les yeux rivés devant lui. Il vous… Il vous a expliqué pourquoi on vivait avec lui ?

— Oui…, répondit-elle, cherchant ses mots. Je suis désolée. Et ce qu'il m'a raconté m'a mise en colère. Mais je ne connais pas ta mère. Les raisons qui l'ont poussée à prendre cette décision…

— Ah… Vous prenez sa défense ?

— Mon Dieu, non ! Mais je n'ai pas le droit de la juger…

Pourtant, face au désarroi de ce gamin, elle aurait volontiers giflé cette femme. Elle retint un soupir, regrettant d'avoir abordé ce sujet ultrasensible.

Wes replia ses grandes jambes, les croisa, toujours aussi nerveux, comme s'il était en cause.

— Au moins, maintenant…, dit-il avant d'inspirer profondément, papa, lui, il a envie de vivre avec nous. Et ça, ça fait du bien…

Elle vit sa pomme d'Adam tressauter, puis il la regarda, comme s'il venait de rassembler tout son courage…

— De passer avant tout le reste, dans sa vie.

Sabrina en resta d'abord saisie, puis elle éprouva une envie de rire. Face à l'ironie de toute la situation, à ce sentiment de déjà-vu, au terrible sens de l'humour de l'univers. Sauf que l'inquiétude, tout à fait justifiée de Wesley, était autrement plus profonde que les caprices d'un enfant gâté de six ans. Et que son inquiétude n'était absolument pas fondée.

— Tu sais… Je ne représente en rien une menace pour la relation que vous avez avec votre père. Si c'est cela qui te préoccupe.

— Vous êtes sûre ?

— Catégorique.

De nouveau, il regarda devant lui, rougit légèrement.

— Je… Nous n'avons pas envie que les choses tournent mal. Encore une fois.

— Je comprends, chuchota-t-elle, le cœur serré. Mais tu devrais peut-être en discuter avec ton père. Plus qu'avec moi.

Il croisa brièvement son regard.

— Tout ce qu'il me répondra, c'est tout va bien. Ou que l'on imagine des trucs. Des bêtises de ce genre.

— Tu ne le crois pas honnête, envers vous ?

Wes haussa les épaules. Mais si Sabrina tenait à rassurer le garçon — car elle n'imaginait pas que Cole puisse être malhonnête envers qui que ce fût, encore moins ses enfants —, les gens parfois avaient de bonnes raisons de taire certaines choses à ceux qu'ils aimaient. Des raisons pas forcément mauvaises. Pour la plupart. Et puis… Comment saurait-elle ce qui se passait dans la tête de Cole ? Elle-même peinait à faire le tri dans la sienne.

— Ton père, en ce moment, cherche peut-être ses marques, peut-être doute-t-il de sa capacité à vous rendre heureux au quotidien, tu comprends… En tout cas, tu peux me croire, je ne cherche pas à commencer, ou recommencer, quoi que ce soit avec lui. Pour des raisons qui n'appartiennent qu'à moi, d'accord ? Je ne dis pas, on pourrait redevenir amis, le temps de mon séjour ici, mais ça n'ira jamais plus loin. Parce que je ne compte pas m'éterniser à Maple River… J'ai une carrière qui m'attend, à New York.

— Oh.

— Oui. Alors tu peux rassurer ta sœur, entendu ?

— Comment avez-vous…

Elle rit de bon cœur.

— Matt, mon frère jumeau, était très protecteur avec moi. Même petit, surtout après le décès de nos parents. Alors, je sais reconnaître certains signes.

Le garçon esquissa une grimace avant de tourner la tête… et de se figer, amenant Sabrina à regarder dans cette direction. Cole se trouvait à une dizaine de mètres… Le regard noir. Suspicieux.

- 4 -

— Papa ? demanda Wes, rouge comme une tomate. Je ne t'avais pas vu…

— Je bats le rappel, répondit Cole avec calme. Vole donc au secours de ta sœur, elle n'en peut plus des bavardages de Lizzie.

Les joues encore rouges, son fils se leva, répondit à peine lorsque Cole le serra brièvement dans ses bras, avant de s'esquiver. Cole le suivit des yeux un moment, puis il se tourna vers Sabrina. Et il n'aurait pas manqué de trouver la situation amusante, s'il n'avait senti la souffrance de Wes. Ou de la femme devant lui, presque diaphane dans sa robe bleu pâle, incarnation d'une héroïne de *Gatsby le magnifique*. Rien à voir avec la mitraillette à paroles qui autrefois n'hésitait jamais à se mettre en danger pour réparer une injustice. Ne lui manquait plus que la cape de super woman alors, et…

Du calme. La chaleur ne lui réussissait pas. Ni la foule d'ailleurs. Il ne s'était jamais vraiment senti à l'aise, dans les fêtes et autres réunions, déjà au lycée. Le bruit, la proximité, la futilité des conversations… Non, ça n'avait jamais été son truc. Avec Bree en revanche, il ne se sentait pas oppressé. Avec elle, il pouvait se taire, être en paix… A l'époque, en tout cas.

— J'ai presque peur de te demander de quoi il t'a parlé, dit-il.

Elle rit. A sa façon.

— J'ai presque peur de te l'expliquer…

Un sourire crispé aux lèvres, Cole s'assit sur le banc à côté d'elle.

— Il va bien falloir, pourtant, dit-il, sans la regarder.

Incapable de le faire.

De nouveau, elle rit, un rire aussi léger que la brise de ce début d'été.

— Il voulait des éclaircissements…

Lorsqu'il tourna la tête vers elle, elle haussa les épaules.

— Il s'interrogeait, ce qui est compréhensible, poursuivit-elle. Sur ce que nous représentions, l'un pour l'autre… Sur ce qu'il pourrait y avoir entre nous aujourd'hui. Car apparemment, tu lui aurais dit que je t'avais sauvé la mise… ?

Esquissant une grimace, il détourna les yeux.

— Et qu'as-tu répondu ?

— Que quoi que nous ayons été l'un pour l'autre autrefois, c'était le passé, dit-elle avec douceur.

Ses paroles auraient dû être un soulagement. Ce qu'elles furent, d'une certaine manière. Dans ce cas, pourquoi ce goût amer dans la bouche ? Cette déception totalement irrationnelle. Stupide.

— Il m'a raconté ce qui est arrivé avec sa mère. Pas dans le détail. Il voulait s'assurer que je n'étais pas une menace.

Cole se crispa. *Comment pourrais-tu donc représenter une menace, toi ?* songea-t-il.

— Vis-à-vis d'eux ? demanda-t-il.

— Plutôt vis-à-vis de… De ce que vous partagez, tous les trois, je pense. Vis-à-vis de cette nouvelle vie que vous commencez juste à entreprendre… Mais bref…

Elle fit dégager d'une chiquenaude un insecte sur son genou.

— Même si tu étais, euh, sur le marché, je ne serais pas preneuse. Donc, ils n'ont pas d'inquiétude à avoir…

Hochant doucement la tête, Cole regarda droit devant lui.

— Kelly m'a expliqué.

— Quoi donc ?

— La raison de ta présence ici. En dehors du mariage, je veux dire.

— Ah.

Il observa son profil. Plus précisément, le rictus au coin de ses lèvres. Et il se rappela, un peu tard, la prière de Kelly. Zut.

— Je n'étais pas censé dire quelque chose, mais…

— Oh ! ça va, soupira-t-elle. Ce n'est pas vraiment un secret d'Etat.

— Je suis désolé.

Elle regarda du côté de la piscine, puis haussa les épaules.

— D'ici à un moment, j'en suis sûre, je penserai que j'ai bien fait, mais dans l'immédiat…

Elle se tourna vers lui, toujours avec ce rictus, les yeux secs mais vides. Rien à voir avec la fille qui fulminait et tempêtait quand un idiot l'embêtait. Une fille aux émotions à fleur de peau…

— Eh bien, ça fait mal.

— Tu veux en parler ?

Elle parut aussi surprise que lui par sa proposition et éclata de rire.

— Après tout ce qui…

Puis elle secoua la tête, entre amusement et compassion.

— Vraiment ?

— Les vieilles habitudes ont la vie dure, on dirait…

— Oui. Celle par exemple de me taper la tête contre un mur encore et encore. Ou n'importe quoi d'aussi destructeur…

Elle soupira.

— J'ai fini par apprendre une chose ou deux. Même si, compte tenu de l'histoire récente, peut-être pas autant que je le croyais…

Elle agita la main devant elle, comme pour chasser cette pensée.

— Mais je comprendrais que tu sois sur tes gardes. Que tu me détestes encore…

— Je ne t'ai jamais détestée, Bree.

Elle laissa échapper un rire bref, désenchanté.

— Pas comme autrefois, sans doute.

Il regarda ses mains un moment, puis à son tour soupira.

— C'était plus que… Je ne comprenais pas ce qui était arrivé.

— Bienvenue au club, marmonna-t-elle. Mais bon, je ne t'en aurais pas voulu, je le répète, de me détester. Pour t'avoir… fait autant souffrir.

Il ne répondit qu'après un long moment.

— Tu ne sembles pas comprendre… Je n'ai jamais été une victime. Et certainement pas la tienne.

— Même à…

— Surtout à la fin…

Ce fut plus fort que lui, il serra les dents.

— Je n'allais tout de même pas faire la sourde oreille quand tu t'es mise à flirter avec moi…

— Même si je me servais de toi alors pour consoler mon ego, après avoir été plaquée par Jerry ?

Car, en définitive, tout s'était résumé à ça, aussi douloureux, aussi déplorable que cela soit.

— Oui, même si. Car cela restait mon choix. Comme tout le reste, dans ma vie. La fille avec qui je sortais, les fringues que je portais, ce que je faisais, tout. Cela ne signifie pas que je n'ai pas souffert, enfant. Que je n'ai pas commis d'erreurs. Ou que la vie ne me jetait pas des bâtons dans les roues de temps à autre. Mais la façon de gérer ces coups de bâtons ne dépendait que de moi. Et, même à l'époque, j'étais conscient de ce dans quoi je m'aventurais, même si j'ignorais comment gérer tout ça… Ou comment réagir, quand tout m'a explosé à la figure.

Il finit par la regarder, le cœur serré en voyant son air contrit.

— Mais je n'ai plus dix-sept ans. Donc, quand je te demande si tu as envie de parler, je suis tout à fait conscient de ce que je demande, pourquoi et à qui je le demande. Et cela n'a rien à voir avec les mauvaises habitudes du passé. C'est ce que je suis moi, aujourd'hui.

Ils se dévisagèrent de longues secondes, puis elle chuchota

— Cela n'explique pas pourquoi tu t'intéresses à moi.

Il se força à regarder au fond du jardin, où Wes et Brooke bavardaient avec d'autres enfants, nièces et neveux de la grande famille Noble.

— Une chose est sûre, mon cerveau, avec sa logique coutumière, est en train de se demander ce que je fabrique. Parce que, en toute franchise, les choses auraient pu rester en l'état, par rapport à l'autre soir — des retrouvailles sans suite — point final. Puis je t'ai vue à l'église, et mes enfants sont allés vers toi pour te parler et…

Cole se redressa sur le banc et croisa les bras.

— La chose la plus importante que j'ai apprise de ta famille, dit-il avec calme, de toi… c'est la solidarité entre les êtres humains. Savoir s'aider les uns les autres, même si ce n'est pas évident. C'est que faire passer les autres avant soi te rend plus fort. Fait de toi une meilleure personne. Et c'est cet exemple que je veux offrir à mes enfants.

— Sauf que… Si tu ne dis jamais rien, ils ne sauront jamais.

— Moi je le sais, et c'est tout ce qui compte.

— Donc ceci n'a rien à voir avec moi, si je comprends bien…

Il hésita, avant de répondre.

— Je tiens encore à toi, Bree. Ce que nous avons partagé si longtemps vaut bien plus que ce qui nous a séparés.

— Mais… ?

Le sourire dans sa voix lui arracha un soupir.

— Mais je veux être franc avec toi… Je ne laisserai jamais plus quelqu'un compter pour moi comme tu as compté pour moi. Oui, je sais, ajouta-t-il quand elle se rembrunit. J'ai dit que c'était mon choix. Mais mes choix ont changé, aujourd'hui. C'est comme tu l'as expliqué à Wes, personne ne veut recommencer quoi que ce soit. Pour toutes les raisons que nous avons dites et sans doute une bonne centaine encore, auxquelles nous n'avons pas pensé. Mais, puisque le destin a voulu ces retrouvailles, pourquoi ne pas essayer d'en tirer le meilleur parti, pour finalement arranger les choses, entre nous ?

Il sourit en regardant les enfants, quand Brooke se tourna vers lui, l'air inquiet.

— Ou au moins, laisser ces choses-là où elles sont.

Tout en regardant le visage tendu de Cole, Sabrina se demanda pourquoi, si tourner la page était ce à quoi il aspirait — ce qui était compréhensible — pourquoi il l'invitait à faire la seule chose qui leur avait valu tant de problèmes, au début ? Même si… Peut-être que la laisser se confier à lui était exactement ce dont il avait besoin pour tourner cette page. Comme une sorte de retour de manivelle. Pour le réconforter, à retardement.

— Tu en es sûr, tu veux vraiment entendre ça ?

Il la regarda du coin de l'œil, un autre talent acquis au fil des années.

— Tu es bien au courant pour Erin, ça me paraît juste, non ?

Alors, elle lui raconta tout à propos de Robbie, comment le fils de Chad ne l'avait jamais acceptée, en dépit de tous ses efforts.

— Bien sûr, dit-elle, peut-être qu'avec le temps, tout ça se serait arrangé. Mais je n'ai pas voulu prendre ce risque. Même si…

Cela, elle ne s'en était ouverte à personne. Ni à Kelly, ni à son père. Et certainement pas à son frère. Comme si, prononcer les mots à haute voix leur donnait trop de pouvoir. Du poids. Mais tout ça n'avait plus guère d'importance…

— Même si, pour être honnête, poursuivit-elle, ça n'allait pas très fort, entre Chad et moi depuis quelque temps. Y compris lorsque Robbie n'était pas là.

Un long silence, puis il demanda.

— Je peux savoir pourquoi ?

Elle secoua doucement la tête, avec un profond sentiment d'amertume.

— Trop d'exigences, peut-être ? Une certaine obstination à vouloir que ça marche à tout prix… ? dit-elle en refoulant ses larmes. Et quand j'ai fini par avouer ne plus être aussi sûre, Chad n'a pas semblé surpris… Ni bouleversé.

— Oh. C'est dur.

— Il a été très correct. M'a proposé de garder la bague, de rester à l'appartement le temps que je voulais… J'avais quitté le mien, à nos fiançailles, pour emménager avec lui. Lui s'installerait chez ses parents, à Oyster Bay… Mais ça n'avait pas de sens. Garder une bague de fiançailles rompues ? Continuer à vivre chez mon ex ? Pourquoi… ?

— Alors, tu es rentrée à Maple River.

— Pour faire le point, oui…

Pas question d'évoquer les soucis d'argent, cela ne le regardait pas.

— Je dois encore me rendre en ville plusieurs fois par semaine, pour des rendez-vous, mais sinon…

Elle haussa les épaules.

— Voilà l'histoire. Eh oui, par moments, j'ai le cafard. Mais ça passera…

— Ohé, venez vous servir ! appela Matt depuis la fenêtre de la salle des fêtes.

Bree lui fit signe en riant.

— Nous ferions mieux d'y aller avant qu'ils dévorent tout, dit-elle, et elle se leva, défroissa d'un geste sa robe légère. Ces vieilles dames ont un appétit d'ogre.

Cole, à son tour, se leva.

— Tu as vraiment envie de retourner à cette réception ?

— Pourquoi pas ? demanda-t-elle, perplexe.

— Cela me semble évident…

Elle ne put décider s'il y avait quelque chose de réconfortant ou de terrifiant dans le fait que, vingt ans plus tard, il puisse encore lire si facilement, si justement en elle.

Elle se força une nouvelle fois à sourire.

— Je ne te cache pas que j'aurais préféré faire autre chose que me rendre à un mariage, aujourd'hui. Mais je suis tellement heureuse pour mon frère et ma nouvelle belle-sœur. Et je ne veux pas avoir l'air d'une âme en peine… Alors, merci, ajouta-t-elle.

Elle s'éloigna de quelques pas, ayant soudain besoin d'espace. D'air. De reprendre ses esprits.

— Merci de m'avoir écoutée.

— Je t'en prie, répondit Cole, les yeux rivés aux siens.

Elle dut prendre sur elle pour ne pas tourner les talons et fuir à toutes jambes, comme si elle avait le diable aux trousses.

L'heure d'après, elle finit par perdre Cole de vue tout en errant d'invités en invités, pour la plupart septuagénaires, accrochée à son verre de vin blanc, le premier et l'unique. Le repas était savoureux — comme à son habitude, Kelly s'était surpassée —, mais Sabrina n'avait fait que grignoter. Manifestement, son appétit s'était envolé en même temps que son amour-propre. Mais avec un peu de chance, tout ça reviendrait.

Au moment des toasts, elle avait ri, souri et versé quelques larmes, profondément émue en regardant son frère, radieux, levant son verre en l'honneur de sa femme. Tyler était — enfin, avait été — l'éternel adolescent, l'enfant terrible de la famille, fuyant comme la peste les responsabilités. Le fait qu'il ait craqué pour Laurel, un peu plus âgée que lui, mais surtout très sage, très organisée, prouvait que Dieu avait un sacré sens de l'humour. Ou se plaisait à diriger les choses selon ses plans à Lui, pas ceux des humains.

Ce qu'elle devrait probablement garder à l'esprit, les jours prochains.

En temps normal, elle était très fête, bruit et chaos — ce n'était pas pour rien qu'elle adorait vivre New York —, mais aujourd'hui, elle étouffait. Aussi, une fois le dîner terminé s'esquiva-t-elle de nouveau, cette fois dans le solarium qui surplombait le parc. Elle sourit en découvrant rocking-chairs et chaises en fer forgé, avec une pensée émue pour la véranda, chez son père. Pour un peu, entre le mobilier, les ventilateurs de plafond et sa robe rétro, elle se serait crue transportée dans les années 1920… Une légère toux derrière elle la fit sursauter.

— Pardon, s'excusa Brooke, assise dans un coin sur une chaise, liseuse sur les genoux, l'air penaud. Je ne voulais pas vous faire peur.

— Pas du tout, répondit Sabrina en souriant. Je ne savais pas qu'il y avait quelqu'un, je peux m'en aller…

— Non, ça va. J'allais rentrer de toute façon

Tu es sûre ?

Un petit sourire se dessina sur les lèvres.

— Non.

— Ton père sait que tu es là ?

Elle hocha la tête.

— Il sait que j'ai du mal avec la foule. Il dit qu'il était pareil, avant.

— Je m'en souviens.

— C'est vrai ?

— Oh oui, répondit Sabrina en riant. Et j'étais tout l'opposé.

Je voulais toujours faire quelque chose, sortir avec les autres enfants. En fait, je détestais être seule à cette époque. Ton père, lui…

Elle s'assit sur la chaise à côté de la fillette.

— Mais, au moins faisait-il des efforts. Il restait parfois des heures à ma maison où il y avait toujours du monde et du bruit. Puis il rentrait chez lui et s'isolait au sous-sol en jouant aux jeux vidéo pour décompresser.

— Il le fait encore aujourd'hui, dit Brooke. Mais le soir, lorsqu'on est au lit…

La fillette la fixa avec le même genre de regard que son père, que son frère. Un regard droit, sans concession. Sauf que ses yeux à elle étaient verts.

— Juliet dit que vous aidez les gens à choisir leurs vêtements…

Juliet, la fille de son frère Ethan, une superbe jeune fille de seize ans bourrée de talent, l'aînée de cette génération de cousins Noble, une vraie mère poule pour tous.

— Oui, c'est mon travail à New York.

— Elle dit aussi que vous êtes super douée.

— Je savais que je pouvais compter sur elle pour ma promo, plaisanta Sabrina.

Brooke baissa les yeux et rougit un peu plus.

— Vous vous occupez… des enfants, aussi ?

La question la prit au dépourvu.

— En principe, non. Mais je pourrais. Pourquoi ? Tu connais quelqu'un que cela pourrait intéresser ?

La fillette vira à l'écarlate.

— Oui, moi.

Elle ne s'attendait pas à cela, surtout après sa petite conversation avec son frère.

— Oh ! vraiment ?

Toujours sans la regarder, Brooke rajusta sa robe. Trop rose, trop chargée, trop tout pour elle.

— En fait, tout le monde pense que je me fiche des vêtements, mais c'est faux. Enfin, plus aujourd'hui…

Elle leva les yeux, pour aussitôt les baisser.

— Et puis, à l'école, on portait l'uniforme, alors ce n'était pas important. Mais je vois des filles qui s'habillent avec des trucs supers, et en fait, je me demande si ça m'irait ?

— Qu'en pense ta mère ?

La fillette esquissa une moue.

— Euh, elle a des goûts vestimentaires un peu particuliers. Oh moi, je m'en moque. Enfin, pas complètement, mais… Mais bon, elle m'a toujours choisi des vêtements… Non, c'était un vrai cauchemar…

— Beaucoup d'enfants parlent comme toi, dit Bree en ravalant un sourire. Ma mère, que j'adorais, ne comprenait rien à la mode. Je me souviens de disputes, au centre commercial… Je t'assure, ajouta-t-elle, Brooke cette fois soutenant son regard.

— Mais elle vous laissait choisir, finalement ?

— Disons que nous arrivions à un compromis. Et parfois, elle avait même de bonnes idées… Mais ça, bien sûr, je ne le lui ai jamais dit…

Brooke sourit, puis soupira.

— Mais au moins, vous alliez faire du shopping ensemble. Ma maman, elle… Elle rentrait à la maison avec les sacs, et voilà. Et si j'avais le malheur de dire que ça ne me plaisait pas, elle le prenait mal…

Bree sentit son cœur se serrer. Car il n'y avait rien de pire, lorsque vous étiez en quête d'identité, à cet âge-là, que d'être obligé de vous habiller comme quelqu'un que vous n'étiez pas.

— Donc, tu portais des vêtements que tu n'aimais pas…

— Le plus souvent, oui. J'essayais de les arranger pour qu'ils fassent plus cool, mais c'était pire. Et, maintenant que nous sommes avec papa…

Elle haussa les épaules.

— Aller faire du shopping avec lui… Je crois qu'il en serait malade.

Sabrina rit de bon cœur avant de remarquer.

— Oh ! ma chérie, si tu savais ce que ton père se mettait sur le dos, au lycée…

— J'ai vu des photos, soupira la fillette. Le pauvre.

Sabrina rit de plus belle.

— Et cette robe, qui l'a choisie ?

— La dame du magasin, au centre commercial, répondit-elle en levant les yeux au ciel.

— Elle ne te plaît pas ?

— Bof… C'est une robe…

Bof ? Aïe, la situation était vraiment grave.

— Et ta tante ? Elle ne pourrait pas t'emmener faire les boutiques ?

— Euh… Elle n'a que des garçons. Comment elle pourrait s'y connaître en vêtements pour fille ?

— Parce qu'elle en est une, peut-être ?

— Oh ! mais elle a dix ans de plus que papa ! s'exclama Brooke, l'air catastrophé, comme si on lui demandait de revenir à l'âge du paléolithique. Alors, euh, peut-être que… Vous pourriez m'emmener ?

L'heure de vérité. Sabrina croisa les bras.

— Et ton frère, il est au courant de cette requête ?

— Euh… ?

Le front de la fillette se plissa.

— Il y a plus d'une heure, Wesley est venu me parler. Il avait peur que je ne vienne me mettre entre vous et votre père. Attention, ne te méprends pas. J'adorerais t'emmener faire du shopping, mais je ne voudrais pas que ce soit mal interprété. Et je n'ai pas envie que ton frère le prenne mal…

— Oh…

De nouveau, Brooke rougit.

— En réalité, hmm, s'il est allé vous parler, c'est que… C'est un peu à cause de moi.

Pas uniquement, pensa Sabrina.

— Et puis, Juliet t'a raconté ce que je faisais et comme tu as besoin de renouveler ta garde-robe, subitement j'ai cessé d'être ton ennemie, c'est ça ?

La fillette baissa une nouvelle fois les yeux, ses joues prirent un teint vermillon.

— C'est pas joli-joli, hein ?

— Pas trop, en effet.

Un silence, puis avec une toute petite voix, elle demanda :

— Alors… Vous ne voulez pas ?

— Je n'ai pas dit ça, répondit Sabrina et soudain, Brooke

la regarda, les yeux plein d'espoir. Mais sous certaines conditions. La première, que ton père soit d'accord. Deuzio, que l'on puisse utiliser sa carte de crédit sans réserve, pour que le voyage en vaille la peine…

Cela lui valut un éclat de rire de la part de la fillette, rire qui lui alla droit au cœur.

— Enfin, troisièmement, il s'agit là d'une affaire entre toi et moi, et cela n'a rien à voir avec ton père. C'est d'accord ?

En guise de réponse, Brooke bondit de sa chaise pour se jeter dans ses bras. Ce que Sabrina prit comme un « oui ».

Et comme un défi, songea-t-elle en serrant la fillette tendrement. Un défi que son pauvre cœur, espérait-elle, serait capable de relever.

- 5 -

Deux jours plus tard, dans le 4x4 de son père faisant un bruit de ferraille tout en refroidissant, Sabrina contemplait la maison d'enfance de Cole, assaillie par les souvenirs. Le plus souvent, ils allaient chez elle — parce qu'il y avait toujours quelque chose à manger, avait-il dit une fois —, mais Kelly et elle passaient aussi beaucoup de temps ici…

En fait, la maison de briques rouges, à quelques centaines de mètres de celle du colonel, était toujours la même, avec ses bordures bleu ciel et ses panneaux blancs, flanquée des mêmes arbustes, dans leur pot en pierre. Contrairement au jardin des Noble, malmené par les innombrables enfants qui y jouaient, la pelouse des Rayburn avait toujours été d'une propreté immaculée. L'herbe tondue au centimètre près, les haies taillées à la perfection et les fleurs sagement plantées dans un parterre derrière la boîte aux lettres…

Accompagné par un trio de carlins tout fous, Cole sortit de la maison. Sans grand enthousiasme, Sabrina descendit de voiture pour affronter la chaleur moite. Sans parler de la moue de Cole, à peu de chose près la même que celle qu'il avait faite, quand Brooke lui avait demandé si Sabrina pouvait l'emmener faire du shopping. Car, s'il n'avait pas caché son soulagement de voir quelqu'un assumer cette tâche, aussitôt après, quelque chose de… sombre avait traversé son regard.

— Ton père s'occupe toujours du jardin ? demanda-t-elle en refermant la portière.

Aussitôt, les carlins se précipitèrent vers elle pour lui renifler les mollets, sur leur garde. Elle se pencha pour les caresser.

— Oh non, il fait appel à une société de jardinage, deux fois par mois, répondit Cole qui hésita, mains dans les poches de son short tout en observant les chiens, avant de porter son regard sur elle. Hmm, pourquoi fais-tu ça… ?

— Parce que c'est mon domaine et que Brooke me l'a demandé. C'est tout simple…

— Il est fort probable que tu le regrettes, ma fille est un sacré numéro, dit-il sans ciller et lorsqu'elle rit, elle vit son visage se détendre, juste un peu. Bien. Tu veux entrer ? Les enfants ne sont pas arrivés. Ils ont passé la nuit chez ma sœur… Du calme, les chiens, laissez la dame respirer un peu.

Cette maison avait toujours abrité des carlins, se souvint Sabrina.

— Comment s'appellent-ils ?

— Larry, Curly et Moe.

Elle réprima une envie de rire, plus déplacée encore que le jour du mariage.

— Baptisés par mes neveux, contre l'avis de mon père, qui trouve ces noms ridicules.

— Et qui est qui, au juste ?

— Aucune idée. D'après les enfants, chacun est différent, mais pour moi, ils se ressemblent comme trois gouttes d'eau. Mais peu importe. Quand tu en appelles un, ils viennent tous.

Il ouvrit la porte de la maison et l'invita à entrer, avant de se diriger vers la cuisine, les chiens dans son sillage.

— Je rêve, dit-elle, le talon de ses escarpins accrochant un peu sur le tapis bleu roi du salon. Rien n'a changé, ici, depuis que nous étions ados…

— Rien n'a changé depuis bien avant notre adolescence, remarqua Cole en passant derrière le bar, avec son comptoir stratifié mauve. Moi, j'étais trop petit, mais ma sœur se rappelle… Je te sers quelque chose ?

— Non, merci.

— En fait, Diana se souvient comme c'était… beau, quand mes parents ont remplacé le rouille et le vert par du rose et du bleu. Et aussi de maman qui a juré de ne plus jamais se lancer dans des travaux…

Il se frotta un moment la nuque.

— Apparemment, mes parents en étaient presque venus aux mains. Aujourd'hui, ma mère refuse de changer de couleurs, car cela impliquerait d'assortir tout le reste et ça, pas question. En fait, j'ai repeint toute la maison, il y a deux ans. Le seul et unique été où les enfants étaient partis en camping…

Il soupira.

— Une idée d'Erin. Ils ont détesté ça. Ce que je peux comprendre. Moi-même, j'y suis allé, une fois, c'était l'enfer.

— Pourtant, tu les as laissés partir… ?

— J'ai même insisté pour qu'ils y passent un mois entier. Oh ! mon Dieu, leurs larmes, le jour du départ… Je n'étais pas fier de moi.

— Tu es trop sensible, dit Sabrina en souriant.

Cole haussa les épaules. Mais cet amour, dans ses yeux…

Elle détacha son regard du sien, faisant mine de porter un profond intérêt aux murs du salon.

— Tu as donc repeint tous les murs toi-même ?

— Exact. J'ai bien aimé. Tu te rappelles quand, avec Kelly, on avait repeint ta chambre… On avait quoi, quatorze ans ? Ce rose à écorcher la rétine…

— Fleur de cactus, ça s'appelait, dit-elle, tous deux se souriant. A l'époque, tu trouvais ça cool.

— Non, toi, tu trouvais ça cool. Les murs sont de la même couleur, aujourd'hui ?

— Oui, soupira-t-elle. Peut-être est-ce pour cela que la maison ne trouve pas preneur…

— Peut-être, répondit Cole en croisant les bras. Bref. J'adore peindre. Cela ne demande pas vraiment d'effort et ça me laisse la possibilité de réfléchir à des histoires…

— Pour ?

— Des jeux vidéo.

— Tu fais encore ce genre de choses ?

— De temps en temps…

Les chiens grattèrent à la porte du patio, avant de s'asseoir en regardant Cole d'un œil torve.

— Encore ? Vous venez juste de rentrer…

L'un des membres du trio aboya.

— D'accord, dit Cole en ouvrant la porte-fenêtre. Allez faire pipi, ouste…

Puis il se tourna vers elle.

— Tu veux les suivre ?

— Non, merci, je préfère aller aux toilettes.

— Oh…

— Désolée, l'occasion était trop bonne. Et avec joie. Nous serons mieux à attendre dehors…

Le jardin lui aussi était comme dans ses souvenirs. La table et les chaises en fer forgé dans le patio, les jardinières de pétunias, soucis et dahlias, rassemblés par couleur. Le jardin d'un comptable, plaisantait souvent Cole autrefois. Pas extravagant pour un sou, mais bien agencé. Les arbres du bois derrière avaient un peu poussé, dispensant une ombre bienfaitrice au bout du jardin. Elle rit lorsque deux des carlins se disputèrent un jouet en caoutchouc, le troisième courant avec frénésie autour d'eux en jappant.

Sabrina et Cole côte à côte les regardèrent, lui poings sur les hanches, elle mains dans les poches arrière de son jean blanc. Quelle impression étrange. Pendant un moment, on aurait dit que le temps s'était arrêté, et la seconde d'après, ils étaient là comme deux inconnus, dans un silence lourd et embarrassé.

— Les enfants doivent rentrer à quelle heure… ?

— Ma sœur m'a envoyé un texto. Ils auront un peu de retard, désolé.

— Ce n'est pas grave… Et ça ne te fait pas bizarre de te retrouver là ? Parce que moi, chaque fois que je retourne chez mon père, c'est comme si j'étais confrontée à une… distorsion du temps…

— Je vois ce que tu veux dire. Mais j'apprécie de pouvoir poser nos valises un moment ici, de ne pas être obligé de trouver quelque chose dans la précipitation.

— Tu as commencé à chercher ?

— Pas encore. Mais plus d'appartement en tout cas. Je veux un jardin. Une maison qui soit vraiment à nous…

Il hésita, puis ajouta.

— Avant que les enfants viennent vivre avec moi à plein-temps, je crois que j'étais comme en attente. Et eux aussi. Non que je ne sois pas engagé à 200 % vis-à-vis d'eux, c'est tout le contraire, mais… C'est dur à expliquer.

— Je crois que je comprends.

— Vraiment ? dit-il en l'effleurant du regard.

Ecartant une mèche sur son front, elle répondit.

— Tout à fait.

Juste après, horrifiée, elle s'entendit demander.

— Tu penses te remarier, un jour ?

La chaleur sans doute avait réduit son cerveau à l'état liquide.

Si la question avait été posée par le premier venu — quelqu'un de la famille en tout cas —, Cole se serait raidi. Mais Bree avait toujours eu le chic pour dire tout ce qui lui passait par la tête. Et il doutait qu'il y ait derrière cette question plus qu'une simple curiosité.

— Tout de suite, je ne pense pas. D'autant que c'est la première chance pour mes enfants et moi de vivre ensemble comme une vraie famille. Je vais pouvoir me consacrer entièrement à eux…

Il soupira.

— C'est à peu de chose près ce que dit Wes, aussi.

Un silence s'ensuivit, puis il murmura.

— Mon mariage est un échec, Bree. Comme l'ensemble de mes relations, en fait…

Il regarda droit devant lui.

— La seule relation que je n'ai pas gâchée, du moins pas encore, ajouta-t-il avec un sourire penaud, c'est celle avec mes enfants. Alors, pas question de la mettre en péril.

— Au moins, toi, tu as ça, soupira à son tour Sabrina en se tournant vers lui. Tes enfants. Pendant des années, tout ce que je voulais, c'était une famille à moi, mais…

Elle ferma brièvement les yeux, avant de finir.

— En réalité, j'avais surtout peur de vieillir seule… Ce que je ne veux surtout pas, c'est me sentir vulnérable et finir comme ma mère. Ma mère biologique, je veux dire…

Bree n'avait jamais parlé des maltraitances de son père,

jusqu'à cet été, avant l'année du bac, comment — même si elle avait été épargnée — il harcelait sa mère, persécutait son frère Matt. Raison pour laquelle elle détestait tant les garçons qui jouaient aux petits durs. Raison pour laquelle elle avait défendu Cole contre ces brutes.

— Ça, c'est impossible, dit-il et elle sourit. Je me rappelle, à l'école, un vrai petit soldat qui n'avait peur de personne. En fait…

Il hésita quelques instants, puis se jeta à l'eau.

— Tu m'as même inspiré pour mes jeux vidéo.

Elle écarquilla les yeux.

— Tu es sérieux ?

— Absolument… Même si…

Il baissa les yeux sur sa poitrine, avant de les ramener sur son visage…

— Disons que j'ai enjolivé certaines choses…

— C'est compréhensible, marmonna-t-elle, et il rit. Mais tu sais, tout ça, cette façon d'être, petit soldat, c'était une imposture… Ah, je me demande parfois comment tu as pu me supporter si longtemps…

Il sentit son cœur se serrer en entendant les regrets dans sa voix, et après un moment, il répondit :

— Peut-être étais-je fasciné, par l'étincelle brillant sous l'armure du petit soldat ?

Lorsqu'elle rit, il ajouta, en évitant de la regarder.

— Puis un jour, l'armure s'est fissurée et j'ai compris que tu n'étais pas si différente de moi. Ce qui, dans un certain sens, était… rassurant.

— Dans un mauvais sens, car j'étais aussi vulnérable que toi, somme toute…

— Sans doute. Mais à cette époque, quand tu es venue vers moi… Je me suis senti fort. Je n'étais plus seul. Et ça, c'était… rassurant.

Il lui avait fallu presque vingt ans pour trouver la force de l'avouer. A lui-même d'abord. Et aujourd'hui, à elle.

— Vraiment ? Alors, mes crises de larmes faisaient du bien à ton ego ?

— Disons qu'elles l'apaisaient un peu.

— Comme c'est triste, soupira-t-elle tout en secouant la tête. De ton côté comme du mien, d'ailleurs.

— Du moment que ça marche…

— Jusqu'au jour où ça n'a plus marché.

— En effet.

— Je suis tellement désolée, dit-elle. Tellement.

— Oui. Moi aussi.

De l'entrée, ils entendirent les éclats de voix des enfants et, instantanément, les chiens furent pris de frénésie. Quelques secondes plus tard, sa sœur apparut à la porte du patio, ses yeux bleu clair étincelants quand elle adressa à Bree ce qui devait être pour elle un franc sourire. Un pâle rictus, en réalité.

— Brooke est allée se changer, elle sera prête dans une minute. Alors. Sabrina Noble. Mon Dieu, ça fait… Un bail.

— Je te sers un verre, suggéra Cole en fusillant sa sœur du regard, l'enjoignant en silence à faire preuve de clémence.

— Non merci, répondit Diana avec une grimace, en tentant, en vain, de recoiffer la crinière grisonnante qui lui servait de cheveux. Il faudra que j'aille faire un tour moi aussi au centre commercial, pour me trouver une tenue digne de ce rendez-vous, la semaine prochaine. Une mère de footballeur doit faire honneur à son fiston…

L'angoisse de Di n'était pas feinte. Vêtue d'un polo et d'un combishort — son uniforme d'avril à octobre, moment où elle se changeait pour le même pantalon en velours et les mêmes sweats qu'elle portait déjà au lycée —, sa sœur, avec sa taille au-dessus de la normale pour une fille et ses épaules de nageuse, avait toujours présenté ce que leur mère, très diplomate, qualifiait de constitution « athlétique ». En outre, comme le reste de la famille, elle était totalement dénuée de goût pour la mode. Et ne faisait aucun effort pour s'y intéresser.

— Tu as une idée de ce que tu cherches ? demanda Sabrina avec gentillesse, Diana éclatant de rire.

— Tu rigoles ? Depuis vingt ans, en bonne ménagère, je sors à peine de chez moi. Oh ! j'ai bien cette robe noire que j'avais achetée pour un enterrement, il y a plus de dix ans, ainsi qu'une autre dans les tons bleus, pour les mariages et les fêtes… En fait, je ne saurais même pas par où commencer.

— Tu devrais nous accompagner, Sabrina et moi, tante Di, suggéra Brooke à l'entrée du patio, les deux femmes se retournant pour regarder la fillette, avec ses cheveux longs et ses jambes encore plus longues, vêtue d'un top et d'un short que même Cole, dans son ignorance de tout ce qui concernait la croissance d'une fillette, trouvait un peu trop enfantin.

— Oh ! ma chérie, je ne veux pas te déranger, il s'agit de toi d'abord, répondit Diana.

Au même instant, Bree s'exclama :

— Quelle bonne idée !

Pitié, non, pensa Cole.

Sa sœur et Bree se dévisagèrent un bon moment, et c'est tout juste si on ne vit pas se bousculer dans leur tête tout un tas de pensées.

— Je peux parfaitement m'occuper de vous deux le même jour, reprit Bree. Vous verrez, j'ai le nez pour repérer les bonnes affaires.

— Vraiment ? demanda sa sœur, avec le début d'un sourire, un vrai cette fois.

— Tout à fait. Avoir du style, c'est très bien, enchaîna Bree, mais avoir du style à moitié prix, c'est encore mieux.

Et ce fut le déclic. La glace fut rompue, comme ça ! Sa sœur se mit à regarder Bree comme Cendrillon sa marraine la fée. Avant de se tourner vers Brooke :

— Tu es sûre ?

— Ce sera super, tante Di ! Pas vrai, Sabrina ?

— Bien sûr. Mais attention… Attendez-vous à passer beaucoup de temps dans les cabines d'essayage.

Le front de sa sœur se plissa.

— Tu me diras ce que je dois essayer, je compte sur toi.

— Jusqu'à ce que tu demandes grâce, fais-moi confiance. Bien, le temps d'aller faire pipi et je vous retrouve à la voiture…

Mais lorsqu'elle réapparut dans le couloir — et entre sa queue-de-cheval et son pantalon skinny blanc, on lui donnait dix ans de moins —, Cole l'intercepta.

— Ma fille, je peux comprendre. Presque. Mais ma sœur ? Pourquoi t'embêter… ?

— Considère cela comme une façon de me racheter, répondit Bree avec douceur en attrapant son sac, dans l'entrée.

Cole se sentit rougir.

— Je croyais que nous étions d'accord. Responsables tous les deux. Pas coupables.

— Oui, mais c'est moi qui suis à l'origine de tout, et peut-être…

Elle détourna les yeux, avant de les reporter sur lui.

— Je ressens le besoin de me faire pardonner. De réparer le mal que j'ai fait.

— Tu ne me dois rien, Sabrina. Et encore moins à ma sœur.

— Peut-être ai-je besoin de me pardonner à moi-même. De me prouver quelque chose. De faire une bonne action au lieu de me lamenter et de m'autoflageller… S'il te plaît…

Tandis que la voiture s'éloignait, Wes — short baggy et T-shirt difforme — rejoignit Cole à la porte encore grande ouverte.

— C'est une bonne idée, tu crois ?

— Une sortie shopping, ça ne peut pas faire de mal, répondit Cole en souriant à son fils. Surtout sans nous.

— Exact, acquiesça Wes.

Néanmoins, la tension demeurait palpable, chez son fils. Ainsi qu'une réelle méfiance.

— Elle n'est ici que pour quelques semaines, ajouta Cole avec douceur, refusant de tenir compte de la douleur qui accompagna ces paroles. Et puis, ça fait plaisir à Brooke, non ?

Son fils haussa les épaules et Cole renchérit.

— Bien. A présent que nous sommes seuls, qu'aimerais-tu faire ? Et choisis de préférence quelque chose que ta sœur déteste…

Après quelques secondes, Wes sourit puis suggéra de regarder le film d'action le plus explosif, le plus bagarreur qui soit.

— Parfait, répondit Cole avec entrain.

Avec un peu de chance, peut-être que toutes ces explosions lui sortiraient Sabrina de la tête…

*
* *

— Jamais je ne l'aurais imaginé, avoua la sœur de Cole, comme elles retournaient à la voiture, les bras chargés de sacs. Mais je me suis amusée... Cette chasse aux bonnes affaires, c'était trop drôle.

Sabrina éclata de rire. Elles avaient arpenté le centre commercial des heures, et si Brooke et sa tante semblaient épuisées, au moins avaient-elles le sourire.

Voilà, ma mission s'arrête là, songea-t-elle, surprise par la déception qui accompagna cette pensée.

— Bienvenue dans mon univers. Vous voilà prêtes à affronter ce début d'automne. Mais une nouvelle visite s'imposera en septembre.

Tout en ouvrant le coffre pour y ranger leurs sacs, Diana rit lorsque Brooke grommela. Comme sa tante, la fillette s'était appliquée à essayer tous les articles désignés par Sabrina, faisant chaque fois des yeux ronds en se découvrant dans la glace.

— Je suis morte de faim, soupira-t-elle en attachant sa ceinture, une fois en voiture.

— Moi aussi, dit Diana avant de se tourner vers Sabrina. Et toi ?

— Il est peut-être l'heure de rentrer, non ?

— Je vais envoyer un texto à Andy, répondit la sœur de Cole, alors que Sabrina s'engageait sur l'avenue. Ils se débrouilleront avec une pizza, je ne m'en fais pas pour eux. Tiens... Pourquoi pas là ? proposa-t-elle en désignant l'enseigne d'une célèbre chaîne de restaurants.

— Ils font des nuggets de poulet ? s'enquit Brooke.

— Bien sûr.

— Super !

Diana attendit que la serveuse prenne leur commande et que Brooke disparaisse aux toilettes, puis elle croisa les mains sur la table et braqua son regard bleu pervenche sur Sabrina, qui frémit.

Certes, tout à l'heure, elle avait trouvé un peu bizarre que la sœur de Cole raccompagne les enfants chez son frère, alors qu'elle vivait à cent mètres à peine. Mais elle n'avait pas vraiment compris, jusqu'à ce que la jeune femme s'invite à cette sortie shopping. Sans doute avec une idée derrière la tête. Tout ça apparemment était stratégique.

Après une gorgée de thé glacé, Sabrina remarqua sur un ton faussement léger :

— Tu sais, je pensais te conseiller une couleur, mais en réalité, je trouve que le gris adoucit tes traits. Bon, tu pourrais les couper court, mais…

— Ne t'avise pas de leur faire du mal, tu m'entends ? A aucun d'entre eux, sinon tu auras affaire à moi…

Eh bien ! Sabrina posa son verre.

— Et il t'a fallu toutes ces heures pour me dire ça… ?

— Je n'allais pas prendre le risque de te vexer avant d'avoir renouvelé ma garde-robe. Sérieusement. Ils sont tous vulnérables, en ce moment. Les enfants, notamment. Surtout, ne les perturbe pas…

La serveuse leur apporta leur salade. Sabrina arrosa ses feuilles de laitue de vinaigrette.

— Je sais parfaitement dans quel état d'esprit… de cœur, ils se trouvent. Et je n'ai l'intention de perturber personne…

Devant l'expression sceptique de Diana, elle soupira.

— Tu sais, j'étais censée me marier, le mois prochain. Mon fiancé a rompu il y a deux semaines…

— Aïe.

— Comme tu dis. Alors crois-moi, moi aussi je me sens vulnérable.

Diana jeta un rapide coup d'œil par-dessus son épaule avant de se rapprocher de Sabrina en chuchotant :

— Comme tu l'étais au lycée ?

— Pardon ?

— Comme quand vous…

Elle baissa encore la voix.

— Quand vous sortiez ensemble.

Sous le choc, Sabrina peina à retrouver son souffle.

— C'est Cole qui te l'a dit… ?

— Pas directement, non. Mais je n'arrêtais pas de le

bassiner en lui demandant pourquoi on ne vous voyait plus ensemble, et chaque fois, il virait rouge tomate. A peu près de la même couleur que toi, maintenant. J'ai fini par comprendre.

— Par comprendre quoi, au juste ? Car s'il ne t'a jamais parlé de rien, je suppose que tu ne sais pas non plus que c'est lui qui avait mis un terme à notre relation. Si tu ne me crois pas, pose-lui la question.

Diana la dévisagea quelques secondes.

— Donc, tu prétends n'avoir jamais été folle de lui ?

— C'était il y a longtemps, Diana, répondit Sabrina en secouant la tête. Et quoi qu'il soit arrivé entre nous, c'était réciproque… Stupide, mais réciproque.

La sœur de Cole engloutit une feuille de laitue et, la bouche pleine, remarqua :

— Ne te méprends pas. J'ai passé un super moment, cet après-midi. Je t'aime bien. Et je t'aimais bien autrefois aussi. Parce que je trouvais que tu faisais du bien à mon frère. Jusqu…

— Enfin, Diana ! Tout ça est si loin. Et puis, Cole est un grand garçon maintenant. Il n'a plus besoin de nous pour le protéger.

— Je m'inquiète surtout pour les enfants.

Sabrina serra les doigts autour de sa fourchette.

— Imaginer, un seul instant, que je pourrais faire du mal à un enfant, prouve combien tu me connais mal. Oh ! je devine la réaction de Cole s'il était au courant de cette conversation. Alors stop, ça suffit.

— Je reconnais bien là la Sabrina d'autrefois, dit Diana en souriant.

— A vrai dire, ces dix années à New York ne m'ont pas vraiment adoucie…, soupira-t-elle.

Diana éclata de rire.

— Si je pose ces questions… Tu comprends, il s'agit de la famille. Et de nos parents… Ce n'est pas qu'ils s'en soucient, mais…

— Je sais, je me souviens…

Sabrina hésita, puis elle ajouta.

— Cole avait beaucoup de chance de t'avoir pour veiller sur lui.

— Sauf quand je me suis mariée et que je suis partie…

Diana secoua la tête.

— Sur le plan professionnel, Cole a réussi, mais sa vie privée… Mais si quelqu'un mérite d'être heureux, c'est bien ce garçon… Enfin, cet homme, rectifia-t-elle. Il t'a parlé de son jeu ?

— De son jeu… ? Il m'a vaguement expliqué qu'il concevait des jeux vidéo, oui, pour passer le temps, mais…

Diana posa son index sur les lèvres, puis elle sortit son téléphone du sac et pianota sur l'écran à plusieurs reprises, avant de lui tendre l'appareil.

— Tu as déjà joué à ça ?

— Oh ! ce n'est pas vraiment ma tasse de thé. Mais mes neveux sont accros… Attends…

Elle releva la tête vers Diana.

— C'est Cole qui l'a développé ?

— Oui, il y a cinq ans environ. Pour s'amuser. Puis c'est devenu un véritable virus…, expliqua-t-elle en rangeant son téléphone. Heureusement, il m'a écoutée et déposé un brevet. Non seulement pour le jeu, mais pour les personnages, les mondes virtuels, ce genre de choses. A l'époque, il m'a prise pour une folle, mais aujourd'hui…, ajouta-t-elle en souriant, beaucoup moins.

— Attends… Tous ces jouets et ces objets dérivés, chez lui… ?

— Oui, il touche des droits d'auteur. Pas mal même.

— Eh bien !

— Comme tu dis. Qui a payé ce voyage à papa et maman ? Certainement pas Andy et moi. Oh ! ils touchent une bonne retraite, enfin ça leur suffit pour vivre décemment… En tout cas, Wes et Brooke pourront sans problèmes poursuivre des études. Je ne dis pas que Cole est aussi riche que Bill Gates, mais… Ah, ma chérie, dit-elle à Brooke qui s'assit à côté de sa tante et sourit timidement à Sabrina, tandis que leurs plats arrivaient.

Avec ses yeux verts et ses cheveux blonds raides, elle ne discernait chez la fillette aucune ressemblance avec Cole. A la différence de son frère qui lui rappelait tant son père que c'en était troublant.

En revanche, ce qu'elle vit en cet instant, dans le sourire et dans les yeux de Brooke, la bouleversa. Elle repensa à ce besoin d'amour dans le regard de ces enfants placés chez le colonel par les services sociaux, quand elle-même était toute petite. Un regard perdu aussi. Plein de questions.

Et maintenant ? Est-ce que quelqu'un va bien vouloir m'aimer ? Me garder ? Ne pas me faire de mal ?

Sauf que si Brooke et son frère avaient souffert, ils n'avaient pas été abandonnés. Et ils ne le seraient jamais, dès lors que Cole serait de ce monde, songea-t-elle, une pointe alors lui traversant le cœur. Oh ! sans doute ne comprenaient-ils pas, du moins pas encore, pas tout à fait, la chance qu'ils avaient. Car leur père était là, avec un seul objectif, leur rendre la vie douce, être auprès d'eux, pour eux. Pour les aimer.

Et l'espace d'un instant, très fugitif, Sabrina se réjouit du retour de cet homme si généreux, si courageux, dans sa vie.

A l'éclat des phares dans la baie vitrée, Cole détacha les yeux de sa liseuse. Les chiens se précipitèrent dans l'entrée en aboyant comme des fous. Dehors, des portières claquèrent, des rires féminins résonnèrent, et il sourit en reconnaissant celui de sa fille, si aigu. Il posa la liseuse sur la table basse à côté du fauteuil préféré de son père et se leva. La porte s'ouvrit, Sabrina et Brooke apparurent, ou presque, car quasiment invisibles derrière leurs sacs.

— Vous en avez laissé pour les autres, j'espère, dit-il.

De nouveau, Brooke rit, les joues en feu. Elle portait déjà l'une de ses nouvelles tenues — une en tout cas que Cole ne lui connaissait pas. Jean noir skinny et top sans manches tout orné de roses. Et aux pieds, ballerines noires à paillettes. Elles laissèrent tomber leurs sacs sur le sol, et aussitôt, les chiens vinrent les renifler.

— Nous nous sommes peut-être laissé emporter, dit Sabrina.

Le sourire plein de tendresse qu'elle adressa à sa fille le toucha en plein cœur. Le même sourire qu'elle avait autrefois pour sa petite sœur. Ou n'importe quel enfant, d'ailleurs. Et lorsqu'elle le regarda, lui, avec ce sourire-là, il en eut le souffle coupé.

— Si tu voyais les achats de ta sœur. Fini les jeans…

— Oui, tante Diana dit qu'elle ne rentre plus dans ses jeans… Où est Wes ? demanda Brooke, à des lieues de se douter du trouble de son père.

— Chez le voisin. Ce Keenan et lui ont l'air de bien s'entendre.

— Oh. Super. Tant mieux…

Toi aussi, tu te feras des amis, faillit dire Cole, sachant néanmoins que cela ne ferait qu'empirer les choses.

— Alors. C'est nouveau, ça, non ?

— Euh, oui…

Tout en se mordillant la lèvre, Brooke jeta un regard hésitant à Sabrina, avant de glisser une mèche derrière son oreille.

— Ça te plaît ?

— Tourne-toi, voyons…

Elle obtempéra, un peu tendue, poings serrés, avant de le regarder de nouveau. Et il mit un moment avant de reprendre ses esprits. Car, si à douze ans, habillée un minimum, elle avait autant d'allure, qu'en serait-il à seize ? Prenant sur lui, il sourit.

— Tu es superbe, ma chérie.

— Vraiment ?

— Vraiment.

La fillette laissa échapper ce qui ressemblait à un énorme soupir de soulagement, quand Sabrina remarqua :

— Tu vois ? Qu'est-ce que je te disais ? Tu es belle comme tout.

— Cent mille fois mieux que ça, renchérit Cole.

Sa fille se jeta entre ses bras. Au bord des larmes, il la berça doucement et embrassa ses cheveux.

— Tu veux voir le reste ? demanda-t-elle en le lâchant, les yeux brillants.

— Tu parles ! Défilé de mode, ici même, dans cinq minutes !

Le sourire de sa fille illumina la pièce, puis elle ramassa ses sacs avant de se précipiter dans le couloir, dans la vieille chambre de sa tante, les chiens sur ses talons. Lorsque Sabrina rit, il se retourna, et il eut un nouveau coup au cœur. Oh ! bien sûr, elle était décoiffée, son rouge à lèvres avait pâli et une petite tache de nourriture maculait son chemisier, mais justement, à cause de tout ça, elle était tellement… tellement elle. Vraie.

Sabrina.

— Merci, murmura-t-il.

Elle lui sourit.

— Tu plaisantes… C'était génial.

— J'ai l'impression qu'elle s'est bien amusée, oui… Elle semble si… — il hésita, cherchant le bon mot — si sûre d'elle, soudain.

— Oui. Et c'est toute la magie des vêtements, quand ils mettent en valeur ce que tu es, à l'intérieur. Pas évident pour une enfant de douze ans qui se cherche. Plus totalement une enfant, pas encore une femme… Un âge compliqué.

— Mais tu ne t'es pas trompée, avec elle.

— Nous avons choisi toutes les deux. Attention quand même, certains de ses choix risquent de te… disons, de te décontenancer un peu…

— Oh ! du moment qu'elle ne ressemble pas à ces coquettes sans cervelle, comme on en voit dans les reality shows…

Bree éclata de rire.

— Pas d'inquiétude sur ce point. Ce n'est pas son genre. Mais continuer à s'habiller comme quand elle avait dix ans non plus… Brooke est une enfant adorable, Cole. Ces heures avec elle ont été un plaisir…

Se sentant rougir, il regarda vers le couloir où, en dépit de la porte fermée, on entendait une pop star chanter… Et sa fille entonner le refrain. Il retint son souffle.

— Elle n'a jamais fait ça… De chanter comme ça. En tout cas, je ne l'ai jamais entendue.

Le voyant froncer les sourcils, elle éclata de rire.

— Ils passaient des morceaux des années 1990, dans l'une des boutiques. Et ç'a été plus fort que moi, je me suis mise à chanter moi aussi…

— Vraiment ? Tu fais encore ce genre de chose ?

— Bien sûr, chaque fois que j'en ai l'occasion. Et alors ? Un jour, dans une rue à New York, un type m'a donné 10 dollars. Je t'assure. Je pourrais m'inscrire à une émission de télé-crochet, qu'en dis-tu ? Histoire d'entamer une seconde carrière…

— Si quelqu'un a une chance, c'est bien toi. Alors, Diana et toi, ça s'est bien passé ?

— En dehors de menacer de me briser les jambes si je te faisais du mal, à toi ou aux enfants ? Oui, très bien.

— Aïe. Désolé.

— Elle mérite au moins la palme de la loyauté…

— C'est juste…

Brooke refit son apparition, cette fois vêtue d'une petite robe noire qui faisait ressortir la finesse de sa taille, sur une paire de leggings noir flashy, une veste courte en jean sur les épaules et une écharpe immense de couleur vive autour du cou. En riant, Bree se précipita pour ajuster l'écharpe et en deux coups de baguette magique mettre en valeur le visage et les cheveux de sa fille.

— Oh ! soupira-t-elle en voyant son reflet dans le miroir. Cool. Mais je ne saurai jamais l'enrouler de cette façon.

— Je t'apprendrai, ce n'est pas bien compliqué.

— Promis ? demanda la fillette en regardant Sabrina dans le miroir.

— Aucun problème…

La porte d'entrée s'ouvrit, et Wes entra, s'arrêtant net en découvrant Bree, avant de porter son regard sur sa sœur.

— Qu'en penses-tu ? demanda Brooke en faisant un tour sur elle-même, les yeux étincelants. Sabrina m'a aidée à choisir…

— Qu'est-ce que c'est, ces trucs, sur tes jambes ? Et cette écharpe, c'est n'importe quoi…

— Wes ! s'exclama Cole, tandis que sa fille se décomposait.

— Ben quoi, c'est la vérité ! répondit Wes avec un regard noir à Sabrina, avant de s'éloigner, en traînant des pieds en direction de sa chambre.

Mais Bree avait déjà ramené Brooke devant le miroir, mains sur ses épaules.

— Franchement, dit-elle avec calme, son visage tout près

de celui de Brook, tu vois une différence par rapport à tout à l'heure, juste avant que ton frère rentre ?

Après quelques secondes, la fillette secoua la tête.

— Alors, où est la vérité ? Dans ce qu'il a dit ? Ou dans ce que tu vois ? Dans ce que tu sens ?

— Eh bien… Dans ce que je sens ?

— Exact. Et les frères ont toujours beaucoup de mal à voir leur sœur comme de vrais êtres humains. Tu peux me croire, je sais de quoi je parle. J'ai grandi avec trois de la pire espèce. Mais à la longue, nous avons tous appris à être ce que nous sommes…

Elle caressa avec tendresse les cheveux de Brooke.

— A nous assumer tels que nous sommes, pour être heureux. Car vois-tu, chercher sans cesse l'approbation des autres est tout à fait futile…

Dans le miroir, Cole surprit le regard de Bree sur lui, cherchant à l'évidence son soutien.

— Elle a raison, ma chérie. Tu es superbe. Et peu importe ce que ton frère ou n'importe qui d'autre pense.

Après un moment, Brooke se retourna pour serrer Sabrina dans ses bras, puis elle regarda son père.

— Tu veux toujours voir le reste de mes achats ?

— Bien sûr.

— Je vais vous laisser, dit Bree, une fois sa fille repartie se changer, dans sa chambre.

— Mais non…

— Si, il le faut. Ce qui vient d'arriver… Wes ne semble pas apprécier ma présence ici.

— Tu as eu une discussion avec lui, et il sait…

— Ce qu'il sait, dit-elle avec calme, c'est que l'on ne peut pas faire confiance aux adultes. Et, en réalité, j'ai déjà rompu ma promesse en me mêlant de choses qui ne me regardent pas… Je m'en vais de ce pas, ajouta-t-elle en attrapant son sac.

Mais il n'avait pas envie de la voir partir. Pourtant, elle avait raison à propos de Wes. Encore trop vulnérable, trop inquiet. Oui, la vie était autrement plus compliquée qu'un jeu vidéo, fût-il d'une grande complexité. Et personne mieux que lui ne le savait. Les choses ne marchaient pas comme on le voulait, simplement parce qu'on le voulait. L'être humain avait ses limites. Et lui peut-être plus que ses semblables.

Repensant à la joie de Brooke, il se précipita pour ouvrir à Bree qui, surprise, le dévisagea. Cole lui sourit.

— Merci encore, dit-il sur le ton le plus léger possible. Résolument… Cool.

— Je t'en prie, répondit-elle.

Puis elle hésita quelques secondes de plus que nécessaire, avant de sortir, sa queue-de-cheval dansant sur ses épaules alors qu'elle retournait à sa voiture.

— Où est Sabrina ? s'enquit Brooke derrière lui quand il referma la porte.

— Partie, répondit-il en faisant face à sa fille, vêtue cette fois d'un jean et d'un top bleu avec quelque chose de brillant en surimpression, sur le devant.

— Quel idiot, ce Wes, marmonna-t-elle et Cole fut tenté d'abonder dans son sens.

Mais bon… En ce moment, son fils était sans doute le seul obstacle qui retenait Cole de répéter l'histoire. Une aubaine, donc, somme toute…

- 6 -

Il était près de 21 heures quand Sabrina rentra chez son père. Elle le trouva dans la véranda, en train d'admirer le jardin, l'endroit préféré de sa mère, les derniers mois, et où lui-même semblait passer désormais beaucoup de temps…

En cet instant en pleine conversation. Avec lui-même.

— Tu aurais été tellement heureuse de voir ça, Jeannie, murmura le colonel, tout en se balançant dans son rocking-chair, Sabrina apercevant à ce moment entre ses mains un portrait de sa mère, habituellement sur la table basse, face au jardin. Après toutes ces épreuves, Tyler semble avoir trouvé le bonheur. Il s'est rangé enfin. Cette Laurel, il en est fou. Tu adorerais son petit garçon. Le leur, maintenant. Toujours en train de rire et de sourire…

Le fauteuil grinça quand il se pencha pour poser le cadre.

— Et le nouveau bébé de Matt… Avec Kelly, ils ont décidé de lui donner ton prénom. Tu te rappelles ? Tu disais toujours que ces deux-là finiraient ensemble…

Il rit doucement.

— Moi, je pensais que c'était des bêtises. Mais tu avais raison, mon ange. Sur ça comme sur beaucoup de choses…

Croisant les bras, il hocha la tête.

— Donc, ça en fait trois de casés, puisque Ethan lui aussi a fini par retrouver quelqu'un. Les enfants adorent Claire. Tu l'aimerais, toi aussi. Elle ne ressemble pas du tout à Merri, c'est sûr. Mais il avait besoin d'une femme comme elle, et c'est bien là tout ce qui compte, pas vrai ?

Il laissa échapper un soupir.

— En revanche, pour Abby, c'est le mystère. Elle n'a jamais été très bavarde. Oh ! elle est encore jeune, rien ne presse. Mais notre petite Sabrina…

Elle retint son souffle.

— Si tu as un moment, essaie d'en toucher un mot au Patron. Elle passe une mauvaise période, tu sais. Mais bon, j'imagine qu'Il a autre chose à penser. Vois ce que tu peux faire…

Il se pencha de nouveau pour effleurer la photo de Jeanne et ajouta quelque chose à voix si basse que Sabrina ne put entendre. Sans faire de bruit, elle gagna la cuisine pour tenter de reprendre son souffle. Déjà qu'elle était bouleversée après son passage chez Cole. La tendresse de son regard pour sa fille. L'agressivité de Wes… Agressivité, qui au demeurant, avait su la retenir de laisser son imagination s'enflammer.

Fermant brièvement les yeux, elle secoua la tête, puis ouvrit et referma bruyamment le réfrigérateur, de façon à ce que son père sache qu'elle était rentrée.

— Sabrina ? C'est toi ?

— Oui. Tu veux un soda ?

— Avec plaisir. Un ginger ale, s'il te plaît.

Une minute plus tard, elle lui tendit sa cannette, puis décapsula la sienne — coca light — avant de prendre place sur la balancelle, à quelques mètres de son père. Le colonel avala une gorgée de son ginger ale tout en l'observant.

— Alors, comment ça s'est passé ?

— Bien…

Elle contempla son soda, réalisant qu'elle n'en avait pas envie.

— C'est dingue, la maison de ses parents est exactement la même. Tu parles d'une madeleine… Cole dit qu'il a tout repeint de frais et de la même couleur, il y a deux ans.

— Lui, il a repeint la maison de ses parents ?

— Oui. Cet homme est plein de talents… Oh ! au fait, Diana, sa sœur, est venue faire du shopping avec Brooke et moi. C'était… sympa.

Preston la dévisagea, le regard pénétrant.

— Cela t'a changé les idées, au moins…

— Tout à fait…

Pour lui en mettre d'autres dans la tête tout aussi confuses. Bingo.

Après un court silence, son père murmura.

— Je sais ce que j'ai dit, l'autre soir. Et je ne vais pas mentir en prétendant que je ne suis pas soulagé. Mais ça ne signifie pas que je ne souffre pas de te voir endurer ça. Car je le sais bien, tu as le cœur brisé…

Elle finit par boire une gorgée de soda, un peu surprise. A peine, en effet, si elle avait pensé à Chad et à tout ce gâchis, cet après-midi.

— Disons meurtri, plus que brisé…

— Tu crois ?

— C'est sûr, je suis déçue et ça fait mal de réaliser qu'en réalité, cette relation était vouée à l'échec. Mais… A mesure que les jours passent, j'aurais cru être plus anéantie que ça…

— La preuve qu'un père a toujours raison…

— Possible, dit-elle.

Il rit tout en hochant la tête, avec une gravité soudaine.

— Tous les parents du monde aimeraient avoir une baguette magique pour venir en aide à leurs enfants, quand ils souffrent. Même si cela fait partie de l'apprentissage, car ce qui ne te tue pas te rend plus fort…

Il leva sa cannette pour un toast.

— Allez, à ces jours meilleurs qui sont devant toi. Devant nous.

Elle cogna doucement sa cannette contre la sienne.

— Aux jours meilleurs, dit-elle, et son père lui sourit.

A cet instant, au bord des larmes de nouveau, elle réalisa combien elle aimait cet homme. Même quand il l'agaçait avec ses questions…

— Et comment s'en sort Cole ? Avec les enfants ? demanda-t-il.

— Il gère…, se contenta-t-elle de répondre, ravalant à la dernière seconde tout adjectif élogieux qui aurait paru excessif. Et pas objectif.

— Ils m'ont l'air d'être de gentils gamins.

— Il me semble, oui…

Même si Wes m'a regardée comme si j'étais un monstre hideux cracheur de feu.

— Je n'arrive toujours pas à réaliser que ce gosse a des enfants, soupira le colonel. Je l'ai toujours bien aimé. Oh ! c'est vrai, il était un peu réservé. Mais raisonnable, déjà. Et toujours très poli. Ce qui était loin d'être le cas de tous ces bons à rien que tu ramenais à la maison…

Son père hocha la tête.

— Papa…, soupira-t-elle.

— Ben oui, il t'adorait, c'est la vérité, dit-il, Sabrina levant les yeux au ciel. Je sais, je sais, c'est du passé et…

— Et aujourd'hui, les femmes ne veulent plus être adorées. En tout cas, pas moi.

— Jure la jeune femme qui a vu tant de ses relations virer au fiasco…

— Papa, s'il te plaît…

— Désolé. Euh, non, pas désolé, puisque c'est la vérité. Et ne fais pas ces yeux-là. Je ne dis pas que les femmes sont inférieures aux hommes sur le plan intellectuel, ni de petites fleurs délicates ayant besoin de la protection du mâle. J'espère que tu me connais mieux que ça. Rappelle-toi ce que je serinais à tes frères. Ce que j'admirais le plus, chez ta mère, c'était sa force. Son intelligence. Elle m'a ridiculisé plus d'une fois, ça oui. Voilà pourquoi…

Il reporta son regard sur la photo de Jeanne.

— Je l'adorais. La chérissais.

Puis il se tourna vers Sabrina et murmura.

— Et c'est ce que tout homme fait, ou en tout cas devrait faire, quand il a la chance de trouver une femme qui veuille bien de lui. Et tu sais quoi ? C'est ce que tu mérites, toi aussi. D'être adorée, chérie… Voilà ce que j'ai à dire, mademoiselle…

Elle resta là silencieuse et frissonna, la faute à l'humidité de l'air en ce début de soirée, sans doute.

— J'ai beaucoup repensé à tes paroles, l'autre soir…

Son regard rencontra le sien.

— A propos de la maison.

Ce changement radical de sujet de conversation fit plus que l'apaiser. Elle se rappela l'écriteau « A vendre » qui en effet avait disparu du jardin, deux jours avant le mariage. Son père lui avait expliqué qu'il souhaitait prendre un peu plus de temps pour réfléchir. Et qu'il avait également récupéré son dépôt de garantie à la résidence Sunridge, où deux appartements étaient censés se libérer, le mois prochain, s'il changeait d'avis.

— Oui ?

— Tu sais, depuis notre conversation, j'ai eu l'impression d'entendre ta mère me passer un savon. En me reprochant d'agir comme un triple crétin. Et d'avoir peur de l'inconnu…

— Et donc, tu as décidé… ? demanda-t-elle, en retenant son souffle.

— De vendre. Et cette fois, oui, je suis sûr de moi. Mais l'agent immobilier a raison. Cette bicoque a besoin d'un lifting. D'un bon coup de peinture… Alors, verdict ?

— Si c'est ton choix…

— Tu veux bien me donner un coup de main ?

— Moi ? Je relooke les gens, pas les maisons…

— Tu n'as qu'à penser à la maison comme à une personne. Et la fille de l'agence immobilière dit qu'elle a une liste de boutiques qui louent du mobilier et… un tas de trucs.

— Des accessoires, peut-être ?

— Oui, c'est ça. Mais d'abord, on doit vider la maison pour la peindre. A condition que je puisse trouver quelqu'un, pas un professionnel, ce sont tous des escrocs, mais peut-être que vous, les enfants… ?

— Hé, mais papa ! s'exclama Sabrina dans un éclat de rire. La maison fait près de 150 m^2 ! Ça fait beaucoup de murs…

— Cole et les petits pourraient participer ?

Minute. Où voulait-il en venir exactement ?

— Pardon ?

— Tu viens de dire qu'il avait repeint la maison de ses parents. Et je me souviens, quand il avait fait ta chambre… Avec ce rose hideux… Ce qui explique que je n'y mette jamais les pieds d'ailleurs… Bref, il connaît la partie. Et puis, l'autre jour, il a eu l'air de dire qu'il cherchait quelque chose à faire, pour occuper les enfants…

— Je doute qu'il avait dans l'idée de repeindre la maison…

— Le plus simple, c'est de lui poser la question.

— Tu veux que moi, je lui demande ?

— Tu as emmené sa fille faire du shopping. Il te doit un service. Non ?

— Ton raisonnement me paraît un peu tiré par les cheveux…

— Pourquoi pas samedi ? enchaîna son père en se levant. De mon côté, je vais en parler à ton frère. Entre Cole et Matt, toi et les enfants, on devrait pouvoir venir à bout du rez-de-chaussée en un rien de temps. J'aimerais remettre la maison à la vente le plus tôt possible.

Et, considérant la chose comme acquise, il rentra. Heureusement — ou pas —, elle avait déjà enregistré le numéro de Cole dans son téléphone. Lorsqu'il décrocha, elle s'empressa de dire :

— Tu n'es pas obligé de dire oui…

Une chose était sûre, personne ne lui avait forcé la main, songea Cole le samedi, lorsqu'il arriva avec les enfants chez Preston. Les enfants qui, d'ici peu, seraient débordés avec des activités dans un camp de vacances qui débutait en juillet. Et puis, les Preston avaient toujours été gentils avec lui, Jeanne surtout lui manifestait beaucoup d'affection. Le colonel aussi, à sa façon. Consacrant du temps à chacun des enfants placés sous sa protection. Comme si tous avaient de l'importance. Une raison d'être. Et ça, c'était quelque chose d'inestimable, pour un gamin qui avait passé la majeure partie de son enfance à se vivre comme un paria.

Il avait donc répondu oui. Pas à Bree et pas pour lui-même, mais pour cet homme qui autrefois avait eu confiance en lui, bien avant lui-même.

— Salut ! les accueillit Matt avec un sourire en leur ouvrant. Sabrina est dans la cuisine avec les beignets. Allez vous servir !

— Des beignets à quoi ? s'enquit Brooke, perplexe.

— C'est important ? demanda Matt, les yeux rieurs.

— Je n'aime pas ceux à la confiture.

— Ma sœur non plus. Donc, pas de soucis.

Les enfants se tournèrent vers Cole.

— Papa ? demanda Wes.

— Allez-y. Vous aurez besoin de force, dit-il, et ils se précipitèrent dans la cuisine, avant qu'il change d'avis. Erin et moi sommes au moins d'accord sur une chose, expliqua-t-il à Matt. Limiter leur consommation de sucreries.

— D'accord, dit Matt en conduisant Cole dans le salon presque vide, excepté quelques meubles rassemblés au centre de la pièce, les rideaux roulés dans un coin. Kelly nous a préparé de quoi tenir le choc. Faut croire qu'elle était inspirée ce matin, après s'être levée à l'aube pour donner son biberon au bébé, ajouta-t-il avec un sourire attendri.

— Merci, mais je n'ai pas faim, répondit-il, à peine réveillé en fait, en tout cas pas suffisamment encore pour faire face à la femme qui hantait ses pensées et ses rêves de façon un peu trop récurrente, depuis une semaine. Eh bien ! s'exclama-t-il en regardant autour de lui. Ça fait un drôle d'effet.

— Ça sera plus spectaculaire encore une fois repeint et quand Sabrina sera passée après nous, pour la déco. Elle a déjà entreposé des trucs dans le garage…

Secouant la tête, Matt prit un tournevis pour démonter des stores à la porte-fenêtre.

— Apparemment, elle gère tout ça avec Kelly. Tu n'as pas encore vu notre maison, mais « subtil » n'est pas le qualificatif que je choisirais pour définir le style de déco de ma femme…

Quel amour il mettait dans ces deux petits mots, « ma femme ».

— Mais bref. En tout cas, il faut s'attendre à de la couleur. Des étincelles.

Cole sourit.

— Où sont tes enfants ?

— Les grands ont passé la nuit chez leur grand-mère. La mère de leur père. Quant au bébé, ajouta-t-il, radieux, il est encore un peu trop jeune pour mettre la main à la pâte.

— Et ton père ?

— Sorti pour sa promenade matinale. Pas question de changer ses habitudes…

Les stores retirés, un grand soleil inonda la pièce.

— Puisque tu n'as pas faim, prends donc ce rouleau de ruban à masquer pour préparer la pièce. Je serai obligé de vous laisser à 14 heures. C'est mon jour de travail au centre de loisirs de la paroisse. Voilà pourquoi je suis venu si tôt…

Cole fixa du ruban à masquer tout autour de la vieille cheminée en marbre.

— Tu t'occupes d'ados en difficulté ?

— Pardon ? Ah, oui. L'un des prêtres, un gars de notre âge, a décidé de rouvrir le centre. Il accueille des enfants de tous milieux de Maple River et des environs. C'est géré par l'église, mais pas religieux, tu vois ? Si les gosses ont envie de parler religion, ils peuvent, mais c'est la tolérance qui prime.

— Ç'a l'air cool.

— Notre ville avait bien besoin d'une initiative de ce genre, acquiesça Matt. Mais le père Bill a besoin de bonnes volontés. D'adultes pour encadrer les gamins dans toutes sortes d'activités. Les loisirs sont rares, dans le coin, tu t'en souviens sûrement, surtout pour les enfants dont les parents n'ont pas les moyens de payer pour les inscrire dans un club de sports. Ou qui s'en fichent carrément. Bien sûr, on ne sait jamais combien ils seront. Parfois, il ne vient personne, d'autres, on dirait que la moitié du New Jersey s'est donné rendez-vous là-bas…, dit Matt tout en passant une éponge humide sur le rebord de fenêtre, avant de la jeter dans un seau d'eau savonneuse.

— Ah, tu es là ! lança Bree, se matérialisant telle une fée sous la voûte séparant le salon de la salle à manger.

Elle portait un de ces pantalons bizarres qui s'arrêtait à mi-mollet et une vieille chemise, sans doute empruntée à son père. Sans parler de ses cheveux, ramassés en un chignon approximatif sur le haut de son crâne. Et de ces cernes. Malgré tout, elle était super. Sexy.

— Et alors ? Tu ne daignes même pas venir me dire bonjour ? Goûter à l'un de mes beignets ? Il y en a assez pour nourrir tout le quartier.

— Non, merci, répondit Cole.

Il vit à son regard qu'elle comprenait. Un regard peut-être un peu gêné, aussi.

— Un café, alors ? proposa-t-elle avec douceur.

Du fond de la maison, il entendit les enfants rire. Puis un autre rire, qu'il fut incapable d'identifier. Ouf ! cela signifiait que Bree et lui ne resteraient pas seuls, après le départ de Matt.

— Volontiers.

— Dans ce cas, suis-moi.

Mais en chemin, elle fit une halte dans la véranda pour emporter un verre abandonné là, avant de se figer pour regarder un rouge-gorge en train de faire trempette dans une vasque en pierre. Mains dans les poches, il l'observa, avec un pincement au cœur en voyant la tristesse de son regard, le silence entre eux se faisant de plus en plus pesant. Mais en même temps, si c'était pour dire des bêtises ou se lancer dans une discussion semée d'embûches…

Il s'avança dans la pièce gorgée de lumière.

— C'était la véranda, ici, non ?

— Papa l'a aménagée pour maman, répondit Bree en ramassant une serviette et une assiette, sur la table basse. Quand elle est tombée malade.

— Ta mère était quelqu'un de bien… Mais ton père n'est pas mal non plus.

— On voit bien que tu n'as jamais vécu avec lui, répondit Bree avec un soupir, ou un léger rire, difficile de savoir. Attention, je l'adore. Il n'y a pas plus généreux au monde. Mais certains d'entre nous ont eu quelques difficultés à se soumettre à son autorité. Et de son côté, je pense qu'il en a rencontré autant à essayer de composer avec la personnalité de chacun. Avec Tyler, par exemple… Ou avec moi…

— A sa décharge, remarqua Cole en souriant, tu étais un vrai petit diable. Totalement imprévisible, le pauvre homme… Mais votre relation aujourd'hui a forcément évolué.

— Nous avons mis de l'eau dans notre vin. En tout cas, lui. Et j'arrive mieux à me contrôler. Je ne suis plus le jouet de mes hormones. Et si ça bouillonne en moi parfois, je sais me maîtriser et…

Elle se figea.

— Désolée, je ne voulais pas…

— Avoir une conversation ?

— Retomber dans les mêmes vieux schémas…

— Certains de ces schémas n'étaient pas si mauvais. On était proches, autrefois. Proches amis, je veux dire, ajouta-t-il lorsqu'elle fronça les sourcils. Peut-être que tu n'as plus envie d'une telle relation, mais personnellement, je ne vois pas ce qui pourrait nous en empêcher…

En un clin d'œil, ses bonnes résolutions volèrent en éclats, dans un fracas assourdissant. Avant que ça ne dégénère entre eux, il ne s'était jamais senti digne d'elle. Capable de la remercier pour tout ce qu'elle avait fait pour lui. Car telle était la vraie Bree, un être plein d'amour pour autrui comme pour sa famille — y compris son père, songea-t-il avec un léger sourire. Et puis, il y avait l'affection qu'elle portait à sa fille. Une affection spontanée, sincère. Qui lui ressemblait. L'autre Bree avait été une aberration. Un fantôme. Une illusion.

Il devait être là pour elle maintenant. Elle avait besoin de lui. Qu'elle en ait conscience ou pas.

— Je ne vois pas pourquoi, toi, tu en aurais envie, dit-elle.

Pris comme ça, ses paroles auraient pu lui faire l'effet d'une gifle. Sauf qu'à son regard tourmenté, il comprit qu'elles étaient plus dirigées contre elle que contre lui. Son cœur se serra en entendant ce désespoir, dans sa voix. Et il dut se faire violence pour ne pas la prendre dans ses bras. La tenir contre lui, simplement. Pas comme autrefois, quand il était fou de désir — bête et maladroit de désir —, mais comme il en avait envie aujourd'hui. Comme il en était capable aujourd'hui.

Pourtant, il se contenta de hausser les épaules, comme s'il n'y avait rien là de majeur.

— Peut-être suis-je curieux de savoir si nos logiciels sont plus compatibles à présent…

A ces mots, elle sourit.

— Pourquoi pas… Mais tu le sais, je n'ai pas l'intention de rester à Maple River…

— Tu me l'as dit, en effet.

— Et je ne peux pas…

— Des amis, Bree. C'est tout.

— Entendu, finit-elle par soupirer, avant de prendre la direction de la cuisine.

Qui, même à cette seconde visite, fut un choc, rien ne correspondant aux souvenirs qu'il avait de cet endroit — si chaleureux, si familial —, semblable actuellement à un laboratoire d'expérimentation. Les enfants étaient installés au comptoir, avec beignets et jus d'orange à volonté devant eux. En face d'une jeune fille blonde à queue-de-cheval, a priori à peine plus âgée que Brooke, alors qu'elle avait en réalité plus de vingt ans.

Abby lui sourit.

— Il t'arrive de leur donner à manger ? demanda-t-elle avec cette voix rocailleuse si particulière.

Sabrina chipa un morceau de beignet nappé de chocolat à Brooke qui lui fit les gros yeux, avant de pouffer… Wes en revanche la fusilla du regard.

— Le mardi et un samedi sur deux uniquement, répondit-il, ignorant la réaction de son fils… Alors, tu es venue peindre, toi aussi ? demanda-t-il quand Abby lui tendit une tasse de café.

— A mi-temps seulement, répondit-elle avant de se tourner vers sa sœur. Je suppose que la famille t'a expliqué. Je tiens une affaire d'objets de récup, avec Tyler…

Lorsque Cole hocha la tête, elle sourit.

— Et en ce moment, on reçoit une équipe de télé. Ils sont en train de tourner dans le coin et se sont adressés à nous pour la déco… Tyler y est déjà…

— C'est génial. Mais toi, tu n'as pas envie de passer à la télé ?

— Certainement pas…

— Ohé, quelqu'un pourrait venir me donner un coup de main ? appela Matt depuis le salon.

L'espace de quelques instants, Cole se retrouva projeté dans son adolescence, au milieu du brouhaha et des rires qui avaient toujours imprégné la maison des Noble. Impression fugitive, peut-être, mais tellement douce.

Et, tant pis si son fils se renfrognait, l'air buté, chaque fois qu'il regardait Bree, ou chaque fois que sa sœur riait à quelque chose qu'elle disait. Et, même si elle avait accepté — certes, à reculons — de renouer avec lui le fil de l'amitié — tant pis si ce qui était brisé entre eux le restait — et le resterait sans doute toujours, même s'ils parvenaient en bricolant de-ci de-là à réparer un peu les choses, la cicatrice, elle, demeurerait.

Et, à vrai dire, il en avait assez des cicatrices et des stigmates. Au moins autant que ses enfants. Ce dont il ferait mieux de se souvenir…

Tout en se massant les reins, Sabrina recula pour admirer son œuvre. Quatre murs peints d'un vert pastel, sans doute vanté au colonel par l'agent immobilier comme le nec plus ultra en matière de déco contemporaine. Mais une fois les sols polis, elle ajouterait quelques coussins rose corail sur le canapé beige acheté par sa mère, l'année précédant son décès. Et avec un peu de chance, personne ne remarquerait cette couleur aux murs qui vous donnait un teint cireux.

Régulièrement, le colonel venait inspecter l'avancée des travaux et, chaque fois, il secouait la tête. La faute peut-être au hard rock que Matt écoutait tout en peignant, ou à cause de la couleur de la peinture, difficile de savoir. Pour l'instant en tout cas, tout se déroulait sans accrocs, et la matinée était passée à toute vitesse, avec déjà deux pièces de peintes — Matt, Brooke et elle s'occupant du salon, Cole, Wes et Abby de la salle à manger. Mais si la musique interdisait toute conversation, elle n'avait pas réussi à empêcher les pensées de se bousculer dans sa tête à un rythme tout aussi infernal.

Car elle supportait mal les regards lourds de reproches de Wes, chaque fois que Brooke et elle riaient ensemble. Au début, elle l'avait cru grognon parce que tiré de son lit trop tôt, mais à présent, le doute n'était plus permis. C'était après elle qu'il en avait.

— Terminé ! lança son frère en refermant le pot de peinture. Vous avez fini, là-bas ? demanda-t-il aux autres, dans le salon peint couleur crème brûlée.

— Bientôt ! répondit Cole.

Et malgré sa morosité, Sabrina sourit en le regardant, son fils et lui, maculés de peinture. Puis ses yeux accrochèrent les siens, et elle se souvint pourquoi elle avait été franchement soulagée de ne pas se retrouver dans son « équipe », ce matin. A cause de leur petite discussion, un peu plus tôt ? De sa patience et de sa compréhension ? Elle avait eu bien du mal à s'empêcher de tomber dans son champ gravitationnel. En réalité, à ce moment-là, elle n'aspirait qu'à sentir ses bras autour d'elle. A enrouler les siens autour de sa taille et à le serrer. Fort. Ce qui était une très, très mauvaise idée. Pour quantité de raisons. Dont les deux premières étaient ces ados en train de se chamailler avec leur rouleau de peinture.

— Du calme, les enfants, soupira Cole.

Elle sourit.

Une chose était sûre, il ne s'agissait pas d'attirance, non. Même si, pensa-t-elle tout en l'observant peindre l'encadrement de la fenêtre, le coton de son T-shirt faisant ressortir ses muscles, entre leur histoire commune, le fait qu'il soit aussi sexy et... sa sensibilité à fleur de peau... Enfants ou pas. Mais plus que tout, il y avait cette aura chez Cole, une aura qu'il avait déjà enfant et qui la rassurait. Elle avait alors une confiance absolue en lui. Et en ce moment, elle ressentait un besoin vital de sécurité, de confiance...

— Hé, dit Matt à côté d'elle, la faisant sursauter. Tu as entendu ?

— Quoi ? Oh non, désolée.

Son frère secoua la tête.

— Je disais, tu devrais m'accompagner à la paroisse. Rencontrer les gamins.

Comme elle s'assombrissait, il ajouta.

— Les filles seraient folles de joie de pouvoir discuter mode. D'avoir quelqu'un pour les guider dans leur choix vestimentaire. Comme tu l'as fait pour Brooke...

— Oh ! Euh...

— Ecoute, dit-il en baissant la voix. Certaines ados auraient bien besoin de tes lumières. Tu vois, ces gamines ont quoi, treize quatorze ans, et elles ont l'air d'en avoir vingt-cinq...

Elle éclata de rire.

— Tu connais les filles du New Jersey. Toujours extravagantes. Ça doit être dans l'eau...

— Non, c'est autre chose. Certaines filles sont très provocantes. Oui, je sais, s'habiller sexy ne signifie pas forcément qu'une fille, ni même une femme, cherche un petit copain. Et un garçon ne doit pas se croire tout permis. C'est ce que je m'efforce de leur expliquer. Je leur parle de respect, de limites à ne pas franchir…, expliqua-t-il en haussant les épaules. Bref, le même genre de discours que me tenait papa…

— Et que tenait maman à ses filles…

— Sauf que beaucoup de ces enfants n'ont pas la chance d'avoir quelqu'un qui leur tienne ce genre de discours. Et le problème, c'est que certaines filles sont prêtes à tout… Parce qu'elles pensent ne pas être capables d'autre chose. Parce que tout ce qu'elles ont, c'est leur corps. Tu comprends…

Sabrina regarda le jardin par la fenêtre, tandis que son frère poursuivait :

— Et tout ça me tracasse depuis un moment. Je ne sais pas comment m'y prendre, avec elles. Et le père Bill non plus. Il n'avait pas prévu ce genre de problème quand il a rouvert le centre. Oh ! là-bas, tout va bien, mais une fois à l'extérieur… Tu es jeune, cool et branchée. Les filles te feraient confiance, j'en suis sûr.

Elle laissa échapper un soupir et lui fit face.

— Jeune, as-tu dit ?

— Par rapport aux vieilles dames qui s'occupent des gâteaux et des jus de fruits, certainement. Et puis, tu passes bien, auprès des enfants. Brooke ne t'a quasiment pas lâchée d'une semelle, ce matin. Allez, s'il te plaît. Tu viendras ? Juste pour discuter avec elles, et après, on verra…, dit Matt, une main sur son épaule, avant de s'éloigner, la laissant avec cette idée en tête.

Et des crampes à l'estomac. Car, pensa-t-elle en regardant Cole se remettre à peindre, n'était-elle pas elle-même le prototype de l'adolescente ?

- 7 -

Une fois pinceaux et rouleaux nettoyés, Cole se rendit dans la cuisine où il retrouva Bree en train de se laver les mains dans l'évier, l'air ailleurs. Tout éclaboussés de peinture, ses enfants étaient affalés sur les transats, sur la terrasse, comme s'ils venaient de courir un marathon.

Bree sursauta.

— Tu m'as fait peur.

— Désolé…

Il attrapa une feuille de papier essuie-tout et la lui tendit. Lèvres pincées, elle s'essuya grossièrement les mains avant de jeter le papier à la poubelle.

— Hé, ça va ?

Bras croisés, elle fit face à la fenêtre.

— Matt m'a demandé de lui donner un coup de main, au centre de loisirs.

— Ah ? A moi aussi.

— Il veut que tu relookes ces demoiselles ?

Il sourit, tout en se demandant pourquoi elle réagissait si mal à la requête de son frère.

— Non, répondit-il et il s'appuya au comptoir, mains dans les poches. Soutien informatique. Je lui ai quand même fait remarquer que ces gamins naviguaient sûrement sur la toile beaucoup mieux que moi. A trois ans, les enfants de Diana savaient se servir d'un ordinateur…

Toujours en évitant de le regarder, elle chuchota.

— Alors, tu as refusé ?

— En fait, ça pourrait être l'occasion pour Wes et Brooke

de rencontrer d'autres enfants de leur âge. J'ai dit que j'allais y réfléchir.

Comme elle ne répondait pas, il alla se chercher une bouteille d'eau dans le réfrigérateur, comme il avait l'habitude de le faire quand cette cuisine ressemblait à un buffet de gare. Même si ce réfrigérateur tout neuf était deux fois plus grand que l'ancien. Tout en débouchant sa bouteille, il observa Bree, toujours l'air aussi perturbée.

— Qu'est-ce qui ne va pas, Bree ?

— Rien…

— Nous sommes amis, tu te souviens. Allez, je t'écoute.

A ces mots, elle sourit, mais hésita un long moment avant de répondre.

— Ce que Matt m'a dit, à propos des filles… Cela m'a rappelé des souvenirs… Pas très bons. Quand j'avais cet âge. Oh ! j'étais tellement déboussolée…

— Comme nombre d'entre nous, non ?

— Oui, mais Matt ignore à quel point je l'étais, soupira-t-elle. Et à quoi ça m'a menée…

Lui revinrent à la mémoire d'anciennes conversations. Conversations que son moi adolescent, pitoyable et solitaire, n'avait supportées que parce que c'était le seul moyen de garder le contact. Sauf que, une fois encore, la femme devant lui ne ressemblait en rien à l'ado hystérique qui, à l'époque, semblait déterminée à en vouloir à tout le monde, à cause de ses problèmes. Si tel avait été le cas, il lui aurait tendu un mouchoir et, après une petite tape amicale sur l'épaule, il se serait contenté d'un « A plus tard ! » avant de s'esquiver. Or, ça ne l'était pas.

— Je croyais que l'on devait tourner la page…, remarqua-t-il.

— Enfin, Cole… Qui suis-je pour parler à des adolescentes de confiance en soi ? Pour les inciter à se respecter elles-mêmes ?

— Mais où est le problème ? Franchement, en quoi d'aider ces filles serait-il différent de ce que tu as fait avec Brooke ? De ce que tu as fait pour elle ?

— Ta fille n'a rien de commun avec celle que j'étais avant, dit-elle avec un sourire las. Je peux donner le change, avec elle. Mais ces filles dont parlent Matt… Elles ne s'y tromperaient pas, sur moi. Elles comprendraient tout de suite à qui elles ont affaire. Impossible de jouer la comédie, avec elles.

— S'il te plaît, je n'ai pas eu l'impression que tu faisais semblant, avec Brooke. Ni avec personne d'ailleurs. Non, tout ça, ce sont des bêtises. Et pourquoi es-tu si sévère envers toi-même ?

— Pas sévère. Lucide.

— Hé, regarde-moi…

Elle obtempéra, et il ajouta :

— Tout le monde fait des trucs stupides, dans sa jeunesse. Tu n'échappes pas à la norme. Et puis, ce n'est pas toi qui es partie.

— Ce que tu n'aurais pas fait, si je n'avais perdu la tête…

— Bon, c'est juste, dit-il et elle ricana. Mais tout ça ne fait pas pour autant de nous de mauvaises personnes. Temporairement fous, peut-être, mais pas mauvais…

— Je sais que je ne suis pas mauvaise, Cole, soupira-t-elle. Ou que je ne le suis plus, en tout cas…

— Mais enfin, Bree, tu es un être humain. Et les êtres humains commettent des erreurs. Toi surtout…

A cette réflexion, elle sourit, un vrai sourire, juste avant de gémir :

— Si c'était aussi facile.

Posant sa bouteille sur le comptoir, il s'y appuya, bras croisés, en contemplant le bout de ses pieds.

— Ce qui est facile, c'est de tromper son monde. De se complaire dans ses faiblesses, de refuser d'affronter ses peurs…

Relevant la tête, il plongea ses yeux dans les siens.

— Mais où cela te mène-t-il ? Nulle part. La peur… Paralyse, crois-moi, j'en sais quelque chose. Ce que j'ai fini par comprendre pourtant, c'est qu'il faut regarder cette peur en face et agir malgré elle… Et ça fonctionne.

Elle le regarda, fronçant les sourcils.

— Alors… Tu n'as plus peur ?

— A ton avis ? Surtout maintenant que j'ai les enfants à plein-temps ? dit-il en secouant la tête. C'est une bataille au quotidien. Mais à la seconde où j'ai tenu Wes dans mes bras, à sa naissance, j'ai eu comme un choc. Plus fort que la terreur. Je n'avais d'autre choix que celui d'être le père dont cet enfant avait besoin… Ce dont je n'aurais jamais cru être capable.

Dehors, un oiseau chanta, et ils se regardèrent un long moment, puis Bree laissa échapper un soupir.

— Je comprends ce que tu veux dire, mais… Je n'en suis pas encore là.

— Encore une fois, bêtises. Parce que, qui m'a montré la voie, au début ? dit-il en soutenant son regard. Réfléchis donc à ça une minute.

Après avoir tapoté à la vitre pour faire signe aux enfants d'aller l'attendre devant la maison, il regarda encore une fois Bree dans les yeux, avant de se diriger vers la porte. Au moment de l'ouvrir, il entendit le parquet grincer derrière lui.

— Merci, dit Bree quand il se retourna.

— De quoi ?

— D'être mon ami ?

— Toujours, répondit-il en sortant, avant de se tourner vers elle avant d'ajouter : Une dernière chose. Si ton expérience peut aider une seule de ces ados, l'empêcher d'emprunter un chemin qu'elle pourrait regretter, comment pourrais-tu l'en priver ?

Et, tant pis si elle ne lui adressait plus jamais la parole. En cet instant, son expression stupéfaite valait à elle seule cette peine. Enfin, pas vraiment, mais…

Ses paroles l'avaient ébranlée. Pas tant les mots eux-mêmes, que l'homme qui les avait prononcés, songea Sabrina, deux heures plus tard, tout en continuant de trier ses affaires dans sa vieille chambre, avec trois cartons devant elle. Le carton à jeter, à garder et celui à donner. Le carton à garder étant pour l'instant le plus rempli des trois.

Etrange, cette façon qu'elle avait toujours eu de se prendre pour la plus forte des deux, dans leur relation… Jusqu'à cet épisode embarrassant, sur la banquette arrière de la voiture de ses parents, quand elle avait révélé son jeu. Et autre chose. A ce moment-là, le masque était tombé, ce qu'elle n'avait réalisé que plus tard, comprenant que tout ce qu'elle pensait savoir sur elle n'était que mensonge.

Comme aujourd'hui, quand elle pensait tout savoir sur Cole.

Jetant dans le carton prévu à cet effet une poupée défraîchie qui aurait dû passer à la poubelle depuis des années, elle tenta de refouler ses larmes.

— Bree ? appela soudain Kelly, en bas. Où es-tu ?

Zut.

— En haut. Je fais un peu de rangement.

Quelques secondes plus tard, sa vieille amie apparut, la petite Terri dans les bras.

— Cet endroit a déjà tellement changé, je n'en reviens pas, dit-elle, un peu essoufflée par l'escalier. Le colonel n'est pas avec toi, je présume ?

— Non. Il est allé visiter deux appartements, à Sunridge.

Sabrina tendit les bras pour prendre le bébé, Kelly hésita une fraction de seconde avant de lui donner. Puis elle regarda la cage d'escalier, la peinture marquée de carrés et rectangles blancs.

— Oh ! comme ça fait vide. Où sont passées les photos ?

— Papa va en emporter certaines, je suppose. Pas vrai, petit sucre d'orge ? dit-elle en frottant son nez à celui de sa nièce. Et je suppose que nous nous partagerons le reste... Que me vaut l'honneur de ta visite ? demanda-t-elle à Kelly.

— Je tournais en rond, répondit son amie dans un éclat de rire. Les enfants sont encore chez leur grand-mère, et j'ai compris que si je ne sortais pas de la maison, j'allais devenir folle. Et me voilà, euh, nous voilà !

— Et entre tous les endroits où tu pouvais aller, c'est ici que tu as choisi de venir ?

Rougissant légèrement, Kelly glissa l'une de ses mèches rebelles derrière son oreille.

— Matt m'a dit qu'il t'avait invitée à aller visiter le centre de loisirs. Et que tu n'étais pas très enthousiaste à cette idée... ?

— Un rafraîchissement, peut-être ? proposa Sabrina en commençant à descendre, le bébé dans les bras. J'ai acheté un super thé glacé...

— Et tu crois sérieusement me faire fermer mon clapet, avec ton thé ?

Au bas des marches, Sabrina se retourna, et Kelly lui arracha presque le bébé des bras.

— Tu sais, je crois que je préférais quand tu étais toute timide.

— Désolée, grâce au ciel, j'ai changé. Et je n'ai pas bravé les trottoirs cabossés et les racines des platanes depuis chez moi avec la poussette de cette demoiselle, pour me voir envoyer sur les roses. J'ai emporté des couches et j'ai du lait à revendre. Donc, je ne partirai pas avant que tu me donnes des explications. Je veux tout savoir.

Sabrina leva les yeux au ciel. Au moins savait-elle à quoi s'en tenir.

Deux bouteilles de thé plus tard, confortablement installée sur le bon vieux canapé familial, sa fille en train de téter, Kelly dévisagea Sabrina, le regard noir. Sabrina qui venait de tout lui raconter. Vraiment tout.

— Ça alors, je…, dit-elle en secouant la tête.

Recroquevillée dans le fauteuil, Sabrina soupira.

— Oui. Eh oui, comme tu l'imagines, c'était embarrassant, autant que regrettable.

— Eh bien ça alors… ! Mais…

Kelly fronça les sourcils.

— Vraiment ? Enfin, je veux dire, oui je crois que tu l'as fait, même si j'en reste scotchée… Mais non, ce qui me tue, c'est que tu t'en veuilles encore aujourd'hui…

— Tu n'étais pas là, à l'époque. Je n'étais pas très gentille. Surtout envers Cole. Pas étonnant qu'il m'ait quittée. Si j'avais pu, je me serais quittée moi-même.

— Mais vous étiez deux enfants dépassés par les événements, remarqua Kelly avec douceur.

— Nous avions dix-sept ans, Kelly. Plus vraiment des enfants, soupira Sabrina en laissant retomber sa tête sur le dossier du fauteuil. Attention, ce n'est pas comme si j'avais passé toutes ces années à me reprocher ce qui était arrivé. Mais revenir ici, les raisons mêmes de mon retour et le fait de revoir Cole, sans parler de Matt qui me demande d'aider ces filles… Plein de choses sont remontées à la surface…

Kelly l'observa un long moment, puis elle assit Terri sur ses genoux, lui frotta le dos jusqu'au petit rot et allongea le bébé à côté d'elle, entre les coussins.

— Donc, si je comprends bien, tu t'apitoies sur ton sort… ?

— Pour m'être comportée de cette façon ? Je me sens surtout furieuse contre moi-même…

— Eh bien, tu dois dépasser ça. Parce que l'on ne répare jamais le passé. On peut en tirer des leçons, mais vivre avec des regrets, non, c'est tout simplement idiot. Et ce que Cole dit à propos de nos peurs… Il a raison. Le seul moyen de les vaincre, c'est de les affronter. J'ai vécu ça, ma chérie… Cet homme dit la vérité…

Esquissant un sourire, Kelly regarda sa fille.

— Tu vois, c'est tellement facile de laisser le passé nous empêcher de vivre. De laisser nos erreurs nous modeler. Ou nos choix…

Tandis que Kelly chatouillait le ventre de son bébé, Sabrina repensa au premier mariage de son amie, à cet homme qui, croyait-elle, la protégerait, prendrait soin d'elle. Et de ses enfants. Rien ne s'était passé comme prévu.

Comme si elle lisait dans ses pensées, Kelly reprit :

— Bien sûr, j'ai commis une erreur autrefois, en choisissant Rick. En restant mariée avec lui plus longtemps que je n'aurais dû. Et je ne vais pas le nier, une partie de moi le regrette, au moins sur un certain plan…

Elle regarda Sabrina droit dans les yeux.

— Mais ça ne signifie pas que je ne mérite pas ce que j'ai aujourd'hui, avec ton frère. Et honnêtement, si je n'avais pas commis ces erreurs ? Je ne pense pas qu'aujourd'hui je l'apprécierais autant, lui, notre vie… Aussi, si j'étais à ta place, si j'avais la chance de partager ce que j'ai appris avec les enfants du centre de loisirs, je n'hésiterais pas…

— Parce que tu crois que ces filles vont m'écouter ?

— Pourquoi ne le feraient-elles pas ?

— Parce que si elles sont comme moi, à cet âge…

— Et alors ? Tu n'en es que plus proche d'elles, non ?

Les paroles de son amie faisaient tellement écho à celles de Cole, que Sabrina en eut le souffle coupé. Se complaire dans la culpabilité n'arrangerait évidemment rien.

Elle laissa échapper un long soupir.

— A quelle heure ferme le centre de loisirs ?

Tout sourire soudain, son amie leva le poing en signe de victoire.

Par-dessus le crissement des baskets d'une dizaine d'enfants s'amusant à faire des paniers, dans la salle polyvalente du centre de loisirs, le bruit sourd de la porte en métal attira l'attention de Wesley… qui sentit son sang se glacer. Oh non ! L'amie de son père entra, manifestement mal à l'aise, mains dans les poches, lèvres pincées. Puis il tressaillit quand sa sœur à côté de son père se précipita pour serrer Sabrina dans ses bras…

— Wes ! appela Matt avant de souffler dans son sifflet. Attention !

Il tourna la tête, et une seconde plus tard, le ballon rebondit devant lui. Wes l'intercepta et commença à dribbler avant de s'élancer pour marquer un panier. Ce n'était qu'un match pour de rire, n'empêche, il rougit quand les applaudissements fusèrent. Il n'était pas très bon en sport — à vrai dire, il s'en fichait un peu — mais le basket, oui, c'était sympa. Et puis, papa avait promis. Quand ils auraient une maison, il installerait un panier.

A cette pensée, il regarda en direction des gradins où Sabrina était en pleine discussion avec son père et sa sœur, tous les deux comme hypnotisés par elle.

La gorge serrée, il sortit du terrain et se dirigea vers la table sur laquelle trônaient rafraîchissements et biscuits divers, oh rien d'extraordinaire — les cookies avaient plutôt mauvaise mine, mais au moins y avait-il de l'eau et des jus de fruits. Il venait juste d'attraper une bouteille de jus de raisin, quand un garçon en tenue de basketteur verte, peut-être plus âgé que lui d'un ou deux ans, s'approcha en souriant.

— Impressionnant, dit-il en lui donnant une tape amicale entre les omoplates.

— Quoi ? Oh ! merci.

Le jeune lui tendit la main.

— Elijah Hawkins.

— Wesley. Wes. Rayburn.

— T'es nouveau, non… ?

— Euh, on peut dire ça… En fait, mes grands-parents vivent ici. On est venu avec mon père et ma sœur pour l'été. Garder leur maison.

— Oh ! tu ne vas pas rester, alors ?

— Sais pas. Peut-être, marmonna-t-il avec un haussement d'épaules.

— Bon, si jamais… Je fais partie de l'équipe de Hoover. Tu pourrais jouer avec nous… ?

— Hoover… C'est le lycée… Oh ! désolé, je n'ai que treize ans.

— Vraiment ? Tu es super grand, je te donnais allez quinze, peut-être même seize ans. Bon, écoute… Mes potes et moi, on vient jouer ici presque chaque soir, vers 19 heures. Si tu veux nous rejoindre, pas de problème.

— Euh, oui. Merci.

Après un signe de la main, le jeune retourna sur le terrain, et Wes soupira. Inutile de préciser qu'ils vivaient trop loin de l'église pour venir quand ça lui chantait. Ou qu'il serait probablement inscrit dans un lycée privé — ça faisait trop snob.

De toute façon, il avait des choses plus importantes en tête, songea-t-il en reportant son regard sur la tribune. L'angoisse au ventre, il jeta sa bouteille vide à la poubelle et retourna à petite foulée sur le terrain. Avec de la chance, l'exercice physique l'empêcherait de trop penser.

— Il n'y a pas de filles, aujourd'hui ? demanda Sabrina, assise à côté de Brooke, mains croisées autour des genoux.

Cole n'était pas dupe. Il le voyait bien dans ses yeux, en train de se demander ce qu'elle fichait là. A peu près le même regard que sa fille. En fait, la fillette ne lui avait lâché le bras que pour aller se coller contre Bree. Qui, nota-t-il au passage, avait troqué la chemise de son père contre un top mauve sans manches près du corps. Très près du corps. Quant au jean, skinny comme de bien entendu, il mettait en valeur sa taille. Fine. Il ferma brièvement les yeux. Il pouvait sentir son parfum… Mêlé, quel dommage, aux odeurs de transpiration des garçons.

— Elles sont à l'étage, répondit-il.

Sabrina se tourna vers Brooke qui portait l'un des tops achetés l'autre jour, un truc à dentelles, assez ample, parfait pour elle.

— Et comment se fait-il que tu ne sois pas avec elles ?

— Euh… Parce que je ne les connais pas.

A ces mots, Bree glissa son bras autour des épaules de Brooke et l'étreignit brièvement, avant de s'adresser à Cole.

— Et toi, tu ne joues pas au basket avec les garçons ?

— Moi, au basket ? Tu rêves…

— Wes paraît plutôt doué, dit-elle en riant.

— Il ne tient pas ça de moi, c'est sûr.

De nouveau, elle rit.

— Pas de cours d'informatique, aujourd'hui ?

— Le seul ordinateur se trouve au secrétariat. Une machine qui date de l'antéchrist. Manifestement, ton frère n'avait pas relevé ce détail.

Derrière le brouhaha du match de basket, des rires stridents retentirent de la passerelle, au premier étage. Cole sentit Brooke se crisper à côté de lui, Sabrina de son côté leva les yeux.

— Ce sont elles ?

— Exact.

S'ensuivit une nouvelle vague de rires.

— On dirait qu'elles s'amusent bien, non ? dit-elle.

Brooke se tendit un peu plus. Sabrina de nouveau regarda en l'air et à son expression, il comprit la bataille qui se jouait dans sa tête. Quelle que soit la raison pour laquelle elle avait changé d'avis, il savait le courage qui était nécessaire pour dépasser ses angoisses, alors qu'il était si facile de laisser celles-ci sommeiller tranquillement dans un coin de sa tête. Il était fier d'elle.

A cet instant, tout en bavardant, le groupe des filles se dirigea vers l'escalier. Chaussures à talons compensés aux pieds, elles descendirent pour s'agglutiner en minaudant autour de la table des sodas, au fond de la salle, provocantes dans leur minishort ou leur jean ultramoulant. Mon Dieu, ces filles-là ne feraient qu'une bouchée de sa petite fille.

— Bien, dit Bree qui se leva et tendit la main à Brooke. Allons-y ensemble…

— Oh non ! s'exclama Brooke. Ça ferait trop nul.

— Plus nul que de rester assise sur ce banc avec nous ? répondit Bree.

Brooke se tourna vers son père.

— Elle a raison, trésor.

— Allez, dit Sabrina avec douceur. C'est l'occasion ou jamais de faire connaissance, devant un assortiment de cookies.

— Ils n'ont pas l'air bon…

— Dans ce cas, utilise cet argument pour briser la glace, suggéra Cole.

— Pour… Quoi ?

— Pour engager la conversation.

— Bonne idée, renchérit Bree. Et puis, que veux-tu qu'il t'arrive de si dramatique ?

— Qu'elles me prennent pour une poule mouillée…

A entendre ses vieilles peurs dans la bouche de sa fille, Cole sentit son cœur se serrer. Il cherchait une réponse quand Bree le devança.

— Dit la fillette assez courageuse pour changer de vie parce que celle qu'elle vivait ne lui convenait pas. Honnêtement, chérie, je ne m'inquiéterais pas, si j'étais toi…

Ainsi parlait l'ancienne Sabrina, dont l'audace et la détermination le subjuguaient autrefois. Et, aujourd'hui encore, à vrai dire. Mais bon, mieux valait garder ça pour lui.

Brooke hésita un long moment, tout en observant l'essaim de filles à une dizaine de mètres. Puis, soudain, comme on se jette à l'eau, elle inspira, se leva et se dirigea vers elles.

— Tu devrais donner des cours, murmura Cole en se penchant vers Sabrina, aussitôt happé par les effluves de son parfum.

— Des leçons de quoi ?

— Pour retrouver confiance en soi, répondit-il.

Au même moment, son sourire illumina quelque chose d'enfoui — de quasiment oublié — au fond de son cœur.

Ce qu'il garderait également pour lui.

Les jambes un peu vacillantes, Brooke s'éloigna tout en sentant les yeux de son père et de Sabrina sur elle. Comme pour la rassurer, l'encourager. Une des filles la vit approcher et aussitôt alerta les autres… qui aussitôt se retournèrent, l'air curieux, et l'espace d'un instant, elle pensa tourner les talons. Mais n'en fit rien.

— Hello, dit-elle, priant pour que sa voix ne tremble pas autant que ses genoux. Je m'appelle Brooke.

Les filles marmonnèrent leur prénom — Micaela, Jessica, Caitlin, Shandra. A peu près de son âge, peut-être un petit peu plus. Difficile de savoir, à cause de leur tenue. De leur maquillage. Brooke prit un cookie et mordit dedans, avant de faire une grimace, non feinte. L'une des filles gloussa. Caitlin. Une masse de cheveux roux tout bouclés.

— Ils sont nuls, pas vrai ?

— Celui-là en tout cas, oui. Oh…

Brooke rougit.

— J'espère que ce n'est pas la mère ou la grand-mère de l'une d'entre vous qui les a faits…

— T'inquiète pas, répondit Caitlin, les yeux tellement maquillés qu'elle pouvait à peine les ouvrir. Au moins, c'est gratuit, tu vois…, ajouta-t-elle avec un haussement d'épaules.

Une autre fille, presque aussi blonde que Sabrina, croqua à son tour un cookie tout en demandant :

— Ce sont tes parents, là-bas ?

— Comment ? Oh non, répondit Brooke en se retournant. Enfin, oui, c'est mon père. Mais la femme… C'est une amie.

— Ton amie ? Ou celle de ton père ?

— La sienne, surtout. Ils se connaissaient déjà, enfants.

Micaela — oui, c'était elle — éclata de rire en repoussant ses longs cheveux presque noirs.

— Oui, eh bien, il ne la regarde pas vraiment comme une amie, si tu vois ce que je veux dire…

— Ton père est plutôt mignon, remarqua alors Jessica, les yeux brillants.

Blonde comme les blés. Fossettes et tout et tout, très jolie.

— Pour un type de son âge…

Les autres rirent, et Brooke rougit.

— Hé, les filles, protesta Caitlin en poussant l'une de ses camarades. Arrêtez vos bêtises. Vous la mettez mal à l'aise.

— Non, ça va…

— Tu parles, répondit Caitlin, et Brooke rougit de plus belle. Vous entendez les filles ?

Les autres marmonnèrent ce qui ressemblait à des excuses, puis Shandra écarquilla les yeux en regardant les pieds de Brooke.

— Eh, où tu as eu ces chaussures. Elles sont supers !

Les autres aussitôt se rapprochèrent pour examiner ses ballerines, noires avec des paillettes rouges. Rien de bien excentrique comparé aux lanières et boucles et pointes d'acier sur leurs chaussures à elles, mais Brooke les adorait.

— Je les ai achetées avec Sabrina, la femme avec mon père, l'autre jour. Elle m'a emmenée faire du shopping. C'est son job, il faut dire, à New York. D'aider les gens à changer de look.

Dans un seul et même élan, les filles se retournèrent pour regarder Sabrina. Qui sourit et leur fit signe.

— Sérieux ? s'exclama Caitlin.

— Oui, elle est coach en relooking.

— Ah. Et ce top ? C'est aussi elle qui l'a choisi ?

— Oui, toute la tenue en fait.

— Mais pourquoi ? marmonna Jessica sur un ton acerbe, bien moins jolie d'un coup. Tu ne sais pas choisir tes vêtements toute seule ? Comme un bébé ?

Durant quelques secondes — quelques secondes uniquement, Brooke crut qu'elle allait éclater en sanglots, avant de décider, *Et zut !*

— Sabrina connaît tout sur la mode et le style, et moi pas. Pourquoi, ça te pose un problème ?

A ces mots, Caitlin baissa les yeux, avant de regarder de nouveau Brooke.

— Tu crois qu'elle pourrait m'aider, peut-être ? Parce que tu vois, je ne sais pas quoi faire avec ça, soupira-t-elle en désignant sa poitrine plantureuse.

— Eh bien…, répondit Brooke en faisant mine de réfléchir. Je pourrais lui poser la question…

Les femmes de l'Upper East Side, Sabrina pouvait les gérer sans problème. Mais un groupe d'adolescentes du New Jersey, c'était une autre histoire. Elle avait pourtant plus de points communs avec elles qu'avec ses clientes de Manhattan.

Brooke venait juste de la présenter à la bande que deux des filles — dont l'une vêtue de façon provocante — l'assaillirent de questions sur sa profession, où elle avait trouvé les vêtements de Brooke, si elle pouvait les aider…

— Bien sûr. Et tout vient du centre commercial, sur l'autoroute, dit-elle en prenant un cookie — un truc au goût de ciment pas frais. Il n'est pas nécessaire de se ruiner, pour avoir du style. C'est ce que j'ai fini par comprendre, à votre âge, dans une maison où l'argent ne coulait pas à flots, tant nous étions nombreux. Le shopping est devenu comme un jeu, vous voyez ?

— C'est ce que dit ma mère, aussi, remarqua celle avec une crinière en guise de cheveux. Elle fait la chasse aux coupons de réduction.

— Comme le faisait la mienne, dit Sabrina.

— Que d'histoires pour de simples vêtements…

La remarque venait de Jessica, la blonde. Le physique d'une femme, pas d'une enfant, quatorze ans peut-être. Sabrina allait répondre quand Brooke prit les devants.

— Ce qui est super, avec les bons vêtements, c'est que tu te sens toi-même.

La fille dégaina aussitôt à Brooke un regard plein de dédain, puis, une main sur la hanche, elle répliqua.

— Moi, je me sens tout à fait moi-même comme je suis, merci.

— Tant mieux, dit Sabrina en prenant un autre cookie avec désinvolture. Non, c'est vrai. Parce que beaucoup de filles à ton âge… Mais quel âge as-tu, au juste ?

— Treize ans, répondit l'ado, menton fièrement relevé.

— Eh bien, beaucoup de filles de treize ans se cachent derrière leurs vêtements, en partie parce qu'elles ne savent pas encore vraiment qui elles sont. En tout cas, moi, je ne le savais pas. Mais ce que nous mettons sur notre dos en dit long sur la manière dont nous nous voyons. Et comment nous voulons que les autres nous voient. Pas seulement jolie, mais intelligente. Sûre de nous. Pas comme un objet, mais un être humain.

La fille ricana, mais Sabrina comprit que ses paroles avaient fait vibrer une corde sensible. Une corde dissonante peut-être, mais une corde quand même. Mais elle savait aussi — car elle se souvenait de ses treize ans comme si c'était hier — qu'un changement de sujet de conversation à présent s'imposait. Et ce fut en mordant dans son cookie que l'inspiration lui vint.

— Il y a une cuisine, ici ?

Shandra, peau mate, des yeux couleur or, répondit :

— Oui, pourquoi ?

— Super. Qui parmi vous aime faire des gâteaux ?

Sourire timide aux lèvres, Brooke fut la première à lever le doigt. Caitlin suivit, radieuse, puis Micaela, toutes deux intriguées, voire sceptiques.

— Je n'ai jamais fait le moindre cookie…

— Moi non plus. Maman m'interdit de m'approcher des fourneaux, à la maison.

— On pourrait faire ça ici… ?

— Et aussi des brownies ? suggéra Brooke, et Caitlin hocha vigoureusement la tête.

— Ce que vous voulez. J'achèterai les ingrédients, et on préparera un assortiment de gâteaux. Certains pour ici, les autres pour chez vous, parce que ceux-là… — elle fit la grimace en regardant le cookie dans sa main —, plus jamais ça, pitié…

La remarque lui valut un gloussement de la part de Mlle « treize ans voulant en paraître le double ».

— Bon… Le centre ne va pas tarder à fermer…

— Disons lundi alors ?

Après un échange de regards, les filles répondirent en chœur :

— Entendu !

— Super. Essayez d'ici là de trouver une recette qui vous plaise. Soit sur un livre de cuisine, soit sur internet. Quelque chose de pas trop compliqué…

— On n'a jamais fait un gâteau, comment savoir si c'est compliqué ou pas ?

— C'est juste. Bien, sortez vos téléphones. Je vais vous donner mon numéro, comme ça, si vous avez un doute, appelez-moi ou envoyez-moi un texto…

Jessica braqua ses grands yeux verts sur Sabrina.

— Vous êtes sûre ?

— Tout à fait.

— Pourquoi on irait pas faire les courses ensemble ? demanda Micaela. Comme ça, on pourrait choisir nos ingrédients…

— Excellente idée. Bien, retrouvons-nous ici à 13 heures, lundi, d'accord ?

Les filles hochèrent la tête dans un même élan.

— Mais donnez-moi le numéro de vos parents, que je puisse m'assurer auprès d'eux que ça ne pose pas dc problèmes…

Elle baissa les yeux.

— Et mettez des chaussures confortables, car nous allons rester debout un bon moment.

— Allez tout le monde ! hurla Matt en frappant des mains. 18 heures ! Le matériel dans le vestiaire, les vitres fermées et attention à ne rien oublier… !

Sabrina observa non sans amusement le tourbillon des filles indiquant à Brooke le placard à balais, le local poubelle et l'endroit où l'on rangeait la vaisselle. Un moment après, la salle en ordre, toutes vinrent remercier Sabrina — certaines même lui faisant la bise — puis dirent au revoir à Brooke et se dirigèrent vers la sortie. Deux d'entre elles furent rejointes par un duo de garçons, peut-être leur frère. Ou autre chose, difficile de le dire. Et Sabrina n'était même pas sûre en fait de vouloir le savoir.

— Alors, ça s'est bien passé, non ? demanda-t-elle à Brooke tout en rejoignant Cole, près de la porte.

— Oui, c'est vrai, répondit la fillette avec un large sourire. J'aime bien Caitlin. Et Shandra.

— Moi aussi. Elles ont l'air de gentilles filles.

— Comment ça va ? demanda Cole, son regard croisant celui de Sabrina, avant de se porter sur sa fille.

— Les filles sont super cool, répondit celle-ci, enthousiaste. Enfin, deux d'entre elles. Oh ! on va faire des cookies ensemble. Avec Sabrina.

— Super idée.

— Génial, oui… Hé, Wes, dit-elle quand son frère apparut, jetant à Sabrina un regard à peine moins toxique que celui de Jessica, un peu plus tôt.

Bien sûr, son manque de confiance faisait mal. Mais tout rentrerait bientôt dans l'ordre. Car elle n'était pas censée rester à Maple River. Et Dieu seul sait où Cole et les enfants iraient vivre, après l'été…

Brooke et Wes en grande discussion, Matt approcha, tirant gentiment sur la queue-de-cheval de Sabrina, comme quand ils étaient enfants.

— Ces deux-là me rappellent nous, au même âge, dit-elle à son frère.

— Sauf que tu étais moins gentille avec moi, répondit Matt, et elle lui donna une claque sur l'omoplate. C'est vrai. Pfff, quelle emmerdeuse à l'époque ! — il se tourna vers Cole — comment faisais-tu pour la supporter ?

— Je me le demande, dit Cole, avec un regard fugitif, doux comme une caresse. Ton frère n'a pas tort…

— Bien, maintenant qu'il est clair pour tout le monde que j'étais une peste, marmonna Sabrina tout en se demandant pourquoi la franchise de Cole la touchait autant, si nous y allions…

— Oui, je me dépêche de rentrer, sinon Kelly risque de me botter les fesses, plaisanta Matt. Au fait, c'est sérieux, cette histoire de pâtisserie avec les filles, lundi ?

— Parfaitement, monsieur.

— Tu ferais mieux d'inspecter la cuisine avant, ricana-t-il. Personne ne l'utilise plus ou presque.

— Entendu, dit-elle tout en suivant son frère des yeux quand il s'éloigna.

Puis Brooke surgit à côté d'elle, et, sans réfléchir, elle glissa son bras autour des épaules de la fillette. Mais soudain, retenant son souffle, elle promena son regard sur la salle à présent vide et plongée dans le silence.

— Que se passe-t-il ? s'enquit Brooke en l'observant, sourcils froncés.

— Quand j'avais six ou sept ans, ma mère m'a emmenée ici un soir, j'ai oublié pourquoi. Tandis qu'elle discutait avec les uns et les autres, je lui ai échappé discrètement pour partir explorer les lieux… Et je me suis perdue, impossible de retrouver mon chemin. Depuis…

Elle haussa les épaules.

— Depuis, cet endroit te donne la chair de poule, termina Cole pour elle.

Il n'y avait pas une once de moquerie dans sa voix. Uniquement de la compréhension. Cette même bienveillance qu'elle considérait autrefois comme normale, acquise. Et qui faisait de lui le genre d'homme dont toute femme rêvait. Toute femme sensée, en tout cas.

— Uniquement quand c'est désert. Et silencieux comme ça.

— Oui, chuchota Brooke. Quand on s'entend respirer.

— Exactement, répondit Sabrina en riant.

— Tu as peur, en ce moment ? demanda Cole, toujours avec douceur.

Elle sentit sa gorge se serrer. Mais elle secoua la tête et sourit à Brooke.

— Avec vous ? Certainement pas ! répondit-elle en fuyant le regard de Cole.

Menteuse.

— Et cette cuisine ? Où se trouve-t-elle ? s'enquit-il.

— La porte, là-bas… Mais que fais-tu ?

— Suivez-moi. Hé, Wes, décolle ton nez de ce téléphone

et viens explorer les lieux avec nous ! cria-t-il et l'écho de sa voix rebondit dans la salle vide, dissipant ses vieilles peurs… Pour laisser la place à de nouvelles, impatientes de prendre le relais.

- 8 -

Le temps d'inspecter la cuisine du centre de loisirs — aucun risque d'atteinte sanitaire majeur —, tout le monde était mort de faim. Mais quand Brooke suggéra d'aller manger un hamburger au snack tout près — déjà leur repaire, au lycée — et qui, selon Cole, faisait aujourd'hui encore les meilleurs hamburgers du New Jersey, Sabrina s'excusa, prétextant la fatigue.

Un gros mensonge comme il en avait rarement entendu. Mais compte tenu de la passion de sa fille pour cette femme, la méfiance manifeste de son fils à son égard, sans parler des sentiments ambivalents qui l'agitaient, lui, passer plus de temps ensemble n'était peut-être pas vraiment l'idée du siècle.

Ce regard qu'elle lui avait lancé, à la salle de la paroisse… Manifestement, il n'était pas le seul à devoir gérer des sentiments ambivalents. Ces conflits, ces questions, bref, tout ce bazar resterait sans doute à jamais irrésolu. Parce que la vie était ainsi. La sienne, celle de Bree et de tout le monde.

Mais, songea-t-il en frappant à la porte de sa vieille chambre, interrompant Wes en plein jeu vidéo, il ne pouvait le nier : voir Sabrina sourire, l'entendre rire, oui, c'était bon. Même si ça ne résolvait rien.

— Oui ? demanda Wes sans décoller les yeux de son écran, au milieu des prises et des fils électriques.

— C'est l'heure de te coucher, mon gars…

— Papa, je ne suis plus un bébé. Et c'est les vacances…

— Mais 23 heures, c'est tard pour un enfant de treize ans.

Contrarié, Wes éjecta la cartouche de sa console et la jeta sur le tapis, faisant sursauter le chien endormi.

— Je ne comprends pas, dit-il, Nana dit que tu jouais aux jeux vidéo tout le temps, à mon âge…

— Pas tout le temps, mais beaucoup trop, c'est certain. Au point de n'avoir aucun contact humain ou presque. Et de n'avoir pas de vie. Pas question de te laisser commettre la même erreur.

L'air boudeur, son fils s'affala sur le vieux pouf poire et croisa les bras, tandis que le chien, après un bâillement à s'en décrocher la mâchoire, se rendormit.

— Ça devait être cool, pourtant…

— Quoi donc ? De pouvoir faire ce que j'avais envie, sans personne pour me surveiller ?

— Eh bien, oui. Et puis, si tu n'avais pas joué autant, tu n'aurais peut-être pas été capable une fois grand de concevoir des jeux vidéo…

— Peut-être, répondit Cole, toujours fasciné par l'esprit de repartie de ses enfants. Mais si j'avais su alors ce que je sais aujourd'hui, j'aurais jugé que le jeu n'en valait pas la chandelle. Tout est question d'équilibre, vois-tu. L'excès en toute chose mène droit dans le mur, fiston.

— Mais pourquoi ils te laissaient faire ?

Un peu anxieux mais déterminé, Cole s'assit sur le bord de son vieux lit — recouvert du même dessus-de-lit bleu marine.

— Parce que mes parents avaient été élevés de façon trop stricte, je crois. Avec beaucoup trop d'interdits. Et ils ne voulaient surtout pas ça, pour Diana et moi. Attention, ils ne pensaient qu'à notre bonheur, s'empressa-t-il d'ajouter. Tu sais, le métier de parent est difficile. Il y a toujours cette peur de mal faire… de se tromper.

Son fils esquissa un sourire, le genre de sourire malicieux qu'il avait déjà, bébé, quand il s'enfuyait avec un objet auquel il n'avait pas le droit de toucher.

— Et si tu te trompais, dans le cas présent…

— Non, il est l'heure de te mettre au lit, pas de t'esquinter les yeux sur les jeux vidéo. Raté.

— Bah, j'ai pas pu m'empêcher d'essayer, grommela

Wes. Mais ça fait bizarre de t'entendre parler de toi comme quelqu'un de, euh…

— D'humain ?

— Oui, c'est ça, dit Wes et Cole éclata de rire, avant de soupirer.

— Diana et moi… On ne savait jamais ce qui se passait vraiment, dans la tête de nos parents. Ils ne nous cachaient pas des secrets, non, c'est plutôt qu'ils ne nous parlaient jamais d'eux, de leurs sentiments ou ce genre de choses. Il n'y avait pas d'échanges, entre nous.

— C'est pas comme toi, remarqua Wes en rigolant.

— J'espère bien. Mais cela ne signifie pas que vous devez partager tous vos secrets. Je respecte trop votre intimité. Mais si vous éprouvez le besoin de parler de certains sujets, n'importe quoi, je suis là. Et je ne jugerai pas.

Ce n'était pas prévu, mais il venait ainsi de fournir à son fils l'opportunité de se confier, au sujet de Sabrina. S'il le souhaitait, bien sûr. Car l'y forcer n'aurait servi à rien. Et puis, quel intérêt ? Dans quelques semaines, le problème ne se poserait plus. Wes s'étira sur le pouf et se leva, peu disposé à saisir la balle au bond.

— C'est ce qu'on appelle une discussion sérieuse parent-enfant, non ?

— J'en ai bien l'impression, oui, répondit Cole en se levant à son tour, un peu déçu. Et tu vois, ta tête n'a pas explosé… ?

— C'est vrai, marmonna Wes en le fixant. Mais… Je peux te poser une question ?

— Bien sûr.

— Si tu jouais tellement aux jeux vidéo au point de n'avoir aucun contact humain… Comment Sabrina et toi êtes-vous devenus amis ?

Il sentit sa gorge se serrer.

— Parce qu'elle était très persuasive, répondit-il sur le ton de l'humour.

Wes grimaça.

*
* *

Le lundi, avec suffisamment d'ingrédients pour préparer un cake au thon, la petite bande regagna le centre de loisirs, les filles en pleine forme, Sabrina un peu moins. Soulagée toutefois — merci Jeanne Noble — d'avoir su gérer cet essaim d'ados particulièrement extraverties. Et, également heureuse de la diversion, après sa dernière rencontre avec Cole, le samedi précédent. Son alibi, pour décliner l'invitation d'aller manger un morceau avec lui et les enfants, n'avait guère dû le convaincre. Sauf que… ce qu'elle avait entendu dans la voix de Cole… Pff, quel méli-mélo de souvenirs, d'émotions et de vulnérabilité, le tout se télescopant dans sa pauvre tête. Avec fracas et insistance, mais totalement saugrenu. Irrationnel.

Sans cesser de bavarder, les filles prirent les sacs dans le coffre de la voiture. Même Brooke. Sabrina pourtant n'était pas dupe des rires et des plaisanteries des ados, en dehors de leur attitude étonnamment respectueuse envers elle. Derrière le maquillage et les vêtements provocants, les filles ne donnaient pas totalement le change. L'angoisse, la vulnérabilité, ces sentiments inhérents à l'adolescence étaient aussi criants que les couleurs tapageuses de leurs habits ou la hauteur démesurée de leurs talons.

— Bien, dit-elle une fois dans la cuisine, à peu près correcte, en dépit des critiques de son frère.

Les appareils, quoique anciens, étaient en état de marche, le comptoir immense, sans parler de l'îlot au centre de la pièce. Et cerise sur le gâteau, il y avait aussi un double four. Chacune choisit son bout de plan de travail et installa ses ingrédients.

— Nous ne pourrons pas tout faire sans doute, raison de plus pour ne pas traîner !

— On pourrait manger les cookies qui sortent du four en attendant que les autres cuisent, non ?

La suggestion venait de Caitlin, évidemment, qui n'avait pas l'air prête à mourir de faim de sitôt.

— Pas de problème, répondit Sabrina. A condition de partager, d'accord ?

Brooke et une des filles avaient déjà commencé à doser leurs ingrédients dans des bols et saladiers que Sabrina avait rapportés de chez son père. Avec d'autres ustensiles, cuillères de bois, papier cuisson et moules divers qu'elle avait décidé de laisser au centre, son père n'en ayant aucune utilité. Et n'en aurait sans doute jamais. La pâtisserie ne faisait pas partie de ses talents.

Sabrina supervisa, n'intervenant que pour donner un conseil, face à un désastre annoncé. Ou empêcher une crise de larmes. Brooke craignant que sa recette de macarons ne soit trop compliquée, Sabrina la rassura. De son côté, Micaela avait choisi de préparer une pâtisserie traditionnelle cubaine, avec au moins un million d'ingrédients. Si Sabrina admirait l'ambition de la jeune fille, elle demeurait néanmoins sceptique quant au résultat final.

— N'oubliez pas ! dit-elle à toutes, une fois les premières fournées de gâteaux au four. Vous êtes ici pour apprendre. Si ça rate, ce n'est pas grave, on recommencera. Il m'a fallu du temps pour réussir mes brownies. Soit ils étaient durs comme du ciment, soit on devait les manger à la petite cuillère.

Brooke rit.

— Qui vous a appris à faire des gâteaux ?

— Jeanne Noble, répondit Sabrina en souriant. Elle a aussi appris à ton père. Et à mes frères…

— Hé ! hurla Shandra. Sortez d'ici !

Sabrina se retourna et vit deux garçons à la porte de la cuisine, vêtus comme des rappeurs, un large sourire aux lèvres, les filles affolées comme si on les avait surprises nues au vestiaire.

— Désolé, dit le brun avec un air décontenancé, casquette à la main. Mais ça sent super bon, impossible de se concentrer sur le match. C'est vrai, Micaela, ajouta-t-il quand celle-ci leva les yeux au ciel. Vous faites des gâteaux ?

— Possible, répondit-elle, menton fièrement relevé, une main sur la hanche, quand un autre garçon, puis un autre et encore un autre, le nez en l'air, s'agglutinèrent à la porte.

Sabrina se pinça les lèvres pour réprimer un rire. Chaque fois que sa mère faisait de la pâtisserie, comme par magie, les garçons du quartier affluaient à la maison.

— Vous pensez qu'on pourrait en goûter un ou deux ? s'enquit un autre gamin, un blond à la dégaine digne d'*Oliver Twist*.

Impression due à sa tenue, T-shirt trois fois trop grand et jean râpé jusqu'à la trame. Appuyant sa requête, ses camarades hochèrent la tête avec enthousiasme, un garçon plus petit sortit même de sa poche quelques billets tout froissés.

— On peut payer, dit-il.

Sabrina sentit son cœur se serrer.

— Ne soyez pas ridicules, dit-elle. Il y en a pour un régiment. Et on pourra toujours en faire d'autres. Alors range ton argent. Au fait… Vous pourriez nous donner un coup de main…

Elle nota l'expression abasourdie des filles et, d'un regard, réduisit au silence toute objection, avant de revenir vers les garçons.

— Il doit nous rester de quoi préparer au moins deux fournées de cookies aux pépites de chocolat…

— C'est-à-dire… On sait pas faire ce genre de choses.

— Nous allons vous montrer. Pas vrai, les filles ?

Une fois de plus, elle manqua éclater de rire devant l'air ébahi de ses protégées, dont les idées sur les tâches dévolues aux hommes et celles réservées aux filles étaient apparemment bien arrêtées. Mais pas question pour Sabrina de cautionner ce genre de comportement sexiste. Et, tant pis si surveiller autant d'ados en pleine croissance — les garçons étaient huit — ne faisait pas partie de ses attributions. Elle s'en sortirait, s'encouragea-t-elle, alors que ces messieurs entraient dans la cuisine.

— Il reste un seul sachet de copeaux et presque plus de farine et de beurre, chuchota Brooke à côté d'elle.

— Pas assez pour huit convives supplémentaires, donc ?

Impossible de laisser tout ce petit monde pour filer au supermarché.

— Vous voulez que j'appelle papa ?

Oh ! mon Dieu, non.

— Bien sûr, mon ange. Excellente idée.

Lorsque Cole arriva au centre de loisirs, après une halte à l'épicerie, il flottait autour du bâtiment une odeur digne d'une usine à cookies. La voiture fermée à clé, il entra et se dirigea vers la cuisine, se laissant guider par les éclats de voix, les rires et le rythme effréné d'une salsa. Il travaillait sur son prochain jeu quand Brooke avait téléphoné. Il n'allait quand même pas rater l'occasion d'encourager Sabrina dans sa B.A. Ni de la taquiner un peu, peut-être.

Il sourit tout de suite en la voyant, cheveux clipés au sommet du crâne, en train d'essayer d'expliquer à trois garçons comment remuer ce qui devait être du chocolat fondu et de la farine, dans un saladier. Chocolat auquel ils avaient dû amplement goûter, vu les traces autour de leur bouche.

— La cavalerie est arrivée, murmura-t-il en s'avançant. Et voici la farine, les copeaux de chocolat, beurre et œufs.

Elle se tourna vers lui, le regard plein de gratitude.

— Super. Mais, où est Wes ?

Il se garderait bien de lui rapporter la réaction de son fils, quand il lui avait proposé de venir.

— A la maison. En pleine crise d'adolescence.

Elle n'insista pas.

— Voilà le matériel. Tu sais comment faire, dit-elle en désignant deux bols vides — de bons vieux bols en céramique ébréchés, souvenirs de leur jeunesse à tous deux.

Il le savait, en effet, pour avoir aidé Bree et Kelly à préparer cent fois des pâtisseries, avant chaque fête de la paroisse, chaque kermesse dont Jeanne Noble avait eu vent. Tout ça était loin. Pourtant, il n'eut aucun besoin de relire la recette.

Plutôt fier de lui, il regarda Sabrina à la dérobée, entre fatigue et euphorie, puis il remarqua deux gamins qui le fixaient. Style petit voyou ou membre de gang, en dépit de leur visage enfantin, et lui revinrent à la mémoire ces autres garçons qui, autrefois, s'étaient juré de lui rendre la vie impossible. Qui l'aurait été si Bree n'avait volé à son secours. Il était donc normal qu'à son tour, il soit là pour elle. Personne ici ne semblait menaçant, mais l'enthousiasme de ces ados avait quelque chose de stressant.

Il demanda aux garçons de rincer les bols et les saladiers. Et comme tout mâle en ce monde, cette tâche pourtant bien innocente leur fournit l'occasion de se chamailler et de s'arroser. Cole les regarda en secouant la tête quand, soudain, il aperçut sa fille avec l'un des garçons, le plus baraqué de la bande, avec les cheveux en pétard. Brooke souriant et riant à ce qu'il racontait. Il sentit son sang ne faire qu'un tour.

Puis il surprit Bree en train de l'observer et, en cet instant, elle le gratifia d'un sourire — un sourire comme il n'en avait pas reçu depuis au moins vingt ans. Un sourire qui disait « Je sais à quoi tu penses » et qui prouvait que le lien jadis si fort entre eux était toujours là, vivace. Indestructible. Mais les souvenirs ne sont que chimère. Une illusion d'optique. Un tour de l'imagination.

— Yo, monsieur Cole... La vaisselle est propre. On fait quoi maintenant ?

— Maintenant, on attaque les cookies. Et les nôtres seront meilleurs que ceux des autres.

— Comment c'est possible ?

— En ajoutant plus de copeaux de chocolat, murmura-t-il.

Une réponse qui lui valut deux sourires complices, ponctués de deux poings discrètement levés.

— Oh oui, génial ! s'exclama Marco, le plus petit des deux, un peu trop fort.

Aussitôt, Bree les interpella, de l'autre bout de la cuisine :

— Que se passe-t-il, là-bas ?

— Rien ! répondit Cole.

Les garçons ricanèrent, Cole se joignant à eux avant de surprendre le regard suspicieux de Bree sur eux.

Une heure plus tard, Sabrina soupira. Les filles et les garçons n'avaient pas bronché pour nettoyer la cuisine, mais le résultat laissait à désirer. Cole et elle étaient encore en train de faire la vaisselle bien après le départ des enfants — Brooke passait l'après-midi avec Caitlin —, chacun avec une dizaine de cookies à partager avec leur famille. Le père Bill était passé voir si tout allait bien. Aussi surpris que ravi, surtout lorsque deux gamins l'avaient invité à goûter à leur création. Le pauvre homme en avait levé les yeux au ciel, aux anges.

Ce que Sabrina comprenait, elle-même ne s'étant pas privée. Sans en éprouver une once de culpabilité.

— Succès total de l'opération cookies, remarqua Cole en rangeant les spatules. Qui aurait cru ?

— J'en étais sûre, répondit-elle avant d'essuyer un moule, tandis que Cole s'attelait au nettoyage de la gazinière, ses muscles saillant sous son T-shirt, comme s'il lui était trop petit. Il n'y a pas que le relooking et l'informatique, dans la vie, ajouta-t-elle.

Cole rit, et elle sourit, sans pouvoir décider si elle était heureuse qu'il soit là, ou si elle aurait préféré qu'il emmène son sourire et son allure sexy ailleurs, de façon à la laisser tranquille. Seule, frustrée et perdue.

— Merci encore d'être venu m'aider. Tu as été génial, avec ces garçons.

— Je n'ai fait que rester moi-même, rien de plus…

— C'est bien ce que je disais…

Plus fatiguée qu'elle l'aurait cru, elle s'accouda au comptoir, mains croisées devant elle. Une position bénéfique pour ses reins, idéale pour la vue.

— Les enfants ont beaucoup de chance de t'avoir, ajouta-t-elle avec douceur.

Il se tourna vers elle.

— Merci, ça me touche, venant de toi.

Elle rougit et s'empressa de changer de sujet.

— Tu t'es bien amusé, j'espère.

— Beaucoup, répondit-il, les yeux rieurs. Et toi ?

— Pareil.

— Et je suis sûr que tu te sens moins angoissée…

— Trop épuisée pour ça.

— Forcément, dit-il en riant, tout en passant un coup d'éponge à l'évier.

Puis il se rinça les mains, les essuya sur son jean.

Un jean qu'il portait à merveille, songea-t-elle. Très seyant.

— Et je suppose que c'est pour cette raison que tu leur as donné rendez-vous la semaine prochaine ? ajouta-t-il.

— J'avais l'impression d'être au milieu d'une meute de chiots…, soupira-t-elle en souriant.

— Et comment, après de simples cookies, comptes-tu t'y prendre pour leur faire préparer un repas entier ?

— C'est le père Bill qui m'a donné l'idée, en fait. Quand il a dit que la vente de cookies serait bien utile pour amasser les fonds nécessaires à la réparation du toit… Je me suis dit, pourquoi ne pas organiser un dîner, Pour les parents. Le quartier ? Oh ! nous ne cuisinerons pas de grands plats gastronomiques. Spaghettis, salade composée et dessert. Je suis sûre que les gens répondront présents et se montreront généreux. Mon père, pour commencer. Et puis, Kelly pourrait donner un coup de main. Et ce serait l'occasion pour les enfants de s'engager, de donner au lieu de recevoir tout le temps. L'occasion aussi de se rassembler autour d'une cause…

— C'est une idée géniale, Bree, dit-il avec une chaleur qui la fit tressaillir. Donc, le relooking, ça attendra, je suppose ?

— Pour l'instant, oui…

Elle s'étira puis se hissa sur le comptoir, jambes dans le vide.

— Bon, deux ou trois des filles vont trop loin, et j'ai envie de les emmener faire un peu de shopping, si les parents sont d'accord. Mais bon, dans le fond, quelle importance la façon dont elles s'habillent ?

Elle sourit en voyant son expression sceptique.

— Treize ans est un âge difficile. Je suis certaine que tu en conviens. Mais c'est pire encore pour une fille, je pense. Ne pas savoir qui l'on est, ce que l'on attend de toi… Je me rappelle tout ça si bien. Et j'en suis convaincue, ça leur passera…

— Tu ne trouves pas leur tenue, leur attitude, euh… dérangeantes ?

Elle sourit. Elle connaissait Cole, pas misogyne pour un sou. Inquiet peut-être, mais…

— J'ai entendu Matt, sa perplexité à voir les filles aussi provocantes, répondit-elle avec calme. Mais tout ça n'est qu'une façade. Il y a tant d'innocence et de vulnérabilité chez ces adolescentes. Oh ! bien sûr, elles se montrent volontiers choquantes, mais au fond, elles sont adorables. Si touchantes. Et pas si différentes de Brooke. Certaines manquent sans doute cruellement d'attention, d'affection. De quel droit est-ce que je les jugerais, simplement à cause de leur tenue vestimentaire ?

Elle se sentit rougir. *Comme je le faisais avec les autres enfants, quand j'avais leur âge.* Chassant ce souvenir, elle ajouta.

— Et tu sais quoi ? En dépit du surnombre de garçons, un peu dragueurs pour certains, je n'ai pas vu une seule des filles leur manifester un quelconque intérêt.

— A fortiori avec deux adultes dans la pièce, peut-être ? suggéra Cole en souriant.

Elle perçut quelque chose dans ce sourire qui la fit tressaillir dans tout son corps. Il avait toujours eu cette sorte d'intensité… Intensité qui, à l'évidence, avait au fil du temps acquis la précision d'un laser, avec des conséquences… terrifiantes ? troublantes ? ou dévastatrices ?

— Oh ! fais-moi confiance, dit-elle. Quand une fille se met en tête d'aller par-là, elle trouve toujours une solution, adultes ou pas…

Il hésita quelques instants avant de poursuivre :

— Tu parles par expérience, évidemment…

— Malheureusement, oui, soupira-t-elle en pliant et dépliant ses jambes. Je vais essayer d'amener les filles à des tenues moins… tapageuses. Mais je ne les forcerai pas…

L'une de ses chaussures tomba sur le carrelage, claquant comme un coup de feu. Aussitôt, elle se laissa glisser au sol et après deux tentatives, réussit à se rechausser. Elle était lessivée, vraiment. Cole se précipita.

— Non, ça va, merci, dit-elle en voyant son regard inquiet.

Peu importait que cela ne soit pas totalement vrai. Le problème, c'était cette attirance qu'elle ressentait pour lui.

Il y avait bien longtemps que regarder les autres — les hommes, pour être précise — ne lui avait pas fait cet effet. Comme… Se sentir vivante. Entière. Mais tout ça était tellement illusoire. Et puis, pour trouver sa moitié, il faudrait d'abord qu'elle sache qui elle était… Elle avait mis trente-cinq ans à le comprendre. A le comprendre, pas à résoudre le problème. Mais c'était un début.

— Tu adores les enfants, n'est-ce pas ? demanda Cole.

— Depuis toujours…

Son téléphone vibra. Il le sortit de sa poche, pianota deux trois choses.

— Wes. Il se demande où je suis.

— Oh ! évidemment, il est tard, dit-elle.

Et le garçon n'avait pas besoin d'une autre raison de la détester.

— Tu n'as qu'à partir. Je finirai…

— Est-ce que je t'ai remerciée ? Je veux dire, vraiment, avec un grand merci…

— Pour quelle raison ?

— Quoi qu'il se soit passé entre nous, dit-il en plongeant ses yeux dans les siens, jamais je n'oublierai quelle amie tu as été pour moi, quand personne ne s'intéressait à moi. Mieux que ça même… Tu as su me comprendre. Comme tu as compris Brooke. Ces filles. Et gagner leur confiance. Comme tu avais gagné la mienne, il y a mille ans. Ce qui m'a permis de prendre du recul avec le reste. Un cœur tendre comme du bon pain sous la cuirasse, voilà ce que tu es…

— Tendre… Un peu rassis, néanmoins…

Il s'approcha lentement, avec un regard d'une intensité telle qu'elle retint son souffle.

— Pourquoi me regardes-tu comme ça ?

Puis il sourit et… lui tapota le bout du nez.

— Un ange…, murmura-t-il avant de s'éloigner.

- 9 -

Devant la gazinière, à faire revenir de la viande hachée — l'unique recette maîtrisée par son fils —, Wes décocha à son père un regard… critique.

— Pourquoi rentres-tu si tard ?

— Le ménage. Je ne pouvais pas laisser Bree le faire toute seule, répondit Cole, peinant à mettre un pied devant l'autre à cause des chiens dans ses pattes. Que prépares-tu ?

— Des tacos. Où est Brooke ?

— Sortie, avec Caitlin.

— Celle avec des cheveux de folle ?

— Tout juste…

Cole inspira, expira, puis il ouvrit un tiroir pour prendre les couverts — ces bons vieux couverts avec manches de bois, tout délavés.

— Ça sent super bon. Je suis affamé…

— Maman m'a appelé.

Il se tourna vers son fils.

— Ah ? Quand ça ?

— Pendant que vous étiez absents, tiens, logique, grommela Wes avant d'éteindre le feu sous sa poêle. Elle voudrait nous voir. Samedi.

— Où ça ? Ici ou à Philadelphie ?

— Là-bas. Elle dit qu'on pourrait prendre le train et qu'elle nous retrouverait à la gare…

— Pas question. Je vous emmènerai, décréta Cole. Je ne veux pas vous laisser voyager en train seuls.

— Le problème n'est pas là…

— Quoi alors ? s'enquit Cole. Tu n'as pas envie d'y aller ?

— De toute façon, on s'en fiche, non ?

— Bien sûr que non, on s'en fiche pas, Wes. Si elle veut vous voir…

— Ce qu'elle veut, c'est ne pas se sentir coupable.

— Tu n'en sais rien…

— Si je m'en tiens au nombre de fois où elle nous disait ne pas être heureuse, avec nous, eh bien si, je le sais. Il ne s'agit pas pour elle de voir ses enfants pour se sentir mieux, mais de déculpabiliser pour se sentir mieux.

— Une fois de plus, tu n'es pas dans sa tête.

Et soudain, des larmes rebondirent sur les joues de son fils. Cole retint son souffle, le cœur en miettes. Wes n'avait pas pleuré depuis qu'il était nourrisson.

— On ne sera même pas seuls avec elle, papa, dit-il, la voix brisée. Elle veut nous emmener au zoo, comme des bébés, et son nouveau petit ami sera là, aussi.

Cole se sentit submergé par la colère.

— Ah ?

— Oui. Enfin, papa, on ne l'a pas vue depuis deux semaines, j'aurais cru que…

Wes se détourna, ému, avant d'ajouter :

— Mais comme d'habitude, Brooke et moi, on ne lui suffit pas.

Cole secoua la tête. Rien ne lui aurait fait plus plaisir que de trouver un argument à opposer à la réflexion de son fils. Malheureusement… Il pensa à Bree, à la tendresse de son regard, de ses paroles quand elle parlait de « ses » filles. Des enfants qu'elle connaissait à peine. Qu'est-ce que ça serait, si c'était les siens… ?

— T'a-t-elle donné le nom de ce type ?

— Euh, oui, je crois… Mais je ne m'en souviens pas. Je n'écoutais plus, à ce moment-là…

Evidemment, songea Cole tout en se promettant d'avoir une conversation avec son ex, dans un futur proche. Etait-elle donc si égoïste ? Ou totalement irresponsable ? Et comment se faisait-il, quinze ans, deux enfants et un divorce plus tard, qu'il ne connaisse pas la réponse à cette question ?

Il s'avança vers son fils, posa une main sur sa nuque et le serra dans ses bras, son cœur fondant littéralement quand, au lieu de le repousser — ce à quoi il s'attendait — Wes en retour l'étreignit.

— Je vais parler à ta mère, dit-il avec calme.

Wes hocha la tête, laissant échapper un soupir à la limite des sanglots. Lui-même au bord des larmes, Cole s'écarta pour regarder son fils dans les yeux.

— Mais je veux que tu saches… Toi et ta sœur, vous me suffisez, à moi. En fait, vous êtes tout pour moi…

Ce dont je ferais bien de me souvenir à l'avenir.

— Tu as compris ?

Après un moment, Wes de nouveau hocha la tête et se détourna, s'essuyant le bout du nez d'un revers de manche. Cole soupira et lui tendit une feuille de papier essuie-tout.

— Merci, marmonna son fils. Euh, un peu de thé glacé ?

— Avec plaisir, mon garçon…, répondit Cole.

Wes lui sourit.

Grâce au ciel, les jours suivants, cette chose appelée la vie évita à Sabrina d'avoir trop à se confronter à Cole ou à ses enfants. Entre les travaux de la maison de son père, deux ou trois allers-retours à New York pour honorer des rendez-vous professionnels, garder un soir ses nièces et neveux pour permettre à Kelly et Matt de sortir, elle n'eut pas une minute à elle. Ce qui, néanmoins, ne l'empêchait pas de penser à eux. A chacun d'eux, se dit-elle, tandis qu'avec son assistante elles pénétraient les bras chargés de vêtements dans le hall somptueux d'une résidence de l'East Side.

Elle pensait ainsi souvent aux sourires de Brooke, qui passait désormais la majorité de son temps avec les autres filles. A la façon de l'adolescente de la serrer dans ses bras, quand elles se croisaient. Elle pensait aussi aux regards assassins de Wes, le premier jour, au centre de loisirs. A sa méfiance. Elle pensait également à Cole, comment il avait volé à son secours, pour la séance de cookies… A ses pupilles dilatées lorsqu'il s'était approché d'elle, à la fin. A cette tape sur son nez. Qui n'avait rien d'érotique. Absolument rien.

Et alors ? Peu importait le bien que faisaient son rire et ses regards à sa libido naufragée, à son ego dévasté. Les problèmes avec Wes mis à part, elle était en plein dépit amoureux. Un état qu'elle ne connaissait que trop bien. Seulement, cette fois, elle était déterminée à faire attention. Au lieu d'entraîner un pauvre garçon — et ses enfants — au fond du trou avec elle.

— Hé, Sabrina…

Dans l'ascenseur avec une dizaine de sacs, elle regarda son assistante, Frankie, aspirante actrice trop heureuse de pouvoir empocher quelques dollars en jouant la mule, de temps en temps.

— A peine si tu m'as dit deux mots, depuis notre razzia en boutique. Un souci ?

— Excuse-moi. Je réfléchissais, c'est tout. Ça n'a rien à voir avec toi.

— Ah ? Bon.

L'appartement était situé au vingt-troisième étage. Autant dire que l'ascension serait longue. Appuyant la tête contre le panneau de bois, elle esquissa un sourire à son assistante. Blonde platine, body pourpre, veste denim, leggings jaune, minijupe et escarpins métallisés. Des piercings partout. *Ce pourrait être Brooke, dans quelques années*, songea-t-elle de façon tout à fait inattendue, avant de tressaillir.

De toute manière, elle ne serait pas là pour le voir.

— En réalité, je vais plutôt bien, reprit Sabrina, l'ascenseur s'arrêtant en douceur à leur étage.

Elles sortirent et s'engagèrent dans le couloir tout en marbre jusqu'à l'unique porte menant à l'unique appartement de ce niveau.

— C'est sympa de retrouver New York…

Elle se sentait en ville comme dans son élément, le bruit et les néons, cette énergie qui fusait

— … mais il me tarde de me coucher et dormir…

— Je te le répète, dit Frankie. Si tu veux loger chez moi…

— C'est gentil. Mais je suis trop vieille pour une coloc.

— Tu as les moyens, toi, de verser une caution… ?

— J'y travaille…

Même si ça n'allait pas aussi vite qu'elle l'espérait.

— Bref, si le New Jersey commence à te rendre folle, tu sais à qui t'adresser.

Commence ? Une autre conversation avec Cole comme celle de l'autre jour, et elle serait bonne à interner !

Gilda Rabinowitz, sourire radieux, auréolée des effluves d'un numéro célèbre, leur ouvrit la porte et les escorta vers un dressing de la superficie d'un palais. Dingue. Bah, du moment que ça payait les factures. Et surtout, du moment que ça l'empêchait de penser à certains yeux gris sexy… Et à des enfants qui avaient besoin d'autre chose que d'une mère à mi-temps…

Son téléphone vibra, annonçant l'arrivée d'un texto. Laissant Frankie accrocher les vêtements, elle prit son téléphone et manqua s'étouffer en lisant le message.

— Quoi ? demanda son assistante.

Sabrina lui montra l'écran.

— Ça alors, marmonna Frankie, sourcils froncés. Tu vas y aller ?

— Pourquoi pas ? répondit-elle avec entrain.

Frankie secoua la tête, tandis que Sabrina s'empressait de pianoter sur son clavier « Bien sûr, à tout à l'heure », à la femme qui avait failli devenir sa belle-mère.

— Je n'arrive pas à le croire, dit le colonel en retournant un premier, puis un deuxième hamburger, sur le gril. La première visite est prévue dimanche. Je ne pensais pas que ça se ferait si vite. Mais le marché étant ce qu'il est…

Il ne finit pas sa phrase et attrapa sa cannette de soda sur le bord du grill, avant de venir s'asseoir sur la chaise en fer forgé, à côté de Cole. Dans le jardin fraîchement tondu, avec les roses de Jeanne en toile de fond, lumineuses en cette mi-juillet, les chiens gambadaient et chahutaient. L'invitation avait été une surprise. Mais le vieil homme avait prétendu vouloir faire chauffer son bon vieux grill une dernière fois, avant de remettre le panneau « A vendre » devant la maison.

Et tout le monde, sauf Cole, était pris. « Tous pris par leur vie » avait bougonné le vieil homme, et Cole n'avait pas osé décliner l'invitation.

— Bref, dit le colonel à côté de lui. Je suis heureux que tu sois venu. J'aurais bien aimé voir les enfants…

— Moi aussi…

Preston se renfrogna.

— Tu t'inquiètes de les savoir avec leur mère ?

— Maintenant que j'ai mis les choses au point ? demanda Cole avec un sourire. Non.

Il avait fait un bref résumé de la situation au colonel, y compris quand il avait couvert son ex de honte pour oser voir ses enfants en compagnie d'un petit ami qui ne le serait probablement plus le mois prochain. Un peu rude peut-être. Mais un père devait parfois dire les choses clairement. Le bien de ses enfants était en jeu.

Résultat, Erin était venue à Maple River — seule — les chercher pour le week-end, un week-end à trois, avait-elle promis. Brooke était enchantée, Wes sceptique.

— Ces petits monstres me manquent, c'est tout, confia-t-il avec un demi-sourire. C'est drôle, comme on s'habitue à les avoir dans les pattes.

— Oui, soupira Preston.

Et Cole vit dans son regard toute l'étendue de sa solitude. De l'incertitude quant à l'avenir. Un sentiment que Cole connaissait par cœur.

— Bree n'était pas censée rentrer ce soir ?

Le colonel se leva pour retourner les steaks.

— En effet. Mais elle a eu un imprévu…

Cole savait que Bree ne s'éterniserait pas à Maple River. Pour sa part, il détestait New York, les grandes villes en général. Une règle à laquelle n'échappait pas Philadelphie…

— Pardon ? dit-il, n'ayant pas entendu ce que venait de dire le colonel.

— L'imprévu. C'est la mère de Chad. Kathryn. C'est elle qui les avait présentés. Tu le savais ?

Cole secoua la tête. Après leur première conversation, peu détaillée, sur les raisons de son retour à Maple River, le sujet ne s'était plus présenté. Ce qui n'était pas vraiment une surprise.

— Une femme bien, je crois, même si nous ne nous sommes rencontrés qu'une seule fois. Pour les fiançailles, chez les Davies, à Long Island…

Le colonel disposa les steaks sur un plat.

— Bref. Sabrina m'a appelé. Elle était surprise. Vu la situation… Elle passe la soirée là-bas…

— Chez la mère de son ex ?

— Exactement… Hmm… J'ai acheté de la salade toute faite, au supermarché, ça ira ?

— Bien sûr, répondit Cole en se levant à son tour, les paroles du vieil homme se bousculant dans sa tête.

— Tout est dans le frigo. Et ramène les assiettes et les couverts, tant que tu y es…

Une fois dans la cuisine, Cole ouvrit le réfrigérateur et resta un moment devant, en état second, avant de le refermer, puis de le rouvrir pour attraper la barquette contenant la salade. Et soudain, il sortit son téléphone de sa poche et envoya un texto à Bree.

> Je dîne avec ton père. Il m'a dit où tu étais. Tout est O.K. ?

Il venait juste de retirer l'opercule en Cellophane sur la barquette que son téléphone vibra.

> 1- Je déteste les textos. 2- Pourquoi ça n'irait pas ?

Il sourit et répondit.

> Parce que ce ne doit pas être évident.

Il fouilla dans les placards, en quête de vinaigrette, en trouva une bouteille prête à l'emploi…

> En effet.

Il pianota d'une main sur son clavier :

> Dans ce cas, que fais-tu là-bas ? Cette rupture ne la concerne pas.

Trois secondes passèrent.

Une bonne cliente. Et elle paie bien. Très bien.

— Ohé, Cole, un problème ?
— J'arrive !

Ce n'est donc qu'une question d'argent ?

Il fixa son écran et attendit.

C'est mon job, Cole. Et je n'ai pas les moyens de faire la difficile. Je dois y aller, les Davies m'emmènent au resto. A +.

Il transporta tout dehors et ils se mirent à table, Cole l'esprit ailleurs. Après un moment, il réalisa que le colonel avait arrêté de parler… et le dévisageait, tout en mangeant.
— Pardon, marmonna Cole avec un sourire confus. Je réfléchissais…
— Aux enfants ?
— Entre autres, oui.
— A ma fille, peut-être ?
Et qu'était-il supposé répondre ?
— Je…
Mais Preston leva une main et prit la parole.
— Tu ne t'en rends pas compte, mais dès que je prononce son nom, tu as un de ces regards…, dit-il en soupirant. Pourrait-on m'expliquer pourquoi les jeunes compliquent tout comme ça… ?
Ah oui, pour être compliqué, ça l'était.

L'espace de quelques secondes, quand le train entra en gare, Sabrina crut avoir la berlue. Mais non. Cole attendait sur le quai. Tout beau et tout sexy dans son bermuda kaki et son polo. Elle sentit son ventre vide se contracter. Après deux heures de trajet d'un ennui mortel, elle n'avait pas besoin de ça.
— Hello, dit-il avec douceur lorsqu'elle le retrouva.
Des *Non !* et des *Oh oui !* se télescopèrent dans sa pauvre tête avec le fracas de cymbales.

— Contente de rentrer au bercail ?

Elle le dévisagea comme s'il venait de s'exprimer en sanskrit, tout en remontant son sac d'une tonne sur son épaule.

— Chaque fois, j'ai l'impression de laisser un peu de moi-même à New York, donc pas vraiment, non…

Et, tant pis si durant son court séjour en ville, elle s'était sentie comme délestée d'une part d'elle-même restée dans le New Jersey. Quelle tristesse.

— Et que fais-tu ici ? dit-elle en regardant derrière lui. Tu es seul ?

Cole prit son sac et s'engagea dans l'Escalator menant au parking.

— Les enfants sont avec leur mère. Et ton père m'a demandé d'aller te chercher…

— Tiens donc ? répondit-elle en le suivant, le regard attiré par ses jambes quasi nues.

— Apparemment, Erin s'est souvenue qu'elle avait des enfants. Et ton père a été enrôlé au dernier moment pour du baby-sitting…

— Oh… Rien de grave ?

— Le fils de Kelly s'est fracturé le poignet, je crois. Et Matt travaille. Non, rien de grave…

Une fois à la voiture, il lui ouvrit la portière, l'enveloppant au passage d'effluves délicieusement masculins qui aussitôt envoyèrent ses hormones dans une ronde frénétique.

— Alors, ça s'est bien passé ?

Le temps qu'il s'installe au volant, elle avait retrouvé sa voix.

— Par « ça », je présume que tu fais allusion à ma petite virée à Long Island ?

— Oui.

— Plutôt bien. Vraiment, j'aime beaucoup Kathryn. Tom, aussi. Un homme très simple, quant à elle, c'est une bonne cliente, et elle ne me traite pas comme une employée, d'ailleurs elle ne traite même pas ses employés de maison comme des employés. Et personne n'a évoqué le sujet qui fâche. Nous nous sommes tous comportés comme des gens civilisés…

Cole la dévisagea un certain temps, puis il mit le contact et sortit du parking.

— C'est vrai ?

— Bon, il flottait un certain malaise… En fait, ils sont affreusement déçus. Que ce soit terminé, entre leur fils et moi. Mais bon, c'est comme ça… Et ce dîner, avec mon père ? Ou devrais-je dire plutôt, en quel honneur, ce dîner avec mon père ?

— Parce qu'il m'a invité. Et c'était très agréable, ajouta-t-il en secouant la tête. En réalité, ce moment de transition, c'est difficile pour lui… Je suppose que c'est la raison pour laquelle il s'est mis en tête de jouer les entremetteurs…

— Oh ? Et quel est donc l'heureux couple élu ?

Cole la regarda en souriant, avant de reporter son attention sur la route.

— Nous, imbécile.

Devant son silence — son cerveau rechignait à lui souffler une pensée cohérente, un mot, il ajouta :

— Je préfère te mettre au courant. Une femme avertie en vaut deux, non ?

— Oui, merci. Mais… Pourquoi ?

— Il n'a pas envie de te voir partir, je pense, répondit-il avec un haussement d'épaules.

— Mais toi ? Toi et les enfants, vous ne savez même pas si vous resterez ici, à la rentrée… Tout ça n'a pas de sens…

— La logique n'a rien à voir là-dedans, Bree. Tout se passe là…

Une main sur le volant, il pressa l'autre contre son cœur. Et elle sentit le sien se serrer.

— Tout le reste de la famille vit à Maple River. Pourquoi voudrait-il qu'il en soit pareil, pour moi ? soupira-t-elle.

— Parce que c'est toi, justement, répondit Cole, serein.

Et ces quelques mots résonnèrent un long moment dans son cerveau, qui, le malheureux, faillit en imploser.

— Oui, eh bien, j'espère qu'une fois installé à Sunridge, les choses s'arrangeront.

Soudain, elle sourit.

— On pourrait essayer de le caser, lui. Pour lui apprendre. Avec toutes ces dames, là-bas… Oh ! et pourquoi pas ta tante ?

— Lizzie ? manqua-t-il s'étouffer. Elle pourrait être sa mère. Et puis, elle n'en ferait qu'une bouchée.

— Tu ne crois pas mon père capable de lui tenir tête ?

— Seul Godzilla pourrait lui tenir tête, dit-il.

Elle éclata de rire. Comme c'était bon, de rire ! De pouvoir simplement être elle-même avec quelqu'un…

— Ce collier… C'est nouveau ?

— Quoi ? Oh…

Elle soupesa le lourd collier turquoise et corail autour de son cou.

— Je l'avais sélectionné pour Kathryn, il y a deux ans, mais aujourd'hui, elle le trouve trop tape à l'œil. Alors, elle me l'a donné.

— A mon avis, ça ne vient pas du supermarché du coin…

— Bien vu. Mais ils ont les moyens, et j'ai cru percevoir, derrière cet acte généreux, l'ombre d'une certaine culpabilité. Bah, au moins aurais-je gagné ce collier, dans l'histoire.

Cole la regarda, impassible, avant de demander :

— Tu savais que Chad était issu d'une famille fortunée, quand tu as fait sa connaissance… ?

Elle tressaillit. Elle ne s'attendait pas à ce que la question soit aussi dérangeante. Pour diverses raisons.

— C'est sa mère qui nous a présentés, alors oui. Pourquoi ?

— Simple curiosité…

Une seconde, deux s'écoulèrent.

— Je n'arrive pas à le croire. Tu sous-entends que j'allais épouser cet homme pour son argent ?

— Pas du tout.

— Oh ! je comprends ce genre d'inquiétude, de ta part. Car il semblerait que tu ne sois pas toi-même dans le besoin. D'ailleurs, peut-être est-ce pour cette raison que tu ne m'as encore rien dit à moi, ta vieille amie, sur ce jeu qui t'a rapporté une petite fortune. Ou une grosse, je n'en sais rien, et je ne veux pas le savoir…

Cole resserra les mains autour du volant et soupira.

— Diana, c'est ça ?

— Parfaitement. Et je suis très fière de toi. En revanche, je suis furieuse que tu ne me fasses pas confiance…

— Je ne parle jamais de mon argent, Bree. Pas tant parce que cela ne regarde personne, mais surtout, parce que cela ne me vient pas à l'esprit. Parce que je suis resté le même… Le même qu'autrefois. Donc, je n'en vois pas l'intérêt, c'est tout. Je n'avais pas peur de t'en parler. Et évidemment, j'ai confiance en toi…, ajouta-t-il en secouant la tête. Je ne pensais pas que ça puisse être important. Pas entre nous…

Elle regarda droit devant elle, au bord des larmes soudain, pour des raisons qui n'avaient rien à voir avec eux. Même si…

— Dans ce cas, pourquoi avoir abordé le sujet ?

— Parce que trop de gens associent argent et bonheur, répondit-il après une hésitation. Et l'amour dans un tel trio est forcément condamné à l'échec…

— Comment oses-tu insinuer…

— Bon sang, Bree, je ne parle pas de toi ! Alors, arrête de monter sur tes grands chevaux, d'accord ? Ce que je veux dire…

Il soupira.

— Ecoute, je ne connais pas ce type. Ni ses motivations pour vouloir t'épouser. Mais ce genre d'individus a tendance à considérer les femmes comme des trophées. Non, attends, laisse-moi terminer — ça n'allait pas entre vous depuis un moment, tu me l'as avoué. Et je sais ce que tu m'as dit, à propos de son fils. Mais peut-être y a-t-il autre chose, enfin, ce n'est que ma théorie, mais… peut-être que ce Chad a pris conscience que tu n'étais pas faite pour lui, finalement. Parce que tu es ce que tu es, quelqu'un que l'on n'achète pas. Tu comprends ? En fait, c'est à lui que l'argent posait problème, pas à toi…

Soudain, elle ressentit de nouveau une forte envie de pleurer, mais pour une tout autre raison. Qui, évidemment, une fois de plus, n'avait rien à voir avec eux.

— Tu penses trop.

— C'est évident.

Sabrina s'essuya discrètement une larme au coin de l'œil et toussota pour s'éclaircir la voix.

— Je ne sais pas…

Elle se tourna vers la vitre, puis le regarda de nouveau.

— Personne, aucun homme ne m'a jamais parlé ainsi.

Après un silence lourd de sens, il lui sourit.

— Alors, on fait la paix ?

— D'accord… Et maintenant, si on allait grignoter un morceau ? Mais pas chez Dutch, surtout…

Il rit et, lâchant le volant, serra brièvement sa main dans la sienne, ses hormones une fois de plus électrisées à ce contact.

— Alors, reprit-il. Comme ça, tu es fière de moi ?

Oh ! il était mignon. Trop mignon.

— Tu n'imagines pas. Chaque fois que je vois quelqu'un jouer à ton jeu, je dois faire un effort pour ne pas m'exclamer « Celui qui l'a créé, c'est mon ami ! » Ridicule, non ?

— Ridicule, acquiesça-t-il avec un clin d'œil qui la fit frissonner.

— Tu sais quoi ? s'empressa-t-elle de poursuivre pour dissiper son trouble. Je donnerais n'importe quoi pour voir la tête de ces abrutis qui te menaient la vie dure, au lycée… Ils en avaleraient leur casquette de rage. Eh oui, la roue tourne…

Un long moment s'écoula, puis il murmura :

— Merci.

— De nada.

Traversant le quartier des snacks, brasseries et restaurants, ils se turent. Et le silence se prolongea. Inconfortable. Un silence vibrant, palpitant, qui la renvoya à une époque riche en questions sans réponse et en désirs contrariés. Comme si chaque confidence, chaque mise au point en appelaient d'autres. Une sorte de boîte de Pandore émotionnelle.

— Alors, les enfants sont avec leur mère ? demanda-t-elle en guise de diversion — de couvercle sur cette maudite boîte.

— Oui, soupira Cole.

— C'est une bonne chose, non ?

— Je l'espère. Brooke semblait heureuse, Wes moins. Il a du mal à pardonner. A lui faire confiance. Pour lui, elle les a trahis.

— Il n'a que treize ans, remarqua Sabrina, regrettant déjà d'avoir abordé ce sujet.

— Oui, j'en ai trente-cinq et j'ai tendance à lui donner raison.

— Les gens ont droit à une deuxième chance, non ? demanda-t-elle, réalisant un peu tard ce qu'elle venait de dire. Et à qui. Tout comme Cole manifestement, à en juger sa réponse :

— Bien sûr.

Elle sentit ses joues s'embraser.

— Ce serait vraiment hypocrite de ma part de prétendre le contraire. Mais là, on parle de mes enfants. Et Erin les a fait beaucoup souffrir. Si tu avais entendu Wes, l'autre soir, après son coup de fil…

Il secoua la tête.

— Je tiens à préserver leur relation avec leur mère. A condition qu'elle leur soit bénéfique. Je sais, les enfants ont une extraordinaire capacité à rebondir, mais…

— Oui, cet âge est déjà suffisamment compliqué comme ça pour en rajouter, dit Sabrina, les yeux rivés sur les voitures devant eux. Je comprends.

— C'est vrai ? demanda-t-il.

Elle sentit son regard sur elle.

Elle retint son souffle. Il y avait tant de choses derrière cette question. Derrière toute cette conversation. Mal à l'aise, elle tripota son collier, sans que le poids sur sa poitrine ait un rapport avec les pierres et le métal.

— Après la naissance d'Abby, mes parents n'ont plus guère accueillis d'enfants. Sauf deux, à peu près de l'âge de Brooke et de Wes, meurtris, traumatisés. Jeanne et le colonel ont tout fait pour qu'ils se sentent en sécurité. Pour les rassurer…

Elle se tourna vers lui.

— Alors oui, je comprends. Pour un enfant, il n'y a pas de degrés dans la souffrance. La douleur reste la douleur. Et, en tant que père, je le sais, tu feras tout pour que cesse cette douleur.

Il posa sa main sur la sienne, la serra fort, mais cette fois ses hormones ne réagirent même pas. Car aujourd'hui plus qu'hier, elle savait une chose : ce qui faisait de lui le meilleur homme qu'elle ait jamais connu — avec son père, ses frères — était aussi ce qui les empêcherait de commettre une erreur aussi stupide que celle commise autrefois. Ce dont en fin de compte, elle ne pouvait que lui savoir gré.

- 10 -

S'il avait eu le choix, Cole aurait soigneusement évité de participer au grand dîner de charité de la paroisse, le vendredi suivant. Surtout après ce court trajet en voiture avec Sabrina. Car franchement, songea-t-il tout en franchissant les grilles de la résidence senior, il n'en revenait toujours pas de l'ironie de tout ça. Cent fois, il avait repensé à sa compassion, à son empathie, à son sens profond de la justice et à sa générosité… A son sens de l'humour, aussi.

Et toujours, il en arrivait à la même conclusion : elle ferait une mère parfaite pour ses enfants !

Sauf que ! Avec tout ce qu'ils avaient enduré avec leur mère — dont les bonnes intentions avaient été de courte durée, son indifférence le week-end dernier avait en effet profondément blessé Brooke, et Wes en était revenu plus en colère que jamais —, la dernière chose dont ils avaient besoin, c'était d'un élément nouveau dans leur vie. Même si cet élément était Sabrina.

Surtout Sabrina, qui elle-même avait eu son lot de souffrances. Ah, pour concevoir des jeux vidéo, il était champion. Mais pour ce qui était sa vie…

A la seconde où Lizzie lui ouvrit, elle fronça les sourcils.

— Oh la la, quelle sale tête tu fais !

— Bonjour, Lizzie, dit-il en embrassant la vieille dame sur la joue. Je suis resté debout toute la nuit à essayer de débugger un nouveau jeu.

Super menteur.

— Et merci pour ton soutien…

Non que sa tante ait l'intention de venir au dîner, mais elle tenait absolument à verser son obole pour la préservation de la petite église de la ville. Aussi s'était-elle proposée d'apporter sa contribution sous la forme de sa royale sauce aux artichauts. Elle lui pinça gentiment la joue, puis trottina jusqu'à sa kitchenette, agencée dans un coin du salon, et sortit un saladier en cristal du réfrigérateur.

— Tu es venu seul ?

Il s'empressa de lui venir en aide et prit le saladier, rempli à ras bord.

— Wes et Brooke sont déjà au centre de loisirs, avec Kelly.

Kelly, trop heureuse de se voir confier la charge de superviser le buffet, avec une dizaine d'enfants volontaires pour lui donner un coup de main.

— Et merci encore.

— Je t'en prie, ça me fait plaisir. Assure-toi juste de récupérer mon saladier. Il me vient de ma mère. C'est la seule chose que je garde d'elle. Il est lourd, hein ? Tu le sentirais passer, si tu le prenais sur la tête et ça te remettrait peut-être les idées en place… ?

Il grimaça tandis qu'elle lui tendait une boîte de toasts pour accompagner sa sauce.

— Je fais allusion à une certaine jeune femme. Sabrina, si tu veux savoir. Avec laquelle tu traînais, quand vous étiez gamins.

— Je ne…

— Tu me crois donc myope ? Je t'ai bien vu la regarder, au mariage. Et ce regard, brrr, je le connais. Il m'en rappelle un autre…

Elle fit une moue boudeuse.

— J'ai repensé à Erin et à toi. Comment ça s'est mal terminé. Oh ! tu ne m'en as jamais parlé, mais ta mère oui. Et ta sœur aussi. Et tu peux faire la grimace. Elles t'adorent, toutes les deux. Et s'inquiètent pour toi. Comme une famille normale est censée le faire…

Elle se tut et le fixa, main sur la hanche.

— Tu es un bon garçon, Cole. Tu mérites mieux. Tu mérites…

Elle fronça les sourcils.

— Tu mérites d'être heureux. Comme tes enfants.

Lizzie avait toujours fait preuve d'une extraordinaire capacité à cerner les pensées d'autrui, mais là, elle semblait un peu dépassée.

— Oui, eh bien, ce n'est pas… Facile. Mais la question est… Est-ce que cette fille en vaut la peine ? C'est tout… Et moi, je pense que oui… Alors, pourquoi tergiverser, la vie file si vite, mon grand !

Résigné, Cole s'assit sur l'accoudoir du canapé fauve de Lizzie, saladier sur les genoux.

— Elle sort juste d'une relation de deux ans…

— Et alors ? C'est mieux que d'être encore dedans, non ? répondit Lizzie en s'asseyant dans le fauteuil face à lui.

— Ce n'est pas si simple… Elle est, comment dire, encore convalescente, tu comprends ? Et surtout, elle ne cherche pas à entamer une nouvelle relation…

Apparemment, c'était là un détail, car sa tante haussa ostensiblement les épaules.

Alors, il lui parla des enfants et de leur mère. De leur vulnérabilité. De leurs blessures encore fraîches.

— Oui, bien sûr, répondit Lizzie, avant de froncer le bout de son nez. Mais la vérité, c'est que tu aimes cette femme et que tu dois te demander pourquoi, de manière à prendre les bonnes décisions.

— Mais qu'est-ce qui te permet d'affirmer…

— Hé ! Vieille peut-être, mais pas stupide.

— Peut-être un peu sourde alors, car manifestement, tu n'as rien entendu de ce que je viens de te dire.

Pas vexée pour un sou, sa tante lui tapota affectueusement la main.

— J'en ai suffisamment entendu, crois-moi. Alors ? Je t'écoute. Pourquoi aimes-tu cette jeune femme… ?

Un moment, il pensa mentir. A lui-même d'abord, comme à la vieille femme devant lui. Mais quel intérêt ?

Autre que celui de son instinct de conservation, bien sûr.

— Eh bien… Parce qu'elle est drôle, intelligente et… Elle a un grand cœur, plus que n'importe qui d'autre. Parce que la vie me paraît… plus douce, quand elle est là. Oh ! tout aussi dingue, bien sûr. Et loin d'être parfaite, mais…

Il soupira.

— Mais ça me rend fou, parce que je ne vois pas comment la chose serait possible…

— A cause des enfants ?

— A cause de tout. D'elle, des enfants, du moment… La situation ne joue pas vraiment en notre faveur.

Lizzie baissa les yeux sur ses mains toutes parcheminées, les croisa sur ses genoux avant de les lever au ciel.

— Je n'ai jamais eu d'enfants. Parce que je n'en voulais pas, parce que ça ne s'est pas fait. J'en veux terriblement à cette Erin, pourtant. Mais je crois que tu ne leur fais pas suffisamment confiance, ni à toi, en ce qui concerne leur faculté d'adaptation. Oh ! j'ai bien compris, tu ne veux que les protéger, leur laisser le temps de se remettre. Tu es un bon père. Un homme bien. Mais mon chéri, lorsque tu rencontres une personne qui te fait vibrer comme Sabrina manifestement le fait…

Elle secoua doucement la tête.

— Rien ne doit t'y faire renoncer. Parce que sinon, tu le regretteras le restant de tes jours…

Cole se renfrogna.

— Parce que, toi… ?

— Il y a une éternité, oui. Dans mon cas, le problème venait de la sœur de mon petit ami. Elle souffrait de troubles du comportement, c'est comme ça qu'on dit, aujourd'hui. C'était un garçon exceptionnel. Tellement dévoué à sa sœur…

Ses yeux s'emplirent de larmes à ce souvenir.

— Mais lui non plus ne voyait pas comment la chose serait possible. Il estimait que ce ne serait pas juste, vis-à-vis de moi. J'étais jeune, bébête, aussi je l'ai cru. Nous avons rompu. Et aujourd'hui encore, j'enrage de ne pas m'être battue pour lui. Pour nous. Pour ce qu'aurait pu être notre vie ensemble.

Puis Lizzie claqua les mains sur ses genoux et se leva, signifiant par-là que la conversation était close. Mais en le raccompagnant à la porte, avant de le laisser partir, elle plongea ses yeux dans les siens.

— La prudence, c'est pour les mauviettes. Ce que tu n'es pas, Cole. Tu ne l'as jamais été, que tu le veuilles ou non. Peut-être que cette Sabrina a besoin de quelqu'un qui se batte pour elle. Quelqu'un de suffisamment courageux et tenace, avec assez de *cojones* pour ne pas se dégonfler devant le moindre obstacle. Allez, zou, va-t'en maintenant, j'ai mille choses à faire…

Tout en remontant en voiture, Cole entendit la porte de chez sa tante claquer derrière lui. Il cala le saladier et les toasts sur le siège passager, avant de se mettre au volant… Et d'éclater de rire. Peut-être se serait-il évité quelques bêtises, si Lizzie avait été plus présente dans son existence. Mais il avait compris le message et, à vrai dire, il avait bien besoin de ce genre de coup de pied aux fesses.

Parce qu'il en était dans les jeux vidéo comme dans la vraie vie. On ne parvenait pas au niveau suivant sans prendre de risques. Sans surmonter des obstacles. Qui, dans son cas, étaient légion. Mais où serait le plaisir, si le jeu était facile ? L'heure était venue de montrer qu'il avait des *cojones*, se dit-il en souriant, tout en prenant la direction de l'église.

— C'est assez propre comme ça ? demanda Brooke après le repas, tout en examinant le comptoir.

Sabrina sourit. Tout le monde était rentré chez soi, mais Cole avait tenu à rester avec les enfants pour nettoyer. Brooke s'était portée volontaire pour s'occuper avec elle de la cuisine, Wes et Cole de leur côté rangeaient tables et chaises dans la salle, en bas.

— Pour moi, oui, répondit-elle en finissant d'essuyer les immenses casseroles et faitouts ayant servi à préparer les spaghettis. On descend rejoindre les autres ?

— Une minute. Il faut d'abord que j'aille aux toilettes.

— D'accord, je t'attends près de l'escalier.

— Super.

Quelques secondes plus tard, Sabrina s'assit sur la plus haute marche tout en laissant échapper un soupir, las mais satisfait, puis elle sourit en regardant Cole et Wes, à l'autre bout de la salle, entasser les chaises pliantes sur un chariot. Sur bien des plans, la réunion était un succès. Les habitants étaient venus en masse et avaient fait preuve d'une grande générosité. Le père Bill était aux anges, sans parler de ce don fabuleux, mais anonyme… Sabrina n'était pas dupe. Elle n'aurait pas été étonnée d'apprendre qu'un certain crack de l'informatique y soit pour quelque chose. De nouveau, elle sourit lorsque Cole éclata de rire à une réflexion de Wes, son regard si débordant d'affection pour son fils qu'elle sentit son cœur se serrer. Plus exactement, lui faire mal.

Parce que, côté vie privée, elle était en plein chaos. Chaque fois qu'elle croisait Cole, elle pensait, *oh oui, pitié*. Surtout lorsqu'elle le surprenait en train de la regarder, avec un éclat qui ne trompait pas, dans les yeux. Sauf qu'elle avait déjà ressenti ce genre de choses pour d'autres hommes. Des hommes biens sous tous rapports, avec lesquels elle s'était projetée dans le futur et… Bref.

Et encore, elle ne parlait pas des enfants de Cole. Ces enfants qu'elle adorait. C'était plus fort qu'elle, elle était folle de Brooke, si douce, si mignonne. Et de Wesley, si sombre, si intense, aussi sensible que son père à cet âge, déterminé à protéger son cœur et celui de sa sœur… Ce qu'elle comprenait. Car, en l'occurrence, il ne s'agissait pas d'elle, mais de préserver ces enfants déjà malmenés par l'existence. Qui méritaient de souffler.

Elle entendit les pas de Brooke et la fillette s'assit sur la marche, à côté d'elle.

— Désolée pour mon frère, c'est un vrai casse-pieds, dit-elle.

Sabrina se réjouit que la fillette ne puisse voir son visage.

— Comme mes frères à son âge. Enfin, peut-être pas Ethan. L'aîné. Un alien, pour nous. Toujours à essayer d'être parfait…

— Tout l'inverse de Wes, soupira Brooke. Papa vous a raconté notre week-end avec maman ?

— Non, ça s'est bien passé ?

— Affreux…

Le cœur gros, Sabrina prit la main de la fillette dans la sienne.

— Je suis désolée, ma chérie…

— Je ne comprends pas. Je veux dire, je le sais, Wes et moi, on est…

Elle fronça ses petits sourcils en cherchant ses mots.

— … des « accidents », mais si papa arrive à nous supporter, pourquoi pas elle ?

— Pourquoi dis-tu une chose pareille, mon Dieu ?

— Eh bien, maman n'est pas très discrète, quand elle est au téléphone.

Ce n'est pas à toi de juger, pas à toi de juger…

— La vérité, dit Sabrina avec douceur, c'est que l'on ne planifie pas toujours la venue d'un enfant… Ma petite sœur Abby fut une énorme surprise, tu vois…

— Oui, bien sûr. Mais il faut croire qu'il y a de bonnes et de mauvaises surprises, répondit Brooke, Sabrina alors se sentant blêmir. Oh ! mais je dis pas, maman nous aime, oui. A sa façon. Et certainement pas comme papa. Parce que lui, il a une façon de nous regarder, de nous parler… Il y a une différence.

Elle haussa les épaules.

— Je ne peux pas l'expliquer, mais on le sent. Vous comprenez ?

— Très bien. C'est un peu comme avec mes parents. Mes parents biologiques. Matt et moi, nous savions que notre mère nous aimait, mais notre père…

Elle secoua la tête.

— Je ne fais pas de comparaison, mais vois-tu, mon père… Il n'était pas très gentil

La fillette se rapprocha d'elle, sur la marche.

— Tu veux dire qu'il vous faisait du mal ?

— Pas à moi. Mais il était violent avec ma mère et Matt, oui.

— Oh ! Vous avez raison, maman n'est pas aussi méchante. Mais bon. En fait, on ne savait pas que ça pouvait être différent, Wes et moi. Sans doute parce que nous vivions avec maman tout le temps. On pensait que les choses se passaient comme ça, point final. Puis un jour, on a surpris ce coup de téléphone…

— Quand était-ce ?

— Juste avant d'expliquer à maman que nous voulions aller vivre avec papa. C'était comme dans ces jeux où l'on doit entasser des cubes les uns sur les autres et que tout dégringole… Entendre maman dire qu'on était des… accidents, ç'a été le dernier cube qui a fait tomber tous les autres. Mais…

Brooke se tourna vers Sabrina.

— Oh ! l'attitude de maman, ça me fait de la peine, attention. Qu'elle nous ait… abandonnés. Mais je crois que Wes souffre encore plus.

Peu à peu, revinrent à la mémoire de Sabrina certaines conversations qu'elle avait eues avec Cole, à peu près au même âge, après leur première rencontre. Comment de la fréquenter, sa famille et elle, l'avait amené à prendre conscience du gouffre relationnel qui le séparait de ses propres parents. Brooke était bien la fille de son père. Ce qui n'était pas fait pour amoindrir son amour pour la fillette.

— Est-ce que tu as parlé de ça avec ton père ?

— Oh oui ! Il ne nous a pas laissé le choix. Il veut qu'on lui dise quand on a quelque chose sur le cœur…

— C'est plutôt bien d'avoir quelqu'un à qui parler, non ?

— Oui, je trouve aussi, répondit Brooke avec un petit sourire.

— Ouf, ça y est, on a terminé, dit Cole en montant vers elles, Wes dans son sillage, les mains dans les poches, avec toujours cet air maussade dont Sabrina ne s'étonnait plus. Qui a envie d'une glace ?

Sabrina n'aurait su dire qui fut le plus surpris, elle ou Wes… dont la mimique, quand il regarda son père, était si comique qu'elle faillit en éclater de rire.

— A cet endroit près du parking ? demanda Brooke en se levant d'un bond.

— Pourquoi pas ? Cole se tourna vers Sabrina. Tu nous accompagnes ?

— Tu veux dire… chez Antonio ?

— Oui.

Des années qu'elle n'avait pensé à cet endroit où Kelly, Cole et elle avaient l'habitude de se retrouver, quand ils en avaient marre de la foule de chez Murphy. Les hamburgers y étaient immangeables, mais les glaces et les milk-shakes à tomber par terre.

— Allez, dites oui, supplia Brooke en prenant ses mains, *petite fille si sage*, songea Sabrina, touchée.

Et touchée doublement quand elle croisa le regard de Cole, chargé de souvenirs. Et de plus encore, tellement plus. Le genre de plus qui donnait envie aux filles de croire au conte de fées. Enfin, à certaines filles. Pas à elle.

Réprimant un soupir, Sabrina regarda Wes, qui baissa aussitôt les yeux. Elle comprenait son désarroi, sans doute plus qu'il l'imaginait. Cette souffrance, ce sentiment de trahison. Oui, elle comprenait. Mais pour lui, elle continuait de représenter une menace. Il avait le droit de ne pas l'aimer — d'autant qu'elle n'était pas appelée à faire partie de leur vie, pensa-t-elle avec un pincement au cœur —, mais elle voulait qu'il le sache. Il pouvait avoir confiance en elle. Ce qu'elle n'arriverait pas à lui faire entendre, si elle prenait la fuite chaque fois que le garçon lui lançait un regard de travers.

— Une coupe glacée, dit-elle.

Brooke hurla un chaleureux « Yes ! » tandis que son frère laissa échapper un sourire.

Cole sourit, radieux. Sourire qui la fit fondre plus vite qu'une glace par un soir d'été.

Ils laissèrent les enfants prendre les devants, tous deux plongés dans une grande discussion et marchant tranquillement sur le trottoir. Cole se souvenait parfaitement de ce quartier autrefois si pittoresque, habité essentiellement par la classe ouvrière et plein de petits restos typiques, d'échoppes. De délinquance et de trafics en tous genres. Visiblement, les autorités avaient fait le ménage et entrepris une réhabilitation du lieu. Les maisons présentaient bien, coquettes, un jardin public avait été créé, de jeunes arbres plantés. Comme un espoir en l'avenir…

— Alors, dit Bree à côté de lui, d'après le père Bill, un donateur « anonyme » a laissé une enveloppe suffisante pour réparer le toit… ?

— Oh ! vraiment ?

— Oui, oui. Et il a également fait don d'un ordinateur tout neuf pour le bureau…

Elle se tourna vers lui.

— Mais je suppose que tu ne sais rien à ce sujet…

— En réalité…

Il soupira quand elle rit.

— Tu es quelqu'un de bien, Cole Rayburn.

— Je n'ai jamais dit…

— Pourquoi ?

— Pourquoi je pense que le passé mérite d'être préservé ? dit-il, avant d'ajouter : Ce n'est pas toujours le cas, bien sûr. Parfois, il vaut mieux tourner la page et recommencer. Mais…

Il croisa son regard.

— Dès lors que les fondations sont solides, on peut tout réhabiliter. Et même reconstruire…

Elle fronça les sourcils, puis elle demanda :

— Dis-moi, qu'est-ce qui intéresse Wes ? Le sport ? Les voitures ? Les jeux vidéo, bien sûr…

Il la regarda, intrigué, et elle éclata de rire.

— Si nous nous retrouvons assis côte à côte, lui et moi, je préférerais savoir de quoi lui parler, de manière à éviter les silences gênants…

Cole sentit son cœur s'emballer. S'agissait-il d'une réponse à ce qu'il venait de dire ? Ou simplement de Bree, dans toute sa splendeur ? Elle montrait en tout cas plus d'intérêt aux préférences de Wes que la propre mère du garçon… Qui, pendant des années, avait demandé à Cole ce qu'elle pourrait bien offrir aux enfants, à Noël ou pour leur anniversaire. Alors qu'elle vivait avec eux !

— Le basket, répondit-il et elle hocha la tête. Et la réalisation de films.

— Vraiment ?

— C'est un grand fan de Spielberg. Depuis qu'il a… dix ans.

— Ah ! Un intellectuel, comme papa. Tu dois être fier de lui.

— Il tourne beaucoup de vidéo, avec son téléphone, expliqua Cole en souriant. Des courts métrages… Impressionnant ! Ah, nous y voici ! dit-il en poussant la porte de chez Antonio.

— Incroyable ! s'exclama Bree. Et moi qui trouvais l'endroit démodé, à l'époque…

En effet, rien n'avait beaucoup changé, dans le bar de leur jeunesse. Peut-être les banquettes en cuir. Et le prix des consommations, nettement plus élevé. Mais Connie, la serveuse qui les chouchoutait autrefois, était toujours là, fidèle au poste, les cheveux noirs aujourd'hui et un peu plus enrobée aussi. Mais toujours aussi gentille, avec un accent du New Jersey toujours aussi marqué, constata-t-il quand elle prit leur commande — milk-shakes pour lui et Sabrina, sundaes pour les enfants.

— Votre visage me dit quelque chose, remarqua peu après Connie en observant Sabrina. Vous êtes déjà venue ici ?

— Il y a des années, oui, répondit l'intéressée en souriant. Nous étions ados. Nous avions l'habitude de venir avec une grande rousse…

— Ah oui, oui… Je me souviens. Je savais que ce n'était pas dans ma tête. Tu es aussi jolie qu'avant, ma belle…

Puis elle se tourna vers Cole.

— Quant à toi… Je ne t'aurais pas reconnu… Dans le bon sens du terme, ajouta-t-elle en riant, tout en posant une main sur son épaule. Et voici vos enfants, donc ? Ça ne m'étonne pas. C'était évident déjà, à l'époque, que vous finiriez ensemble…

— Oh non ! s'exclama Cole en voyant Wes blêmir. Je veux dire, ce sont mes enfants…

— Mais pas les miens, intervint Sabrina avec un regard en direction de Wes, avant de sourire à Connie. Je suis venue en visite, et le hasard a voulu que l'on se croise, dit-elle avec un haussement d'épaules. Simple coïncidence.

— Ah, marmonna Connie, l'air perplexe. Bref, peu importe. Je suis heureuse de vous revoir. Bien, je m'occupe de votre commande…

Une coïncidence, songea Cole tout en regardant Sabrina sourire à Brooke, toutes deux discutant de ce cours de danse où sa fille se rendait deux fois par semaine. Le hasard avait bon dos. Et si le retour de Bree dans sa vie était l'œuvre d'une nécessité ? Du destin. Ou l'initiative d'une intelligence supérieure… ?

Connie réapparut avec leurs consommations. Les enfants se jetèrent sur leur sundae et Bree plongea sa paille dans son milk-shake au chocolat, levant aussitôt les yeux au ciel, comme en extase. Ce qu'il s'efforça de ne pas noter — réprimant en même temps toute réaction physique, parfaitement indécente en public. Surtout en présence des enfants.

— Je peux vous dire une chose, soupira-t-elle. Des milk-shakes, j'en ai bus au cours de mon existence, mais celui-là est le meilleur.

— Je suis au courant, dit Connie, deux tables plus loin. Mais merci.

Bree sourit et reprit sa dégustation, avant de s'interrompre pour remarquer :

— Mon père et moi nous sommes encore chamaillés à propos de Spielberg…

A côté de lui, Wes releva subitement la tête.

— Pour lui, son meilleur film est la *Liste de Schindler*, moi je préfère *Rencontre du 3eme type*…

— Et *Jurassic Park* ?

Bree sourit à Wes.

— Je l'ai tellement regardé, que j'en ai usé la cassette…

— La… Quoi ?

Elle secoua la tête.

— Et maintenant, j'ai l'impression d'être centenaire. Bref, la première fois, c'était au cinéma, avec ma mère, mon père et tous les autres. Y compris ce grand dadais, là…, dit-elle en désignant Cole. Nous devions avoir dans les treize ans… C'était peu de temps après notre rencontre. Bref, comme il était à la maison ce jour-là, on l'a embarqué avec nous.

— C'était pas un rendez-vous, alors… ?

— A treize ans, tu sais… Et puis, nous n'étions pas seuls. Je me rappelle ce jour-là, certains s'amusaient à lancer du pop-corn.

— Merci de mettre de telles idées dans la tête de mes enfants, marmonna Cole, et Brooke gloussa.

— Hé, je me souviens, c'est toi qui avais commencé !

— Faux.

— Bien sûr que si ! Kelly était assise entre nous et tu

voulais attirer mon attention — juste avant que le tyrannosaure attaque le type aux WC —, alors tu m'as envoyé du pop-corn sur la tête. Et j'étais furieuse, parce que mes cheveux étaient tout graisseux, après !

Les enfants riaient tellement qu'ils arrêtèrent de manger leur sundae.

— Oh ! tu peux prendre tes grands airs. Si ma mémoire est bonne, tu m'en as jeté une pleine poignée en représailles, répondit Cole en souriant. Et Kelly a été touchée au passage. Elle a eu peur et a crié et ton père nous a fait changer de place pour que nous cessions de faire les idiots !

— Nous étions insupportables, dit Sabrina en souriant.

— Ne l'écoutez pas, les enfants, marmonna Cole, ce qui les fit rire plus encore.

— Oui, c'était le bon temps, dit Bree avec mélancolie.

A cet instant, Cole éprouva une telle envie de l'embrasser, qu'il en sentit des picotements sur ses lèvres. Et ailleurs aussi. Car c'était d'elle tout entière dont il avait envie. Même si elle avait pris la peine de le mettre en garde, au mariage. Pas contre elle, en parlant d'autres personnes. Pourtant, c'était elle et personne d'autre qui le troublait.

Un moment plus tard, ils retournèrent à leur voiture, chacune garée d'un côté du parking de l'église. La nuit était tombée, l'air était humide et une brise légère remontait de la rivière. On entendait les criquets criqueter, le ronronnement du trafic au loin sur l'autoroute. Les enfants chahutaient devant eux.

— Nous avons bien ri, dit-il et Bree sourit.

— Oui, merci de m'avoir invitée…

A cet instant, elle trébucha et se raccrocha à lui. Quand ils se remirent en marche, il prit sa main dans la sienne. Et cette fois, elle n'essaya même pas de la retirer.

Elle avait oublié comme c'était bon, de tenir la main de quelqu'un. A ce simple contact, elle fut comme prise de vertige sous l'effet d'une décharge électrique qui parcourut son corps de haut en bas, avec un arrêt marqué en un endroit très précis vers son ventre. Pourtant, étrangement, elle en ressentit un calme profond et une sérénité nouvelle.

— Ils vont nous voir, chuchota-t-elle.

— Non, il fait trop noir.

Un instant, elle fut tentée de le lâcher, avant de renoncer, de s'abandonner pleinement à ce moment. *Amis, c'est tout…*

Chad détestait lui tenir la main. En public, en tout cas. Ils n'en avaient jamais discuté, mais d'après elle, il devait trouver ça puéril. Indigne de lui. Et, tant pis s'ils croisaient souvent des couples main dans la main, se fichant d'exposer au grand jour leur amour… *Ce type n'était pas fait pour toi, passe à autre chose…*

D'ailleurs, à ce propos, elle devrait lâcher la main de Cole. Oublier le vertige et l'électricité. Parce qu'elle était trop bien, parce qu'elle se sentait trop en sécurité avec lui, chérie, et que tout ça en ce moment… C'était trop pour elle. Trop et mauvais. Pour elle comme pour Cole.

— Attendez-moi à la voiture, dit-il aux enfants. Je vous rejoins dans une minute.

Sans parler de ces deux-là.

Une fois à sa voiture, Cole lui lâcha la main. Tout de suite, sa peau lui manqua. Sa chaleur. Et aussi, cette force qui, elle le réalisait aujourd'hui, avait toujours fait partie de lui.

Elle lui fit face, la gorge serrée en voyant l'intensité de son regard à la lueur des lampadaires.

— Bien, dit-elle. Merci encore.

— Pas de problème.

C'était écrit sur son visage, il mourait d'envie de l'embrasser. Et, heureusement que les enfants n'étaient pas loin parce qu'elle en avait envie tout autant. Envie au point de frissonner et… tant de choses encore…

Dans son sac, la sonnerie de son téléphone retentit. Mélodie salsa, un appel de son père. Levant la main pour empêcher Cole de partir, elle attrapa son appareil.

— Allô !

— Tu connais la dernière ? J'ai vendu la maison.

— Quoi ? Quand ?

— Il y a dix minutes environ…

— Mais, attends… Comment ? La première visite n'a lieu que samedi…

Quelques instants plus tard, elle contempla bêtement son téléphone, encore sous le choc.

— Bree ? Tout va bien ?

— Papa a vendu la maison, répondit-elle. A un jeune couple. L'affaire est déjà conclue. Ils veulent… emménager le plus tôt possible. En d'autres termes…

Sa gorge se noua.

— Dans une semaine, je serai à la rue.

Et elle réalisa, un peu tard, ce qu'elle venait de dire.

— Le moment me semble bien choisi pour me dire la vérité, non ? remarqua Cole avec calme. Sur les raisons de ta présence ici. Il ne s'agit pas seulement de convalescence après une rupture, n'est-ce pas ?

Elle inspira profondément.

— Après nos fiançailles, il y a un peu plus d'un an, j'ai emménagé chez Chad. Comme il payait le loyer, et tout le reste, j'ai insisté pour prendre en charge l'essentiel de la facture de notre mariage. Des avances non remboursables. Puis nous avons rompu…

Elle haussa les épaules.

— J'ai bien encore quelques économies, mais pas de quoi payer une caution pour un nouvel appart…

— Il ne t'a pas proposé de te rembourser ? s'enquit Cole, l'air surpris.

— C'est-à-dire… Chad, apparemment, traverse une mauvaise période, sur le plan financier.

— Ce que tu ignorais.

— Complètement.

Il la regarda avec une telle intensité qu'elle en frémit.

— Tu aurais dû me parler de tes problèmes d'argent…

Pas un mot sur l'imprudence dont elle avait fait preuve. Sans parler de sa naïveté ou de son excès de confiance.

— C'est mon problème, Cole. Celui de personne d'autre. Et surtout pas le tien.

Il secoua la tête puis marmonna :

— Entendu. Mais tu n'es pas à la rue…

Une vingtaine de mètres plus loin, Wes les appela en leur demandant ce qu'ils attendaient. Excellente question.

— … parce que la chambre d'amis, tu sais, au-dessus du garage ? Tu n'as qu'à t'y installer.

— Pardon ? Mais Cole, non, c'est impossible, je vais me débrouiller.

Ah oui ? Et où ? Sur le canapé tout défoncé de Matt ? Chez Tyler et Laurel, encore en phase lune de miel ? Elle regarda Cole dont le sourire fit accélérer son cœur.

— Mais, les enfants…

— J'en fais mon affaire. Rentre chez toi maintenant. Nous discuterons de tout ça plus tard.

Sans trop savoir comment, elle se mit au volant, sursautant quand Cole tapota le capot de la voiture en guise d'au revoir, avant de s'éloigner.

Elle le suivit des yeux. Puis, après un soupir, elle démarra et sortit du parking en se demandant si un jour le sort arrêterait de s'acharner sur elle.

— Mais pourquoi tu boudes, enfin ?

Sur le point de lancer — pour la huit centième fois — la balle aux chiens, Wes grimaça en entendant la voix stridente de sa sœur. Manifestement, la petite fille que l'on n'entendait jamais, ou presque, s'était évaporée. Dommage. Encore un changement, se dit-il, morose, en jetant la balle si fort qu'elle rebondit sur le mur du fond, les chiens affolés se télescopant pour l'attraper. Un peu comme les pensées dans sa tête, ces derniers jours.

— Mais enfin, Brooke, tu peux pas parler moins fort ? Papa pourrait entendre…

Il tourna la tête pour regarder du côté de la chambre, au-dessus du garage. La chambre où son père faisait le ménage. En prévision de l'arrivée de Sabrina.

— Il passe l'aspirateur, il n'entend rien, répondit sa sœur en croisant les bras. Alors ? C'est parce que Sabrina va venir vivre ici ?

Moe grogna quand Wes lui prit la balle dans la gueule, avant de s'élancer avec ses frères quand il la jeta de nouveau.

— Peut-être.

— Tu n'es qu'un idiot.

— Moi, je suis idiot ? Elle ne va pas vivre ici pour toujours, Brooke. Elle finira par partir. Et même si…

La gorge serrée, il se tut et prit cette fois la balle ramenée par Curly.

— Je sais ce qu'elle a dit. Je sais aussi…

Sa sœur se tourna vers la fenêtre ouverte de la chambre d'amis et baissa la voix.

— Je sais que papa l'aime bien. Et même beaucoup. Et c'est normal. Elle est super cool. Alors, peut-être qu'il pourra la faire changer d'avis… ?

Et quand il leva les yeux au ciel, elle reprit.

— Oh ! allez, Wes… Tu les as entendus, au dîner. Comment ils plaisantent et rient et tout et tout, ensemble. C'était super. Et ça fait du bien, ne me dis pas le contraire. Alors oui, ce serait génial, s'ils pouvaient se mettre ensemble…

— Enfin, Brooke, grandis un peu !

Mais à cet instant, au lieu de lui dire d'arrêter de la traiter comme un bébé, sa sœur se contenta de le fusiller du regard avant de tourner les talons et de le planter là. Le laissant plus en colère encore qu'à la minute précédente. Essentiellement parce qu'elle avait raison. Sur toute la ligne. Y compris quand elle disait que Sabrina était cool.

Ce qui l'angoissait tellement. Au point d'en avoir le souffle coupé.

- 11 -

— Il n'y a personne à New York, chez qui tu pourrais t'installer un moment ?

Ce fut la première question de Matt, en sortant de chez le colonel. Soit deux cents mètres d'un silence pesant.

— Mon assistante m'a proposé de m'héberger ; mais a) elle a vingt-deux ans et b) elle vit dans un studio. Pas loin de l'aéroport. On met moins de temps pour venir à Maple River que pour se rendre au centre-ville.

Tout en s'engageant dans l'allée de Cole, Matt regarda la maison fixement, comme s'il conduisait sa sœur en prison. Ou dans un hôpital psychiatrique. Et il était loin de tout savoir. Et avec un peu de chance, il ne saurait jamais. Ils avaient beau ne rien se cacher, mieux valait taire certains développements à un frère ultraprotecteur.

— Mais tu n'as pas à t'inquiéter, Matty. Surtout avec les enfants sous le même toit…

— Qu'est-ce qui te fait croire que je m'inquiète pour toi, andouille ? Si quelqu'un a un problème ici, c'est Cole, pas toi…

Ah ! s'il savait, le pauvre…

— Car une chose est sûre. Il est toujours aussi fou de toi. Alors, fais gaffe, d'accord ?

— Tu te souviens quand même que c'était lui, qui m'avait plaquée ?

— Et pour quelle raison, je me le demande… En tout cas, il a l'air de l'avoir oubliée, cette raison… Toi, en revanche, je ne sais pas ce que tu as en tête…

— Rien du tout, et tout ça s'est passé il y a une éternité…

Mais n'aies pas peur, grand frère. Je ne compte pas me jeter tête baissée dans une nouvelle relation de sitôt…

— Et je vais te croire…

Elle se sentit rougir. Son histoire n'était pas vraiment un secret.

— Pas cette fois, d'accord ? Eh oui, je sais ce que j'ai dit avant, mais… — elle serra son poing autour de la lanière de son sac — je ne ferai rien de stupide. D'autant qu'il y a les enfants. Et puis, Cole n'attend rien, lui non plus. Contrairement à ce que tu imagines…

Mais il y avait ce qu'elle avait vu, elle. Et senti. Et savait.

— Fais attention, c'est tout, murmura son frère avec tendresse. Tous les deux, vous êtes comme de la nitro et de la glycérine. Au moindre contact…

Il mima, geste et son et une explosion.

Levant les yeux au ciel, elle descendit de voiture et ouvrit la portière arrière.

— Et toi, cher frère, dit-elle en attrapant ses sacs et sa valise, tu regardes trop de reality shows.

Elle claqua la portière et se pencha à la vitre, côté passager.

— Mais merci de te soucier de moi.

Secouant la tête, son frère recula et s'éloigna, Cole à cet instant apparaissant à la porte — pieds nus, en short et T-shirt — pour venir l'aider à porter ses affaires. Avec l'air de quelqu'un qui venait de s'agiter, en sueur, les cheveux un peu plus bouclés que d'habitude.

En sécurité ? Tu parles…, songea-t-elle.

— Matt t'a fait la leçon ?

— En effet, marmonna-t-elle en suivant Cole à l'intérieur, les trois chiens aussitôt accourant pour lui renifler les mollets.

— Les enfants sont chez ma sœur, dit-il. Bien… Le lit de la chambre d'amis est fait, et je t'ai mis des serviettes propres dans la salle de bains. Qui est toute petite.

— C'est parfait. Je suis moi-même plutôt menue, répondit-elle.

Il sourit.

— Que dirais-tu d'une pizza, pour le dîner ? demanda-t-il. Faite maison.

— Oh ! je suis impressionnée…

Il rit.

— Comment va ton père ?

— Très bien, étonnamment, étant donné les circonstances. En fait, je ne l'avais pas vu aussi serein depuis longtemps. Il semble prendre les choses avec philosophie. Ce qui n'a jamais été son point fort. Mais son appartement, à Sunridge, est très agréable. Avec une vue magnifique sur le parc. Et il peut prendre ses repas en salle commune ou se faire la cuisine et… Et…

Non, elle n'allait tout de même pas se mettre à pleurer ? Eh bien si. En tout cas, il était hors de question de l'admettre, mais comme c'était bon de se retrouver dans les bras de Cole, à sentir son odeur, sa chaleur. Sa chaleur, son odeur, ses bras…

Il l'escorta dans le salon, la fit asseoir sur le vieux canapé en velours bleu et les carlins s'assirent à ses pieds en l'observant d'un œil inquiet. Puis l'un d'eux bondit sur ses genoux. Elle serra la boule de poils contre son cœur… Cole en faisant autant avec elle.

— Ce… C'est idiot. Je ne vivais plus dans cette maison depuis des années. Mais tout à l'heure, j'ai réalisé que c'était terminé… Je n'y remettrais plus les pieds, je ne reverrais jamais ma chambre ni le jardin…

Et ce fut le déluge. Pas une crise de larmes spectaculaire, non, mais de longs sanglots, résultat d'une émotion trop longtemps contenue. Niée. Cole lui tendit la boîte de mouchoirs. Elle en prit un, le roula en boule entre ses doigts après s'être mouchée, bruyamment, faisant même peur au chien sur ses genoux.

— Je me souviens de Matt et de moi, à notre arrivée dans cette maison… J'étais terrifiée. Comment ces gens que nous n'avions jamais vus ont tout de suite su nous mettre à l'aise, nous rassurer. De ce bruit, de cette agitation, entre les autres enfants et les chiens…

Elle se tourna vers lui.

— Et puis, il y a eu vous deux, toi et Kelly… Oh ! je suis désolée, hoqueta-t-elle, je ne sais plus ce que je dis…

— C'était ta maison, ton foyer, chérie, murmura Cole en

écartant une mèche avec douceur, sur son front. Ton enfance. Tu as bien le droit d'avoir de la peine…

Entre deux sanglots, elle rit, puis soupira.

— Je n'imagine même pas ce que papa doit traverser, en ce moment.

— Et si on l'invitait pour le dîner ? Ça ferait plaisir aux enfants…

— C'est gentil, mais Matt et Kelly l'attendent ce soir. Merci…

De nouveau, elle se moucha, avant de se lever tout en réajustant son top.

— Bien. Je devrais aller arranger mon nid, non ? Car je suppose que tu as autre chose à faire. Je ne veux pas t'empêcher de profiter de ces moments, sans les enfants…

— Quand ils ne sont pas là, ils me manquent, répondit-il avec un sourire, en se levant à son tour. Ils font partie de ma bulle…

Son regard s'obscurcit.

— Comme toi, quand nous étions enfants. Et tu sais quoi ? Sur ce plan, rien n'a changé…

Au même instant, les enfants arrivèrent, et lorsque Brooke aperçut Sabrina, elle se précipita en hurlant pour l'embrasser. Quant à Wes, il se contenta d'un regard morne tout en rejoignant sa chambre.

— Que veux-tu sur ta pizza ? lui lança Cole.

— Je m'en fiche, marmonna le garçon en claquant bruyamment la porte derrière lui, Sabrina se demandant s'il parlait de pizza ou d'autre chose.

Cole n'attendit pas que son fils l'autorise à entrer, après les deux coups rituels à sa porte. Il entra, ce qui lui valut un regard noir ainsi qu'un :

— Eh quoi, papa ? Tu ne dois pas entrer avant que je le dise !

— Pourquoi donc ? répliqua Cole, mains dans les poches.

— Parce que c'est… Impoli, répliqua Wes.

— Attends, je récapitule… Je n'ai pas le droit d'entrer sans ta permission, en revanche, toi, tu peux te montrer grossier avec notre hôte ? C'est ça ?

Les oreilles de son fils virèrent au rouge. Un autre point commun avec son père. Pauvre petit.

— Je, euh…

— Laisse tomber, dit Cole. Et non, je ne vais pas te demander d'aller t'excuser…

Wes fronça ses sourcils noirs.

— Euh… Non ?

— Non. Parce que de fausses excuses seraient bien pires…

Les joues du garçon s'empourprèrent.

— Et Sabrina ne serait pas dupe. Mais laisse-moi tout de même te dire une chose. Je comprends que tu sois encore affecté par ce qui s'est passé avec ta mère. Que tu trouves les choses suffisamment chaotiques comme ça, sans que quelqu'un d'autre en plus s'installe à la maison. Je ne dis pas que tes sentiments ne sont pas totalement injustifiés. Mais reporter ces sentiments sur cette personne, qui n'était autre que ma meilleure amie quand nous étions enfants et qui passe elle-même des moments difficiles, ça non, ce n'est pas justifiable. Tu n'es pas obligé de l'aimer. Encore moins de te réjouir de sa présence ici. Mais je te prie d'être poli et de traiter Sabrina avec le même respect que tu es en droit d'attendre des autres. C'est clair ?

La lèvre tremblante, le souffle court, Wes détourna les yeux. Puis après un moment, il hocha la tête. Bien. Car si Cole était impuissant contre certaines choses en ce monde — et surtout dans le sien —, il n'admettrait jamais que son fils se comporte comme un voyou.

— Alors, c'est entendu. Je t'appellerai, quand le dîner sera prêt. J'aimerais que tu te joignes à nous, au lieu de rester dans ton coin. D'accord ?

— Combien de temps elle va rester ?

— Aussi longtemps qu'elle en éprouvera le besoin, répondit Cole avec calme, avant de sortir, sans prendre la peine de refermer la porte.

Il y avait un tel contraste entre les rires en provenance de la cuisine et cette tension, ce désespoir chez son fils, qu'il lui fallut quelques secondes pour s'ajuster, comme s'il sortait d'une grotte et retrouvait le soleil. Bree et sa fille avaient déjà préparé deux pizzas, l'une au fromage et l'autre apparemment avec tout ce qu'elles avaient pu dénicher dans le réfrigérateur. Sabrina l'accueillit avec un sourire, ainsi que des questions dans les yeux. A cet instant, le téléphone de Brooke sonna ; et elle s'éclipsa pour répondre.

— Il va bien ? demanda aussi Sabrina avec une inquiétude telle que Cole en fut bouleversé.

— Oh ! ça ira mieux dans un moment…

Il disposa d'autres tranches fines de pepperoni sur la pizza.

— On adore ça…

— Comment ? Oh oui, moi aussi, dit Bree avant de soupirer. Ecoute, si ma présence doit causer le moindre problème, je peux toujours squatter le canapé de Matt…

— Pas question, dit-il.

Elle sourit, un sourire triste, mais comment lui en vouloir ?

— Et toi, ça va mieux ? demanda-t-il.

— Ce n'est pas encore la grande forme, répondit-elle en haussant les épaules. Mais je te remercie pour… tout ça, vraiment. Mais…

Elle se tut, disposant les dernières olives noires sur la pizza, puis croisa les bras, le regard perdu.

— Mais ce n'est pas comme ça que tu imaginais ta vie… ? termina-t-il.

— Je pensais au moins avoir mon propre appartement, aujourd'hui, répondit-elle avec un petit rire amer. Un endroit à moi, dont je pourrais peindre les murs de la couleur de mon choix.

— Rose bonbon ?

— Par exemple…

Cole glissa les pizzas au four, puis se tourna vers elle.

— A New York, je parie ?

— Evidemment. Peut-être pas à Manhattan, mais Brooklyn… Avec son grès rouge…

— Dans une petite rue bordée d'arbres centenaires…

Wes soudain apparut dans la cuisine, juste derrière Bree, mains dans les poches.

— Hé, salut, dit Cole et Sabrina se retourna. Ça va ?

Le regard de son fils dévia de Cole sur Bree, avant de revenir sur Cole.

— Le dîner n'est pas encore prêt ?

— Dans dix minutes.

Wes hocha la tête, puis il laissa échapper un long soupir.

— Pardon d'avoir été impoli, tout à l'heure, Sabrina. Et je ne dis pas ça comme ça. Papa m'a dit que tu le sentirais, si je ne le pensais pas vraiment…

Cole nota les efforts de Bree pour rester digne, mais à l'évidence, ces excuses la touchaient.

— Ton père a raison, répondit-elle avec humour. Et patience, et compréhension.

Puis elle posa une main sur l'épaule de Wes.

— Mais n'en parlons plus, mon chéri… D'accord ?

— Eh bien, oui, euh, d'accord, répondit Wes avec un regard furtif à son père.

Certes, ce n'était pas Byzance, mais c'était un début. Car Cole savait une chose, il n'avait aucune chance de rallier Bree à sa cause, tant que Bree n'aurait pas rallié les enfants à la sienne. Ne restait plus qu'à prier pour que cela arrive au plus vite.

— Je me demandais où tu étais passée…

En dépit de la chaleur dehors, Sabrina sentit un frisson la parcourir en entendant de Cole. Assise sur un transat, elle sourit.

— Je ne pouvais jamais faire ça, à New York. M'asseoir le soir, dehors et écouter les criquets…

Il s'assit sur le transat à côté du sien.

— Tu n'avais même pas une petite terrasse… ?

— Non. Et pas de criquets non plus, seulement le bruit de la circulation.

— Le New Jersey a de nombreux atouts…

— Même sous la torture, je n'en conviendrai jamais, dit-elle en souriant.

Il rit.

Il ignorait bien sûr qu'elle avait entendu sa conversation avec Wes, plus tôt. Pas tout, mais suffisamment. Suffisamment pour sentir un pincement de plaisir douloureux, quand il l'avait défendue. Même si elle ne restait pas. Evidemment, son sermon envers son fils n'avait sans doute pas grand-chose à voir avec elle. Cole se comportait simplement comme un père le devait, en faisant preuve de fermeté autant que de compréhension. Comme le colonel le faisait. Comme tout homme digne de ce nom… Le genre d'homme qui… Stop. Elle porta son verre de thé glacé à ses lèvres, chassant cette pensée. Ce délire. Ce rêve.

— Les enfants sont couchés ? s'enquit-elle.

— Probablement. Di les a emmenés à la piscine, aujourd'hui. Ils en reviennent toujours lessivés…

Elle sentit son regard dans l'obscurité. Le sentit vraiment, brûlant. Et de nouveau, elle frissonna.

— La pizza était géniale, ajouta-t-il.

— La pâte était toute prête, je n'ai fait que la composer. Et toi, tu as rajouté une tonne de pepperoni…

Il rit doucement, et elle l'imita en regardant les chiens se courir après, au fond du jardin.

— Tu as l'air… si serein, remarqua-t-elle.

— Vraiment ? demanda-t-il, avant de soupirer. Oui, sans doute, en cet instant. Tu veux savoir pourquoi ?

Non.

— Bien sûr.

— Pour la même raison que lorsque nous étions enfants. Quand nous sortions ensemble…

Il étira ses longues jambes puissantes et joignit les mains derrière sa tête.

— C'était les seuls moments où je ressentais cette paix en moi… Quand j'étais avec toi…

Elle garda le silence.

— Je te fais peur, en disant ça ? demanda-t-il.

Et comment.

— Non, pas du tout, s'entendit-elle répondre. Je suis bien, ici, comme ça. Oui, je me sens bien.

— J'espère…

Elle sourit, se demandant comment elle pouvait ressentir un tel bien-être avec quelqu'un qui la mettait si mal à l'aise. Enfin mal à l'aise, qui provoquait une foule de sensations chez elle, démangeaisons, picotements et autres. Sans parler de ce désir sourd. Oh ! ce désir. Elle le connaissait si bien pour l'avoir ressenti autrefois. Hélas. Car chaque fois, cela avait tourné à la catastrophe. Toujours.

— Tu as pris une décision, pour la rentrée ?

Trois secondes s'écoulèrent, puis il répondit :

— Les enfants sont inscrits sur deux listes d'attente, mais en cas de refus, je leur ferai cours à la maison…

— Deux listes… ? Dont le lycée privé ?

— Ou un lycée pilote, pourquoi pas ? Ce qui sera le mieux, pour eux…

— Il n'en existe pas beaucoup, à Maple River…

— Je suis ouvert à toute proposition, dit-il en se tournant vers elle, sourire aux lèvres.

Pourquoi cette phrase innocente la fit frissonner, mystère.

Quelques jours plus tard, Cole préparait le dîner — en compagnie des chiens — quand il entendit la porte d'entrée s'ouvrir, le « clac » du sac de Bree contre le carrelage et le caquètement de Brooke accourant pour lui raconter sa journée. Une minute après, Bree apparut à la porte de la cuisine en souriant. La seule personne sur cette Terre à avoir l'air sexy quand elle était épuisée.

— Oh ! ça sent bon…

Et à y rester en disant des choses aussi banales.

— Spaghettis et toasts aillés, rien de gastronomique…

Il regarda le sac qu'elle tenait.

— Shopping ?

— Oh, rien de spécial, répondit-elle, avec un air espiègle. Super, les spaghettis ! Je vais me changer, ces chaussures sont une torture.

— Je peux venir ? demanda sa fille.

— Bien sûr…

Elle souleva le sac.

— Je t'ai trouvé quelque chose de génialissime…

Cole soupira.

— Bree…

— Soldes d'été. Des promos en or, dit-elle en prenant la main de sa fille, aux anges.

— Le dîner est dans une demi-heure, dès que Wes rentrera de chez Keenan.

— Je meurs de faim…

Après leur départ, Cole laissa échapper un soupir. Ces trois derniers jours, elle avait eu quatre rendez-vous, dont deux nouvelles clientes. Ce qui signifiait, si elle continuait sur cette lancée, qu'elle aurait vite fait d'amasser les fonds nécessaires pour un appartement. En ville. Ce qui signifiait surtout qu'il n'avait plus de temps à perdre. A perdre pour quoi, il n'en savait encore trop rien, exactement. Parce que, même si par miracle, ils arrivaient tous deux à quelque chose, jamais Bree ne s'installerait à Maple River. Et lui-même ne se voyait pas vivre à New York.

Et puis, il y avait Wes. Qui se montrait respectueux envers Sabrina, mais était loin de l'accepter. Et Cole le savait, Bree ne consentirait jamais à rien, tant que Wes la regarderait comme une intruse. Surtout après avoir été confrontée au rejet du fils de son ex.

Secouant la tête, Cole posa un couvercle sur la casserole, pour laisser mijoter la sauce. Ceci dit, tout se passait plutôt bien, au quotidien. Chacun avait trouvé ses marques. Bree s'était parfaitement intégrée à la routine de leur petit clan, partageant leurs repas, les tâches ménagères, regardant même la télé avec eux, le soir. En apparence, tout marchait comme sur des roulettes, en dépit des regards inquiets qu'elle lui lançait, parfois. Comme si elle se demandait… Quand ?

Mais il n'avait pas la réponse. Ne savait pas comment s'y prendre. Et contrairement aux jeux vidéo, aucun accessoire magique à disposition pour l'aider.

Il tourna la tête lorsque Brooke réapparut, vêtue d'un… short… très short, qui lui faisait des jambes très très longues. Il leva les yeux au ciel.

— Bree prend une douche. Tu veux que je prépare la

salade ? demanda-t-elle en sautillant jusqu'au réfrigérateur avec ses chaussures à talon compensé.

— Super, répondit Cole en attrapant le pain pour le couper en tranches fines, tandis que sa fille continuait à lui parler.

Et, à cet instant, il sentit son cœur se serrer, réalisant combien elle avait changé, en l'espace de quelques semaines.

Grâce à Bree, qui avait accompli avec elle les mêmes miracles qu'avec lui. Un don dont elle n'avait même pas conscience, se dit-il quand elle se matérialisa, à la porte de la cuisine, sentant bon le gel douche et le shampoing, vêtue d'un short et d'un top qui en disait long sur ses charmes, les cheveux détachés encore humides, sur ses épaules. Masochiste, il se soumit à la torture de cette vision, avant de détourner le regard.

Elle alla s'asseoir au comptoir et croisa les mains devant elle. Sans prendre conscience de la gouttelette d'eau qui venait de rouler dans son décolleté. Lentement… Il se sermonna. Il était père, en service, responsable.

— Merci pour les vêtements, marmonna-t-il en découpant avec plus d'ardeur que nécessaire une énième tranche de pain.

— Je ne pouvais pas laisser passer une telle affaire. Et puis, je savais que ça irait à Brooke, répondit-elle, souriant à sa fille derrière lui.

Mais lorsque son regard effleura le sien, il y surprit une certaine réserve. Du doute. Et c'est à cet instant qu'il comprit. Une révélation, comme s'il avait reçu un coup de masse entre les deux yeux.

Pourquoi serait-elle sur ses gardes, si elle ne ressentait rien ?

— Crotte !

Il sursauta en entendant sa fille crier, se précipita vers elle, en même temps que Bree. Tremblante, Brooke se tenait la main. Qui saignait. Il attrapa une poignée de papier essuie-tout, en enveloppa la blessure et suréleva sa main.

— Je… Je sais pas comment c'est arrivé, j'ai fait attention pourtant…, gémit la fillette.

— Ce n'est rien, mon trésor, murmura-t-il en déposant un baiser sur son front avant de regarder du côté de Bree, parfaitement stoïque, en train de nettoyer.

— Hé, dit-elle, j'espère au moins que tu n'as pas taché de sang tes nouveaux vêtements…

La remarque fit rire sa fille, un peu.

— Je… Je c-crois pas…

— Ah, c'est l'essentiel, non ?

Brooke rit de nouveau, Cole en profitant pour dérouler avec précaution le papier, autour de sa main blessée. Le saignement avait cessé, mais la plaie était profonde.

— Qu'en penses-tu ? demanda-t-il à Bree. Points de suture ?

— Ça me semble indispensable, répondit-elle.

— Oh non, papa !

— Conduis-la aux urgences, dit Bree. Je garde la maison. Hé, mon trésor…, ajouta-t-elle en caressant les cheveux de Brooke en sanglots, avant de relever son T-shirt, dévoilant une cicatrice d'une dizaine de centimètres, sur sa hanche.

— Si tu savais comment je me suis fait ça. Et mon père, il était vert. Douze points, ils m'ont fait… Mais le lendemain, je ne sentais plus rien… Elle rajusta son T-shirt. Tout va bien se passer, mon petit cookie, je te le promets. Tiens, je vais te préparer un gâteau, pour ton retour…

— Euh… A quoi ?

— Aucune idée, ça dépendra de ce que je trouverai ici. Allez maintenant, zou, dit-elle et elle embrassa Brooke sur le front tout en enveloppant sa main d'essuie-tout propre. Tiens bien le papier serré, d'accord ?

La lèvre frémissante, Brooke hocha la tête et se dirigea vers le salon, Cole de son côté alla récupérer ses clés dans le patio.

— Merci, dit-il avec douceur.

— Ce n'est rien, chuchota-t-elle.

— Bien au contraire, répondit-il et glissant une main sur sa nuque, sous ses cheveux humides, il pressa sa bouche contre la sienne.

— Oui, parfaitement, dit-il quand elle le regarda, stupéfaite, avant qu'il se dépêche de décamper…

C'était l'évidence même. Rester serait une erreur.

Encore deux missions shopping pour de riches clientes,

songea Sabrina tout en s'affairant en cuisine, et elle pourrait se mettre à chercher un appartement. Peut-être dans Washington Heights. Ou Jackson Heights, elle n'allait pas faire la difficile.

Ces derniers jours avaient été un enfer, pas au sens où les gens avaient l'habitude d'employer le mot, mais l'enfer quand même. Parce que, mis à part Wes le grognon, elle se sentait beaucoup trop bien avec cette famille. Comme si c'était la sienne. Et cette idée ne cessait de l'obséder. De la hanter. Il y allait de sa survie. Et pas que de la sienne.

Elle devait penser aux enfants. Comment prendraient-ils son départ ? Enfin, Brooke surtout. Quant à Cole… Oh ! cet éclat dans ses yeux, juste après son baiser… Elle ferma brièvement les siens pour faire barrage à la douleur, avant de les rouvrir en entendant la porte d'entrée.

— Papa ?

— Ici, Wes ! appela-t-elle en s'essuyant les joues à la hâte.

La mine grincheuse, le garçon apparut dans la cuisine.

— Où est papa ?

— Ta sœur a eu un léger accident, rien de grave, elle va bien, mais il a dû l'emmener aux urgences pour des points de suture.

— Des points ?

— Elle s'est coupé à la main avec un couteau. Tout va bien, je t'assure. Si tu as faim, nous pouvons manger. On peut aussi attendre. Ton père m'a envoyé un texto il y a quelques minutes. Ils étaient avec le médecin, ça ne devrait pas être long…

— Je préfère attendre, merci, répondit Wes tout en lorgnant les ingrédients posés le comptoir. Vous faites quoi ?

— Un clafoutis aux pommes. Je pensais qu'avec un peu de glace à la vanille, ce serait bien, pour le dessert. Il fait encore chaud et… Oh ! je t'ai rapporté quelque chose en rentrant du travail. Je l'ai posé sur la table basse, dans le salon…

— C'est quoi ?

— Une surprise. Va voir…

Le garçon disparut et revint une minute plus tard avec le livre, une encyclopédie sur les grands réalisateurs.

— Et, si ça ne te plaît pas, tu pourras toujours t'en servir comme d'une haltère, dit-elle sans le regarder.

Il rit. Enfin, il ricana plutôt.

— Si vous croyez pouvoir m'acheter avec ça, pour que je vous aime…

— Hé ! J'ai vu ce livre, j'ai pensé à toi et je l'ai acheté. Fin de l'histoire. C'est tout, répliqua-t-elle en glissant le clafoutis au four. Je n'avais aucune arrière-pensée. Et tant pis si tu ne me crois pas…

A son silence, elle l'observa à la dérobée, il avait son air renfrogné, avant qu'il demande, transfiguré, presque détendu.

— Alors ? Vous repartez quand pour New York ? s'enquit-il en posant le livre sur le comptoir pour le feuilleter.

— Tu es impatient de te débarrasser de moi, pas vrai ?

— Oh ! ce n'est pas… si terrible, de vous avoir ici, avec nous…, répondit-il en refermant le livre. Je veux dire…

Il désigna le four d'un coup de menton et Sabrina sourit, car elle avait tout simplement oublié de l'allumer.

— C'est difficile d'expliquer ce que je ressens. Je sais, on pourrait croire que je vous déteste, mais… C'est faux.

Oh! mon Dieu, songea-t-elle, osant à peine respirer.

— Tous ces bouleversements dans ta vie sont déstabilisants sur le plan émotionnel…

— Oui, peut-être…

Il plongea ses beaux yeux gris dans les siens.

— Ce que vous m'aviez dit, au mariage… ça reste vrai ?

Lentement, refoulant ses larmes, elle hocha la tête.

— Bien sûr. C'est juste…

Elle hésita, puis poursuivit.

— Ce n'est pas une bonne idée de se lancer dans quelque chose de nouveau, quand tu es encore marqué par le passé. Les choses ont tendance à trop… s'embrouiller.

— Mais vous l'aimez bien, mon père ?

— J'ai beaucoup d'affection pour vous trois…

— Ce n'est pas ma question.

— Je sais, mais c'est ma réponse.

Il soutint son regard un moment, avant de se lever.

— Merci encore, pour le bouquin, dit-il et, prenant le livre sous le bras, il disparut.

Oui, se dit Sabrina en remuant la sauce pour les spaghettis. Plus vite elle partirait, mieux ce serait.

Un cœur brisé, ça suffisait. Il n'y en aurait pas quatre.

En espérant qu'il ne soit pas déjà trop tard.

- 12 -

Le lendemain matin, Cole se leva avant les enfants pour aller s'occuper du café, quand son téléphone vibra, signalant l'arrivée d'un texto.

> Un imprévu. Je n'ai pas voulu vous réveiller. Serai en ville toute la journée. Ne m'attendez pas pour dîner.

Un message clair, pour ne pas dire brut. Pas la moindre possibilité de lire entre les lignes. Pourtant, un frisson, comme une angoisse le submergea. Surtout en repensant à l'attitude étrange de Bree, la veille, après l'hôpital. Ils avaient tous dîné ensemble, puis regardé un film à la télévision, choisi par sa fille, l'héroïne du jour à cause de sa blessure. Et même si Bree avait ri et plaisanté avec les enfants, comme à son habitude, même s'il avait senti entre Wes et elle comme un début d'embellie, il avait eu un mauvais pressentiment.

Comme si quelque chose était cassé.

Il se demanda si ce baiser qu'il lui avait volé y était pour quelque chose. Baiser qui manifestement l'avait surprise, mais tout aussi manifestement ne l'avait pas révulsée. Il l'avait vue frapper ce garçon qui se croyait tout permis avec elle. Certes, il y avait vingt ans de cela. Mais Bree restait Bree par-delà le temps. Si son baiser l'avait dérangée, il l'aurait tout de suite su.

Car il n'avait pas rêvé. Il avait bien vu ses pupilles se dilater. Le rouge à ses joues et sur son cou. Il connaissait tous ces signes, aujourd'hui. En revanche, il ignorait comment s'y prendre pour franchir le pas et…

Et le temps pressait.

Même si la journée lui parut interminable. Comme Bree l'avait prédit, sa fille ne prêta guère attention à ses points — deux seulement —, et l'un des gamins du centre de loisirs vint chercher Wes pour aller faire des paniers, l'après-midi. Il était maintenant près de 22 heures, et Cole regardait une série policière, quand les chiens dressèrent les oreilles comme un seul homme au bruit d'une voiture dans l'allée, avant de se précipiter dans l'entrée. Il se leva pour les suivre, mains dans les poches, le cœur à toute allure.

— Salut, dit-il, quand Bree ouvrit la porte, les chiens aussitôt lui faisant la fête. Vêtue de l'une de ses robes moulantes sans manches qu'elle possédait apparemment dans toutes les couleurs de l'arc-en-ciel, elle posa son sac sous la console, comme à son habitude.

— Salut, répondit-elle en fuyant son regard. Les enfants dorment ?

— Ils sont dans leur chambre, en tout cas.

— Comment va Brooke ?

— Elle se remet. Tu aurais dû me réveiller, je t'aurais emmenée à la gare, ce matin…

— Et les enfants ?

— Que veux-tu qu'il leur arrive, en si peu de temps ?

— J'ai vu Chad.

Cole sentit une boule se loger dans son estomac.

— Oh ?

— Il…

Elle soupira, l'air abattu.

— Il a repris la bague et m'a remboursé les frais, pour le mariage…

— Et tu as accepté ?

— Il a insisté.

— C'est sympa de sa part…

— En effet. Cela va me permettre…

— De pouvoir envisager de déménager.

— Exactement.

— Tu sais…

Il se tut, le temps de reprendre son souffle.

— Tu peux rester ici sans problème, histoire de prendre le temps de chercher…

— Faire la navette entre ici et New York me rend dingue, dit-elle, son regard démentant ses propos. J'ai de plus en plus de clientes et… bref, j'ai déjà pris contact avec une agence immobilière… C'est l'une de mes clientes. Elle a déjà une série de biens à me proposer. Et je commence les visites demain…

Il la vit déglutir avec peine.

— En attendant de pouvoir m'installer, je vais vivre chez mon assistante. Elle m'a proposé son futon…

— Ah, soupira Cole. Quand tu as pris une décision, tu ne tournes pas dix ans autour du pot.

— Mieux vaut ne pas traîner, avec le marché de la location, à New York…

Il croisa les bras, en essayant de ne pas grimacer à cette douleur dans son cœur, comme si on lui avait versé de l'huile bouillante dessus.

— C'est donc le moment ou jamais de te souhaiter bon vent, je suppose…

— Cole, je t'en prie…

— Arrête ça, l'interrompit-il.

Et il s'approcha d'elle, suffisamment pour voir des milliers d'émotions voltiger dans ses yeux, puis il posa les mains sur ses épaules et l'embrassa, la goûta, la dévora avec assez de passion pour qu'elle comprenne ce qu'il ressentait, avec assez de douceur en même temps pour la faire gémir… Du moins, l'espace de trois secondes, avant qu'elle le repousse.

— Ceci ne doit pas arriver, dit-elle d'une voix tremblante. Dans quel but ?

— Dans quel but ? Nous. Nous, tous ensemble, comme une famille…

— Tu rêves, Cole. Car ce n'est pas autre chose que ça. Du rêve. Et ces beaux discours sur les erreurs du passé à ne plus commettre… ?

— Sur les leçons que nous tirons des erreurs du passé, tu veux dire ?

Quelques longues secondes s'écoulèrent.

— Tu le sais, il n'y a aucune certitude que ça fonctionne…

— Si tu as besoin de plus de temps pour…

— Pour quoi ? Pour que Brooke et moi devenions plus proches encore ? Et qui sait, peut-être que Wes finirait entre-temps par m'accepter. Et puis un beau matin, tu réaliseras t'être trompé…

— Pourquoi cela se passerait-il comme ça ?

Au bord des larmes, elle haussa les épaules.

— Parce que c'est toujours comme ça que ça se passe, Cole. Toujours. Je ne sais pas pourquoi, mais c'est comme ça. Et franchement, tu as envie de prendre le risque ? Pense à eux… A toi…

Elle secoua la tête.

— Non. Peut-être que ça ne te pose pas de problèmes d'avancer vers l'inconnu, moi si… Et maintenant, si tu n'y vois pas d'inconvénients, je vais me coucher. Matt doit passer me prendre de bonne heure, demain matin.

— Tu ne vas pas dire au revoir aux enfants ?

— C'est déjà bien assez douloureux de te quitter… Les enfants, non, ce serait au-dessus de mes forces.

Ils se dévisagèrent un moment, une éternité, puis Cole leva les mains et fit un pas de côté, serrant les dents à s'en faire craquer les mâchoires quand elle s'éloigna.

Après un long soupir, tout en se massant la nuque, il ouvrit aux chiens et sortit derrière eux dans le patio. Bizarrement, il comprenait ses craintes. Et après tout, lui non plus n'avait pas particulièrement réussi, côté relation amoureuse. Un échec sur toute la ligne. Et il en avait passé des nuits blanches à contempler le plafond au-dessus de son lit, en se demandant pourquoi. Oui, les peurs de Bree étaient justifiées, et il ne pouvait lui en faire le reproche. Ni de vouloir se protéger.

Sauf que renoncer comme ça… Non, il ne pouvait s'y résoudre. *Dans ce cas, fonce…*

Il s'assit sur l'un des transats et enfouit son visage dans ses mains.

Un moment plus tard, il secoua la tête, mais impossible d'en chasser l'idée qui avait germé dedans. C'était de la folie. Et alors ? Pas plus fou que ce qu'il faisait pour régler les factures. Et une fois de plus, les meilleurs joueurs — les gagnants — étaient ceux qui savaient prendre des risques, non ? Ceux qui saisissaient la moindre opportunité pour remporter la partie, ne laissant rien au hasard, forçant même le destin, comme si leur vie en dépendait.

Sauf qu'il ne s'agissait pas d'un jeu, aujourd'hui. Mais de sa vie.

Sabrina venait juste de faire sa valise quand elle sursauta à deux petits coups frappés à la porte. Et si elle avait eu une once de bon sens, elle aurait fait comme si elle n'avait rien entendu. Cole alors serait peut-être reparti, la croyant endormie.

Avec la lumière allumée ?

Resserrant la ceinture de son peignoir, elle alla ouvrir, pieds nus sur le tapis. Cole lui sourit, mains dans les poches, tout en puissance, et le gris de ses yeux plus gris que jamais. Elle soupira, se sachant fichue. Ce qui n'était pas un scoop.

— Je te réveille ? demanda-t-il, la voix aussi douce que le regard qu'il promena sur son frêle peignoir, et l'air soudain lui manqua. Son cerveau se déroba.

Elle secoua la tête.

— Que veux-tu ?

Il approcha la main de son visage, effleura ses cheveux puis s'attarda sur sa joue. Et elle se mit à trembler.

— Devine…

— Je ne vois pas à quoi tu fais allusion, répliqua-t-elle, reconnaissant à peine sa voix.

— Vraiment ? dit-il en souriant, sa main descendant le long de son cou, dérivant sur son épaule. Tu ne me gifles pas ?

— J'y pense sérieusement…

Il caressa le bout de son sein sous la soie, avec une lenteur… divine. Elle retint son souffle à la sensation. Exquise.

— C'est le moment ou jamais.

Sauf que le gifler était la dernière chose dont elle avait envie, dans l'immédiat.

— U-une autre fois, chuchota-t-elle et elle le sentit se figer.

— Alors, je… Je peux entrer ?

— Tu es chez toi, non ?

— Mais c'est ton espace privé.

— Plus pour lon…

Elle secoua la tête.

— Bien sûr.

Une main sur sa taille, il pénétra dans la chambre. Referma la porte derrière lui. Dénoua la ceinture de son peignoir. Et l'attira contre lui.

— Les enfants…

— Endormis, murmura-t-il en promenant ses mains brûlantes sur sa peau nue…

Son souffle comme une caresse contre son visage.

Qui es-tu ? voulut-elle alors lui demander. Excepté qu'elle savait exactement qui il était.

— J'attends…, dit-il en faisant glisser le peignoir sur ses épaules.

— Quoi ?

— Que tu me dises non…

Ses lèvres couraient maintenant sur sa gorge.

— A tout moment qui te plaira…

Puis il posa sa bouche sur la sienne, une bouche avide, exigeante et généreuse tout à la fois, et les anges chantèrent. Fort. Et un long moment.

— Ce n'est pas du jeu, marmonna-t-elle quand les chérubins cessèrent leurs vocalises.

— Tu as raison…

Elle rit, ce fut plus fort qu'elle. En dépit des larmes dans sa gorge. Puis il s'écarta, le front tout plissé.

— Zut. Je n'ai pas…

— Je prends la pilule, dit-elle.

Son soupir de soulagement faillit la faire rire une fois encore, puis elle prit son visage dans ses mains.

— Ça ne change rien, tu en es conscient… ?

— Vraiment… ?

Et soudain, il lui enleva son T-shirt, de son côté, elle se pencha pour éteindre la lampe de chevet quand il l'en empêcha.

— Certainement pas, murmura-t-il tout en l'allongeant sur le lit.

Oh ! avec quelle insupportable lenteur Cole embrassa, mordilla et lécha le bout de ses seins tout frétillant de joie, comme si le temps ne pressait pas... Alors que le désir soufflait sur chaque atome de son corps, comme sur des millions de braises, le vent heureusement apaisant sa peau par moments en s'invitant par la fenêtre ouverte. Bien sûr, une petite voix dans son cerveau malade n'en finissait pas de chuchoter, *tu vas tellement le regretter.* Sauf qu'à cet instant, à cet instant précieux, elle ne regrettait rien du tout. Et, au contraire, en voulait plus.

Elle avança la main vers lui, mais il s'en empara et la maintint au-dessus de sa tête.

— Quoi ? Je ne peux pas te toucher, moi aussi ?

— Oh ! mais ton tour viendra. Quand je le déciderai...

— Idiot.

Il rit et s'allongea sur un coude, laissant courir son regard sur son corps, souriant quand elle rougit.

— Ça t'amuse, n'est-ce pas ?

— Tu n'imagines pas à quel point, répondit-il. Parce que, cette première fois...

— Pourrions-nous, s'il te plaît, éviter ce sujet ?

— Dans l'obscurité, dans cette voiture...

Il plongea ses yeux dans les siens.

— Je me suis toujours demandé si tu l'avais voulu ainsi, pour ne pas voir...

— Cole !

— Sauf que moi non plus, je ne pouvais pas voir. Et que c'était terriblement frustrant...

— Tu n'as jamais pensé que je voulais que ça se passe dans le noir, de façon à ce que toi, tu ne puisses pas voir ?

Il se renfrogna.

— Non.

— Pour moi aussi, c'était la première fois, tu te rappelles ?

Et personne, pas même ma mère, n'avait vu mes seins encore, à cette époque. J'étais…

Elle se sentit rougir.

— … Intimidée.

Il l'observa avec attention.

— C'est vrai ?

— Bien sûr. Tu crois que je te raconte des histoires ?

Au lieu de répondre, il sourit, puis de nouveau il pressa sa bouche contre la sienne, noua sa langue à la sienne, son sexe dur pesant contre sa cuisse quand il glissa une main entre ses jambes. Elle retint son souffle. Ferma les yeux. Et gémit.

— Et là, maintenant, tu es intimidée ? murmura-t-il en la caressant, en la torturant.

Elle laissa échapper une sorte de son guttural et appuya sa main sur la sienne, souriant quand il rit doucement à son oreille. Non qu'il ait besoin d'être guidé, évidemment non. Il savait exactement ce qu'il faisait, traduisant à la perfection chacun de ses signaux tout en la dévisageant — même les yeux fermés, elle sentait ce regard gris sur sa peau, aussi doux que le clair de lune…

— Là, maintenant, j'ai envie de toi, chuchota-t-elle.

Puis elle sentit son poids sur elle, et une chaleur divine l'envahir quand il plongea en elle… Et quelques secondes plus tard, un fabuleux orgasme la parcourut, encore et encore, et elle vit des étoiles et des galaxies. Et tout de suite après, elle le sentit tressaillir et le visage de Cole se figea en un rictus de plaisir, une expression de jouissance absolue, avant qu'il retombe à côté d'elle, l'enlaçant aussitôt pour la serrer contre lui, embrasser ses cheveux, alors que son cœur rugissait à son oreille.

Il rit doucement.

— Je crois que nous pouvons sans problème effacer cette première fois de notre fichier mémoire, murmura-t-il et elle rit à son tour.

Parce que n'était-ce pas ce que l'on faisait, après avoir fait l'amour avec la personne qui était probablement le meilleur ami que vous aviez jamais eu et que vous auriez jamais… ? Raison pour laquelle le sexe entre vous était si fabuleux. Même si, tout en revenant sur Terre, encore bouleversée par ces sensations, vous réalisiez combien vous étiez dans la panade.

Parce que oui, elle avait confiance en Cole. Une confiance absolue. Et l'amour avec lui, oui, était exquis. Aucun doute là-dessus. Et elle pouvait désormais l'affirmer, le paradis, dans ses bras, elle l'avait vu, lumineux, aveuglant.

Seul problème, son cœur. Qui voulait la convaincre qu'elle était amoureuse. Comme il l'avait fait tant de fois, jadis.

A une différence près. Aujourd'hui, il n'était pas question qu'elle le croie. Sexe ou pas. Parce qu'elle n'avait toujours pas la moindre idée de ce qu'elle était en train de vivre, de ce qu'elle voulait vraiment. De qui elle était vraiment.

Et comment s'y prendre pour que tout ça fonctionne.

Elle se blottit contre lui, joue contre son torse.

— Je ne veux pas te faire souffrir encore une fois, Cole. Je ne…

— Chuut…

Il déposa un baiser sur son front.

— Un pas à la fois, mon ange.

Un pas, oui. Un pas, c'était tout ce qu'il fallait pour passer par-dessus bord et basculer dans le vide.

Cole n'avait pas passé la nuit dans le lit de Sabrina, bien sûr. Non qu'il l'eût fait, car manifestement elle avait besoin de se retrouver seule, de se retrouver tout court, après leurs étreintes. Il pouvait le comprendre, même si… Mais bon, il s'inquiétait aussi que l'un des enfants se réveille et parte à sa recherche. Ils n'étaient plus des bébés, mais avec sa chance…

Oh ! mais si cela s'était produit, il aurait géré, de son mieux. Après tout, c'était son choix, il en aurait assumé les conséquences. Mais bon, mieux valait finir la nuit dans son lit…

Il faisait encore sombre lorsqu'il s'avança dans le jardin, en pantalon de pyjama, après avoir fait sortir les chiens. C'est là qu'il remarqua la lumière, dans la petite salle de bains, au-dessus de sa tête. Il rentra, vit les bagages dans l'entrée. A quel moment les avait-elle transportés ici ?

Il retourna dans sa chambre, attrapa son téléphone sur

le chevet et pianota sur le clavier tout en se dirigeant vers la cuisine.

Ne pars pas sans me dire au revoir.

Quelques secondes plus tard :

O.K.

Peu de temps après, elle apparut, petite robe d'été, mini-gilet, sandales à lanières. Et instantanément, il sentit le désir le submerger.

— Qu'est-ce que c'est ? demanda-t-elle quand il lui tendit un sachet et une Thermos.

— Du café et un sandwich. Au pain complet, comme tu les aimes.

— Oh, Cole, tu n'étais pas obligé de…

— Eh bien, tu n'étais pas non plus obligée, la nuit dernière… Voilà, on est quittes…

Elle rougit. Devant la maison, une voiture s'arrêta, le moteur coupant le sifflet à un oiseau en plein récital, dans le jardin.

— Euh, c'est sûrement Matt…

— Que se passe-t-il ? demanda Wes en bâillant, les cheveux en porc-épic, comme quand il était bébé.

— Je rentre à New York, mon lapin, répondit Bree avec calme.

— Comment ? Quand ? Maintenant ?

— Oui, dit-elle.

Elle attrapa son sac sous la console avant de pincer gentiment la joue de Wes.

— Dis à ta sœur qu'elle peut m'appeler ou m'envoyer un texto, chaque fois qu'elle en aura envie, d'accord ?

— Mais… Vous ne revenez pas ?

— J'ai toute ma famille, ici, donc je viendrai de temps en temps…

A cet instant, son téléphone vibra.

— C'est Matt, dit-elle après un bref regard à l'écran. Je dois y aller…

— Je vais t'aider, dit Cole.

— Inutile. Et puis, tu n'es même pas habillé…

— Je me fiche de ce que les voisins penseront…

Elle esquissa un sourire, serra brièvement, mais très fort, Wes dans ses bras, puis sortit et attendit sur le trottoir, Cole transportant sans un mot ses bagages jusqu'à la voiture pour les charger dans le coffre.

— Bien, dit-elle quand il eut terminé. Merci de m'avoir hébergée. C'était super, d'être avec les enfants…

Elle secoua la tête, puis l'attira contre elle et déposa un baiser sur sa joue, et il tressaillit en la sentant si petite et si fragile, dans entre ses bras. Tout le contraire de la nuit précédente quand elle avait laissé la passion l'emporter. Complètement désinhibée. Totalement vraie, avec lui tout entière. A lui.

Il l'étreignit le plus longtemps possible, souffrant de ne pouvoir l'embrasser. Mais certainement pas avec son fils et son frère, en train de les regarder. En revanche, il murmura :

— Moi non plus je ne veux plus te faire souffrir, trésor. Jamais, puis il la lâcha.

Elle le regarda lors d'un moment d'une extraordinaire intensité, puis elle monta en voiture, faisant un signe à Wes quand Matt démarra. Il fallut quelques secondes à Cole pour réaliser que ses joues étaient baignées de larmes.

Mais pas les siennes.

Wes tourna les talons et courut dans sa chambre, se jetant sur la chaise de son bureau avec une telle violence qu'elle en grinça. Une minute plus tard, son père apparut à la porte. Surpris.

— Wes…

— Je ne comprends pas que tu sois resté là, comme ça, sans rien faire !

— Parle moins fort. Ta sœur dort encore…

— Non, je ne dors pas, dit Brooke, derrière lui dans le couloir, en essayant d'arranger ses cheveux. Que se passe-t-il ?

— Sabrina est partie, voilà ce qu'il se passe. Et papa n'a même pas essayé de la retenir.

— Quoi ? Papa ?

— Eh ! Vous saviez depuis le début, elle n'était pas là pour rester…

— Mais elle aurait pu changer d'avis, non ? s'exclama Wes, rouge tomate. Tu aurais pu la faire changer d'avis !

— Et comment ? L'endroit où elle vit, ce qu'elle fait de sa vie… C'est son choix. Et puis…

Les yeux de Cole s'obscurcirent.

— Il me semble que tu ne voulais pas d'elle à la maison, non ?

— Parfaitement, dit Brooke en allant s'affaler sur le lit de son frère. Apparemment, toi, tu as changé d'avis… Comment ça se fait ?

— Je pensais qu'elle n'avait pas sa place ici, avec nous, répondit-il, le cœur serré. Qu'elle ne… Qu'elle ne nous aimait pas vraiment…

— Oh ! Wesley…

Il se tourna vers son père.

— Mais tout ça n'a plus d'importance. Parce que, elle est partie maintenant, elle aussi…

— Elle aussi ? répéta son père, l'air intrigué.

— Oui, comme maman.

Derrière lui, Brooke étouffa un cri.

— Une seconde… Serais-tu en train de dire que tu faisais semblant de ne pas l'aimer ? Comme ça, tu ne pourrais pas avoir mal ?

— Euh, oui, possible, murmura-t-il, les joues en feu.

— Ben alors ça, c'est stupide, dit sa sœur. Parce que Sabrina, elle n'a rien à voir avec maman. Rien ! Et maintenant, avec tes histoires, tu l'as fait partir, crétin !

— C'est plus compliqué que ça, les enfants, dit Cole avec calme, comme épuisé. Oh ! ton attitude a pesé dans sa décision, Wes, c'est certain, mais ce n'est pas la seule raison. Elle ne se laisse pas intimider si facilement, notre Bree…

La façon dont Cole prononça son nom…

— Sauf qu'elle n'est pas à nous, pas vrai ?

Son père alors le fixa si fort qu'il en frissonna.

— Tu aimerais qu'elle le soit ?

Wes détourna les yeux. Il ne comprenait pas ce qui arrivait, juste quand il commençait à trouver la présence de Sabrina super. Normale. Ou peur que ce le soit. Et maintenant, elle était partie…

— Oui, murmura-t-il. Et toi ?

Cole soupira.

— Plus que tu ne l'imagines.

— Et tu ne peux pas la faire revenir ? demanda Brooke.

— En réalité, je n'en sais rien, répondit son père, le front tout ridé. D'abord, ce n'est pas si simple, cela nous obligerait à aller vivre à New York…

Wes échangea un regard avec sa sœur, qui s'exclama :

— Mais tu détestes New York !

Cole lui fit un drôle de sourire.

— Pas autant que j'aime Sabrina.

C'était bizarre d'entendre son père prononcer ces mots. Mais pas aussi fou que Wes l'aurait cru. En fait, c'était même tout le contraire.

— Alors, vas-y, dit-il.

Cole sourit.

Et la douleur que Wes sentait dans son cœur, depuis si longtemps, s'atténua un peu.

- 13 -

— Alors, comment c'était ? hurla Frankie à la seconde où Sabrina mit le pied dans son ministudio vibrant, comme à l'accoutumée, des ondes du hard rock que son assistante écoutait à fond.

Le cœur battant au rythme de la « musique », Sabrina posa son sac dans l'entrée, toujours en proie à ce cafard qui lui collait à l'âme, depuis son départ du New Jersey.

— Des trois apparts que Leena m'a fait visiter, un seul pourrait faire l'affaire, répondit-elle, une barquette de salade à la main, en se dirigeant vers la cuisine microscopique pour prendre une fourchette. Plus cher cependant que ce que je souhaitais mettre dans un loyer. Mais tout près du métro. Et à un étage pas trop élevé. Alors, je me tâte…

— Si tu ne le sens pas, ne le prends pas. Imagine-toi piégée dans une location où tu tournerais en rond, avec l'envie de te pendre chaque fois que tu rentres… J'ai connu ça. Tu sais, tu peux rester chez moi autant que tu veux…

Sabrina sourit avant de s'affaler sur le futon qui, une fois déplié, lui servait de lit.

— Merci, tu es un amour, soupira-t-elle en décollant l'opercule sur sa salade, encore une laitue mollassonne et du blanc de poulet effiloché un peu pâlot.

Elle aurait bien cuisiné quelque chose si a) elle n'avait été aussi épuisée, b) elle n'avait craint que le micro-ondes de Frankie ne lui explose à la figure.

— Je suis tellement contente d'avoir de la compagnie, répondit son assistante en attrapant son sac à main, un sac de voyage recyclé. Je sors, j'ai un rendez-vous, ce soir, ça ne t'ennuie pas ?

— Bien sûr que non, voyons, pour quelle raison ?

— Je m'en veux de te laisser seule. Je sais, tu n'as pas envie d'en parler, mais…

Elle secoua la tête et lâcha son sac.

— Je ne suis pas obligée d'aller à ce rendez-vous après tout. On pourrait rester ici toutes les deux et regarder la té…

— Non ! s'exclama Sabrina, sans doute avec trop de précipitation. Je t'en prie. Sors et amuse-toi. Je vais bien.

— Tu es sûre ?

— Absolument. Allez, zou.

Après un regard perplexe, Frankie enfila ses chaussures, semblables à celles d'un scaphandrier, puis elle s'approcha pour lui faire la bise et enfin partit.

Posant sa salade, Sabrina aussitôt s'empara de la télécommande pour éteindre la chaîne stéréo, puis elle s'étira sur le futon, en appréciant le silence. Le calme. Jamais elle n'avait autant apprécié la solitude. Même si… Le silence avait le chic pour faire sortir de leur tanière certaines idées, certains souvenirs. Et pour déclencher les grandes eaux, aussi. Des larmes difficiles à contenir, chaque fois qu'elle pensait à cet homme qu'elle devait effacer de sa mémoire parce que… Parce que.

Oh ! mon Dieu, comme il lui manquait. C'était comme si elle avait laissé une de ses jambes, là-bas à Maple River. Voire les deux. Sans compter les bras. Oh ! et les enfants… Elle sentit sa gorge se serrer.

Elle soupira, alla jeter la barquette de salade à la poubelle et prit une décision. Celle de sortir, et tant pis si elle était éreintée. Marcher un peu lui ferait du bien. Se mêler aux autres êtres humains, même si personne ne faisait attention à elle.

L'air était doux, il faisait encore jour, son moment préféré de la journée, surtout en été. Des gens sortaient du métro et se répandaient dans toutes les directions, s'arrêtant pour les uns au kiosque à journaux, pour les autres chez le fleuriste ou chez le primeur. Elle s'acheta une pomme, la frotta contre la manche de son top, avant de mordre dedans et, en un éclair, la saveur un peu acide du fruit, la foule et le Klaxon d'un taxi, tout ça fit qu'elle se sentit un peu mieux. Toujours aussi triste et perdue, mais mieux.

Son téléphone vibra, annonçant l'arrivée d'un texto. Elle retint son souffle en lisant le message.

Trouvé un appart ?

Prise de panique, elle monta en vitesse sur le trottoir quand un camion la frôla et répondit à Cole. Tremblante.

Pas encore.

Où es-tu ?

Elle fronça les sourcils, puis pianota en réponse.

Le Queens.

Super. NE BOUGE PLUS.

Elle rit bêtement, nerveuse soudain, puis répondit :

Et si j'ai envie de faire pipi ?

Croise les jambes.

Elle éclata de rire, au beau milieu de la rue. Et bien sûr, personne ne prit garde à elle, oh, New York…

Une éternité plus tard, une berline de luxe noire avec chauffeur en uniforme et casquette freina juste devant elle. Cole ouvrit la portière et hurla « Monte ! » comme dans un film, s'il avait eu des tueurs à ses trousses. Sans se poser plus de questions, elle s'engouffra à l'arrière, le bousculant quand la voiture redémarra. Il ne l'enlaça pas ni ne lui donna de baiser, parce que après tout, on n'était pas au cinéma, mais dans la vraie vie.

— Mais que… ?

— Tu verras…, dit-il avec un sourire énigmatique qui fit frémir tout ce qu'il y avait de féminin, en elle…

Puis il prit sa main, la pressa avec douceur et voilà, ce fut trop bon, trop tout pour objecter quoi que ce soit. D'autant que son cerveau n'avait pas encore réagi, aussi déprimé que tout à l'heure… Alors qu'elle pensait ne jamais revoir cet homme. Encore moins lui tenir la main dans une limousine qui… Minute.

— Où est ta voiture ?

— Chez ma sœur, avec les enfants…

Puis il sourit et cela suffit pour qu'elle prenne son envol.

— Je t'ai manqué ? murmura-t-il, et elle pensa, *Si tu savais…*

— Oui, soupira-t-elle avec un haussement d'épaules, avant de coller son nez à la vitre, mais impossible de voir quoi que ce soit, la faute à ces maudites larmes.

Trois secondes plus tard, il l'attira dans ses bras et l'embrassa avec une ferveur qui la laissa haletante. Puis, arrachant sa bouche à la sienne, il dit :

— Toi aussi…

Un certain nombre de baisers plus tard, la voiture se gara devant une grande bâtisse de grès rouge d'aspect vieillot, dans une rue de Brooklyn très chic. Calme, pour New York en tout cas, longée de platanes, avec des parterres de fleurs tous les vingt mètres sur les trottoirs et une petite église tout au bout. Le genre de quartier où elle rêvait de vivre depuis des années…

Intriguée, elle se tourna vers Cole qui lui sourit, puis paya le chauffeur. Ils descendirent de voiture et il s'approcha de la maison. Où elle ne vit aucun écriteau « A vendre » aux fenêtres.

Elle regarda Cole à la dérobée. Il contemplait la maison, l'air content de lui, les cheveux en bataille et…

Elle manqua s'étouffer.

— Ne me dis pas… ! Tu as acheté une maison ?

— En effet.

— A… — elle inspira, expira — A Brooklyn ?

— C'était au choix, entre une école à Cherry Hill et une autre à environ trois cents mètres d'ici…

Il la regarda, sourire au coin des lèvres.

— Comme tu vis à New York, les enfants ont voté pour venir s'y installer.

— Attends… Tu veux dire qu'ils ont choisi leur école… En fonction de moi ?

— Parfaitement. Tu veux entrer ? Mais bon, je te préviens, quelques travaux s'imposent, mais…

— Je ne comprends pas…

— Bien. Nous avons voté, même si on connaissait l'issue du scrutin, c'était juste une formalité, bref. Personne n'a envie de renoncer. A toi. A… Nous. Mes enfants t'adorent, mon ange… Pas autant que moi, certes…

Elle le fixa, bouche bée. Elle devait fuir à toutes jambes. Parce que… A cause de tous ces « parce que » justement qui étaient tapis là, prêts à bondir, toutes griffes dehors.

— Mais c'est… fou, chuchota-t-elle, sous le choc.

Il rit et lui offrit sa main. Qu'elle prit.

— Le bâtiment avait été aménagé en plusieurs appartements, expliqua Cole en se dirigeant vers l'escalier. Puis quelqu'un l'a acheté pour en faire une vraie maison…

Il ouvrit la porte, avec ses vitres teintées d'origine, et à peine dans l'entrée, elle sourit en découvrant l'atmosphère de l'endroit.

— Puis la crise est arrivée…

Des éclats de lumière multicolores dansaient dans le hall chargé de poussière. Sabrina retint son souffle en regardant autour d'elle. Le lustre dans la cage d'escalier, le carrelage d'époque, les lambris et…

Elle eut soudain l'impression d'entendre le rire des enfants, leurs disputes aussi…

— … Donc, le type a fait faillite, poursuivit Cole. La maison est à vendre depuis hier matin. La fille de l'agence immobilière m'a invité tout de suite à la visiter. J'ai ensuite fait une offre. La bonne nouvelle, c'est que les précédents propriétaires avaient restauré le rez-de-chaussée, de façon à avoir un espace de vie disponible, tout en travaillant sur les autres parties de la maison. Brooke s'y sent déjà chez elle…

— Les enfants l'ont vue ?

— Hier, oui. Wes a opté pour une chambre donnant sur la rue. Brooke préfère la vue sur le jardin…

— Un jardin ?

— Viens voir, répondit-il en souriant.

Il l'entraîna à l'arrière de la maison, où une petite terrasse ouverte sur la cuisine donnait sur quelques mètres carrés de jardin, certes un peu à l'abandon, mais tellement charmant.

La porte-fenêtre grinça quand elle l'ouvrit pour sortir sur la terrasse. Du lierre. Un érable luxuriant, masquant la maison voisine. Un panier de basket, fixé au mur de clôture du fond. Wesley pourrait améliorer son lancer…

Elle entendit Cole, derrière elle, parler de six chambres et quatre salles de bains, du dernier étage idéal pour accueillir un loft, avec chambre et espace de travail. De la vue sur le pont de Brooklyn.

— Alors ? Qu'en penses-tu ?

S'arrachant à sa contemplation, à ce rêve, elle rentra le retrouver… Oh ! dans le salon, n'était-ce pas une cheminée en marbre ?

— Je pense… C'est magnifique. Et ça le sera plus encore, une fois restauré…

Elle leva les yeux, admira les moulures au plafond, dans une salle à manger, idéale pour les repas de famille.

— Cette maison a une histoire, je le sens, et je sens aussi de bonnes ondes…

— Une sacrée vieille dame, murmura Cole derrière elle. D'une certaine façon, elle me rappelle tante Lizzie…

En dépit des larmes qui menaçaient à tout instant de couler, elle sourit.

— Les enfants et toi… Vous serez heureux, ici, je le sais.

— Uniquement si tu viens y vivre avec nous. Même si on est encore dans le New Jersey pour un mois, jusqu'au retour de mes parents. D'ici là, tu pourrais t'installer au rez-de-chaussée. Si tu es d'accord, bien sûr…

Elle tressaillit, le cœur battant.

— Tu en as parlé aux enfants ?

— Tu rigoles ? C'est leur idée. Non, je corrige, l'idée de Wes.

Elle se tourna vers lui.

— Mais… ?

— Il avait peur, chérie. Peur de trop s'attacher à toi, jusqu'à…

— Jusqu'à ce que je finisse par partir, finit-elle. Mon Dieu, je n'ose pas y croire. Je suis tellement soulagée… Heureuse.

L'attirant dans ses bras, il déposa un baiser sur ses yeux baignés de larmes.

— Vous avez tous les deux bien plus de points communs que tu ne l'imagines, murmura-t-il en prenant son visage dans ses mains. Epouse-moi, ma chérie.

Il sourit.

— D'ailleurs, tu ne demandes que ça…

— Idiot, dit-elle, malgré la panique.

— Un idiot qui t'aime tellement, c'est comme si mon cœur était trop petit pour contenir cet amour…

— Et poète, avec ça.

— C'est la vérité, Bree. Je t'aime, de toute mon âme, de tout mon être. Plus que je n'ai jamais aimé personne en ce monde. Et mes enfants eux aussi t'aiment…

Il sourit, effleura sa joue.

— Mais bien sûr, si toi, tu ne m'aimes pas…

— Je n'ai jamais dit ça, chuchota-t-elle et au diable la panique.

— Alors, tu…

— Eh bien oui, je t'aime, voilà ! Tu es content ?

— Euh, oui…

— Mais la question n'est pas de savoir si nous nous aimons…

— Non, ce n'est pas une question. C'est un fait irréfutable. Et souviens-toi, la logique, c'est mon dada. Donc, si je dis que c'est comme ça, ça l'est.

Le cœur au bord de l'implosion, elle alla s'asseoir sur une caisse, au milieu de la pièce, et enfouit son visage dans ses mains. Un instant plus tard, elle sentit Cole s'accroupir devant elle. Elle releva la tête quand il prit ses mains et les pressa contre son cœur, avec un regard d'une intensité telle qu'elle tressaillit.

— Je sais à quoi tu penses, dit-il avec douceur.

— Oh ! vraiment ?

— Oui. C'est difficile d'avoir foi en l'avenir quand le passé n'a pas été tendre avec toi. Crois-moi, je le sais. Je sais aussi que j'ai renoncé à toi, à nous, une fois par le passé, une fois de trop…

— Nous avions dix-sept ans, Cole…

— Laisse-moi finir…, dit-il en lui caressant la joue. Et la femme que j'aime aujourd'hui est tellement plus que la jeune fille que je croyais aimer alors. Et cette femme-là, je refuse d'y renoncer…

Il sourit.

— Je le voudrais, que je ne le pourrais pas. Parce que tu es ce qu'il m'est arrivé de mieux dans toute mon existence…

Des larmes brillèrent dans ses yeux, provoquant les siennes.

— Et si tu me dis oui, je te chérirai comme personne ne l'a fait… Et plus de secrets entre nous…, ajouta-t-il et un son s'échappa de la gorge de Sabrina, entre rire et larmes.

Parce que tout était là, cette certitude, cette promesse à laquelle elle aspirait, qui lui avait fait défaut toute sa vie d'adulte. Cole ressemblait tant à son père à elle, si généreux, si plein d'amour à offrir. Un amour qu'elle ne croyait pas mériter. Pas digne d'elle et que pourtant, elle méritait.

Oh non, cette fois, elle ne laisserait pas la peur décider pour elle. Alors, elle prit son visage dans ses mains, ce beau, ce bon visage auquel elle était tant attachée autrefois et qui signifiait tellement plus, aujourd'hui, pour elle.

— Oui, chuchota-t-elle.

Et son sourire la réchauffa mille fois plus que le soleil de cette fin de journée, filtrant à travers les volets et les enveloppant tous deux, telle une aura. Une aura de bonheur. Sa joie fut telle alors, qu'un sentiment de profonde liberté la submergea.

Epilogue

Un an plus tard.

De la cuisine où Kelly et les enfants arrangeaient les canapés sur les plateaux, Cole observa Bree dans le jardin, avec son père, le bras du vieil homme autour de ses épaules. Le colonel avait été prompt à s'adapter à son nouvel environnement, se faisant de nouveaux amis… Et même, d'après la rumeur, une nouvelle amie, dont personne jusqu'ici n'avait pu obtenir le nom. Cole savait pourtant une chose, Preston se réjouissait de voir sa fille aînée « casée »…

Derrière lui, la famille et les amis célébraient son mariage avec Sabrina, un mariage discret, plus discret en tout cas que les Noble, toujours aussi tapageurs et démonstratifs. Si sincèrement heureux de cette union. Sa sœur aussi était là avec ses enfants et son mari, ainsi que l'inénarrable Lizzie, bien sûr. En revanche, ses parents à lui paraissaient un peu débordés par l'ambiance de folie qui régnait dans la maison… Ils finiraient par s'habituer.

L'année n'avait pas été des plus reposantes — jamais plus il ne se lancerait dans la restauration d'une maison —, mais ça en valait la peine. Sabrina elle-même avait mis la main à la pâte et procédé à différents travaux, Cole et les enfants la rejoignant un mois plus tard dans cette ville… Une ville qu'il commençait à apprécier, bizarrement. Comme ses enfants, très satisfaits de leur nouvelle école, et en phase de réconciliation avec Erin. Qui, à l'évidence, avait compris. Si elle souhaitait faire partie de leur vie, la balle était dans son camp. Cependant, personne ne se faisait d'illusion. Erin ne serait jamais une mère modèle, mais c'était mieux que rien.

D'autant que Bree semblait tout naturellement déterminée à assumer en partie ce rôle. L'autre soir, Cole l'avait entendu à l'étage s'exclamer : « Parce que je vous ai dit de le faire ! »

Il était si fier d'elle. Et bien décidé à le lui dire.

Quand il ouvrit la porte-fenêtre, sa femme et son beau-père se retournèrent, et le sourire lumineux de Sabrina lui donna alors envie de danser, de chanter, de voler. Et d'autre chose aussi, elle était si jolie, si désirable.

— Je vous laisse, les tourtereaux, déclara Preston qui embrassa sa fille sur le front avant de rentrer…

Et après un « Félicitations, papa ! » à l'attention de Cole.

Une brise légère fit frémir les feuilles de l'érable, ajoutant leur musique à celle de la fontaine en pierre ramenée de Maple River. Comme il adorait cette maison.

Sa vie.

Cette femme. Sa femme.

Il posa une main sur son ventre légèrement rebondie sous sa robe blanche.

— Si je comprends bien, tu lui as dit…

— Oui, répondit-elle. Et il est fou de joie. Presque autant que moi, dit-elle en riant.

Son médecin ne lui avait guère laissé d'espoir. Une grossesse, à son âge, elle ne devait pas trop y compter. Preuve qu'il ne connaissait pas Sabrina Noble. Pardon, Sabrina Noble Rayburn.

Celle qui était faite pour devenir sa femme.

La mère que ses enfants espéraient avoir.

Il ne lui demanda pas si elle était heureuse. Il le savait. Il le voyait dans son sourire, chaque fois qu'elle le regardait. L'entendait dans son rire, quand elle bavardait avec les enfants, presque aussi fébriles au sujet du bébé que ses propres parents.

— Je t'aime, murmura-t-il à son oreille.

Il la sentit frissonner.

— Je t'aime aussi, chuchota-t-elle avant de lui faire face pour nouer ses bras à son cou.

Dans ses yeux, éblouis, il vit la promesse d'une éternité.

Promesse qu'il captura avec un baiser… Juste au moment où Wes apparut à la porte :

— Hé, vous deux, vous pourriez faire ça dans votre chambre !

Cole rit et plongea ses yeux dans ceux de Sabrina.

— Deux ados et bientôt un bébé sous le même toit… Il faut être fou, non ?

— Fou d'amour, oui, répondit-elle en se blottissant dans ses bras.

Il sourit. Et s'il avait prêté l'oreille, sans doute aurait-il entendu le passé lui murmurer tous ses vœux pour leur avenir…

Si vous avez aimé ces deux romans
Découvrez sans attendre les précédents romans
de la série « Les amants de Maple River » :

Pour te protéger, Karen Templeton
Pour te conquérir, Karen Templeton

Disponibles dès à présent sur www.harlequin.fr

Retrouvez en novembre,
dans votre collection

Passions

Eprise d'un Fortune, de Nancy Robards Thompson - N°565

SERIE LE CLAN DES FORTUNE tome 5

Un costume chic, une voiture de luxe, une foule d'admiratrices : en héritant du nom des Fortune, Christopher est devenu un homme puissant, bien différent de celui qui a fui le ranch familial dès qu'il en a eu l'occasion. A Red Rock, il mène enfin la vie à laquelle il a toujours aspiré. Aussi est-il déterminé à cacher ses origines modestes à son nouvel entourage, et surtout à Kinsley, sa sublime assistante. Mais la jeune femme, loin de se laisser duper par les apparences, ne tarde pas à s'intéresser à ses secrets…

Le rêve de Daniyah, de Jennifer Lewis

Depuis son divorce et son retour à Oman, Daniyah n'a pas la vie facile. Tandis que ses frères surveillent ses allées et venues, son père cherche à lui imposer un mariage arrangé, avec un vieil homme repoussant. Mais sa rencontre avec Quasar Al Mansur bouleverse soudain son existence. Auprès de cet homme mystérieux et beau comme un dieu, elle sent son corps revivre et des rêves de bonheur réchauffer son cœur. Pourtant, si Quasar ne lui cache pas son attirance pour elle, Daniyah sait qu'une histoire d'amour entre eux est impossible. Car elle ne peut pas même le côtoyer sans s'attirer les foudres de sa famille…

Trompeuses fiançailles, de Merline Lovelace - N°566

Sarah St. Sebastian a toujours protégé sa sœur Gina. Alors, quand Devon Hunter la menace de révéler au monde que sa cadette lui a dérobé une précieuse antiquité, elle accepte sans hésiter le marché odieux qu'il lui propose. En échange de son silence, elle jouera le rôle de sa fiancée pendant six mois. Six longs mois durant lesquels elle devra côtoyer cet homme dangereux, qui a non seulement le pouvoir de déshonorer sa famille, mais surtout celui de faire battre son cœur…

Le bébé de l'ambassadeur, de Merline Lovelace

Depuis toujours, Gina St. Sebastian trace son chemin avec insouciance, comptant sur sa sœur Sarah pour régler les problèmes qu'elle s'attire régulièrement. Mais lorsqu'elle se découvre enceinte, suite au week-end enfiévré qu'elle a passé dans les bras de l'ambassadeur Jack Mason, elle sait qu'elle doit prendre ses responsabilités. Seule. Aussi n'est-il pas question pour elle d'accepter le mariage de convenance que cherche à lui imposer le père de son enfant…

Passions

Un défi aux yeux bleus, de Jules Bennett - N°567

THEMATIQUE AMOURS ET RIVALITÉS

Richissime agent à Hollywood, Ian est habitué à ce que les femmes lui tombent dans les bras. Mais le jour où il rencontre Cassie Barrington, entraîneur de pur-sang dans le prestigieux haras où se tourne l'un de ses films, sa séduction légendaire est mise à l'épreuve. Car la jeune femme, nullement impressionnée par son pouvoir ou son argent, lui demande de garder ses distances. Une exigence qui, loin de le décourager, ne fait qu'attiser le désir qu'il éprouve déjà pour elle…

Amants pour la vie, d'Allison Leigh

Cela fait un an que Jane et Casey sont amants. Ils se retrouvent dans le secret de la nuit, quand la petite ville de Weaver est endormie. S'ils ne se sont jamais rien promis d'autre qu'une délicieuse entente charnelle, ils sont devenus amis, avec le temps. Seulement voilà, Jane ne se satisfait plus de cette relation. Elle veut davantage, désormais : un bébé, un mari, une famille. Et, puisque Casey ne peut lui offrir ce qu'elle attend, elle n'a d'autre choix que de quitter celui dont elle est tombée follement amoureuse…

La mariée de Blackwater Lake, de Teresa Southwick - N°568

Une mariée en fuite : Cabot Dixon n'a jamais rien vu de plus étrange à Blackwater Lake. Ni de plus joli. Alors, quand la jeune femme lui dit chercher du travail, il lui propose un poste dans son ranch perdu au milieu des montagnes. Et c'est une chance que Kate saisit avec enthousiasme. Dans ce coin du Montana où personne ne la connaît, elle va pouvoir se ressourcer. Mais, pour cela, il lui faut d'abord faire taire les émotions bouleversantes qu'elle ressent en présence de Cabot et de son petit garçon…

L'étreinte d'un cow-boy, de Brenda Harlen

« Nous allons nous marier. » A ces mots, Maggie se fige. Si elle est venue à Rust Creek Falls, c'est pour annoncer à Jesse Crawford qu'elle attend un enfant de lui, et certainement pas pour l'entendre lui demander sa main. Certes, elle n'est pas étonnée que Jesse veuille prendre ses responsabilités, mais un mariage ? Comment peut-il seulement l'envisager, alors qu'ils sont si différents l'un de l'autre – elle, l'avocate hollywoodienne, et lui, le cow-boy ténébreux ? Aussi stupéfaite que troublée, Maggie comprend vite que Jesse n'est hélas pas le genre d'homme à accepter un refus…

Secrète promesse, de Andrea Laurence - N°569

Il y a des années de cela, Heath Langston et Julianne Eden se sont mariés en secret. Mais Julianne s'est enfuie, avant qu'ils consomment leur union. Alors, quand ils se retrouvent onze ans plus tard, dans la maison où ils ont grandi et où ils se sont aimés, Heath est résolu à mettre un terme au mensonge qui le lie à Julianne. Soit elle accepte de divorcer, soit elle se donne enfin à lui, corps et âme...

Une passion texane, de Sara Orwig

Trois meurtres commis il y a plus de cent ans, un trésor caché : c'est en quête d'un scoop que Destiny Jones se rend à Verity. C'est dans cette petite bourgade du Texas qu'est née la célèbre querelle entre les Milan et les Calhoun, et elle brûle d'en savoir plus. Mais, sur place, Destiny comprend qu'elle va devoir redoubler d'efforts – et de séduction – pour venir à bout de son reportage. Car le shérif Wyatt Milan ne lui cache pas son hostilité, ni son désir de la voir partir au plus vite…

HARLEQUIN

Un homme. Une femme.
Ils n'étaient pas censés s'aimer.
Et pourtant…

HARLEQUIN
www.harlequin.fr

Composé et édité par HARLEQUIN

Achevé d'imprimer en septembre 2015

BRODARD & TAUPIN

La Flèche
Dépôt légal : octobre 2015

Pour l'éditeur, le principe est d'utiliser des papiers composés de fibres naturelles, renouvelables, recyclables, et fabriquées à partir de bois issus de forêts qui adoptent un système d'aménagement durable. En outre, l'éditeur attend de ses fournisseurs de papier qu'ils s'inscrivent dans une démarche de certification environnementale reconnue.

Imprimé en France